THE PLAYERS' TABLE

JESSICA GOODMAN

THE PLAYERS' TABLE

WER NICHT MITSPIELT,
HAT VERLOREN

Aus dem Englischen von Birgit Maria Pfaffinger

CARLSEN

Für Mom und Dad
Weil ihr mir Flügel und Wurzeln geschenkt habt

PROLOG

Es ist ein Wunder, dass überhaupt wer die Highschool überlebt. Überall lauern Gefahren und versteckte Fallen. Wenn du nicht an gebrochenem Herzen stirbst, kannst du immer noch bei einem total klischeehaften – aber deswegen nicht weniger tragischen – Unfall umkommen: Alkohol am Steuer, aufs Handy geschaut und eine rote Ampel übersehen, zu viele von den falschen Pillen geschluckt. Aber Shaila Arnold hat was anderes das Leben gekostet.

Technisch gesehen lautete die Todesursache stumpfe Gewalteinwirkung, ausgeübt durch ihren Freund Graham Calloway. Angesichts des in ihrer Lunge gefundenen Salzwassers wäre eigentlich Tod durch Ertrinken die naheliegende Schlussfolgerung gewesen, aber bei genauerem Hinsehen fand man eine Beule an ihrem Kopf und zähes, klebriges Blut in ihren langen, honigblonden Haaren.

Stumpfe Gewalteinwirkung. So steht es im Totenschein. So steht es in den Akten. Trotzdem ist es nicht der *wahre* Grund für ihren Tod. Nie und nimmer. Wenn man mich fragt, dann ist sie an Wut gestorben. Und an Verrat. Daran, dass sie zu viel auf einmal wollte. Daran, dass sie nie genug bekam. Ihre Wut war grenzenlos. Das weiß ich, weil meine es auch ist. *Warum mussten wir leiden? Warum wir? Und wie haben wir die Kontrolle verloren?*

Ich weiß schon gar nicht mehr so genau, wie wir davor waren – als Wut noch etwas war, das wieder verging. Ein vorübergehendes Gefühl, ausgelöst durch einen Streit mit Mom oder meinem jüngeren Bruder Jared, weil er sich zu Thanksgiving das letzte Stück Apfelkuchen krallte. Damals war Wut noch etwas Einfaches, denn sie hatte keinen Bestand. Sie war wie eine Welle, die krachend ans Ufer schlägt, bevor das Wasser sich wieder beruhigt. Immer beruhigte sich alles wieder.

Aber jetzt ist es, als würde in meinem Innern ein Monster hausen, das nur darauf wartet, ans Freie zu dringen. Ob Shaila sich kurz vor ihrem Tod auch so gefühlt hat?

Es heißt, nur die Guten sterben jung. Aber das ist nur eine dumme Zeile aus einem dummen Lied, das wir früher immer gesungen haben. Es ist nicht die Wahrheit. Die Wahrheit sieht anders aus. Das weiß ich, weil Shaila Arnold vieles war – klug und witzig, selbstsicher und wild. Aber mal ganz ehrlich? Gut war sie nicht.

1

Der erste Schultag nach den Ferien ist jedes Jahr unweigerlich mit einem verbunden: dem Gedenken an Shaila. Eigentlich sollte sie heute ihr letztes Schuljahr antreten. Aber stattdessen ist sie – wie schon seit drei Jahren – tot. Und wir werden ein letztes Mal daran erinnert.

»Bist du bereit?«, fragt Nikki, als wir in den Parkplatz einbiegen. Sie schaltet den glänzend schwarzen BMW, den ihre Eltern ihr zum Schulbeginn geschenkt haben, in den Parkmodus und nimmt einen großen Schluck von ihrem Iced Latte. »Ich nämlich nicht.« Sie klappt die Sonnenblende auf und pinselt sich wassermelonenfarbenen Lippenstift auf den Mund. Dann kneift sie sich so lange in die Wangen, bis sie rot leuchten. »Wieso bringen sie nicht einfach eine Gedenktafel an oder veranstalten einen Wohltätigkeitslauf? Das hier ist die reinste Folter.«

Nikki hat schon am letzten Tag vor den Ferien angefangen, die Tage bis zum Beginn unseres letzten Schuljahres zu zählen. Heute rief sie mich um 6:07 Uhr an und wartete nicht mal, bis ich ein schläfriges Hallo murmeln konnte. »Sieh zu, dass du in einer Stunde fertig bist, sonst musst du dir eine andere Mitfahrgelegenheit suchen«, rief sie ins Telefon, während im Hintergrund der Fön rauschte.

Sie musste nicht mal hupen, als sie bei uns vorfuhr. Der ohrenbetäubende Klang von Whitney Houstons »How Will I Know« verriet mir, dass sie draußen wartete. Wir beide haben eine Schwäche für Achtzigerjahre-Musik. Nikki sah aus, als hätte sie schon zwei extragroße Starbucks-Kaffees intus und käme direkt vom Stylisten. Ihre dunklen Augen funkelten unter einer Schicht aus glitzerndem Lidschatten, die Ärmel ihres Blazers waren betont lässig über die Ellbogen gekrempelt. Nikki ist eine der wenigen, die es hinkriegen, in unserer hässlichen Schuluniform cool auszusehen.

Zum Glück war ich in der Nacht davor von Albträumen verschont geblieben und meine fast schon chronischen Augenringe waren verschwunden. Außerdem schadete es nicht, dass ich genug Zeit gehabt hatte, mir die Wimpern zu tuschen und die Augenbrauen zu zupfen.

Als wir losfuhren, war ich vor Aufregung ganz hibbelig. Endlich war es so weit. Endlich standen wir an der Spitze.

Aber jetzt, wo wir tatsächlich hier sind, auf dem für die Abschlussklasse reservierten Parkplatz der Gold Coast Prep Highschool, läuft es mir kalt den Rücken hinunter. Erst müssen wir noch die Gedenkfeier für Shaila hinter uns bringen, die über uns hängt wie eine Wolke, die uns jederzeit die Party verregnen kann.

Shaila ist die einzige Schülerin, die während ihrer Zeit an der Gold Coast Prep gestorben ist. Deshalb wusste anfangs keiner so recht, was das Protokoll in einem solchen Fall vorsieht. Irgendwie gelangte man schließlich dennoch zu einer Entscheidung. Die Schule beschloss, jedes Jahr mit einer viertelstündigen Zeremonie für Shaila zu beginnen. So lange, bis unser Jahrgang seinen Abschluss macht. Im Gegenzug spendierten die Arnolds der Englischabteilung einen neuen Flügel in Shailas Namen. Das hatte unser Rektor, Mr Weingarten, geschickt eingefädelt.

Die Erinnerung an Graham Calloway wollte niemand hochhalten. Er wurde mit keinem Wort erwähnt.

Letztes Jahr war die Veranstaltung ganz okay gewesen. Rektor Weingarten hatte sich vorne hingestellt und uns erzählt, wie gerne Shaila Mathe gemocht hatte – totaler Schwachsinn – und mit welcher Begeisterung sie den Mathe-Leistungskurs belegt hätte, wenn sie noch unter uns wäre – echt daneben. Wie im Jahr davor waren auch Mr und Mrs Arnold anwesend. Sie saßen in der ersten Reihe und tupften sich mit verschlissenen altmodischen Baumwolltaschentüchern, in denen wahrscheinlich noch die Rotzreste der vergangenen Jahrzehnte hingen, die Tränen von den Wangen.

Wir saßen zu sechst neben ihnen, an vorderster Front. Shailas Hinterbliebene. Ursprünglich waren wir mal zu acht, aber seit jener Nacht sind nur noch sechs von uns übrig.

Quentin erwartet uns auf dem Parkplatz. »Wir sind in der Zwölften, Bitches!«, ruft er und wedelt mit einem Blatt Papier vor meinem Fenster herum. Darauf ist eine Zeichnung von uns dreien: Nikki mit dem Richterhammer der Jahrgangssprecherin, ich mit einem Teleskop, das doppelt so groß ist wie ich, und ein feuerroter Quentin – passend zu seinen Haaren. Beim Anblick dieses kleinen Trios wird mir ganz warm ums Herz.

Ich kreische vor Freude über den echten Quentin, stoße die Autotür auf und falle ihm um den Hals.

»Da bist du ja!«, sage ich und vergrabe das Gesicht in seiner weichen Brust.

»Ach, Jill.« Er lacht. »Komm her, Nikki.« Sie schlingt die Arme um uns und ich atme den Duft von Quentins frisch gewaschenen Klamotten ein. Nikki drückt mir einen klebrigen Kuss auf die Wange. Kurz darauf tauchen auch die anderen auf. Robert, das dunkle Haar zurückgegelt, zieht noch mal an seinem nach Minze duftenden Vaporizer, bevor er ihn in der Tasche seiner Lederjacke verschwinden lässt. Eigentlich müsste er jede Menge Strafpunkte kassieren, weil er seinen Blazer nicht trägt, aber irgendwie kommt er immer damit durch. »Muss das wirklich schon wieder sein?«, fragt er.

»Was meinst du? Die Schule oder den Gedenkgottesdienst?« Henry stellt sich hinter mich, legt mir eine Hand auf den Hintern und knabbert an meinem Ohrläppchen. Er riecht unfassbar männlich, nach frisch gemähtem Gras und teurem französischen Deodorant. Ich werde rot und muss daran denken, dass man uns heute zum ersten Mal *zusammen* in der Schule sieht. Ich schmiege mich enger an ihn und lege den Kopf an seine Schulter.

»Was glaubst du denn?« Robert verdreht die Augen.

»Hört auf, ihr zwei«, sagt Marla und schleudert ihren platinblonden Zopf über die muskulöse Schulter. Sie ist braun gebrannt, denn sie hat den Sommer in Neuenglands bestem Feldhockey-Trainingscamp verbracht. Hinter ihrem Rücken ragt der mit Klebeband umwickelte Schaft ihres Schlägers aus einem Batikbeutel und weist sie unverkennbar als Mitglied der Schulmannschaft aus.

»Na gut«, brummt Robert. »Bringen wir's hinter uns.« Er geht voran in den grasbewachsenen Innenhof, der nach einem Sommer ohne Schüler unberührt und perfekt getrimmt ist. Wenn man richtig steht – zwei Schritte rechts vom Uhrturm –, kann man einen schmalen Streifen des nur gut einen Kilometer entfernten Long Island Sound erkennen und die sanft nebeneinander schaukelnden Segelboote. Die Luft ist so salzig, dass sich einem die Haare kräuseln. Nicht mal ein Glätteisen bringt hier etwas.

Ich betrachte die perfekten Umrisse meiner Freunde im Gegenlicht. Für einen Augenblick gibt es nur die Player. Wir sind ein Kraftfeld. Und nur wir wissen, was wir tun mussten, um es so weit zu schaffen.

Ein paar Schülerinnen und Schüler aus der ersten Unterstufe – Nikki nennt sie Ersties – trotten über die gepflasterten Wege, aber niemand von ihnen kommt in unsere Nähe. Sie weichen uns aus, zupfen an ihrem zu steifen weißen Hemd, nesteln an der Gürtelschnalle oder ziehen den karierten Faltenrock höher. Keiner wagt es, Blickkontakt mit uns aufzunehmen. Sie kennen die Regeln.

Als wir in der Aula ankommen, schwitze ich. Henry hält mir die Tür auf und ich fühle Angst in mir aufsteigen. Die samtgepolsterten Stühle sind zum größten Teil schon besetzt und alle gaffen uns an, als wir durch den Mittelgang zu unseren Plätzen in der ersten Reihe neben Mr und Mrs Arnold gehen. Die beiden tragen Schwarz. Als sie uns sehen, stehen sie auf und verteilen mit gespitzten Lippen Luftküsse. Das Schmatzgeräusch hallt durch den Saal. Mir wird übel und ich muss an das Begräbnis meines Großvaters denken, bei dem wir stundenlang dastanden und einen Gast nach dem anderen begrüßten, bis meine geschürzten Lippen sich taub und welk anfühlten. Ich bin die Letzte, die Mrs Arnold begrüßt, ihre purpurfarbenen Nägel graben sich in meinen Arm.

»Hallo, Jill«, flüstert sie mir ins Ohr. »Frohen Schulanfang.«

Ich zwinge mich zu einem Lächeln und befreie mich, später als mir lieb ist, aus ihrem Griff. Dann setze ich mich mit pochendem Herzen zwischen Henry und Nikki. Shaila starrt uns von einer Staffelei auf der Mitte der Bühne aus einem vergoldeten Bilderrahmen entgegen. Das goldblonde Haar fällt ihr in dichten Locken über die Schultern, die grünen Augen sind dank Photoshop noch leuchtender. Während dem Rest von uns neue Pickel, zunehmende Periodenschmerzen und stärkerer Mundgeruch beschert wurden, ist sie unverändert. Für immer fünfzehn.

Die Aula riecht nach frischen Kopien und Bleistiftspänen. Der Moschusduft, der sich zum Ende des letzten Schuljahres eingenistet hatte, ist verschwunden. Die Gedenkfeier hier abzuhalten ist das Einzige, was die Arnolds bei der ganzen Angelegenheit richtig gemacht haben. Die Aula war Shailas Lieblingsort. Sie spielte in praktisch jedem Theaterstück die Hauptrolle und kam jedes Mal mit einem Hochgefühl von den Proben, das ich nicht nachvollziehen konnte. »Ich brauche das Rampenlicht«, erklärte sie irgendwann und ließ ihr tiefes Lachen erschallen. »Aber immerhin stehe ich dazu.«

»Guten Morgen, Gold Coast Highschool«, bellt Rektor Weingarten. Seine Fliege hängt etwas schief unter seinem spitzen Kinn und sein grauer Schnurrbart dürfte frisch gestutzt sein. »Ich sehe viele neue Gesichter, die ich herzlich willkommen heißen möchte. Bitte unterstützt mich dabei.«

Alle wenden sich den Neuzugängen aus den öffentlichen Schulen zu, für die der erste Tag nach den Ferien bisher bedeutete, dass der Klassenlehrer die Anwesenheitsliste vorliest, und nicht, dass man einem toten Mädchen Hallo sagt. Jetzt sind sie an einem neuen, fremden Ort und ihr verstörter Blick verrät sie. Sie sind nicht zu übersehen. Ich war eine von ihnen, damals in der Sechsten. Ich hatte erst eine Woche vor Schulanfang von meinem Stipendium erfahren und kannte bei meinem Start an der Gold Coast Prep keinen Menschen. Bei der Erinnerung daran bekomme ich Gänsehaut.

»Herzlich willkommen«, echot der Rest des Publikums. Unsere Reihe schweigt.

»Ihr fragt euch vielleicht, was wir hier machen und warum wir jedes Schuljahr an diesem Ort beginnen.« Rektor Weingarten hält inne und wischt sich mit einem Taschentuch die Stirn ab. Obwohl die Klimaanlage auf Hochtouren läuft, glänzen die Schweißperlen auf seinem Gesicht im Licht der Bühnenscheinwerfer. »Wir tun es, um einer unserer besten und klügsten Schülerinnen zu gedenken. Shaila Arnold.« Alle Köpfe wenden sich Shailas Porträt zu, aber Mr und Mrs Arnold lassen den Blick weiterhin fest auf Rektor Weingarten gerichtet.

»Shaila weilt nicht mehr unter uns«, fährt er fort, »aber zu Lebzeiten ging ein Leuchten von ihr aus und wir werden sie nie vergessen. Sie lebt weiter in ihrer Familie, ihren Freunden und diesen Hallen.«

Mr und Mrs Arnold nicken.

»Ihr sollt wissen, dass die Gold Coast Prep eine Familie ist – und immer sein wird. Wir müssen einander beschützen. Wir werden nicht zulassen, dass noch jemandem aus unseren Reihen etwas passiert.« Nikkis Ellbogen bohrt sich in meine Rippen.

»Betrachtet das als Erinnerung«, sagt Rektor Weingarten. »An der Gold Coast Prep bemühen wir uns Gutes zu tun. Unser Ziel ist es, Großes zu leisten. Und wir helfen, wo immer wir können.«

Ah, das Schulmotto.

»Wenn ihr diese Zeilen kennt, dann sprecht sie mit mir«, sagt er mit einem Lächeln.

Fünfhundertdreiundzwanzig Schülerinnen und Schüler im Alter von sechs bis achtzehn erheben die Stimmen. Sogar die Neuen, die das dämliche Motto auswendig lernen mussten, bevor sie auch nur einen Fuß auf den Campus gesetzt haben.

»An der Gold Coast Prep ist alles gut. Wir verbringen hier eine großartige Zeit. Und wir helfen, wo wir können«, sagt der Chor in einem gruseligen Sprechgesang.

»Sehr schön«, lobt Rektor Weingarten. »Und jetzt ab in den Unterricht. Vor uns liegt ein aufregendes Jahr.«

Zur Mittagszeit hat es sich ausgetrauert. Wir haben die Hürde, bestehend aus der Gedenkfeier für Shaila, hinter uns gebracht.

Als ich den Tisch sehe, der für die Player aus der Abschlussklasse reserviert ist, macht mein Herz einen Sprung. Die Jüngeren sind bereits auf ihren Plätzen, aber der Toptisch ist noch frei und wartet auf uns.

Er hat mit Abstand die beste Lage, genau in der Mitte der Cafeteria, sodass alle an uns vorbeigehen müssen und sehen, wie viel Spaß wir sogar beim Mittagessen haben. Die umliegenden Tische sind den Playern der unteren Stufen vorbehalten, und danach ist alles nur noch eine Frage davon, wie weit von uns entfernt man sitzt.

Ich bin ganz hibbelig, als Nikki und ich uns am Salatbuffet entlangschlängeln und weich gekneteten Grünkohl, eingelegten Feta und Grillhähnchen auf unsere Teller häufen. Bei den Nachspeisen angekommen, angle ich mir ein Keksteigbällchen aus dem Glas. Sich so eine buttrige Kugel aufs Tablett zu packen gilt seit Jahrzehnten als Zeichen der coolen Girls. Shaila hat jeden Tag eine gegessen. An der Kasse werden wir – wie es sich gehört – von einer Gruppe Neuntklässler vorgelassen, dann gehen wir zu dem Tisch, von dem wir immer schon wussten, dass er eines Tages uns gehören würde. Und trotzdem überrascht es mich irgendwie, dass mein Platz frei ist und mich erwartet. Beim Anblick des leeren Stuhls, der ganz klar mir vorbehalten ist, packt mich ein merkwürdiges Hochgefühl. Er ist eine Erinnerung. Nach allem, was passiert ist, gehöre ich hierher. Ich habe es verdient. Ich habe überlebt.

Nikki und ich sind die Ersten. Als wir unsere Plätze einnehmen, stellt sich das vertraute Aquariumgefühl ein. Wir wissen, dass wir beobachtet werden. Das macht einen Teil des Reizes aus.

Nikki schleudert die langen schwarzen Haare in den Nacken, öffnet ihren Rucksack und zieht eine neonfarbene Pappschachtel heraus. »Ich bin vorbereitet.« Als sie den Deckel aufmacht, kommen Mini-KitKats in so ungewöhnlichen Geschmacksrichtungen wie Kürbis, Matcha und Süßkartoffel zum Vorschein. Wahrscheinlich ein Mitbringsel ihrer Eltern, die vor Kurzem auf Geschäftsreise in Japan waren – ohne Nikki, versteht sich. Ein paar von den Zehntklässlern recken den Hals, um einen Blick auf Nikki Wus glamouröse Pausensnacks zu erhaschen.

»Noch ein Geschenk von *Darlene*.« Sie deutet auf die bunten Süßigkeiten und verdreht die Augen, als sie den Namen ihrer Mutter ausspricht.

Ihre Eltern sind Textilmagnaten und aus Hongkong hierhergezogen, als wir in der Siebten waren. Während ihres ersten Semesters an der Gold Coast klebte Nikki meistens am Handy und schrieb sich Nachrichten mit ihren Freunden in Hongkong. Das Spießerleben hier interessierte sie nicht im Geringsten. Dass sie uns so gleichgültig gegenüberstand, verlieh ihr eine coole Unberührbarkeit. Im darauffolgenden Frühling freundete sie sich bei den Proben für das Mittelstufen-Musical mit Shaila an. Die hatte wenig überraschend die Rolle der Sandy in *Grease* bekommen und Nikki war für die Kostüme verantwortlich. So fanden wir auch heraus, dass sie ein totaler Modecrack ist. Sie entwarf stylische, eng anliegende Lederhosen und broadwaytaugliche Tellerröcke.

Als sich herausstellte, dass ich meine beste Freundin Shaila mit Nikki würde teilen müssen, tat ich alles, um meine Eifersucht im Keim zu ersticken. Ich gab mir Mühe, um an ihre gemeinsamen neuen Vorlieben anzuknüpfen (»Hulu ist viel besser als Netflix«) und das Verpasste aufzuholen, nachdem die beiden sich mit der Theatergruppe zum ersten Mal in ihrem Leben betrunken hatten (»Bier auf Wein, das lass sein!«). Es funktionierte, mehr oder weniger, und in der Achten waren wir eine eingeschworene Gemeinschaft.

Aber während Shailas letztem Lebensjahr kämpften Nikki und ich stillschweigend um ihre Aufmerksamkeit und gingen einander dabei wohlweislich aus dem Weg. Dabei war das eigentlich Quatsch: Shaila hatte keine Lieblinge. Sie war uns beiden gegenüber loyal. Nach ihrem Tod wurden Nikki und ich von Zwangs- zu unzertrennlichen Freundinnen. Wir hatten unser Bindeglied verloren, und so schmiedeten wir ein neues Band. Es war, als wäre jegliche Spannung zwischen uns verpufft. Wir hatten nur noch einander und das unstillbare Bedürfnis nach Vertrautheit. Seit damals ist Nikki meine Shaila. Und ich bin ihre.

»Ich finde die mit roter Bohnenpaste am besten«, sagt Nikki, während sie einen Riegel auspackt und ihn sich in den Mund steckt. Ich greife ebenfalls in den Karton und ziehe ein knallpink verpacktes KitKat heraus. Es ist süß und klebrig.

»Nei-in«, entgegne ich. »Erdbeer toppt alles.«

»Nur in Kombination mit Matcha.«

»Pffft. Du Snob.«

»Ich habe eben Geschmack!«

»Was ist mit Zartbitter?«

Kauend denkt Nikki nach. »Schlicht. Klassisch. Ich finds gut.«

»Es hat Kultstatus.«

»Genau wie wir.« Nikki schaltet ihr Megawattlächeln ein und schnappt sich ein lavendelfarbenes Kitkat. »Das Leben ist zu kurz, um nur eins zu essen.«

»Voll.«

Hinter mir schwillt das Grundrauschen der Cafeteria zu einem Dröhnen an. Als ich mich umdrehe, sehe ich, dass die Jungs im Anmarsch sind. Die Neuen und die Leute aus der Unterstufe beeilen sich ihnen Platz zu machen. Robert ist den anderen ein paar Schritte voraus, gefolgt von Henry, dem der Rucksack lässig von der Schulter baumelt. Die Krawatte trägt er lose um den Hals und das dichte, rotblonde Haar wippt im Takt seiner Schritte, als er im Vorbeigehen Topher Gardner mit einer Gettofaust begrüßt – einen stämmigen, zu Akne neigenden Player aus der Elften, der immer um Henrys Aufmerksamkeit ringt. Als Letzter kommt Quentin und zwinkert einem niedlichen Zehntklässler aus dem Baseballteam zu, der sofort knallrot anläuft. Robert lässt sich auf seinen Stuhl fallen, reißt seine Cola auf und trinkt die Hälfte in einem Zug.

»Hallo, Süße.« Henry gleitet auf den Platz neben mir. Dann presst er die Lippen auf das Dreieck zwischen meinem Hals und dem Schlüsselbein. Ein wohliger Schauer überläuft mich und ich höre, wie ein Raunen durch den Tisch hinter uns geht. Ein paar der neuen Mädels mit großen Augen und zu tief sitzenden Röcken haben sich die Plätze in der ersten Reihe geschnappt. Wenn sie glauben, sie könnten den Tisch das ganze Jahr behalten, irren sie sich. Der gehört ebenfalls uns. Wir übergeben ihn dann den Playern aus der Neunten, wie ein Geschenk. Sie werden schon sehen.

Aber fürs Erste kichern die Mädels, tuscheln hinter vorgehaltener Hand und beobachten uns verstohlen.

Jetzt setzt sich auch Marla auf ihren Stuhl, und damit sind

wir wieder vereint. Der Tisch ist geräumig, schließlich ist er für acht gedacht. Mit Shaila und Graham hätten wir ihn genau ausgefüllt. Aber wir haben gelernt, uns breitzumachen und mehr Platz einzunehmen, als wir eigentlich brauchen. Das hilft. Und jetzt, wo alle Player hier sind, kann das Spiel beginnen.

Gesprächsfetzen wirbeln durch die Luft, in denen sich alles ums kommende Wochenende dreht, denn es dreht sich immer alles ums kommende Wochenende.

»Ich habe gehört, dass Anne Marie Cummings dir einen runterholt, wenn du behauptest, dass du ihre miese Band gut findest.«

»Reid Baxter hat versprochen für heute Abend eine Flasche Schnaps zu besorgen. Lass ihn nicht rein, wenn er nicht Wort hält.«

»Wenn du nicht wieder mit Edding vollgeschmiert werden willst, darfst du dich halt nicht so volllaufen lassen.«

Kleine Ausschnitte unserer Unterhaltung steigen über unseren Köpfen auf und verbreiten sich im Raum, wie Brieftauben, die dem Rest der Schule die wichtigsten Nachrichten überbringen. An manchen Tagen stecken wir die Köpfe so dicht zusammen, dass es von oben aussehen muss, als würden sie sich berühren. An anderen Tagen machen wir uns ganz klein, schließen Bündnisse und gehen Partnerschaften ein. *Wer ist auf meiner Seite? Freund oder Feind?*

»Ähem!« Nikki klopft mit dem Messer gegen ihr Wasserglas.

Robert stöhnt zwar, schickt aber trotzdem ein Lächeln in ihre Richtung. In guten Wochen verbringen sie die Mittagspause damit, sich über ihre Essenstabletts Obszönitäten zuzuhauchen. In schlechten Wochen tut sie so, als wäre er Luft.

»Idiot.« Nikki streckt ihm die Zunge heraus, dann stemmt sie die Hände in die Hüften und plustert sich auf, bis ihre

Brüste fast ihr Kinn berühren. Robert lehnt sich zurück und zieht beeindruckt die Augenbrauen in die Höhe. Anscheinend ist es jetzt schon eine besonders gute Woche.

»Na dann, Miss Wu«, sagt Quentin. »Sprechen Sie.«

Nikki beugt sich vor und senkt die Stimme, sodass wir näher kommen müssen, um sie zu verstehen. Dabei ist uns nichts von dem, was sie gleich sagen wird, neu. Sie schmeißt heute Abend die Party. (Ohne Scheiß.) Ihre Eltern sind weg. Kurztrip nach Paris. (Na klar.) Es gibt ein Fass Bier. (Keine Frage.)

Henry dreht sich zu mir und legt mir unter dem Tisch die Hand auf den Oberschenkel. Sein Daumen beschreibt kleine Kreise auf meiner nackten Haut. »Ich hol dich um halb neun ab«, sagt er.

Ich verziehe den Mund zu einem Lächeln und versuche die brennende Hitze zwischen meinen Beinen zu ignorieren. Seine Hand ist so warm wie ein Sommertag und ich bin überzeugt, dass ich auf seinem Nasenrücken noch den Bräunungsstreifen erkennen kann, den seine Sonnenbrille an dem Tag hinterlassen hat, als er mich gefragt hat, ob ich seine Freundin sein will. Es war an einem der heißesten Nachmittage im Juni. An Land herrschte eine Bombenhitze, aber auf dem Boot von Henrys Eltern, mit dem wir über den Long Island Sound schipperten, war es angenehm kühl. Im Gruppenchat tat sich genau gar nichts, denn alle waren noch mal weggefahren, bevor sie ihre elitären Sommerprogramme antraten. Auch mein Praktikum beim hiesigen Planetarium hatte noch nicht angefangen. Außer mir war nur noch Henry hiergeblieben.

Du magst doch Sterne?, hatte er mir in einer privaten Nachricht geschrieben.

Jeder weiß, dass ich von Astronomie besessen bin. Von Astronomie *und* Astrophysik, um genau zu sein. Ich begeistere mich schon ewig dafür. Meine Fixierung auf die Sterne begann, als ich fünf war und Dad anfing, nach jedem stärkeren Regen, wenn der Himmel besonders klar war, mit mir zum Ocean Cliff zu fahren, um mir Konstellationen, Galaxien, Planeten und Sterne zu zeigen. Das Ocean Cliff ist der höchste Punkt an der Gold Coast, eine riesige Steinformation, die sich über dem Wasser erhebt. »Und so bringt man Ordnung in das Chaos«, erklärte Dad mir, als wir auf den Felsen saßen. Er sagte, er habe immer Astronaut werden wollen, aber aus irgendeinem mir unerfindlichen Grund ist er stattdessen Buchhalter geworden. Als wir an jenem ersten Abend wieder nach Hause kamen, klebte er spiralförmig angeordnete Leuchtsterne an meine Zimmerdecke.

Die Fähigkeit, dort oben *Dinge* zu erkennen, kleine Wunder, die schon seit Ewigkeiten existieren, beruhigt mich. Es vertreibt die Albträume und macht die Dunkelheit erträglicher. Zumindest manchmal.

Weißt du doch, antwortete ich Henry.

Wie wärs mit einer Sonnenuntergangstour mit dem Boot?

Ich antwortete nicht gleich. Henry legte nach.

Ich könnte ein Teleskop mitbringen.

Henry versuchte schon seit Ferienanfang bei mir zu landen. Er kam mich unangemeldet besuchen, bot mir an, mich zu Partys zu chauffieren, und schickte mir bizarre Nachrichtenmeldungen, von denen er dachte, ich fände sie lustig. Ich hatte es satt, dauernd Nein zu sagen, hatte es satt, auf jemand anderen zu warten. Also sagte ich mir: Scheiß drauf, und nahm seine Einladung an.

Bin dabei. Aber das Teleskop kannst du dir sparen. Ich hab eins.

Das Celestron-Reiseteleskop, das ich zu Chanukka von Dad bekommen hatte, prangte auf meinem Nachtisch.

Ein paar Stunden später befanden wir uns in der Mitte des Long Island Sound, auf seinem kleinen Motorboot, der nach Henrys zwölfjährigem Golden Retriever benannten *Olly Golucky*. Die Sonne war bereits untergegangen und langsam ließ auch die Hitze nach. Eine schwache Brise wehte und allmählich erschienen die ersten Sterne am Himmel. Ich lag rücklings auf dem feuchten Deck und atmete die salzige Seeluft ein. Um uns herum rauschten die Wellen, während Henry mich mit überraschend lustigen Geschichten aus seiner ersten Praktikumswoche bei CNN unterhielt. Mit leuchtenden Wangen erzählte er mir, wie er auf den Gängen des Nachrichtensenders seinen Idolen begegnet war. Es war wirklich ganz hinreißend. Dann brachte er eine Flasche Rosé und eine Dose russischen Kaviar zum Vorschein, die er in dem kleinen versteckten Kühlschrank gefunden hatte. Beides offerierte er mir gemeinsam mit seiner Frage, die Augen hoffnungsvoll aufgerissen: »Was meinst du? Magst du's mit mir versuchen?«

Die Antwort lag auf der Hand. Er war der Kapitän des Lacrosseteams und Chefsprecher beim Nachrichtensender der Schule. Wortgewandter als die meisten unserer Lehrer. Sogar im betrunkenen Zustand, wenn die meisten Jungs zu Monstern mutieren, noch zuckersüß. Es schadete auch nichts, dass er auf sehr augenscheinliche Art attraktiv war, wie ein Scotch&Soda-Model. Dichtes, blondes Haar. Grüne Augen. Nahezu perfekte Haut. Er war zu Großem bestimmt. Er war ein Player. Mit ihm zusammen zu sein würde alles so einfach machen.

Außerdem war derjenige, mit dem ich eigentlich gerne zusammen wäre und der mich unbeabsichtigterweise genau hierhergeführt hatte, Hunderte von Meilen weit weg. Die Frage beantwortete sich also von selbst. Henry war hier und interessiert. Im Gegensatz zu Adam Miller.

»Klar«, sagte ich. Henry ließ die Dose fallen und legte mir die klebrigen Hände um die Hüfte. Fischeier hafteten an meinem nackten Rücken. Er konnte nicht wissen, dass ich mir, während er mir die Zunge in den Mund steckte, wünschte, Adam würde uns so sehen und realisieren, was er sich hatte entgehen lassen.

Die Schulglocke läutet und Robert versetzt Henry einen Tritt. »Komm schon. Wir müssen zu Spanisch.«

»Englisch«, sage ich zu Nikki. Die wirft in einer verzweifelten Geste den Kopf in den Nacken, hakt sich aber bei mir ein und zieht mich durch die Doppeltüren in den Innenhof. Das Licht verändert sich, während wir gehen, und wenn ich die Augen zusammenkneife, kann ich am Personalparkplatz vorbei bis zu den Austernständen sehen, wo die Verkäufer für heute Feierabend machen, ihre Kisten verräumen und die Segeltuchvorhänge schließen.

Als es zum zweiten Mal klingelt, haben Nikki und ich es auf die andere Seite des Campus geschafft, wo wir uns nebeneinander auf unsere Stühle fallen lassen. Ich zücke meine Ausgabe von *Der große Gatsby*, einem Klassiker, wie Mr Beaumont uns versprochen hat, als er ihn uns über die Ferien zu lesen gab.

»Hallo, ihr zwei«, sagt Mr Beaumont, als er an unseren Tischen vorbeigeht. »Hattet ihr einen schönen Sommer?«

Nikki legt den Kopf schief und blickt ihn schelmisch an. »Er war toll.«

»Das freut mich.« Mr Beaumont lächelt und schiebt seine dick umrandete Brille nach oben. Er sieht brauner aus als letztes Jahr. Als hätte er den ganzen Sommer in den Hamptons am Strand gelegen wie eine erwachsene Version von uns, was er irgendwie ja auch ist.

Er ist vor drei Jahren an die Gold Coast Prep gekommen, gleich nach Thanksgiving, als Mrs Mullen in Mutterschutz ging. Nikki, Shaila und ich waren damals in der Neunten und bekamen ihn in Englisch. Da hatten wir gerade das mit den Playern erfahren. In der ersten Stunde gewann er uns mit der folgenden Ansage für sich:

»Solange ihr keinen Scheiß mit mir abzieht, ziehe ich auch keinen mit euch ab«, erklärte er mit einem Lächeln. Das war lustig gemeint. Er hatte *Scheiß* gesagt, das hieß, dass er cool war. Er hatte es *geschnallt*. Mitten in der Stunde brummte mein Handy. Eine Nachricht von Shaila. BESESSEN stand da, gefolgt von roten Herzchen. Als ich den Kopf hob, trafen sich unsere Blicke.

»Träum weiter«, flüsterte ich ihr lautlos zu.

Wenige Tage nach seinem Auftauchen fanden wir heraus, dass er in Gold Coast aufgewachsen war. Sein Abschluss lag zehn Jahre zurück. Auf seinem Jahrbuchfoto sieht er total albern aus – mit nach allen Seiten abstehenden dunklen Haaren und einem verdreckten Lacrosseshirt. Henry glaubt, dass er ein Player war. Gerüchten zufolge soll er das Ganze sogar angestoßen haben. Wobei ich das eigentlich nicht glaube.

Nach Mr Beaumonts erstem Jahr war Rektor Weingarten so zufrieden mit ihm, dass er ihm eine Vollzeitstelle gab und ihm den Literaturkurs der Oberstufe anvertraute. Seitdem nennt Mr Beaumont unseren Jahrgang seine »Erstgeborenen«.

Während er sich in einem Monolog über East Egg und West Egg ergeht, schreibe ich hektisch alles mit. »Das kannst du dir sparen«, flüstert Nikki und deutet auf meinen Block. »Du brauchst doch keine Notizen.«

Da hat sie natürlich recht. In den Player-Akten gibt es jede Menge Infos zum *Großen Gatsby* – neben Hunderten wahnsinnig detaillierter Lernhilfen für die Zwischen- und Abschlussprüfungen. Dazu eine Reihe von College-Zulassungstests, Leistungskursprüfungen und vertraulichen Tipps für den perfekten College-Aufsatz von den Dekanen von Harvard und Princeton höchstpersönlich. Letzten Frühling habe ich bereits einen Ausschnitt davon gesehen, eingeklemmt zwischen einer Reihe von Chemie-Abschlussprüfungen, die mir von einem Player geschickt wurden, dessen Namen ich noch nie gehört hatte.

Es kommen immer die gleichen Fragen!, hatte er geschrieben. *Hol dir deinen verdammten Einser!*

Die Akten sind unser Eintrittsschein zur Elite der Elite. Sie ermöglichen uns, überragende Leistungen zu bringen, selbst wenn wir das auch alleine schaffen würden. Sie sind eine Belohnung für unsere Treue, geben uns die Möglichkeit, unseren Status als Player und alles, was damit verbunden ist, voll auszukosten. Die Partys. Den Spaß. Die Privilegien. Sie nehmen uns etwas von dem Stress, lindern den Druck. Die Akten machen alles einfach. Golden. Abgesehen von den entsetzlichen Schuldgefühlen und der Scham, die mich jedes Mal überkommt, wenn ich die App öffne, in der sie gespeichert sind. Die Akten sind unsere Absicherung.

Vor allem für diejenigen von uns, die sich keine privaten Nachhilfelehrer und Collegeberater leisten können, die fast so viel kosten wie das Schulgeld für die Gold Coast Prep. Oder die einen Durchschnitt von mindestens 93 Punkten halten müssen, um ihr Stipendium nicht zu verlieren. Aber dieses kleine Detail brauchen die anderen nicht unbedingt zu wissen.

»Miss Wu«, sagt Mr Beaumont jetzt zu Nikki. »Was schreibt Miss Newman denn so Spannendes? Es ist ja ganz was Neues, dass Sie sich für etwas anderes als Ihr Telefon interessieren.«

Nikki richtet sich auf und das dunkle Haar fällt ihr über die Schultern. »Wissen Sie, Mr Beaumont, das Buch hat mir so gut gefallen, dass ich wissen wollte, was Jill davon hält.«

»Und, Miss Newman, was halten Sie von Gatsby?«, fragt er, als würde es ihn wirklich interessieren.

»Na ja …«

Die Schulglocke ertönt.

»Sagen Sie's uns beim nächsten Mal, Miss Newman. Schönes Wochenende miteinander. Und passen Sie gut auf sich auf.« Die Worte sind an alle gerichtet, aber sein Blick ruht auf mir, als würde er unsere Geheimnisse kennen und wissen, was es heißt, bei den Playern zu sein. Was wir opfern mussten. Was wir tun mussten, um alles zu überstehen. Vor allem die Mädchen.

2

»Jill!« Henry lehnt an seinem Auto, einem fast neuen Lexus, den er liebevoll Bruce nennt. »Lass uns abhauen.« Mir wird ganz warm ums Herz, als ich auf ihn zugehe und spüre, wie alle uns beobachten.

Ich steige ein und lege meine Tasche vor mich auf den Boden neben einen Stapel Bücher.

»Die kannst du einfach ignorieren«, sagt er und deutet auf die Bücher. »Das ist meine neue Ausbeute.« Sie sehen uröde aus, auf dem Cover prangen Wörter wie *Krieg* oder *Demokratie*. Als Henry NPR einstellt, seinen Lieblingsradiosender, muss ich mir ein Lächeln verkneifen. Es ist einfach zu süß, wenn der Journalismusnerd in ihm rauskommt.

»Wir haben ein paar von den Neuen zu Nikkis Party heute Abend eingeladen.« Henry fährt vom Schulparkplatz und winkt dabei Dr. Jarvis zu, dem ältlichen Physiklehrer, dem immer Essensreste an der Krawatte kleben, der aber ganz vernarrt in mich ist.

»Jetzt schon?«, frage ich. »Ist es nicht noch ein bisschen früh, um mit den Ersties abzuhängen?« Ich versuche mich zu erinnern, wann ich angefangen habe auf Player-Partys zu gehen, wann Adam mich zum ersten Mal mitgenommen hat. Damals war die Luft kross und roch eher nach trockenem Laub als nach Sonnencreme. Jetzt dagegen ist eindeutig noch Lichtschutzfaktorzeit.

»Robert hat sich die Kleinen während der Lacrossevorsaison schon mal angeschaut«, fährt Henry fort. »Ihm zufolge gibt es ein paar heiße Kandidaten.«

Ich beiße mir auf die Lippe. »Es ist trotzdem noch zu früh. Findest du nicht?«

»Vielleicht«, antwortet Henry vorsichtig, als würde er wirklich darüber nachdenken, als hätte meine Stimme Gewicht. »Aber wir müssen rechtzeitig damit anfangen, uns Üs auszudenken. Das macht schließlich jede Abschlussklasse, oder etwa nicht?«

Ach ja, die Üs. Kurz für Übungsaufgaben. Auch bekannt als der Fluch meines Lebens. Ich wurde eine Woche nachdem man mich als Player auserkoren hatte, zu meiner ersten verdonnert. Dieser Kotzbrocken Tommy Kotlove befahl mir, nach dem Tennisunterricht in das Chemielabor der Mittelstufe einzubrechen und für seine Freundin, Julie Strauss, ein Becherglas zu klauen, das sie als Vase benutzen konnte. Fast wäre ich an Ort und Stelle in Tränen ausgebrochen. Da ahnte ich noch nicht, dass das noch eine von den einfacheren Aufgaben sein würde.

»Mir kommt es immer noch früh vor«, sage ich.

»Bryce Miller könnte ganz vielversprechend sein.«

»Schön möglich«, erwidere ich langsam.

»Hat Adam was zu dir gesagt?«

Tatsächlich hatte Adam mir am Morgen vor der Schule deswegen eine Nachricht geschickt. Obwohl sie nur kurz war, hatte sie mich den ganzen Tag beschäftigt: Pass auf meinen kleinen Bruder auf, ja? Ich weiß, dass ich mich auf dich verlassen kann, Newman.

»Bestimmt rechnet er damit«, sage ich.

Henry verdreht die Augen. »Tja, Bryce muss schon ein bisschen mehr vorweisen als seinen Bruder. Er bekommt keinen Freifahrschein, nur weil er mit Adam Miller verwandt ist.«

»Stimmt«, sage ich, um das Gespräch zu beenden. Wenn Henry Adams Namen sagt, klingt es immer irgendwie giftig und hingespuckt.

»Wir werden sehen, ob er das Zeug zum Player hat. Das tun wir schließlich immer.« Henry bleibt vor meinem Haus stehen.

Mich schaudert und ich kann es kaum erwarten, seinen Fragen über Adam zu entkommen. Schnell drücke ich ihm einen Kuss auf die Wange. »Bis später.«

»Jilly! Bist du das?«, ruft Mom, als ich die Haustür öffne. »Komm her! Ich bin in der Küche.«

So begrüßt sie mich oft: in ein unförmiges Leinenhemd und einen langen Seidenschal gehüllt und gerade damit beschäftigt, etwas aus dem Ofen oder ihrem Farbkasten zu holen. Heute schlägt sie eine großzügig bemessene Lasagne in Alufolie ein. Die macht sie traditionell jedes Jahr zum Schulanfang. »Wie wars? Der erste Tag von deinem letzten Schuljahr!« Ihre Stimme überschlägt sich und vor lauter Aufregung verwandeln sich ihre Fältchen in Krater.

»Super«, sage ich mit einem breiten Lächeln, um ihr keinen Grund zu geben, mir *nicht* zu glauben.

»War das Henrys Auto?«

»Ja.«

Lachend schüttelt sie den Kopf. »Was für ein Junge.«

Obwohl sie bereits in der deprimierenden Hälfte der Fünfziger angelangt ist, ist Mom nach wie vor die umwerfendste Frau in unserer Straße. Sie ist in drei Buchklubs, engagiert sich im Tempel und bei mehreren gemeinnützigen Projekten und töpfert daneben noch elegante Töpfe und raffinierte Vasen, für die sie einmal pro Saison in der *Vogue* und der *Architectural Digest* erwähnt wird. Dank ihrem Coolnessfaktor wirkt es nach außen hin so, als könnten wir mit allen anderen an der Gold Coast Prep mithalten, aber in Wahrheit braucht es dafür viele Stunden, in denen sie an der Volkshochschule Töpfern unterrichtet und den überprivilegierten Nachkommen der Mayflower Privatkurse gibt. Sie sagt, das sei es ihr wert. So kann sie ihrer Leidenschaft nachgehen und uns die Kindheit geben, die sie nicht hatte. Ihre Eltern waren Hippies, die Ende der Siebzigerjahre immer noch zugedröhnt mit ihrem Campingbus durchs Land fuhren und für zweitrangige Bands Merchandise verkauften. Dass sie in der Lage ist, Jared und mich auf eine Privatschule zu schicken, ist so was wie ein Ehrenabzeichen für Mom, aber für mich fühlt es sich so an, als würden ihre und Dads Hoffnungen und Träume auf mir lasten wie ein tausend Kilo schweres Gewicht.

Wie wichtig ihnen mein Erfolg ist, merkte ich in der Fünften, als sie mir auf wenig subtile Weise nahelegten, mich an der Gold Coast Prep um das Stipendium für außerordentliche Leistungen in den MINT-Fächern zu bewerben. Das Stipendium wird einmal im Jahr inoffiziell vergeben und gewährt einem glücklichen Schüler oder einer glücklichen Schülerin Zugang zu der mehrere Millionen Dollar teuren naturwissenschaftlichen Abteilung der Schule sowie zu allen Leistungs- und Wahlfächern. Es ist kein Wunder, dass Dutzende Ehemalige an den besten naturwissenschaftlichen Unis des Landes angenommen wurden. Ich habe Mom und Dad noch nie so glücklich erlebt wie an dem Tag, als ich die Zusage bekam.

Es ist nicht so, als hätte ich *Stipendiatin* auf die Stirn tätowiert, aber manchmal glaube ich, dass es trotzdem offensichtlich ist. Ich trage keine Designerslipper, um den karierten Faltenrock meiner Schuluniform aufzuwerten. Ich habe kein eigenes Auto. Ich verbringe die Sommerferien nicht in den Hamptons. »Wer braucht ein Strandhaus, wenn er praktisch am Strand wohnt?«, fragte Mom, als Shaila mich in der Mittelstufe einlud, sie in die Hamptons ins Ferienhaus ihrer Familie zu begleiten.

Das Stipendium deckt allerdings nicht alle Kosten – Uniform, Bücher und Teilnahmegebühren für Wissenschaftswettbewerbe müssen wir nach wie vor aus eigener Tasche bezahlen. Und Jareds volles Schulgeld natürlich. Mom und Dad tun alles, damit wir auf der Privatschule bleiben können, in der Hoffnung, dass es sich eines Tages bezahlt macht. Dass mein kleiner Bruder und ich an einer besseren Uni – im besten Fall an einer Eliteuni – genommen werden, als dies mit einem Abschluss von der öffentlichen Highschool der Fall wäre, den auch nur die Hälfte der Leute dort schaffen.

Wie wir die Unigebühren bezahlen sollen, ist ein heikles Thema, das ich bewusst vermeide. Ich tue so, als würde ich es nicht hören, wenn sie sich nachts mit gedämpfter Stimme streiten. »Warten wir erst mal ab, ob sie überhaupt genommen wird«, hörte ich Dad flüstern, als er uns schlafend glaubte. »Irgendeinen Weg werden wir schon finden.«

Aber ist es das wirklich wert? Die vielen Stunden, die Dad in einem tristen Büro damit verbringt, Zahlen zu wälzen? Das falsche Lächeln, das Mom jedes Mal aufsetzt, wenn sie so tun muss, als wären diese grässlichen Snobs, die zu tief ins Weinglas geschaut haben, brillante Künstler? Zielstrebigkeit ist gefragt. Und da kommen die Player-Akten ins Spiel. Ich muss gute Noten schreiben. Für mich, aber vor allem für meine Eltern.

Mom ist eine unverbesserliche Optimistin. Sie gehört zu den

Leuten, die allen vertrauen, *weil die Menschen von Natur aus gut sind, Jill. Das ist einfach so*. Sogar nach der Sache mit Shaila denkt sie das noch.

Dieses Motto war es auch, das sie dazu bewogen hat, Ja zu sagen, als Cindy Miller ihr eines Tages bei einem Treffen der Schwesternschaft des Tempels anbot, ihr achtzehnjähriger Sohn könne Jared gegen ein kleines Entgelt Englischnachhilfe geben.

»Du bist erlöst«, erklärte Mom, als sie mir mitteilte, ich müsse Jared in Zukunft nicht mehr bei den Hausaufgaben helfen. »Adam Miller übernimmt das jetzt.«

»Wie bitte?« Ich war fassungslos. Jeder an der Gold Coast Prep wusste, wer Adam war. Zum einen war er unfassbar gut aussehend mit seinen langen drahtigen Armen, den dunklen Locken und den blauen Augen, mit denen er das Eis zum Schmelzen bringen konnte. Und darüber hinaus war er auch noch ein Genie. Er hatte drei Jahre in Folge den nationalen Preis für junge Drehbuchautoren gewonnen und war angeblich mit mehreren lokalen Theatergruppen im Gespräch, die seine Stücke aufführen wollten. Dabei ging er noch auf die *Highschool*. Alle Unis mit einem Kurs für kreatives Schreiben rissen sich um ihn. Und zudem war er, wenig überraschend, ein Player.

Warum zum Teufel wollte er also seine Freitagabende damit verbringen, einem Sechstklässler bei den Hausaufgaben zu helfen?

Mom zog ihren labbrigen Wollpulli zurecht und legte sich eine klobige Tonhalskette um. »Das war Cindys Idee. Er will *echte Arbeitserfahrung* sammeln oder so ähnlich. Wahrscheinlich für seine College-Bewerbungen.«

Mom und Dad gingen an dem Abend zum Essen aus und ich war eigentlich bei Shaila zum Filmeschauen eingeladen, aber bei der Vorstellung, mit Adam abzuhängen, geriet ich ganz aus dem Häuschen.

Außerhalb der Schule.

Allein.

Na ja, wenn er mit der Nachhilfe fertig war.

Schnell schickte ich Shaila eine Entschuldigung: Hab Halsweh. SORRY!!!!!

Sie antwortete mit einem weinenden Smiley, aber ich war aus dem Schneider.

Als ich Mom erklärte, ich würde mich nicht wohl fühlen und bliebe zu Hause, trat ein kleines, wissendes Lächeln auf ihr Gesicht. »Alles klar, Jill.«

Lachend kämmte Dad sich die Haare. »Manche Sachen ändern sich nie.«

Da klingelte es.

Ich versuchte, cool zu bleiben und nicht zu schnell zur Tür zu rennen, aber Jared kam mir zuvor.

»Bist du mein neuer Nachhilfelehrer?«, fragte er Adam grinsend.

»Genau. Dann bist du wohl Jared.« Adam setzte ein breites Lächeln auf. Es war leicht schief, sodass seine Lippen ein rotes, volles J bildeten. Dann verschränkte er die Arme vor der Brust und sein dünnes weißes T-Shirt spannte sich über seinen Bizeps. Seine Muskeln waren perfekt geformt, glatt und stark. Ohne den Blazer und die Khakihosen, die alle Jungs in der Schule tragen mussten, sah er viel älter aus. Mir wurde vor Verlegenheit ganz heiß und ich musste dem Drang widerstehen, seine glatte Haut abzulecken. »Und du«, sagte er, »musst Jilly sein.«

»Ich ... äh«, stammelte ich. »Eigentlich heiße ich Jill.«

»Jill.« Meinen Namen aus seinem Mund zu hören war berauschend. *Sag ihn noch mal*, flehte ich innerlich. »Jill«, wiederholte er, als hätte er meine Gedanken gelesen. »Ich wusste nicht, dass du auch da bist.«

Bevor ich antworten konnte, platzte Mom ins Zimmer.

»Adam! Wir sind ja so froh, dass du hier bist, um Jared zu helfen. Wir sind für den Rest des Abends unterwegs, aber du findest unsere Handynummern auf dem Küchentresen neben deinem Geld. Es gibt auch Pizza. Bedien dich einfach.« Und damit waren sie und Dad verschwunden.

Adam warf mir noch so ein Lächeln zu, das mich förmlich zum Zerfließen brachte, und wandte sich dann an Jared. »Bist du bereit?«

Jared murrte zwar, folgte Adam aber brav in die Küche. Ich ließ mich auf die Couch fallen, schaltete den Fernseher ein und stellte ihn so leise wie möglich, damit es so wirkte, als wäre ich beschäftigt und keineswegs daran interessiert, die beiden zu belauschen.

Nach einer Stunde stürmte Jared ins Zimmer. Mit den Worten *Jetzt bin ich dran* schnappte er sich die Fernbedienung und schaltete auf irgendeinen doofen Superheldenfilm um.

Als Adam nicht auftauchte, schlich ich mich in die Küche, um nachzusehen, ob er noch da war.

»Hey«, sagte er, als er mich im Türrahmen sah.

Sofort lief ich rot an. »Wie ist es gelaufen?«

Adam streckte sich, sodass zwischen seiner Jeans und seinem T-Shirt etwas nackte Haut und ein schmaler Streifen dünner, gekräuselter Haare zum Vorschein kamen. Ich musste mich zusammenreißen, um nicht nach Luft zu schnappen.

»Ziemlich gut. Der Kleine ist echt süß.« Er deutete auf die halb volle Pizzaschachtel. »Leistest du mir Gesellschaft? Ich esse nicht gern allein.«

Ohne meine Antwort abzuwarten, nahm er den Karton und ging durch die Hintertür hinaus auf die Terrasse. Ich folgte ihm. Er stellte die Schachtel auf den Glastisch, verschwand wieder nach drinnen und kehrte mit zwei Gläsern voller Eiswürfel und zwei Dosen Cola zurück.

»Danke«, sagte ich, als er mir mein Getränk überreichte.

Bevor er trank, zog er aus seiner Hosentasche einen rechteckigen Metallgegenstand hervor, öffnete den Schraubverschluss und goss sich eine dunkle, glänzende Flüssigkeit ein. »Willst du auch?« Er sah mich fragend an. »Du kannst ruhig Nein sagen, ich erzähls auch keinem.«

Ich nickte. Nach dem ersten Schluck musste ich husten.

»Das wird mit der Zeit besser«, lachte Adam.

Ich hätte ihm gerne gesagt, dass ich nicht zum ersten Mal trank. Dass ich ebenfalls cool war. Aber stattdessen setzte ich einfach wieder das Glas an und nippte noch einmal. Die Eiswürfel knisterten unter dem Alkohol. Ein Brennen stellte sich ein und brachte meine Fingerspitzen zum Kribbeln. Ich tat, was ich immer tat, wenn ich nervös war. Ich schaute nach oben. Ich brauchte nicht lange, um zwischen den funkelnden Sternen meine Lieblingskonstellationen zu finden. Dabei hatte ich Dads Anweisungen im Ohr. *Such den Polarstern. Dann wander mit den Augen ein Stück nach links und unten. Leg den Kopf schief. Tada. Der große Wagen.* Langsam wurde ich ruhiger.

Ich nahm noch einen Schluck.

»Und, Jill«, sagte Adam und zog den letzten Buchstaben meines Namens in die Länge. *Ji-llllll.* »Wer bist du?«

Ich lachte. »Wie bitte?« Die Nervosität machte sich wieder breit. Ich zwang mich, den Gürtel des Orion zu suchen und mich auf die drei blinkenden Lichter zu konzentrieren statt auf Adams Frage.

»Du hast schon richtig verstanden. Wer bist du? Wer ist Jill Newman?«

Ich kaute auf der Innenseite meiner Wange herum und schaute erst nach unten und dann ihn an.

»Ich bin niemand.«

»Das stimmt nicht.«

»Ach nein?«

»Nein. Du bist gerade erst dabei, jemand zu werden.«

Mein Mund klappte auf. Das war so zutreffend, dass es mir einen Stich versetzte.

»Das ist okay. Mir gehts genauso«, fuhr er fort. Dann hielt er mir sein Glas hin, als würde er anstoßen wollen. »Wir finden es gemeinsam heraus.«

Als Nächstes streckte er die Hand aus und zog mir in einer fließenden Bewegung das Handy aus der Hosentasche. Bei der Berührung verwandelte sich mein Magen in Wackelpudding und meine Haare stellten sich auf. »So«, sagte er, während er mit fliegenden Fingern tippte. »Ich schicke mir eine Nachricht, damit ich deine Nummer habe.«

Später an diesem Abend, Stunden nachdem wir die kalte Pizza aufgegessen hatten und er nach Hause gefahren war, brummte mein Handy.

Ich weiß, wer du bist, schrieb Adam.

Ach ja? Lass hören.

Meine neue Kritikerin. Die drei Pünktchen, die anzeigten, das Adam schrieb, standen still, dann kam ein riesiger Textblock gefolgt von einer Erklärung. Das ist die erste Szene von meinem neuen Stück. Du bist die Erste, die das liest. Sag mir, was du Scheiße findest, Newman. Ich bin hart im Nehmen.

Mein Herz schlug schneller, als ich seine Worte las. Ich verkniff mir ein Lächeln und schrieb zurück.

Es ist mir eine Ehre.

Das war der Anfang.

Schon bald kam er einmal die Woche, um Jared bei den Hausaufgaben zu helfen. Und anschließend mit mir abzuhängen. Normalerweise am Freitag. Manchmal auch am Mittwoch, wenn Mom abends unterrichtete und Dad Überstunden machte. Nie am Samstag. Seine Samstagabende waren den Playern vorbehalten.

Anfangs erzählte ich niemandem davon. Ich wollte, dass es mein Geheimnis blieb. Ich wollte unbedingt mehr davon. In der Schule beobachtete ich ihn zwischen den Stunden im Gang oder wenn er sich an den Player-Tisch setzte. Er war zwar nicht der Toastmaster, aber er hielt die Gruppe zusammen. Alle wollten seine Zustimmung, wollten, dass er über ihre Witze lachte, wollten seine wilden, verwickelten Geschichten hören.

Zwischen uns gab es eine unausgesprochene Übereinkunft. Unser Haus war sicher. Die Schule war es nicht. Nur manchmal riskierten wir ein verstohlenes Lächeln, wenn wir uns im Flur begegneten. Aber dann, an einem Donnerstag zwischen der zweiten und dritten Stunde, änderte er einfach die Spielregeln. Er streckte den Zeigefinger aus und pikte mich im Vorbeigehen kurz in die Schulter. Seine Berührung durchfuhr mich von Kopf bis Fuß und beamte mich in ein Paralleluniversum.

So erfuhr Shaila davon. »Was war das?«, fragte sie und kaute an ihrer Nagelhaut – eine schlechte Angewohnheit, die sie sich aber einfach nicht abgewöhnen konnte. Nach ihrem Tod habe ich selbst damit begonnen. »Wieso weiß Adam Miller, wer du bist?«

Ich unterdrückte ein Grinsen. »Er gibt Jared Nachhilfe. Unsere Mütter sind befreundet.«

»Hm.« Shaila schaute Adam nach, während er durch den

Gang eilte, Richtung Matheflügel abbog und eine Schneise durch die versammelte Schülerschaft hinterließ. »Wusstest du, dass er mit Rachel zusammen ist?«, flüsterte sie mir zu. »Rachel Calloway.« Mein Herz hörte auf zu schlagen und barst. Rachel war Grahams atemberaubende ältere Schwester. Kapitänin der Hockeymannschaft. Jahrgangssprecherin. Eine Göttin. Sie war in der Oberstufe. Eine Playerin. Und das machte es noch schlimmer.

»Klar«, log ich.

»Wir haben in den Ferien ein paarmal zusammen abgehangen. Mit Graham.«

Ich schwieg, schäumend vor Wut, weil Shaila mir mal wieder was voraushatte. Erst einen festen Freund, dann Adams Aufmerksamkeit.

Anscheinend merkte sie das, denn sie ruderte gleich wieder zurück. »Aber eigentlich wollte er uns gar nicht dabeihaben.«

Ich war schon immer neidisch auf Shaila gewesen. Darauf, dass ihre Klamotten nach Sommer dufteten und immer superweich waren. Darauf, dass ihre langen Beine und wachsenden Brüste ihr kein Unbehagen zu bereiten schienen. Darauf, dass sie nie kleine Eiterpickel am Rücken und dunklen Flaum über der Oberlippe hatte. Sogar ihre Haare gehorchten ihr, trotz der hohen Luftfeuchtigkeit in Gold Coast.

Ich war neidisch, weil ihr alles so *leicht*fiel. Weil sie Klassenbeste sein konnte, kilometerweit laufen, im Theater die Hauptrolle spielen und alle bezaubern, ohne sich auch nur im Geringsten anzustrengen. Sie behauptete von sich, nur eine Sache zu fürchten. Eine völlig harmlose, banale Sache. Die Höhe.

»Nein. Auf keinen Fall«, sagte sie, als ich in der Siebten beim Austernfest mit ihr Riesenrad fahren wollte. Das Riesenrad stand jedes Jahr am Rand des Ocean Cliff, sodass es sich, wenn man ganz oben angekommen war, anfühlte, als würde man direkt in den Abgrund stürzen. »Du weißt doch, dass ich Höhe nicht abkann«, sagte sie und verzog beim Anblick des Metallungeheuers das Gesicht.

Davon abgesehen konnte Shaila alles glamourös erscheinen lassen, mysteriös und aufregend. Als würde es in ihrer Gegenwart nie langweilig.

Sogar ihr Aussehen war besonders. Sie hatte grasgrüne Augen, die noch heller leuchteten, wenn sie aufgeregt war. Sie war die Erste in unserem Jahrgang, die einen BH trug. Mrs Arnold kaufte ihr sogar einen Push-up, der alles nach vorne und oben schob. Shailas Körper schien sich nach und nach in sich selbst zu verwandeln, während mich die Veränderungen, die mit meinem vorgingen, ebenso verunsicherten wie die Frage, was ich damit bewirken konnte. Aber *irgendwas an mir* musste Adam gefallen, denn *irgendwas an mir* brachte ihn dazu, Zeit mit mir zu verbringen, obwohl er eine Freundin hatte. Vielleicht, dass ich eine gute Zuhörerin war. Oder dass ich so bereitwillig Ja sagte. Seit einer Ewigkeit hatte ich Shaila etwas voraushaben wollen, jetzt hatte ich Zugang zu Adam. Es war ein seltsames Ungleichgewicht, das ich mir zunutze machen konnte.

»Vielleicht kann ich ja mal vorbeikommen«, schlug sie vor. »Wenn er da ist?«

»Fände Rachel das nicht komisch?« Ich versuchte zu überspielen, dass mir die Vorstellung gegen den Strich ging.

Shaila zuckte mit den Achseln. »Quatsch. Rachel ist so was wie meine große Schwester. Sie hätte sicher nichts dagegen. Außerdem könnte es uns Zugang zu den Playern verschaffen. Rachel hat gesagt, dass sie nichts versprechen kann.«

Gegen das Argument kam ich nicht an, und das wusste sie. Aber immerhin konnte ich Shaila das Versprechen abnehmen,

Nikki nichts zu erzählen. Wenn wir zu dritt bei mir rumhingen, sehe es wie ein Hinterhalt aus, sagte ich. Adam sollte schließlich nicht denken, dass wir uns an ihn ranschmissen, um zu irgendwelchen Partys eingeladen zu werden. Shaila gab mir recht.

Als sie am folgenden Freitag nach der Schule mit mir nach Hause kam, war ich total nervös. Ich hatte Angst, dass er sie vielleicht lieber mochte als mich. Dass in seiner »Neuntklässlerinnen-mit-denen-ich-abhänge«-Gruppe nur ein Platz zu besetzen war. Die Abende, wenn er hier war, glichen einem Eiertanz. Ich durfte mir keinen Fehltritt erlauben. Eine weitere Person aufs Parkett zu holen, erhöhte den Schwierigkeitsgrad noch zusätzlich.

Als es an der Tür klingelte, rannte Shaila die Treppe hinunter. Ich war nur ein paar Schritte hinter ihr, aber sie war es, die die Tür aufmachte und sich dabei vor mich schob, zwischen Adam und mich.

»Shaila«, sagte er mit einem überraschten Grinsen.

»Ich übernachte heute hier«, sagte sie.

»Cool.« Er sah mich kurz mit hochgezogenen Augenbrauen an, dann fragte er Shaila: »Ist Graham auch weggefahren?«

Sie nickte. »Das letzte Wochenende in den Hamptons.«

»Rachel war total angepisst«, sagte Adam.

»Graham auch.« Shaila verzog das Gesicht.

Ich versuchte ihrer Unterhaltung zu folgen, aber es war, als würden sie eine mir fremde Sprache sprechen. Eine Sprache, die nur Leute beherrschen, die mit den Eigenheiten einer bestimmten Familie vertraut sind, den Dingen, die hinter geschlossenen Türen passieren. Doch gerade als mein Unbehagen fast nicht mehr auszuhalten war, schob Adam sich an Shaila vorbei und umarmte mich, wobei er mir das Kinn auf den Scheitel legte.

»Hey, Newman«, murmelte er. Ich schlang die Arme um ihn und spürte die von ihm ausgehende Wärme. Da wusste ich zum ersten Mal, dass wir Freunde waren. Und Shaila durfte es aus erster Hand miterleben.

Während der nächsten Stunde schauten Shaila und ich uns YouTube-Videos an, bis Adam aus der Küche kam und Jared zum Zocken in den Keller verschwand.

»Gehen wir auf die Terrasse?«, fragte Adam und setzte sich in Bewegung, ohne unsere Antwort abzuwarten. Inzwischen wusste er, welche Bodenbretter knarzten und wohin er treten musste, um nicht in Harz zu steigen. Er setzte sich auf seinen Stammplatz unter dem Apfelbaum, der noch nie auch nur eine Frucht hervorgebracht hat, und suchte etwas in seiner Tasche.

Shaila und ich ließen uns links und rechts von ihm nieder. Sie kaute an ihren Fingern und zog mit den Zähnen die Haut ab.

»Ich habe eine Überraschung«, erklärte Adam und legte die Hände auf den Tisch.

»Bourbon?«, fragte ich, bemüht, den feinen Grat zwischen wissend und geltungsbedürftig nicht zu überschreiten.

Er schüttelte den Kopf. »Besser.« Damit hob er die Hände wie ein Zauberer und brachte einen kleinen, länglichen Gegenstand zum Vorschein, der ein bisschen wie ein zerknülltes Strohhalmpapier aussah und an einem Ende schmaler zusammenlief.

Shaila gluckste freudig. »Juhu!«

»Hast du schon mal gekifft?«, fragte Adam. Ich warf ihr einen Blick zu. Darüber hatten wir noch nie gesprochen.

»Einmal mit Kara. Sie hatte richtig fettes Dope aus der Stadt dabei.« *Richtig fettes Dope.* Drei Worte, die ich noch nie aus Shailas Mund gehört hatte, vor allem nicht im Zusammenhang mit ihrer schicken Freundin, deren Familie ebenfalls ein Sommerhaus in den Hamptons besaß.

Adam nickte und hob beeindruckt die Augenbrauen. »*Et tu*, Jill?«, fragte er mich und schob die kleine Zigarette in meine Richtung. Ich schüttelte den Kopf. »Na, dann ist heute ein großer Tag.« Er drückte mein Knie und mir wurde ganz flau im Magen. Er steckte sich den Joint zwischen die Lippen – die roten, vollen Lippen –, zündete ihn an und inhalierte.

»Ah«, seufzte er beim Ausatmen. Es roch nach Moschus und Erde und ein bisschen nach Moms Töpferwerkstatt, sodass ich mich fragte, ob meine Eltern dort auch kifften, ob ich eine Spätzünderin war und allen anderen hinterherhinkte. Als Adam mir den Joint weiterreichte, folgte ich seinem Beispiel und inhalierte, bis es sich anfühlte, als würde mein Hirn gleich in Flammen aufgehen. Meine Lunge weitete sich und ich fragte mich, wie lange ich den Rauch drinlassen sollte. Als Adam mir zunickte, atmete ich aus. Meine Glieder waren schwer und ich fühlte mich gut. Ich hatte eine weitere Aufgabe bestanden. Eine weitere Grenze überschritten.

Wir ließen den Joint im Kreis herumgehen. Als er aufgeraucht war, zauberte Adam einen zweiten hervor, mit dem wir ebenfalls kurzen Prozess machten. Danach hatten wir Heißhunger und waren völlig albern. Adam machte Nachos und wir tanzten zu Motown-Musik durch die Küche. Shaila und ich nahmen Adam zwischen uns und hüpften Händchen haltend auf und ab. Dann ließen wir uns auf die Couch fallen und Adam lachte sich halb tot, als ich ein Video abspielte, in dem Pandas einen Hügel hinunterrollen.

»Jill! Ich kann nicht mehr!«, keuchte er. Tränen rollten ihm über die Wangen, so sehr musste er lachen. Und obwohl ich total benebelt war, fühlte ich mich cool und zufrieden. Ich hatte

Adam Miller zum Lachen gebracht. Ich, die witzigste Neuntklässlerin der Gold Coast Prep.

Kurze Zeit später schlief Shaila auf der Couch ein. Als Adam es bemerkte, sagte er zu mir: »Lass uns rausgehen.«

Ich folgte ihm auf die Terrasse, aber diesmal ging er die Treppe hinunter zu der weißen Stoffhängematte, die am Rand des Gartens zwischen zwei Zedern gespannt war. Er setzte sich darauf und deutete neben sich. Langsam ließ ich mich in die Hängematte sinken, sodass wir Seite an Seite lagen, Kopf an Fuß. Obwohl sein Mund weit weg war, lockten mich seine Lippen.

Ich legte den Kopf in den Nacken und schaute nach oben, auf der Suche nach etwas Vertrautem. Allerdings hatte der tintenblaue Nachthimmel sich bedeckt, sodass ich nur Wolken sah. Ich war allein mit meinen gespannten Nerven.

Adam lehnte den Kopf an meine Füße und ich dankte dem Himmel, dass ich meine Nägel erst heute Morgen knallblau lackiert hatte. Als die vom Meer kommende Brise zunahm, drückte ich mich enger an Adams Beine. Sie waren warm und manchmal kitzelte mich eines seiner Härchen am Kinn.

»Du bist anders als die anderen«, sagte er.

»Du auch.«

Er streichelte meine Füße, eine Zehe nach der anderen. »Du solltest mal was mit mir und meinen Freunden unternehmen.«

»Gern.«

»Sie werden dich mögen.«

»Kann sein.«

»Ich habe ihnen von dir erzählt.«

In meinem Hals bildete sich ein Kloß. »Was denn?«

»Dass du total cool bist.« Lachend schloss er die Hand um meinen Fuß. Ich spannte den Rist an, um ihn daran zu erinnern, dass ich noch da war. »Eine von uns.«

Ich ließ mir seine Worte durch den Kopf gehen, überlegte, was er mir damit sagen wollte.

»Ich seh doch, wie du uns beim Mittagessen beobachtest«, fuhr er fort. »Keine Angst. Eines Tages wird der Tisch dir gehören.« Ich spürte etwas Feuchtes und schielte zu Adam, gerade als er seine Lippen an meine Fußsohle drückte. In meinem Innern explodierte ein kleines Feuerwerk und mir wurde ganz heiß zwischen den Beinen. Ich zuckte zusammen und im nächsten Moment lagen wir auch schon auf dem Boden, ein Knäuel aus Gliedmaßen, Haaren und Grashalmen. Dann blickte Adam mir in die Augen. Seine waren tiefblau und blutunterlaufen. Er schloss die Finger um mein Handgelenk.

»Ich habe eine Freundin«, flüsterte er.

Ich schnappte nach Luft, mein Herz brach. »Ich weiß.« Ich ließ mir die Haare ins Gesicht fallen, damit er es nicht sehen konnte.

»Wir zwei sind Freunde.« Aus seinem Mund klang das Wort *Freunde* so bedeutungsschwer und liebevoll, als gäbe es keine größere Ehre, als mit ihm befreundet zu sein.

»Freunde«, wiederholte ich.

Adam legte mir den Zeigefinger unters Kinn und schob meinen Kopf hoch, sodass wir uns in die Augen sahen. »Freunde.« Er lächelte. Dann blitzten Autoscheinwerfer auf, ein sicheres Zeichen, dass Mom und Dad nach Hause kamen. Adam gab mich frei, verschwand im Haus und ließ mich alleine zurück.

3

»Gehst du auf eine Party?« Jared lehnt im Türrahmen und wickelt sich eine seiner Locken um den Zeigefinger. Seine Haare sind tintenschwarz wie meine. Auf Fotos sehen wir aus wie Zwillinge, dabei bin ich drei Jahre älter als er.

»Ja, bei Nikki«, antworte ich und verlagere meine Aufmerksamkeit wieder auf meine überbordende Auswahl an Makeup.

»Davon hab ich gehört. Ein paar Leute aus meinem Geschichtskurs haben sich drüber unterhalten. Dein Freund hat sie eingeladen.« Bei dem Wort *Freund* überschlägt sich seine Stimme.

»Henry? Er hat so was erwähnt.«

Jared senkt den Kopf und ich überlege kurz, mit ihm daheimzubleiben. Wir könnten im Pyjama auf der Couch lümmeln und uns Moms superweiche Decke schnappen, die für Filmabende reserviert ist. Jared liest gerade *Der Fänger im Roggen* für Mr Beaumonts Englischkurs und ich will ihm unbedingt klarmachen, dass Holden ein totales Arschloch ist, bevor Jared anfängt, den selbstgefälligen, kleinen Idioten zu idealisieren.

»Kann ich dich was fragen?« Jared schaut mich an.

»Klar.«

»Nimmst du mich mal mit? Auf eine Party?«

»Warum?« Die Frage platzt aus mir heraus, bevor ich mir auf die Zunge beißen kann, und klingt harscher als beabsichtigt. Warum möchte Jared mit auf eine Player-Party kommen? Die meisten seiner Freunde sind mit ihm in der Schulband. Sie verbringen ihre Samstage damit, in der Comicbuchhandlung zu stöbern oder sich YouTube-Videos von NBA-Highlights anzuschauen. Ich war erleichtert, dass er sich nicht für die Partys interessiert, nicht den verzweifelten Hunger verspürt, sich in der Dunkelheit gehen zu lassen, oder das dringende Bedürfnis, etwas kaputtzumachen und sich zu beweisen. Ich will, dass das so bleibt, will, dass ihm nichts passiert. »Ich meine, warum willst du da hin?«

Eine Locke fällt ihm in die Stirn. »Keine Ahnung. Es hört sich einfach lustig an.«

»Ich überlegs mir.«

»Wirklich?«

»Ja.« Sofort bereue ich mein Zugeständnis. Ich will auf keinen Fall, dass er auf eine Player-Party geht. Er passt da nicht hin. Shaila hat hingepasst – mehr als wir alle – und wir wissen ja, wie die Sache für sie ausgegangen ist.

Jared strahlt mich an, und als ich fertig bin und an ihm vorbeigehe, umarmt er mich. Er ist mittlerweile größer als ich und seine ehemals weichen Schultern sind jetzt knochig. Mein kleiner Bruder ist nicht mehr klein.

Henry geht voraus und bahnt mir wie ein Bodyguard den Weg durch die Menge. Player und solche, die es werden wollen, machen uns Platz und ein paar großkotzige Jungs strecken Henry die Hand hin, damit er sie abklatscht. In den Sommerferien hat Henry mir erzählt, dass er an Anderson Cooper am meisten bewundert, wie er sich bei seinen Quellen einschmeichelt, ihr Vertrauen gewinnt und dann irgendwann zuschlägt und die besten, schockierendsten Informationen an Land zieht. Jetzt frage ich mich, ob das Henrys Strategie für die Highschool ist.

Aus den Boxen dröhnt ohrenbetäubender Hip-Hop und das Haus riecht schon jetzt nach verschüttetem Bier und Partymief. Rote Plastikbecher bedecken den Wohnzimmertisch und verdecken den Sprung, der letzten Sommer auf Roberts Konto ging. Nikkis Eltern haben sich nie dazu geäußert, dabei ist der Tisch aus Kristallglas und war das Geschenk von einem berühmten Künstler aus der Schweiz. Wahrscheinlich haben sie es gar nicht bemerkt.

Nikki dagegen ist schwer zu übersehen. Sie balanciert kopfüber auf einem Bierfass, umklammert mit den Händen die Metallgriffe, während Tyler Renford – ein schweigsamer Typ aus der Golfmannschaft, der seit Jahren hinter Nikki her ist – ihre Beine hält und jemand anders ihr den Zapfhahn in den Mund steckt.

»Nik-ki! Nik-ki! Nik-ki!«, brüllt die Menge. Seit der Neunten hält sie den Rekord im Bierhandstand. Sie hatte aber auch jede Menge Gelegenheit zum Üben, denn sie musste ein Semester lang bei jeder Player-Party einen machen. Das war eine ihrer wiederkehrenden Spezialaufgaben. Ich löse mich von Henry und gehe zu Marla, die am mit halb vollen Flaschen und Plastikbechern übersäten Küchentresen steht.

»Gott sei Dank«, sagt sie, als ich sie umarme. »Hier sind viel zu viele Ersties. Höchste Zeit für Verstärkung. Willst du was zu trinken?« Sie hält eine Flasche Wodka in die Höhe. Der Inhalt sieht tödlich aus.

Als ich nicke, gießt sie etwas davon in einen roten Becher und füllt ihn anschließend mit Mineralwasser und Ananassaft auf.

»Prost!«

»Auf unser letztes Schuljahr.« Ich ziehe die Augenbrauen hoch und Marla kichert.

»Endlich.«

Der erste Schluck brennt in meiner Kehle. Bevor ich es mir anders überlegen kann, leere ich den halben Becher. Schon bald wird mich die vertraute, elektrisierende Wärme durchfluten. Im dunklen Wohnzimmer erspähe ich Nikki, die jetzt wieder aufrecht steht.

»Wo warst du?« Nikki wirft die Arme um mich und drückt ihre Wange an meine. Weil sie Stilettos trägt, muss sie sich herunterbeugen. »Die Stimmung ist crazy. Lass uns kurz hochgehen. Wo sind die anderen?«

Ich nehme Blickkontakt mit Henry auf und drehe den Kopf Richtung Wendeltreppe in der Mitte des Zimmers. Marla deutet mit dem Finger darauf und bildet mit den Lippen ein stummes »Rauf?«. Als ich nicke, holt sie Quentin und Robert, die gerade dabei waren, im Esszimmer ein Trinkspiel zu organisieren.

Zusammen gehen wir nach oben und überlassen die Party sich selbst. Nacheinander betreten wir Nikkis Zimmer wie schon hundertmal zuvor. Anfangs war es komisch, nur noch zu sechst zu sein, nachdem wir ein Dreivierteljahr lang ununterbrochen zu acht abgehangen hatten. Doch nach und nach füllten wir die Leerstellen. Nikki legte sich Shailas ungefilterten, trockenen Sarkasmus zu. Ich fing an mir in Stresssituationen die Haare zu einem lockeren Knoten zu binden, wie Shay, wenn sie Theatertexte auswendig lernte. Und Marla eignete sich sogar Shailas stampfenden Gang an, der durch die Gänge der Gold Coast Prep hallte.

Die Jungs übernahmen rein gar nichts von Graham. Nicht

mal Robert, der sein bester Freund gewesen war. Es war, als hätten wir ihn komplett aus unserer Erinnerung gelöscht.

Quentin nimmt Anlauf und hechtet auf Nikkis California King Bed, wobei er das sorgfältig gemachte Oberbett komplett in Unordnung bringt. Nikki schaltet die Discokugel ein und verleiht dem Zimmer so die perfekte Kitschatmosphäre.

»Es sind irrsinnig viele Leute da.« Henry lässt sich auf den violetten Samtsessel fallen. Ich setze mich auf seinen Schoß und er legt mir die Arme um die Hüfte und drückt mich gegen seinen muskulösen Oberkörper. »Ich hab ein paar von den Neuen, die ich eingeladen habe, auf der hinteren Veranda gesehen. Glaubt ihr, sie haben Spaß?«

»Klar, Mann. Wieso sollten sie keinen haben? Genau darum gehts doch, bis wir anfangen, sie mit Üs zu quälen«, sagt Robert.

»Es ist grade mal September. Wir haben noch jede Menge Zeit.« Nikki stößt ihm den Ellbogen in die Seite und er lässt sich neben sie auf die Matratze sinken und legt ihr den Arm um die Schultern. »Das wird das beste Jahr unseres Lebens«, fährt Nikki fort und ich hoffe, dass sie recht behält.

Marla scheint dasselbe zu denken. »Hoffentlich. Endlich haben wir's an die Spitze geschafft. Jetzt geben wir den Ton an.« Quentin schubst sie um und sie taumeln gegen Robert.

Henry verdreht zwar die Augen, wirft sich aber trotzdem oben auf den Haufen und zieht mich mit sich. Wenn wir wirklich *den Ton angeben*, können wir auch die Spielregeln ändern.

»Ich liebe euch!«, ruft Quentin und drückt sein Gesicht an meines.

»Du bist mir grade viel zu emo«, sagt Robert. »Los, gehen wir wieder runter!«

Robert ist in der Sechsten von Manhattan nach Gold Coast

gezogen, verkörpert aber immer noch das Image des coolen Großstädters. Außerdem hat es sicher nicht geschadet, dass er egal wen in egal welchen Klub von SoHo einschleusen kann – oder das zumindest behauptet – und dass er als Erster von uns einen gefälschten Ausweis hatte, ausgestellt in irgendeinem Keller in Queens. Das ist auch der Grund, warum er ein Player geworden ist. Das und die Tatsache, dass er eine riesige Streetwear-Garderobe besitzt, seinem Dad mehrere Resorts in der Karibik gehören und seine Mom mal Miss USA war. Er hat ein übertrieben großes Selbstbewusstsein und ist ein überheblicher Besserwisser, der uns mit seinem Charme irgendwie um den Finger gewickelt hat.

Bei Partys ist Robert unberechenbar und lässt gerne die Sau raus. Er benimmt sich wie ein wildes Tier, das seine Grenzen testet. Er will wissen, wie weit er es mit uns Vorstädtern treiben kann. Wahrscheinlich hat er sich darum auch letztes Jahr bereit erklärt, als Erster die Winter-Ü-für-alle auszuführen.

»Ich zeig euch mal, wie das geht«, rief er vom oberen Ende der Treppe in Derek Garrys Haus. Er schob sich ein Sofakissen unter den Hintern und ließ sich kopfüber nach vorne kippen. Aber bevor er sich abfangen konnte, krachte er donnernd mit dem Kopf gegen die Wand. Die Aktion brachte ihm eine heftige Gehirnerschütterung und einen Besuch in der Notaufnahme ein. »Ich bin vom Rad gefallen«, erklärte er der Ärztin mit einem selbstgefälligen Grinsen.

»Okay, machen wir eine kurze Pause.« Derek musste schreien, um die laute Musik zu übertönen. Ausnahmsweise bliesen wir die Aufgabe ab und ließen sie von keinem wiederholen.

In der darauffolgenden Woche erschien Robert ohne den geringsten Kratzer in der Schule.

»Wer cool sein will, muss leiden«, erklärte er, als er sein Tablett auf den Player-Tisch stellte. Wir brauchten ein paar Wochen, um zu merken, dass er ein bisschen benebelt und grausamer war als vorher. Die Player kehrten den Vorfall unter den Teppich und sprachen nie wieder davon.

Jetzt springt er von Nikkis Bett auf und sprintet zur Treppe, wo er gegen das Geländer knallt und etwas vom Inhalt seines Plastikbechers verschüttet.

Henry und Quentin stürzen sich hinter ihm her ins Getümmel. Nach einer Weile bricht Marla das Schweigen: »Gehen wir vapen?« Sie schaut uns an und schenkt uns ein breites, verschlagenes Lächeln. »Aber erzählt es meiner Trainerin nicht.«

Nikki tut so, als würde sie die Lippen versiegeln. »Wenn man in der Feldhockeyauswahl spielt und gute Noten hat, nimmt einen fast jedes College. Allerdings sehen es die Aufnahmekomitees nicht gern, wenn man raucht«, hat Marla uns letztes Jahr erklärt, als ihre Angewohnheit krasse Ausmaße annahm.

Im Dunkeln stellen wir uns nebeneinander auf Nikkis Balkon, sodass unsere Schultern sich berühren. Die Party hat inzwischen auch den Garten erreicht und ein paar von den Ersties tanzen barfuß im Gras. Nikkis Haus liegt direkt am Strand und vom Garten führt ein klappriger Holzsteg bis ans Wasser. Wenn ich die Augen zusammenkneife, kann ich die nackten Hintern zweier Leute sehen, die sich in die Wellen stürzen. Wahrscheinlich Neuntklässler, die beweisen wollen, dass sie cool genug sind, um bei den Playern aufgenommen zu werden. Neben dem Pool knutschen zwei Ersti-Mädels, angefeuert von ein paar Typen, die sie dabei mit dem Handy filmen. Der salzige Wind nimmt zu und ich schaue in den Himmel. Der Stier. Genau da, wo ich ihn gesucht habe, direkt über dem Orion. Ich stelle mir vor, wie er auf dünnen Beinen durch die Dunkelheit galoppiert und mit seinen Freunden Bocksprünge vollführt. Es ist die perfekte Nacht, um ihn zu sehen.

»Ich will keine Neuntklässler aussuchen«, sagt Nikki. Sie nippt an ihrem Getränk und spielt mit dem kleinen Rosenquarzanhänger, den sie an einer Kette um den Hals trägt. Seit Shailas Tod fährt sie total auf Kristalle ab. »Ich bin noch nicht bereit die Älteste zu sein.«

»Ich weiß genau, was du meinst. Irgendwie fühlt es sich zu früh an.« Marla lässt den Vaporizer sinken und bläst eine Rauchwolke aus, die wie ein Heiligenschein über ihrem Kopf hängen bleibt.

Der Wodka rauscht mir durch die Adern. »Jared möchte ein Player werden«, sage ich.

»Wundert dich das?« Nikki schaut mich an. Ein Blatt verfängt sich in ihren Haaren.

»Dein Bruder?«, fragt Marla. »Na und? Der ist doch süß.«

»Bäh, sag so was nicht«, erwidere ich. Vielleicht hätte ich mit dem Thema warten sollen, bis ich mit Nikki alleine bin.

Marla ist eine von uns. Sie kam zu den Playern, als sie es in die erste Schulmannschaft geschafft hatte, obwohl sie damals erst in der Neunten war. Außerdem kürten die Jungs aus der Oberstufe ihren Hintern als den besten. Sie hat vier ältere Brüder und beinahe perfekte Haut. Beides Dinge, um die ich sie beneide. Trotzdem wirkt sie immer ein bisschen distanziert, so als lebe sie in ihrer eigenen Welt. Ich war noch nie bei ihr zu Hause, ich weiß noch nicht mal, wo sie wohnt. Sie kommt selten zu unseren Pyjamapartys, weil sie lieber daheim bei ihren Brüdern bleibt, die alle aufs Cartwright College gehen und tabu für uns sind. Das hat sie uns jedenfalls erklärt, als Nikki die Jungs nach einem Match unverhohlen anschmachtete. Dabei hätten sie sich sowieso nicht für uns interessiert. Marlas elitäre Mitschülerinnen lassen sie völlig kalt. Sie wissen, dass sie Marla nicht verlieren werden und sie nur deshalb bei den Playern ist, weil sie hofft, sich so einen Platz in Dartmouth zu sichern. Das Feldhockey war dafür schon mal hilfreich. Und ihr erstaunliches Mathetalent auch. Aber bei standardisierten Prüfungen versagt sie regelmäßig auf ganzer Linie. Nur dank der superpräzisen Arbeitshilfen aus den Player-Akten ist es ihr gelungen, beim letztjährigen College-Zulassungstest fast die volle Punktzahl zu erzielen.

Und dank dem moralisch fragwürdigen Arzt, dessen Sohn vor ein paar Jahren bei den Playern war und der ihr ADHS attestiert hat, damit sie mehr Zeit zum Ausfüllen des Tests bekommt.

Manchmal holen Marlas Brüder sie von einer Party ab. Dann jagen sie in ihrem roten Jeep Wrangler durch die kurvigen Alleen von Gold Coast. Am Ziel angekommen, brüllen sie wie aus einem Hals Marlas Namen und machen sich gar nicht erst die Mühe auszusteigen.

»Mar-la«, heulen sie so lange, bis sie aus dem von Dunstwolken verhangenen Haus tritt, in dem die Party stattfindet. »Marla!« Und mit einem knappen Winken verabschiedet Marla sich dann und ihr hellblondes Haar weht im Fahrtwind, während sie mit ihren Beschützern davonrauscht. Ihre Brüder sind wie Gespenster, Phantome, die in Streitwagen vorfahren und in der Nacht verschwinden. Und trotzdem können sie ihre Schwester nicht vor allem beschützen.

Ich frage mich, ob Marla die gleiche Loyalität empfindet, die ich Jared gegenüber hege, nur gleich vierfach.

»Ich weiß nicht«, sage ich. »Er ist anders als wir. Das ist nichts für ihn. Keine Ahnung, wie er die Üs bestehen soll.« Ich stelle mir sein besorgtes kleines Gesicht vor, verwirrt und ängstlich.

Nikki legt mir von hinten die Arme um. »Keiner sagt, dass es für ihn auch so schlimm werden muss. Jetzt sind wir die Ältesten. Wir stellen die Regeln auf.«

»Ich weiß. Es ist bloß … Er ist mein Bruder.«

»Mach dir keine Sorgen«, sagt Marla und nimmt noch einen letzten Zug an ihrem Vaporizer, bevor sie ihn wieder in der Tasche verschwinden lässt. »Nikki hat recht. Wir machen jetzt die Regeln.« Sie hält kurz inne. »Unter uns wird alles anders.«

Ich spüre mein Handy in der Hosentasche vibrieren, einmal, und dann noch einmal. Vermutlich Jared. Hoffentlich Adam.

»Ich muss pinkeln«, sage ich und gehe an den anderen vorbei in Nikkis Bad, wo ich die Tür hinter mir abschließe und mich auf die Toilette fallen lasse. Mein Handy vibriert noch zwei Mal. Ich ziehe es heraus, in der Erwartung, einen vertrauten Namen zu lesen. Adam, Jared, Mom, Dad. Doch stattdessen wird mir eine Nummer angezeigt, die ich nicht kenne.

Ich tippe darauf und überfliege die Nachricht, doch sie ergibt keinen Sinn.

Ich weiß, dass du wahrscheinlich nie wieder was mit mir zu tun haben willst, aber ich muss dir was sagen.

Graham hat Shaila nicht getötet. Er ist unschuldig.

Es ist ein Riesenmissverständnis. Können wir reden?

Von einem Moment auf den anderen wird mir kotzübel und Nikkis Bad beginnt sich zu drehen. Die Decke ist da, wo eben noch der Boden war, und das Waschbecken steht auf dem Kopf. Ich würge. Als noch eine Nachricht kommt, bleibt mir fast das Herz stehen. Ich umklammere mein Handy so fest, dass meine Knöchel weiß hervortreten.

Hier ist Rachel Calloway.

4

Es würde keinen Prozess geben. Das wusste ich, als Graham in Handschellen abgeführt wurde, das Gesicht rot und verquollen und rund wie ein Ballon. Vielleicht lag es am Schock, aber in dem Moment sah er gar nicht aus wie Graham, sondern wie jemand, der sich als er verkleidet hatte – mit teuren Basketballschuhen und einem Hoodie des Lacrosseteams der Cold Coast Prep. Erst als die Polizei ihn an uns vorbeiführte, so nah, dass ich die Muttermale hinter seinem Ohr sehen konnte, die ich während der ganzen Siebten vom Platz hinter ihm angestarrt hatte, wusste ich, dass er es war, dass er Shaila getötet hatte.

Graham und Rachel waren schon seit der Vorschule auf der Gold Coast Prep. Sie waren Lebenslängliche. Alle Lehrer, sogar die, die sie nie gehabt hatten, kannten ihren Namen und ihre Eltern. In der Mittelstufe war Graham beliebt. Nicht weil er nett oder witzig war, sondern einfach nur weil er *er* war. Sein Nachname öffnete ihm alle Türen. Wenn er die anderen Jungs einlud, um im Indoorpool seiner Eltern zu baden oder im Strandbuggy durch die Dünen zu jagen, sagte keiner Nein. Graham hatte große, fleischige Hände, die irgendwie bedrohlich wirkten. So als könne er einen mit Leichtigkeit zu Boden schlagen, wenn man was Falsches sagte. Im Unterricht machte er Furzgeräusche und beschuldigte dann das Mädchen, das das Pech hatte, neben ihm zu sitzen. Er warf mit Chemikalien gefüllte Reagenzgläser um, einfach weil er es lustig fand. Und einmal gab er sogar damit an, einer toten Möwe, die er am Strand gefunden hatte, die Haut abgezogen zu haben.

Aber in dem Sommer, bevor wir auf die Highschool kamen, hörte er mit dem ganzen Scheiß auf. Das war der Sommer, als er und Shaila zusammenkamen. Ich hatte ein Vollstipendium für ein Naturwissenschaftscamp in Cape Cod ergattert und konnte es gar nicht richtig genießen, weil ich eigentlich viel lieber zu Hause bei Shaila geblieben wäre. Sie schickte mir gewissenhaft handgeschriebene Briefe. »Briefe sind viel authentischer als E-Mails«, erklärte sie in ihrem ersten. »Und wenn ich eines Tages berühmt bin, werden die Leute alles über *Shaila Arnolds Jugendjahre* wissen wollen.« Ich verschlang ihre Briefe wie sonst nur Moms Schokotorte.

Nach allem, was sie schrieb, nahm die Sache erst ihren Anfang, als ich schon weg war. Shaila und Kara Sullivan, ihre versnobte Freundin von der Upper East Side, nahmen an einem Model-UN-Kurs in den Hamptons teil. Als die Calloways Wind davon bekamen, schickten sie Graham ebenfalls hin.

Anfangs ging es in Shailas Briefen hauptsächlich um Kara. Dass sie auf Künstlerinnen wie Yayoi Kusama, Dan Flavin und Barbara Kruger stand. Dass sie ihr gezeigt hatte, wie man Sandklaffmuscheln aß, ohne sich das Gesicht mit Butter zu beschmieren. Kara klang unbeschreiblich cool. Hinzu kam, dass sich die Väter von Kara, Shaila und Graham noch aus ihrer Kindheit kannten. Sie hatten von klein auf jeden Sommer miteinander verbracht. Sie waren aus dem gleichen Holz. Ich dagegen fiel aus dem Rahmen.

Graham fand erst im Juli zum ersten Mal Erwähnung. Damals begann Shaila ihre Briefe mit kleinen Geschichten aufzupeppen, in denen sie und er am Anlegesteg ihrer Eltern Hummerbrötchen aßen, heimlich Whiskey in Getränkedosen umfüllten oder sich in Bars schlichen, die eigentlich den Yuppies aus New York vorbehalten waren, die die Sommermonate hier verbrachten.

In einem Brief schrieb Shaila, dass Kara was mit einem Typen aus Manhattan namens Javi angefangen und Shaila praktisch keine andere Wahl gelassen hatte: Sie war jetzt mit Graham zusammen.

Als ich im August nach Hause zurückkam, waren sie unzertrennlich. Sogar Nikki war fassungslos. Graham war wie ausgewechselt. Er war aus seiner Kinderhaut geschlüpft wie eine Schlange. Auf einmal war er aufmerksam, stellte mir Fragen zur Biolumineszenz in Cape Cod oder lud mich ein mit ihm und Shaila Minigolf zu spielen. Er benahm sich auch netter und nannte mich Jill, statt den grässlichen Spitznamen zu benutzen, den er mir in der Mittelstufe verpasst hatte, als ich wegen eines vergeigten Biotests in Tränen ausgebrochen war: Newmaniac. Wie hatte ich das gehasst. Allerdings dauerte Grahams gute Phase nur ein Jahr.

An dem Vormittag, an dem Graham abgeführt wurde, befanden wir uns noch am Strand vor Tina Fowlers Haus. Grahams Schwester, Rachel, folgte ihm. Sie war erschrocken und aufgebracht, sich ihrer Mitschuld bewusst. Ich weiß noch, wie sie die Arme nach Graham ausstreckte, während ihr Tränen übers Gesicht liefen. Ihre Stimme schwankte zwischen einem Trillern und einem Wimmern. Bei jedem ihrer Schreie lief es mir kalt über den Rücken. Der Polizist schubste Graham auf den Rücksitz, dann war er weg. Seitdem habe ich ihn nicht mehr gesehen.

Als das Auto fort war, drehte Rachel sich um und zeigte mit zitterndem Finger auf uns. »Glaubt ihr das?«, schrie sie. Ihre Augen waren rot und ihre Haare standen nach allen Seiten ab. Das war das erste Mal, dass sie nicht perfekt aussah.

Keiner sagte was.

Rachel flehte Adam an, sie aufs Revier zu begleiten. Doch er schüttelte nur den Kopf. Er hatte die Polizei gerufen, um Shaila als vermisst zu melden. Die Beamten fanden Graham einen Kilometer den Strand hinunter, nicht weit vom Ocean Cliff, Shailas Blut noch an den Fingern, Flecken davon auf seiner Brust. Sand klebte an ihm wie Streusel auf einer Torte.

»Feigling!«, schnauzte Rachel Adam an und warf ihm einen vernichtenden Blick zu. »Du bist so ein Feigling!« Jetzt schrie sie. Und mit einer schnellen Handbewegung klatschte sie Adam eine, sodass sich auf seiner blassen Haut ein roter Fleck bildete. Ich hielt die Luft an.

Adam blinzelte, sagte jedoch nichts.

»Nach allem, was ich für euch getan habe ...«, wisperte Rachel. »Ihr könnt mich mal.«

Keiner bewegte sich. Weder Tina Fowler, die seit dem Kindergarten Rachels beste Freundin war, noch Jake Horowitz, den sie in die Notaufnahme gebracht hatte, als er bei einer Player-Party einen Blinddarmdurchbruch erlitt. Keiner ging ihr nach und schon bald waren die Calloways Geschichte.

Rachel nahm nicht an der Zeugnisvergabe der Gold Coast Prep teil. Stattdessen fing sie schon ein paar Monate früher in Cornell an und die Calloways verkauften ihr Haus in der Fielding Lane für 6,2 Millionen Dollar. So zumindest stand es in der Immobilienanzeige, die ich online fand. Ihr Haus in den Hamptons brachte noch mehr ein. Von dem Geld kauften sie sich ein Zweifamilienhaus in Tribeca. Was aus Graham wurde, wusste keiner so genau. Angeblich befand er sich in einer Anstalt für schlimme Jungs, die was Schlimmes angestellt haben, aber zu jung oder zu reich fürs Gefängnis sind.

Rachel und ihre Eltern kamen nicht zu Shailas Beerdigung. Aus offensichtlichen Gründen. Die Arnolds hätten auch keinen Wert darauf gelegt. Zu kommen wäre ein *Fauxpas* gewesen, um es mit einem von Mrs Arnolds Lieblingswörtern zu sagen.

Während Shailas Beerdigung gab es einen heftigen Sturm. Die Art von Sturm, wie es ihn nur am Anfang des Sommers gibt, wo das Meer tosend gegen die Küste peitscht und sich erst allmählich wieder beruhigt. Es war fast schon übertrieben klischeehaft. Eine Beerdigung im Regen. Was Traurigeres gibt es eigentlich nicht.

Ich erwachte, Stunden bevor mein Wecker klingelte, und blieb im Bett, bis es leise an meine Tür klopfte. Dann zog ich das schwarze Etuikleid an, das Mom für mich ausgesucht hatte, und versuchte mich möglichst aufrecht zu halten. Ich war noch immer so flachbrüstig, dass ich es kaum ausfüllte.

Jared räusperte sich. Er stand im Türrahmen in einem schwarzen Anzug.

»Kommst du mit?«, fragte ich und schaute wieder in den Spiegel. Bisher war er nur einmal mit dem Tod konfrontiert worden, als Opa Morty zwei Jahre zuvor den Löffel abgegeben hatte. Aber der war neunundachtzig gewesen. Dass alte Menschen sterben, ist normal. Dass Jugendliche sterben, ist es nicht.

»Ich würde gerne, aber Mom lässt mich nicht«, sagte er und fummelte an einem Hemdknopf herum.

»Ist wahrscheinlich besser so.«

Jared kam in Strümpfen auf mich zugetappt und schlang mir die Arme um den Bauch. Damals war ich noch größer als er, wenn auch nur ein paar Zentimeter und nur noch für ein Jahr. Obwohl ich mir eine neue Persönlichkeit, ein neues Image zugelegt hatte, wollte ich wieder so jung sein wie er und ihn vor alldem beschützen. Stattdessen fühlte ich mich alt und müde. »Tut mir leid«, flüsterte er mit zitternder Stimme.

Mein Magen verkrampfte sich und mein Herz fühlte sich an, als wollte es jeden Moment aus meiner Brust springen. »Mir auch«, antwortete ich. Jared wirkte so zerbrechlich. Er umklammerte mich noch fester und ich spürte, dass er in mein Kleid weinte. Sein Körper hob und senkte sich.

Der Gottesdienst dauerte nicht lange, höchstens dreißig Minuten, und endete mit »Somewhere Over the Rainbow«, was Mrs Arnold zufolge Shailas Lieblingslied gewesen war. Mit sechs vielleicht.

Die Kirche war brechend voll mit Menschen aus Gold Coast und den Hamptons. Sogar ganz hinten standen noch Dutzende Leute in teuren Anzügen und hielten sich an ihren Blackberrys fest. Wahrscheinlich irgendwelche Analysten von Mr Arnolds Hedgefonds. Kara Sullivan saß, von Kopf bis Fuß in schwarze Designerklamotten gehüllt, mit ihrer Mutter, der Kunsthändlerin, auf der Seite. Sie weinte lautlos in ihre Hände, in denen sie ein Blatt Papier hielt – wahrscheinlich Shailas letzter Brief an sie. Shaila hatte ständig Briefe geschrieben. Wahrscheinlich hatte sie so auch mit Kara Kontakt gehalten, wenn diese während des Schuljahrs in Manhattan war. Ob Karas Briefe wohl auch mal in *Shaila Arnolds Jugendjahre* abgedruckt werden?

Oder vielmehr in *Shaila Arnolds einzige Jahre*.

Ich nahm meinen Platz in der zweiten Reihe neben Nikki, Marla, Robert, Quentin und Henry ein. Es war das erste Mal, dass wir nur zu sechst waren. Quentin schniefte in seinen

Hemdärmel und drückte dann und wann Marlas Hand. Ich bohrte mit gesenktem Blick Löcher in meine Oberschenkel und versuchte mich von den Schuldgefühlen abzulenken, die mir das Herz schwer machten.

Wir waren dabei gewesen. Wir alle waren dabei gewesen. Und keiner von uns hatte ihr geholfen.

Beim Begräbnis saß Adam hinter mir, eingezwängt zwischen Tina Fowler und Jake Horowitz. Ich bemühte mich, Haltung zu bewahren und nach vorne zu schauen und nicht vor ihm herumzuzappeln. Als Mr Arnold seine Grabrede hielt, drückte Adam meine Schulter, wobei seine Finger über meine nackte Haut strichen. Ich fühlte mich schutzlos und ausgeliefert, filetiert wie ein Fisch und bereit verschlungen zu werden.

Am Morgen nach Nikkis Party schrecke ich aus dem Schlaf hoch und mein Gesicht ist von kaltem Schweiß bedeckt. Schon wieder ein Albtraum. Früher waren sie wenigstens noch vorhersehbar. Damals träumte ich, dass mir die Zähne ausfallen. Oder dass ich bei einer Prüfung wie gelähmt bin. Alles stressbedingt, wie Mom mir erklärte. Aber seit Shaila tot ist, sehe ich ständig sie. Ihre abgekauten Nägel, ihr Gesicht, ihre langen Gliedmaßen. All diese Dinge haben sich in meine Träume eingeschlichen. Ebenso wie die Erinnerungen an jene Nacht. Der peitschende Wind. Das prasselnde Lagerfeuer. Shailas golden glänzendes Haar, als sie im Mondlicht davongeht. Manchmal, wenn ich im Dunkeln aufwache, helfen die Sterne an meiner Decke mir mich zu beruhigen. Aber sicherheitshalber lasse ich auch die Schreibtischlampe an.

Das Horrorszenario der vergangenen Nacht ist neu. Als ich die Augen zusammenkneife, sehe ich Rachel Calloways perfekt symmetrisches Gesicht auf mich zuschießen, die Augen zwei Schlitze, die Lippen gespitzt. Ich schnappe nach Luft und blinzle. *Es war nur ein Traum.*

Nicht so Rachels Rückkehr in mein Leben. Ich taste nach meinem Handy und finde es zwischen meinem Kissen und dem Kopfteil des Bettes. Dann rufe ich ihre Nachrichten auf.

Hier ist Rachel Calloway.

Die ist fast schlimmer als der Rest: Graham hat Shaila nicht getötet. Er ist unschuldig.

Fast.

»Klopf, klopf«, sagt Mom draußen auf dem Flur. »Kann ich reinkommen?«

Schnell verstecke ich das Handy unter dem Kissen, als wäre es etwas Verbotenes. »Mm-hm.«

Die Tür geht auf. »Du solltest nicht so lange schlafen. Sonst verpasst du den halben Tag.« Mit ein paar Schritten durchquert sie das Zimmer und reißt die Vorhänge auf. Die Sonne ist heiß und drückend, besonders für September.

»Ich bin ein Teenager. Teenager müssen lange schlafen«, kontere ich und rolle mich auf den Bauch.

»Kannst du Jared zur Bandprobe bringen? Dein Vater und ich müssen ein paar Erledigungen machen.«

»Klar.«

»Ihr müsst in fünf Minuten los. Der Autoschlüssel hängt neben der Tür.«

Stöhnend hieve ich mich aus dem Bett, das Handy stecke ich in die Tasche meiner Flanellshorts.

Als ich nach unten komme, wartet Jared schon neben Moms Kombi und knabbert an seiner Nagelhaut. Er hat meine schlechte Angewohnheit übernommen. Shailas schlechte Angewohnheit.

»Wie wars gestern?«, fragt er.

»Gut«, sage ich, als ich rückwärts ausparke. »Moment mal. Wo ist denn dein Bass?« Die Rückbank ist auffallend leer.

»Es gibt dort einen.«

»Aber sonst spielst du doch immer auf *deinem*. Irgendwann kriegst du noch einen Buckel, weil du dieses Ding immer mit dir rumschleppst.«

»Nicht von dem. Der ist elektrisch.«

»Du spielst aber nicht E-Bass, Doofie.«

Er ignoriert mich. »Hier musst du rechts abbiegen.«

Ich mustere ihn. Sein Mittelfinger gleicht einer Kraterlandschaft.

»Jetzt mal im Ernst. Wohin fahren wir?«

»Zu Bryce Miller.«

Ich kann meine Überraschung nicht verbergen. »Echt?« Adam und ich haben jahrelang versucht die beiden dazu zu kriegen, sich anzufreunden. Aber Bryce war immer ein kleiner Fiesling gewesen, der die anderen Kinder auf dem Basketballplatz schubste und die BH-Träger der Mädchen schnalzen ließ. Er hatte so eine verspielte, leicht gemeine Art, die auf mich harmlos wirkte, ihn für Jared aber beängstigend und unnahbar machte.

Jared nickt. »Er spielt Gitarre und hat mich eingeladen mit ihm zu jammen.«

»Cool.« Lächelnd verfasse ich in Gedanken eine Textnachricht an Adam. »Weiß Mom Bescheid?«

»Klar. Sie konnte es gar nicht erwarten, Cindy Miller zu erzählen, *dass ihre Jüngsten endlich Freunde werden!*«, sagte er und ahmt Moms übertrieben begeisterten Tonfall nach.

Ich muss lachen. »Das wird super.«

Jared verdreht die Augen. »Keine Ahnung.«

Ich verbinde mein Handy mit dem Autoradio und spiele

meine Lieblingsplaylist, die ausschließlich Popsongs aus den Achtzigern enthält. Aus den Boxen schallt Madonna und langsam beruhigt mein Magen sich wieder, während ich dem Weg zu Adams Haus folge. Ich kenne ihn auswendig und könnte jede Kurve zwischen den Backsteingebäuden mit geschlossenen Augen fahren. Adam kommt erst nächsten Monat in den Herbstferien, aber mir wird schon ganz schwummerig, wenn ich nur in der Nähe seines Hauses, seiner Sachen bin.

»Danke«, sagt Jared, als ich stehen bleibe.

»Wo ist Bryce?«, frage ich. »Ich würde ihm gerne Hallo sagen.«

Auf der Veranda schwingt eine Holzschaukel knarrend im Wind. Ich weiß genau, wie es sich anfühlt, wenn sie unter einem nachgibt, vor allem wenn man sich zu zweit draufsetzt.

»Ich schreibe ihm.« Mit fliegenden Fingern tippt Jared eine Nachricht und wenige Sekunden später geht die Haustür auf und Bryce kommt über den perfekt gestutzten Rasen auf uns zu. Eine rostrote Badehose schlackert um seine Hüften. Er sieht älter aus als Jared, auf den ersten Blick könnte er sogar Adam sein.

Jared springt aus dem Auto, schlägt die Tür hinter sich zu und die beiden klatschen ab.

»Wie gehts, Jill?« Bryce steckt den Kopf durchs Beifahrerfenster. »Alles klar?« Unaufgeregt und selbstsicher, genau wie sein Bruder. Er ist völlig unbeeindruckt davon, dass er es mit einer von den Playern aus der Abschlussklasse zu tun hat.

»Ich kann mich nicht beschweren. Wie war deine erste Woche an der Highschool?«

Bryce verzieht das Gesicht. »Super, wie sonst?«

»Klar.«

»Hast du heute schon mit Adam geredet?«

Ich schüttle den Kopf. »Noch nicht.«

»Er meldet sich bestimmt noch bei dir«, sagt Bryce. »Vorhin hat er mit Mom telefoniert. Er kommt nächstes Wochenende. Für irgendeinen National-Young-Playwright-Workshop hier am Theater. Ich glaube, er soll Jugendlichen beibringen, wie man Regieanweisungen schreibt oder so.«

»Cool.« Ich beiße mir auf die Lippe und versuche mir meine Aufregung nicht anmerken zu lassen. Jared verdreht trotzdem die Augen. Er hat meine nicht ganz so unauffällige Verknalltheit spitzgekriegt.

Bryce haut ihm auf den Rücken. »Gehen wir jammen?«

Jared strahlt. »Ja, Mann.«

»Machs gut, Jill!«

Ich winke und warte, bis die zwei im Haus verschwunden sind, dann zücke ich mein Handy.

Hab Jared grad zu dir nach Hause gefahren … Sieht aus, aus wären er und Bryce endlich Freunde.

Bevor ich den Motor starten kann, höre ich es vibrieren.

ENDLICH!!! Ich wusste, dass unser Masterplan eines Tages aufgeht.

Mein Gesicht glüht und ich ziehe mit den Zähnen einen Streifen Nagelhaut ab.

Bryce hat gesagt, dass du bald kommst?

Ja. Ich wollte dir schon schreiben. Hast du Zeit für mich? Frühstück im Diane's? Am Samstag?

Mein Herz ist kurz vorm Bersten. Ich nicke, als könnte er mich sehen.

Klar.

Ich schließe unseren Chat, aber bevor ich das Handy weglege, sehe ich die letzte Nachricht von gestern, die Nachricht, die ich ignoriert habe.

Hier ist Rachel Calloway.

Jetzt macht sie mir keine Angst mehr. Adam wird wissen, was zu tun ist. Das tut er immer. Zusammen wird uns was einfallen. Am Samstag.

5

Ich höre Adam, noch bevor ich ihn sehe. Irgendein alter Punksong dröhnt aus den Lautsprechern des Mercedes-Oldtimers, den er seit der Zehnten fährt. Die Geräuschkulisse ist mir so vertraut, dass mir vor lauter Déjà-vu ganz schwindelig wird. Als ich einsteige, fühlt sich alles so anders an als in Bruce. So abgewetzt und gemütlich.

»Hallo, Kleine«, sagt Adam. Seine dunklen Locken sind verstrubbelt und zum Niederknien. Ich mache mich gefasst auf mein liebstes Adam-Feature: sein linkes Grübchen. Es ist nur zu sehen, wenn er übers ganze Gesicht lächelt. Zum Glück zeigt es sich, als ich mich anschnalle.

Ich strahle zurück und er beugt sich rüber und umarmt mich. Er riecht noch immer nach Lavendelseife und einem Hauch von Tabak.

»Diane's?«, fragt er.

»Unbedingt. Ich bin am Verhungern.«

Er stellt den Motor an und dreht die Musik lauter, zügig fährt er über die kurvige Strecke zur Bucht. Als Jared und ich klein waren, sind wir am Sonntag immer nach dem Hebräischunterricht mit Mom und Dad zum Frühstücken in Diane's Diner gefahren. Dann gab es bergeweise Blaubeerpfannkuchen und Kartoffelpuffer für alle. Heiße Schokolade für Jared und mich und für Dad eine Tasse Kaffee nach der anderen, während er uns erzählte, wie es war, als modern-orthodoxer Jude in Williamsburg aufzuwachsen, lange bevor das Viertel cool wurde. Wir lauschten geduldig seinen Anekdoten über seine Großeltern, die nur Jiddisch gesprochen hatten und gestorben waren, bevor wir auf die Welt kamen und bevor Dads Religiosität nachließ. Ohne meine Eltern zu Diane's zu gehen, fühlt sich immer noch an, wie zum ersten Mal ohne Stützräder Fahrrad zu fahren. Wie ein Abenteuer von epischem Ausmaß.

»Es ist also so weit. Dein letztes Schuljahr.«

»Mein letztes Schuljahr. Kein großes Ding.«

Adam lacht. »Typisch meine Jill. Völlig unbeeindruckt.«

Bei dem *meine* werde ich rot. »Für dich ist das doch jetzt bestimmt total langweilig.«

Adam lacht. »Was du mir erzählst, ist nie langweilig, Newman.«

Die Härchen in meinem Nacken stellen sich auf und ich betrachte ihn von der Seite. Unter seinem T-Shirt ist die leichte Wölbung seiner Oberarmmuskeln zu erkennen, und als er sich die Brille über die Nase hochschiebt, spannt sein Unterarm sich an.

Ich lehne mich zurück und versuche mich zu entspannen. Dabei ist mir mein Körper ganz genau bewusst, wie ich dasitze und wie mein Arm gerade so auf der Fensterleiste Platz hat. *Ist das richtig?*, frage ich mich, während wir die leere Mautstation in Mussel Bay passieren, die einspurige Straße, die zu beiden Seiten von Wasser begrenzt wird, den kleinen Anglersteg, an dem man im Sommer die besten gefüllten Muscheln bekommt. Durch den Nebel kann ich beinahe das Ocean Cliff ausmachen. Alles ist mir so vertraut.

Adam biegt in den kleinen Parkplatz ein, der nur aus sechs Parkbuchten besteht. Als wir das Diner betreten, scheppert die Glocke über der Tür und der Geruch von Zimt und Wurstfett schlägt uns entgegen.

»Ach, ihr beiden! Meine Lieblingsgäste!« Diane steckt einen Kugelschreiber in ihr feuerrotes, zu einem Turm hochgestecktes Haar, eilt auf uns zu und umfängt uns in einer riesigen, zuckersüßen Umarmung. Wie üblich trägt sie roten Lippenstift und eine klassische weiße, perfekt gebügelte Kellnerinnenuniform. Sie sieht aus wie die anderen Bedienungen, obwohl ihr der Laden gehört. »Ihr könnt euch aussuchen, wo ihr sitzen wollt«, verkündet sie mit einem Zwinkern, denn sie weiß, dass unser Stammplatz frei ist. Adam steuert zielstrebig auf die Nische zu, deren Sitzgarnitur auf der einen Seite einen breiten Riss aufweist.

»Schön, hier zu sein«, sagt er, als wir uns auf das rote Leder sinken lassen.

»In Providence gibts so was nicht?«, frage ich und schlage die laminierte Speisekarte auf, die so dick ist wie ein Buch.

»Nee.«

Gott sei Dank, denke ich.

»Was darfs sein, Schätzchen?«, fragt Diane in ihrem starken Long-Island-Akzent. »Das Übliche?«

»Wie immer«, sagt Adam. »Und einen Kaffee. Schwarz.«

»Und für dich?« Sie wendet sich mir zu.

»Dasselbe.«

»Kommt sofort. Machts euch in der Zwischenzeit gemütlich.« Mit einem Zwinkern verschwindet sie Richtung Küche.

»Ich liebe diesen Laden.« Adams Blick bleibt direkt über mir an der Wand hängen. »Er ist so was wie ein zweites Zuhause.« Ich drehe den Kopf, um seinem Blick zu folgen, obwohl ich bereits weiß, was ich dort finden werde. Aus einem blauen Gold-Coast-Prep-Rahmen strahlen mir unsere Gesichter entgegen. Das Foto wurde in meinem ersten Highschool-Jahr aufgenommen, als ich zum letzten Mal mit Shaila hier war. Adam hatte uns, Rachel und Graham nach der letzten Prüfung herchauffiert, das war eine Woche vor der Initiation. Die Tatsache, dass ich Single war, hatte mir zugesetzt, ebenso wie die Vorstellung, bei ihrem Doppeldate das fünfte Rad zu sein. Aber Adam hatte mir versichert, dass ich dazugehörte. Dass er mich dabeihaben wollte.

Als das mit Shaila passierte, nahmen wir eigentlich an, dass Diane das Bild abhängen würde. Doch die Arnolds kamen nie hierher. Und die Calloways wohl auch nicht. »Was spielt es für eine Rolle?«, sagte sie, als Adam sie letztes Jahr in den Weihnachtsferien darauf ansprach. »Es ist eine Momentaufnahme. Nur weil der Moment vorbei ist, heißt es nicht, dass es ihn nie gegeben hat.«

»Erzähl«, sage ich. »Was ist das für eine Theatergeschichte?«

Adam seufzt. »Ich habe Big Keith versprochen, dieses Semester einen Workshop für Kinder zu leiten. Lauter Viert- und Fünftklässler aus New York. Aus sozial schwachen Familien. Sie verbringen ein Wochenende hier und lernen, wie man ein Drehbuch schreibt.«

»Cool«, sage ich und versuche gar nicht erst meine Bewunderung zu verstecken. Big Keith war Adams Mentor. Er leitet die Theaterabteilung der Gold Coast Prep und hat Adam für die ganzen Preise empfohlen. Er ist so was wie eine Legende in der Tristate-Region. Dass er Adam als Dozent eingeladen hat, ist der Wahnsinn.

»Lass uns von was anderem reden. Das muss doch sterbenslangweilig für dich sein.«

»Überhaupt nicht«, protestiere ich entrüstet.

Adam legt den Kopf schief und zieht eine Augenbraue in die Höhe, als würde er mir nicht glauben. »Erzähl mir lieber, welche Dramen sich bei den Playern abspielen.«

Ich lache. »Keine Dramen.«

Adam grinst. »Irgendein Drama gibt es doch immer.«

»Nikki und Robert können sich nicht entscheiden, ob sie zusammen oder getrennt sind, aber das ist ja nichts Neues.«

»Pfft, langweilig. Was noch? Habt ihr euch schon Üs ausgedacht?«

Meine Brust zieht sich zusammen. Die Üs sind das, was ich am Player-Sein am wenigsten mag. Alle anderen finden, dass wir sie *brauchen*, dass wir uns dadurch hervortun und dass sie uns abhärten. Dass sie ein Weg sind, dich fertigzumachen und wieder aufzubauen, ein Beweis, dass du die Regeln der Player befolgst, dass du würdig bist und alles verdienst, was sie dir bieten. Ich finde, dass sie nur ein Mittel zum Zweck sind. »Noch nicht«, antworte ich zögernd. »Wir müssen sie schließlich auf die Leute zuschneiden. Darum warten wir noch, bis wir wissen, wer in die engere Auswahl aufgenommen wird.«

Diana kommt an unseren Tisch und gießt uns in einem langen, dunklen Strahl Kaffee in die Tassen, um dann wieder zu verschwinden. Adam nimmt einen Schluck und nickt. »Verstehe«, sagt er und wechselt dann das Thema. »Was macht *Henry*?« Er zieht eine Augenbraue in die Höhe und ich werde rot.

»Dasselbe wie immer. Er will sich frühzeitig in Wharton bewerben. Sein Vater zwingt ihn dazu. Eigentlich will er an der Northwestern Journalismus studieren, aber … du weißt ja, wie das ist.« Henry hatte sich den ganzen Sommer über mit der Entscheidung gequält und sie nach einem dramatischen Showdown mit seinem Dad am Labour Day schließlich gefällt. Seine Wahl fiel auf Wharton. Lieber Wirtschaft studieren als sich mit den Eltern überwerfen. So könne er später immer noch was mit Medienmanagement machen. Einen Nachrichtensender leiten oder so, wie er mir halbherzig erklärte. Vielleicht sogar die Branche retten. Aber ich sah ihm an, wie sehr ihn die Aussicht deprimierte, in einem Großraumbüro in irgendeinem Wolkenkratzer zu sitzen, statt als Berichterstatter in Lateinamerika oder südlich der Sahara unterwegs zu sein.

Adam schüttelt den Kopf. »Der Junge muss lernen, für sich selbst zu entscheiden. Nur weil sein Nachname Barnes ist, heißt das nicht, dass er die Hedgefonds-Dynastie fortführen *muss*. Schau mich an. Mein Vater wollte unbedingt, dass ich in seine Fußstapfen trete und Neurochirurg werde, aber ich habe gesagt: ›Niemals. Als Arzt werde ich sterbensunglücklich. Das weißt du.‹ Henry wird es noch bereuen.«

Er hat recht. Aber wenn ich ihm zustimme, fühlt es sich an, als würde ich Henry verraten. Also versuche ich mich neutral zu verhalten.

»Und du bewirbst dich vorzeitig in Brown?« Er sieht mich fragend an.

Ich nicke. »Ich habe die Unterlagen letzte Woche hingeschickt.«

»Puh.« Adam seufzt erleichtert. »Ich brauch dich da oben im Norden, wenn ich mein letztes Studienjahr überstehen soll.«

Ich beiße mir auf die Lippe, um nicht wie blöd zu grinsen.

Seit Adam an der Brown University genommen wurde, steht für mich fest, dass ich ebenfalls dort studieren muss. Erst war *er* der Grund. Ich stellte mir vor, wie es wäre, gemeinsam mit ihm fern von Gold Coast zu sein, und wie unsere Pfade parallel zueinander verlaufen würden. Brown wäre nur der Anfang. Wir würden in Fischerpullovern auf schummerigen Partys herumsitzen und billigen Fusel trinken, während unsere Köpfe sich berührten und wir in unser Gespräch vertieft die Zeit vergaßen. Wir würden über den begrünten Innenhof spazieren und zuhören, wie das Laub unter unseren Füßen raschelte.

Als ich anfing, mich über Brown zu informieren, stellte sich jedoch heraus, dass es dort noch so viel anderes für mich gab. Als ich unserer Berufsberaterin Dr. Boardman letztes Jahr erzählte, dass ich vorhatte Physik und Astronomie dort zu studieren, strahlte sie mich begeistert an.

»Das ist ja fantastisch!« Sie sprang auf und zog eine dünne, hellgelbe Broschüre aus dem obersten Regalfach über ihrem Schreibtisch aus Eichenholz. »Dort gibt es ein Förderprogramm für Frauen in Wissenschaft und Technik. Du bist die perfekte Kandidatin«, erklärte sie mir mit leuchtenden Augen. »Sie vergeben jedes Jahr zwei Vollstipendien. Erst musst du natürlich an der Uni angenommen werden. Und wenn du das geschafft hast, legst du im Frühjahr einen Test ab, um dich für das Stipendium zu qualifizieren.«

Ich lief rot an. Es war mir peinlich, dass sie wusste, dass ich auf das Geld angewiesen war. Dabei war es natürlich ihre Aufgabe, das zu wissen.

»Du hast gute Karten«, sagte sie. »Wirklich gute Karten.« Sie blätterte meine Zeugnisse durch und beugte sich dann näher an den Laptopbildschirm, um meinen Lebenslauf zu studieren. »Seit zwei Jahren Leiterin des Wissenschaftsklubs. Vier Jahre hintereinander Gewinnerin der Matheolympiade.« Sie scrollte weiter. »Und du gibst in der Mittelstufe Physiknachhilfe! Wann schläfst du eigentlich?«, scherzte sie, warf den Kopf in den Nacken und lachte so, dass ihr grauer Dutt wackelte.

Ein Kribbeln breitete sich in meinem Magen aus. Genau darauf hatte ich gehofft. Dass all die Abende, an denen ich außerschulischen Aktivitäten nachgegangen war, all die Risiken, die ich auf mich genommen hatte, um es an die Spitze zu schaffen, es wert gewesen waren. Dass die Zulassungskomitees mir einen – wie Dr. Boardman es nannte – »hohen Marktwert« bescheinigten.

Dr. Boardman schob mir die Broschüre hin, auf deren Vorderseite hübsche junge Frauen lachend auf Bänken oder in Unterrichtszimmern saßen und in aufgeschlagenen Lehrbüchern lasen.

Brown investiert in seine Wissenschaftlerinnen und Technologinnen, lautete eine Überschrift. *Begeben Sie sich gemeinsam mit fünfundzwanzig anderen Studienanfängerinnen auf die Reise Ihres Lebens.* Über dem Text war ein Foto, auf dem eine Gruppe junger Frauen, die sich offenbar auf einer Studienreise nach Norwegen befinden, zu den Nordlichtern aufblickte. Ich hielt mir die Broschüre noch näher vors Gesicht und betrachtete die Mädchen. Das könnte ich sein.

Und als ich Adam letztes Jahr an der Brown besuchte, festigte sich mein Entschluss. Mom und ich waren an einem Freitagmorgen früh losgefahren, damit ich zusammen mit einer Studentin im zweiten Studienjahr eine Astronomie-Einführungsvorlesung besuchen konnte. Mallika stammte aus Wisconsin, war groß, dunkelhäutig, überaus selbstbewusst und fand das Förderprogramm für Frauen in Wissenschaft und Technik *einfach nur genial*.

»Ich freue mich ja so, dass du hier bist!«, kreischte sie, als wir uns vor dem Labor trafen. »Interessentinnen herumzuführen ist meine absolute Lieblingsbeschäftigung! Ich bin so was wie die Botschafterin des Programms. Und ich habe gehört, dass du ein totaler Astronomiecrack bist. Das passt perfekt. Ich habe gerade ein Sommerpraktikum bei der NASA gemacht.« Mallika ging vor und öffnete die Tür zu einem kleinen Hörsaal, in dem sich bereits die ersten Studierenden versammelt hatten. Wir suchten uns zwei Plätze, dann wurde auch schon das Licht gedimmt, ein Zeichen, dass die Professorin gleich anfangen würde.

»Sie ist gerade von einem Forschungsaufenthalt im Keck-Observatorium in Hawaii zurückgekommen«, flüsterte Mallika mir ins Ohr.

Die Stunde verging wie im Flug und hinterließ mich völlig begeistert. Ich wollte unbedingt an diese Uni, wollte zwischen diesen klugen Menschen studieren, lernen und wachsen, wollte eine vollständigere Version meiner selbst werden, jemand, der alles wusste, was es über die Sterne, den Himmel und die ihnen innewohnende Magie zu wissen gibt. Ich wollte Freundinnen wie Mallika haben, die meine Besessenheit teilten.

Nach der Vorlesung folgte ich Mallika auf den Gang, wo sie fast jeden, der vorbeikam, anlächelte oder mit einer lustigen Bemerkung begrüßte. »Lass uns in Kontakt bleiben«, sagte sie und strich mir zum Abschied über den Arm.

Adam erwartete mich bereits draußen im Hof, um mir, wie er es nannte, »die ganzen coolen Sachen zu zeigen, die nicht Teil der offiziellen Tour sind«.

»Hallo, Newman«, sagte er und umarmte mich fest. »Gehen wir.« Dann nahm er mich an der Hand und wir liefen los. Ich bemühte mich präsent zu sein, schließlich hatte ich mich so lange danach gesehnt, allein mit Adam zu sein, aber mein Kopf schwirrte noch vor Diagrammen, Theorien und Konstellationen.

»Tada«, sagte er nach einem kurzen Spaziergang über den Campus. Wir standen vor einem heruntergekommenen Reihenhaus. Etliche Schindeln waren vom Dach gefallen und die

Veranda sah aus, als würde sie jeden Augenblick zusammenkrachen. »Willkommen an der Uni.«

»Ist doch perfekt.« Und das war es auch. Genau so hatte ich mir Adams neues Zuhause vorgestellt. Den Rest des Abends spielten wir Bier Pong mit seinen Mitbewohnern – drei Englischstudenten, die nacheinander aus einer riesigen Bong kifften. Es war fast so wie in Gold Coast. So ... normal.

Als sich irgendwann alles zu drehen begann, schaute ich aufs Handy und sah eine Nachricht von Mom. Es wird langsam Zeit ...

»Mist«, sagte ich. »Ich glaube, ich sollte langsam zurück ins Hotel.«

Adam nickte und stellte die Bong auf den rissigen Couchtisch. »Ich begleite dich.«

»Musst du nicht«, protestierte ich, peinlich berührt.

Er lachte. »Jetzt komm schon.«

Schweigend liefen wir nebeneinanderher, bis wir die verschlafene Pension erreichten, die Cindy Miller empfohlen hatte. Diesmal war ich mir jeden Zentimeters, der uns trennte, bewusst. Ich wünschte, das könnte unser Dauerzustand sein. Ich wünschte, mein Leben könnte immer so aussehen.

Adam blieb stehen und sah mich an. »Und?« Seine Brille saß etwas schief, sodass seine blauen Augen noch heller strahlten als sonst. »Wie gefällts dir?«

»Unfassbar gut.«

»Ich wusste es.«

Ich machte mich darauf gefasst, dass gleich etwas Magisches geschehen würde. Ein kosmischer Moment, der mich im Mark erschüttern würde. Dass unsere Münder einander fänden. Dass alles kollidieren und dabei völligen Sinn ergeben würde. Ich schloss die Augen und wartete. Aber nichts passierte. Stattdessen umarmte Adam mich so liebevoll, dass es zum Heulen war. Er legte mir das Kinn auf den Kopf und atmete tief ein. »Bis bald, Kleine.« Dann verschwand er in der Dunkelheit.

In jener Nacht beschloss ich, dass ich keines dieser Mädchen sein würde, die einem Jungen aufs College folgen. Es ging nicht um ihn. Brown war die beste Uni für mich. Das sagten alle.

Hier gab es das Programm meiner Träume. Zudem war Brown der perfekte Ort, um mich aus der Gold-Coast-Bubble zu befreien, alles zu hinterfragen, was ich zu wissen glaubte, und Leute mit einem diversen, interessanten Hintergrund kennenzulernen, die keine Abziehbilder voneinander waren. Ein Ort, an dem es Menschen gab, die begriffen, wie irre es war, mehrere Autos und Häuser zu besitzen. Ein Ort, dessen Leitung tatsächlich Wert darauf legte, dass sich die Studierenden unterscheiden, was ihre Perspektiven und ihre Herkunft angeht, und dies nicht nur vorgab.

Also legte ich mich für meine Bewerbung so richtig ins Zeug. Ich sprach mit Mallika und einer Handvoll Professorinnen aus dem Institut für Astrophysik und sammelte so viele Informationen für meinen Essay wie möglich. Ich versuchte so gut wie möglich zu erklären, warum die Erforschung des Weltalls das Einzige war, was ich mir für meine Zukunft vorstellen konnte, und warum ich eine würdige Kandidatin war. Ich hätte in den Player-Akten nach Kontakten an der Brown University suchen oder den superexklusiven Studienberater kontaktieren können, der Player kostenlos beriet (seine Tochter war vor fünf Jahren eine von uns gewesen). Aber ich tat es nicht. Jedes Mal wenn ich die App öffnen wollte, hielt etwas mich zurück. Ich wollte es alleine schaffen. Ich wollte wissen, ob ich das kann. Also schickte ich meine Bewerbung ab und betete.

Auf Dr. Boardmans Drängen bewarb ich mich auch für das

Exzellenzstipendium der State University, mit dem mir die Studiengebühren erlassen würden.

»Und hat das dortige Physikinstitut nicht auch ein Austauschprogramm mit dem Observatorium in Hawaii, von dem du immer so schwärmst?«, fragte Mom, als ich ihr davon erzählte.

Hatte es, wie ich widerwillig zugeben musste.

»Na, das ist doch wunderbar.«

Im Diane's verschränkt Adam die Arme hinter dem Kopf und lehnt sich zurück. Ich spüre einen Stich der Enttäuschung, als er das Gespräch weg vom Studium und wieder hin zu den Playern lenkt. »Und *wann* gedenkt ihr die Neuen zu bestimmen?«

»Wahrscheinlich in ein paar Wochen.«

»Kommen unsere Brüder rein?«

Ich muss meinen ganzen Willen aufbieten, um nicht an den Nägeln zu kauen. Ich will ihm nicht erklären, warum ich nicht möchte, dass Jared ein Teil davon wird. Auch wenn die Player gute Noten garantieren, den Zutritt zu einer anderen Welt und unbändigen Spaß, will ich einfach nicht, dass er den ganzen Mist durchmachen muss. Ich will nicht, dass er durch irgendwelche Reifen springt, nur um zu beweisen, dass er es kann.

Aber tief in mir drinnen kenne ich den wahren Grund, warum mir die Vorstellung so widerstrebt. Ich will nicht, dass er weiß, was wir getan haben.

»Vielleicht«, antworte ich. »Wird sich zeigen.« Diane stellt uns das Essen hin und beim Anblick des beigen Berges knurrt mein Magen. Ein Stoß Pfannkuchen ragt zwischen Kartoffelpuffern und Spiegeleiern auf, dazwischen stecken angebräunte Speckstreifen.

»Eure Durchlaucht«, sagt Adam und faltet die Hände wie zum Gebet. »Ich bin unwürdig.«

»Lass den Unsinn.« Diana versetzt ihm einen Klaps. »Dein Miller-Charme zieht bei mir nicht.«

Als wir wieder alleine sind, weiß ich, dass der Zeitpunkt gekommen ist. »Ich muss dir was erzählen.«

Adam kaut und schluckt. Seine Lippen glänzen fettig und ich würde sie am liebsten ablecken. Er legt den Kopf schief zum Zeichen, dass ich weiterreden darf.

»Ich habe ein paar komische Textnachrichten gekriegt.« Mein Herz schlägt beängstigend schnell. »Von Rachel.«

Adam lässt die Gabel fallen. »Was?« Er schluckt. »Lass sehen.«

Ich gebe ihm mein Handy und sehe ihm dabei zu, wie er durch die Nachrichten scrollt.

»Das ist typisch.« Er schüttelt den Kopf.

»Das hat nichts zu bedeuten, oder? Das ist nicht die Wahrheit. Das ist völliger Quatsch.«

Adam schiebt mir das Handy wieder hin und lehnt sich zurück. »Rachel spinnt.« Seine Stimme durchschneidet die Luft wie ein Messer. »Ich wollte es dir nicht erzählen, aber sie hat mir im Sommer was Ähnliches geschrieben.«

»Echt?«, frage ich perplex. »Warum hast du nichts gesagt?«

»Ich wollte dich nicht aufregen. Ich weiß, wie sehr dich das mitnimmt. Die Sache mit Shaila und das alles.«

Meine Augen brennen, ich schüttle den Kopf. Ihr Geist ist überall, sogar hier bei uns in Diane's Diner. Adam legt die Hand auf meine. »Nimm das nicht zu ernst, ja? Sie will nur das Beste für ihren Bruder, nicht für dich.«

Ich nicke. »Du hast recht.«

»Ich muss kurz aufs Klo«, sagt Adam verlegen. Dann steht er auf und verschwindet Richtung Toilette.

Ich blinzle die Tränen weg und wende mich Shaila zu. Ihr

breites, sommersprossiges Gesicht lächelt mir aus dem Bilderrahmen entgegen. Sie hatte keine Ahnung, was uns bevorstand, was von uns verlangt werden und wie es ausgehen würde. Ich wusste nicht, dass das ihr letzter Abend war, geprägt vom Rauschen der Wellen und lauwarmem Wodka. Sand auf den Lippen. Einem Schrei. Fingern, die sich in Bettlaken krallten. Meinem krausen Haar, widerborstig und lebendig. Dunkelheit. Absoluter Dunkelheit.

»Alles okay?« Adam ist wieder da und legt mir die Hand auf die Schulter. Ich schaffe es zu nicken. »Alles wird gut, Jill. Versprochen.«

Er hat mich noch nie hängen lassen. Am Schluss hat er mir immer geholfen.

»Lass die Vergangenheit ruhen. Du hast das beste Jahr deines Lebens vor dir.«

»Ist gut.« Ich bringe ein kleines Lächeln zustande.

Ich will nicht, dass sie nach und nach verblasst, aber Adam hat recht. Das alles liegt in der Vergangenheit. Shaila ist tot. Und ein paar verrückte Textnachrichten von der Schwester ihres Mörders können sie nicht zurückbringen.

An dem Tag, als Shaila starb, nahmen die Polizisten uns mit aufs Revier. Dort bekamen wir trockene Cracker und süßen Orangensaft in Styroporbechern und mussten ein paar simple Fragen beantworten. Anschließend riefen sie unsere Eltern an, damit sie uns abholen kamen. Erst Marla, dann Henry und Quentin und schließlich Robert. Nikkis Eltern waren gerade in Singapur, darum nahm Mom sie mit zu uns. Sie schimpfte nicht, obwohl wir sie belogen und behauptet hatten, wir würden den Abend bei Nikki verbringen. Stattdessen schwieg sie während der ganzen Fahrt.

Daheim angekommen, machte sie uns Käsetoast, schickte uns duschen und drückte Nikki und mir je ein halbes Xanax in die Hand. »Ruf deine Mom an, Liebes«, sagte sie.

»Sie bleiben noch eine Woche«, verkündete Nikki, nachdem sie aufgelegt hatte. »Machen wir bis dahin Pyjamaparty?« Sie lächelte schief. Danach saßen wir steif und unbehaglich nebeneinander auf dem Wohnzimmersofa. Es war das erste Mal, dass wir allein zu zweit irgendwo übernachteten. Sonst war immer Shaila dabei gewesen. Ich schlang die Arme um mich.

»Ich hab noch immer nicht geweint«, sagte ich und machte die Augen zu. Aber da stürzten die ganzen Bilder wieder auf mich ein. Die verschlossene Tür. Die verstörende Dunkelheit. Der Moment, als uns klar wurde, dass wir auf uns allein gestellt waren.

Ich spürte, wie mir die Galle hochkam, und bevor ich mir die Hände vor den Mund halten konnte, waren sie von einer zähen, grünlichen Flüssigkeit überzogen. Endlich bildeten sich Tränen in meinen Augen und ich roch so, wie Gift schmecken musste.

»Mist, Jill.« Nikki holte eine Rolle Küchentücher und begann den Boden aufzuwischen.

»Tut mir leid«, sagte ich mit einem Kloß im Hals.

Sie sah zu mir auf. Das Funkeln in ihren Augen und der pinke Lidschatten, den sie am Vorabend getragen hatte, waren verschwunden. »Es gibt nichts, was dir leidtun muss.«

Ich drehte mich auf der Couch zur Seite und fragte mich, ob wir um das trauern durften, was wir verloren hatten, oder ob dieses Recht nur allen anderen vorbehalten war. Schließlich waren wir mitverantwortlich, oder nicht? Nikki stellte sich wohl dieselbe Frage, denn sie rollte sich zitternd neben mir zusammen. Ihre nackten Füße berührten meine, sodass unsere Körper zusammen ein Herz bildeten. In dieser Position verharrten wir für den Rest des Tages.

Nikki war so anders als Shaila. Sie war hart, wo Shaila weich war – um die Schlüsselbeine und an den Hüften. Wenn Shay in hysterisches Lachen ausbrach, kauerte Nikki sich ängstlich zusammen – sei es während eines Horrorfilms oder beim Kiffen. In zwei Punkten glichen sie sich jedoch. Beide waren stur und treu wie Hundewelpen.

Je mehr Zeit ich mit Nikki verbrachte, desto mehr fühlte es sich an, als würde ich in einen Zerrspiegel schauen. Erst sah ich mich, dann Shaila, dann wieder Nikki, aber trotzdem nicht mehr die Nikki, die sie zuvor gewesen war. Es war irritierend, aber ergreifend. Wie ein dreibeiniger Hund. Ich war auf eine Art und Weise fasziniert, die dazu führte, dass ich nur noch mehr Zeit mit ihr verbringen wollte.

Schon bald ging Nicki bei uns ein und aus und wir gewöhnten uns an, in Löffelstellung zu schlafen und uns stündlich umzudrehen, sodass erst ihre Knie von hinten gegen meine drückten und dann meine gegen ihre. Beim Schlafen ballten sich meine Fäuste gegen ihren Rücken, und wenn wir die Position wechselten, spürte ich ihre kleinen Hände an meinem Rückgrat. Wenn eine von uns aufwachte, rutschte sie ein paar Zentimeter Richtung Bettrand, bis die andere sich auch rührte und es Zeit war, dass wir uns einander zudrehten und uns ansahen.

In jenem ersten Monat ohne Shaila lagen wir in den frühen Morgenstunden flüsternd nebeneinander, während draußen der Sommernebel warm und schwer aufzog. Wir redeten uns heiser. Darüber, dass Nikki sich unbedingt an der Modeschule bewerben wollte, welchen von Marlas Brüdern wir am schärfsten fanden und wie wir bis September die perfekte Sommerbräune hinbekommen sollten. Ich zeichnete die Konstellationen auf meiner Haut nach und zog unsichtbare Linien von Sommersprosse zu Sommersprosse, bis Nikki sagte: »Mach mal bei mir!«

Manche Dinge blieben allerdings unausgesprochen. Ich erzählte Nikki nicht von meinen Albträumen, wie ich in den meisten Nächten von Shailas Bild verfolgt wurde, oder davon, dass ich oft mitten in der Nacht verschwitzt und schwer atmend aufwachte, einen erstickten Schrei im Hals. Und sie wusste auch nicht, dass ich hören konnte, wenn sie im Bad ins Telefon heulte und ihre Mutter, Darlene, anflehte, von ihrer jeweiligen Geschäftsreise nach Hause zu kommen.

Keine von uns konnte zugeben, dass sie Angst hatte, Shaila zu vergessen. Manchmal begannen wir unsere Sätze mit »Weißt du noch, wie ...«, nur um unser Gedächtnis auf die Probe zu stellen.

»Weißt du noch, wie sie gegangen ist? So als wäre sie auf einer wichtigen Mission? Oder wie sie beim Niesen immer gefurzt hat? Weißt du noch, wie sie ihre Pizza immer verkehrt herum gegessen hat – angefangen bei der Kruste?«

Wir bemühten uns verzweifelt uns an Einzelheiten von Shaila zu erinnern, und genauso verzweifelt bemühten wir uns weiterzumachen. Manchmal war es schön zu vergessen, denn dann konnten wir wieder lachen. Erst aus Versehen, während wir irgendeine blöde Realitysoap schauten, dann absichtlich, bis wir Bauchschmerzen bekamen.

Das war der seltsame Sommer, der dunkle Fleck in unserer ansonsten makellosen Akte. Die drei Monate, die wir irgendwie überstehen mussten, damit alles wieder in Ordnung war, wenn es Zeit für unsere College-Bewerbungen wurde. Wenn ihr das schafft, sagten alle, wird alles wieder gut.

Und so hatte ich zum allerersten Mal in meinem Leben einen freien Sommer. Keine Naturwissenschaftscamps, keine Mittelstufe-Nachhilfe, kein »MINT für Mädchen«-Kurs am Community College. Auf Anraten von Rektor Weingarten ließen Mom und Dad mich einfach machen, was ich wollte, und so lernte ich, was Langeweile ist und was für eine teuflische Kombination sie mit Trauer eingeht. Gemeinsam bildeten sie eine zähe, schleimige Masse, und das Einzige, was dagegen zu helfen schien, waren Wodka gestreckt mit Brausewasser und fingerdicke Joints, gedreht von irgendwelchen Cartwright-Studenten, die von sich behaupteten, *das fetteste Dope* in der Tristate-Region zu haben. Ich war unendlich erleichtert, als ich feststellte, dass die Eltern der anderen ihnen dieselbe Nicht-Traumatherapie verordnet hatten.

Zu sechst begaben wir uns an den Stränden von Gold Coast in Quarantäne. Henry hatte als Einziger einen Ferienjob, als freier Mitarbeiter bei der *Gold Coast Gazette*. Wir dagegen fühlten uns wie *normale* Teenager, die mit ihren Fahrrädern über holprige Schotterstraßen fuhren und im Sand nach gestrandeten Pfeilschwanzkrebsen suchten. Man hatte beschlossen, dass wir diese ansteckende Krankheit besiegen und im September ausgeruht an die Gold Coast Prep zurückkehren und im Unterricht brillieren würden. Und obwohl wir diesen schrecklichen Verlust erlitten hatten – *Welch Tragödie! Was für eine Horrorvorstellung!* –, war alles, was wir brauchten, ein unbeschwerter Sommer frei von Stress und Konsequenzen.

Sieh einfach zu, dass du es verarbeitest, hatte Nikkis Mom ihr geraten, als sie endlich aus Singapur zurückgekehrt war. Unsere Eltern dachten, dann seien wir wieder auf Kurs und könnten unsere goldene Zukunft am Schopf packen. Wir alle, bis auf Shaila.

Adam verbrachte jenen Sommer in London, wo er am National Theatre einen Workshop bei einem Bühnenautor mit Pulitzerpreis belegte, von dem ich noch nie gehört hatte. Aber bevor er an der Brown anfing, kam er noch mal für eine Woche nach Hause. Ich sei die Erste, bei der er sich nach der Landung gemeldet habe, erklärte er.

»Was für ein Quatsch«, sagte er. »Wie können sie erwarten, dass ihr einfach *drüber wegkommt*?«

Ich murmelte etwas Zustimmendes, drehte mich aber von ihm weg. Wir lagen nebeneinander an dem von grobkörnigem Sand und Kieseln bedeckten Strand beim Bay-Bridge-Leuchtturm, wo die Küste einen scharfen Winkel schlägt und sich dann im Gestrüpp verliert. Die Wellen waren nicht viel mehr als ein Kräuseln und das Wasser war so klar, dass wir von unserem Platz aus winzige Fische erkennen konnten.

»Los, komm.« Adam stand auf und zog sich das T-Shirt aus. Dabei regneten kleine Steine zu Boden. Als er mir die Hand hinstreckte, ergriff ich sie nur zögernd.

Ich schälte mich aus meinen Shorts und meinem Tanktop, ohne mir groß Gedanken über den zerknitterten Bikini zu machen, den ich am Morgen angezogen hatte – oder Adams Sixpack anzustarren. Stattdessen stolperte ich hinter ihm her zum Wasser. Adam war innerhalb von Sekunden unter der Oberfläche verschwunden.

»Scheiß drauf«, sagte ich laut, watete ins Meer und tauchte vollständig unter.

Das Wasser war so warm wie die Augustsonne und ich war zum ersten Mal seit Shailas Tod allein. Es fühlte sich unglaublich gut an. Ich machte den Mund auf und schrie in die Stille hinein, Moos, Schmutz und Sedimente strömten in meinen Körper und wieder hinaus. Ich stellte mir vor, dass Shaila bei mir war, meine Hände umfasste, den Kopf in den Nacken warf und vor Freude und Begeisterung quietschte.

Als ich auftauchte, lag Adam wieder am Strand, im feuchten, dunklen Sand.

»Gehts dir jetzt besser?«, rief er mir zu.

»Nö.«

»Aber es hilft.«

Ich schwamm ans Ufer und ließ mich neben ihn fallen. Der Sand klebte an meinem Körper.

»Ist doch Scheiße«, sagte ich, ohne genau zu wissen, was ich eigentlich meinte – Shailas Tod, Adams bevorstehenden Umzug oder die Vorstellung, dass zwischen unserer Geburt und unserem Tod nur ein einziges Leben liegt. Ist das nicht ein bisschen viel für einen auf einmal?

»Was machen wir jetzt?«, fragte ich und strengte mich an, die Schreie in meinem Kopf zum Verstummen zu bringen.

»Wir machen weiter«, sagte Adam. »Wir machen immer weiter.«

Ich nickte, aber meine nächste Frage behielt ich für mich. *Und wie?*

6

Willst du heute Abend echt nicht zu Quentins Party?, tippe ich, bemüht, den feinen Grat zwischen besessen und freundschaftlich, verzweifelt und cool zu treffen. Seit Adam am College ist, kommt er nicht mehr zu den Player-Partys, aber nach unserem Treffen im Diane's hätte ich ihn unheimlich gern dabei.

Nee, mach du dein Ding. Ich glaube auch nicht, dass irgendwer Wert auf meine Anwesenheit legt. Bis zum nächsten Mal.

Meine Laune fällt in den Keller, er ist noch nicht mal weg und ich vermisse ihn jetzt schon.

Ich stecke das Handy in die Tasche und stoße Quentins Haustür auf. Sein Haus steht in einer schmalen Allee, die genau an der Grenze zwischen Gold Coast und Clam Cove verläuft. Alle nennen diese Gegend nur kurz Gold Cove. Die Häuser sind kleiner als anderswo und entweder in Dunkelblau, Purpur, Beige oder Grau gestrichen. Der Geschichtsverein hat sie zum Kulturgut erklärt, weil sie schon seit 1825 oder länger dort stehen.

Jeder Postkasten in Quentins Straße verfügt über eine kleine Goldplakette, die signalisiert, dass diese Gebäude *etwas Besonderes* sind, dass sie *alt* sind. Und in Gold Coast bedeutet *alt* nicht etwa angestaubt oder heruntergekommen. Es bedeutet, dass du Zeuge großer Ereignisse warst und die historische Sonderrolle, die unserer Stadt zuteilwurde, zu würdigen weißt. Oder dass du vor zwanzig Jahren um den richtigen Immobilienmakler herumscharwenzelt bist, als die Stadt diese Häuser eins nach dem anderen verscherbelt hat. Wer eins dieser geschichtsträchtigen Häuser besitzt, gehört dazu. Komme, was wolle.

Dass Quentin hier wohnt, passt wie die Faust aufs Auge. Er ist besessen von Gold Coasts Geschichte und kann sämtliche Bürgermeister seit dem Unabhängigkeitskrieg aufzählen. In der Mittelstufe hat sich seine Faszination auf die Gold Coast Prep ausgedehnt, denn damals fand er heraus, dass der Gründer der Schule, Edgar Grace, an Bord der Mayflower nach Amerika gekommen war, ehe er diese Gegend als Strandoase etablierte. Irgendwie müssen diese schrägen Gründerzeit-Vibes Quentin bei seiner Kunst inspirieren. Warum wüsste er sonst, dass Grace' Familie im frühen 20. Jahrhundert ausgestorben ist, weil alle seine Nachfahren von Scharlach dahingerafft wurden? Wer bitte merkt sich denn so was? Quentin ist außerdem der inoffizielle Hüter der Player-Geschichte. Er war der Erste von uns, der das Player-Set auswendig kannte, jeden Spruch vorwärts und rückwärts aufsagen und bei jeder Aufstellung die wichtigsten Infos über jeden einzelnen Player zum Besten geben konnte.

Quentin lebt allein mit seiner Mom – einer walisischen Schriftstellerin, die ihren Whisky pur trinkt. Sein Dad ist an Krebs gestorben, als wir noch nicht so eng befreundet waren, und er spricht eigentlich nie von ihm. Das Haus verströmt eine urige Gemütlichkeit, als wäre es eine Blockhütte in den Bergen, dabei steht es nur ein paar Meilen vom Strand entfernt. Jede zweite Stufe knarzt und die Eingangstür ist so niedrig, dass Quentin sich jedes Mal bücken muss.

Anders als bei Nikki und Henry kommt hier nicht zweimal die Woche ein Reinigungsdienst vorbei und dementsprechend sind die Sachen von Quentin und seiner Mom überall verstreut. Ich finde sogar den Schuppen behaglich. Ursprünglich hat er einem Schmied oder so gehört, aber Quentins Mom hat ihn zu einem Atelier für ihn umbauen lassen. Jetzt riecht es dort nach Terpentin und Kohlestiften. Das letzte Mal, als ich dort war, hingen Porträts von allen Playern an den Wänden. Sogar von Shaila.

»Da bist du ja endlich!« Nikki umarmt mich stürmisch und ich vergrabe das Gesicht in ihrer Jeansjacke, die so dünn und weich ist wie Leder.

»Tut mir leid«, sage ich kleinlaut. »Ich wurde aufgehalten. Adam ist zu Besuch.«

»Ahhhh!«, gurrt Nikki. »Du bist die Adam-Flüsterin. Komm mit.« Sie nimmt meine Hand und navigiert uns durch das Wohnzimmer, vorbei an dem Beistelltisch aus altem Holz und einem geflochtenen Korb mit Fleecedecken. Aber noch bevor wir die Küche erreichen, bleibt sie stehen. »Kleine Vorwarnung«, sagte sie und wirft das Haar zurück. Es ist in der Mitte gescheitelt, sodass sie aussieht wie eine Indie-Prinzessin. »Robert hat die Bowle gemacht ... du weißt, was das heißt.« Sie tut so, als würde sie umkippen, dann senkt sie die Stimme zu einem Flüstern, sodass sie bei der lauten Musik kaum zu verstehen ist.

Ich verziehe das Gesicht. »Dann mische ich mir selbst was.«

Bevor Nikki antworten kann, bewegt sich etwas hinter mir. »Da ist sie ja.« Henry wirbelt mich herum und legt mir seine warme Hand auf den Rücken. Als seine Finger meine Haut berühren, erschauere ich.

»Da bin ich«, antworte ich. Henrys Gesicht ist ganz rot, aber er steht gerade und sieht mir mit festem Blick in die Augen, als wäre er wirklich und tatsächlich froh mich zu sehen. Mir wird ganz warm ums Herz und ich vergesse für einen Moment, dass ich den Tag damit verbracht habe, Adam anzuschmachten.

»Du fehlst mir schon den ganzen Tag, J«, sagt er und zieht einen Schmollmund.

»Ach ja?« Ich lehne mich an ihn und lasse zu, dass er mich fest die Arme schließt.

»Ein ganz kleines bisschen. Willst du was trinken?« Ich nicke. Henry dreht sich um und ruft in die Küche: »Macht die Bahn frei! Jill Newman ist hier und will was zu trinken!« Und wie durch Zauberhand teilt sich die Masse und bildet eine Schneise, durch die ich zum Küchentresen gehe. Dabei verstecke ich mich hinter meinen Haaren, um nicht von allen angestarrt zu werden. Manchmal nervt es, im Player-Goldfischglas zu sitzen.

In aller Ruhe mixe ich mir einen Drink aus dem, was da ist, während Henry an der Wand lehnt und das Treiben beobachtet. Er prostet Avi Brill zu, dem Produzenten der Schulnachrichten. Avi steht neben dem Fernseher und ist offensichtlich gerade dabei, irgendeine Depri-Doku auszusuchen, um sie auf Mute gestellt abzuspielen.

»Typisch«, murmelt Henry. Dann wendet er sich mir zu. »Ich hab gehört, du warst heute mit Adam unterwegs?«

Mein Magen krampft sich zusammen. »Ja.«

Henry grummelt.

»Was hast du?«, frage ich und merke, wie mein Kiefer sich anspannt. »Du weißt doch, dass wir nur Freunde sind.«

»Ich weiß.« Er fasst mich wieder um die Hüfte. »Ich bin nur manchmal ein bisschen eifersüchtig. Ich habe das Gefühl, er will schon seit einer Ewigkeit was von dir.«

Wirklich? Ich werde rot und hoffe, dass Henry es nicht merkt.

»Ich meine ... Ich kann ihn verstehen.« Henry schenkt mir

ein schweres Grinsen, als wäre er zu müde, um die Mundwinkel oben zu halten, und hakt den Zeigefinger in einer meiner Gürtelschlaufen ein. »Du bist die Beste.« Er nimmt einen Schluck aus seinem Becher. »Er weiß, dass wir zusammen sind, oder?«

»Klar.« Ich kraule ihm den Nacken und sage mir, dass Henry einer von den Guten ist, auch wenn er schon ein paar Runden von Roberts Bowle intus hat. »Er ist nur übers Wochenende da. Morgen sehe ich ihn auch nicht. Ist keine große Sache.«

»Ich weiß, ich weiß.« Henry zieht mich fest an sich, sein Körper fühlt sich an wie ein Betonklotz. »Schwörst du, dass du mich lieber magst als ihn?«

»Ich schwöre«, flüstere ich und zwinge mich es zu meinen. Ich will es meinen. Es jetzt laut auszusprechen ist leichter als die Wahrheit. Die Wahrheit ist irrelevant. Die Wahrheit ist gefährlich. »Lass uns Quentin suchen.«

Henry folgt mir in den Garten. Überall hängen Lichterketten und es ist weniger laut als drinnen, sodass ich mich augenblicklich entspanne. Ich entdecke unseren Gastgeber auf seiner alten Kinderrutsche. Gemeinsam mit Barry Knowlton aus der Zehnten, der seit letztem Jahr für die Regionalmannschaft schwimmt. Barry sitzt zwischen Quentins Beinen und schaut ihn an, als wäre er das Schönste, was er je gesehen hat. Quentin streicht ihm übers Kinn und die beiden lächeln wie blöd. Sie sind so in den Moment und einander vertieft, dass sie überhaupt nicht merken, was für ein Chaos in Quentins Garten herrscht. Mich packt der Neid, auf ihre Vertrautheit, auf diese Zärtlichkeit. Ob die Leute auch auf Henry und mich so neidisch sind? Auf das, was wir ihrer Ansicht nach haben?

Nein, nicht *ihrer Ansicht nach*. Auf das, was wir haben.

Plötzlich sieht Quentin mich und flüstert Barry etwas ins Ohr. Mit ein paar Schritten ist er bei mir.

»Wir müssen reden«, sagt er und quetscht sich zwischen Henry und mich. Seine Stimme klingt blechern und dringlich. Wir folgen ihm hinter die Büsche, wo die anderen Partygäste uns nicht sehen. Henry und Quentin schauen sich unverwandt an, als würden sie über meinen Kopf hinweg eine stumme Konversation führen.

Ihre Mütter kennen sich vom College, wo sie Zimmergenossinnen waren. Danach zogen sie gemeinsam nach Gold Coast, damit ihre Kinder zusammen aufwachsen können. Es besteht kein Zweifel daran, dass Quentin und Henry schon ewig Freunde sind. Sie streiten wie Brüder: durch eisiges Schweigen oder wildes Gerangel im Matsch. Aber sie vertragen sich jedes Mal, aufgrund der unerschütterlichen Tatsache, dass sie auf immer miteinander verbunden sind, denn so wollen es ihre Mütter. Noch so ein Band, gegen das ich nicht ankomme. Egal wie viele Insiderwitze ich mit Quentin austausche oder wie oft ich Henrys nackte Haut auf meiner spüre, ich werde nie so in den Kopf des anderen schauen können wie die beiden.

Einmal habe ich diese Überlegung Henry gegenüber geäußert, als wir auf dem Steg hinter seinem Haus lagen. »Ich hätte gerne das, was du und Quentin habt.«

»Du hast doch Nikki«, sagte Henry und strich mir über den von einer Gänsehaut überzogenen Bauch. Die Berührung kitzelte und ich musste mich zusammenreißen, um nicht zu kichern.

»Das ist nicht dasselbe. Mit Shaila war es anders.« Das war das erste Mal, dass ich offen zugab, dass Nikki nicht ausreichte, um Shaila zu ersetzen. Dabei ging mir auf, dass ich für sie wahrscheinlich auch nicht genug war.

»Ich war immer neidisch auf euch«, sagte Henry. »Darauf, dass Mädchen so ohne Weiteres beste Freundinnen sein können. Jungs haben es da viel schwerer.«

Komisch, dass er das so sah. Jungs hatten es doch in jeder Hinsicht leichter. Besonders was die Player anging. Trotzdem mochte ich Henry nach diesem Geständnis noch mehr als vorher schon. Er war sensibel und zerbrechlich. Bevor ich weiter nachfragen konnte, stand Henry auf und rannte ans Ende des Stegs, wo er eine Arschbombe ins Wasser machte.

Jetzt rempeln Henry und Quentin sich gegenseitig mit der Brust an, das ist so ein typisches Aggro-Männergehabe. »Ist gut, Mann«, sagt Henry und rammt Quentin die Schulter in die Seite. »Ich hole die anderen.«

»Komm mit.« Quentin deutet auf eine der riesigen Trauerweiden, die den Garten säumen. Wir rennen hin und teilen die herabhängenden Äste wie einen Perlenvorhang.

»Was wird das hier für 'ne 007-Nummer?«, frage ich.

»Du hast den ganzen Tag nicht aufs Handy geschaut, oder?«

»So gut wie.« Wenn ich mit Adam zusammen bin, vergesse ich es meistens.

»Ich muss dir was zeigen.« Quentin greift in die Tasche und zieht eine gefaltete Zeitungsseite heraus. Das Papier ist dünn und stammt aus der ums Überleben kämpfenden *Gold Coast Gazette*.

Ich lache. »Woher hast du das denn?« Soviel ich weiß, ist meine Familie die einzige, die die *Sunday Times* noch mit der Post kriegt, wie Steinzeitmenschen. Aber Dad will nicht darauf verzichten.

»Lies es einfach.« Quentin verschränkt ungeduldig die Arme.

Meine Augen brauchen ein bisschen, um sich an die Dunkelheit zu gewöhnen, aber nach ein paar Sekunden kann ich die Buchstaben erkennen. Der Artikel besteht nur aus ein paar Absätzen, aber als ich ihn lese, weicht jede Wärme aus meinem Körper.

Berüchtigter Mörder aus Gold Coast legt Berufung ein

Graham Calloway, der Junge, der einen gerichtlichen Vergleich erzielte, nachdem er sich des Mordes an der fünfzehnjährigen Shaila Arnold schuldig bekannte, strebt drei Jahre nach ihrem Tod einen Freispruch an. Calloway, der nach seinem achtzehnten Geburtstag im Juni ins Bundesgefängnis von New York verlegt werden soll, hat über seinen Anwalt folgende Aussage getätigt:

»Aufgrund neuer Beweise glaube ich, Graham Calloway, dass mir der Mord an Shaila Arnold zu Unrecht angelastet wurde. Ich möchte ein neues Verfahren, um meine Unschuld zu beweisen und alle Anschuldigungen gegen mich auszuräumen. Ich habe Shaila Arnold nicht getötet und ziehe mein Geständnis zurück.«

Die Eltern des Opfers konnten nicht für eine Stellungnahme gewonnen werden, doch die Polizei von Gold Coast hält an ihren Ermittlungen fest und sagt: »Wir werden allen neuen Beweisen nachgehen, vertrauen aber weiter unseren Kollegen, die Ms Arnolds tragischem Ableben nachgegangen sind. Fürs Erste haben wir nichts hinzuzufügen.«

Ich blicke auf, alles dreht sich und mir ist übel.

»Da drüben sind sie!«, schreit Nikki und bricht sich raschelnd ihren Weg durchs Blattwerk. Marla, Henry und Robert folgen ihr. Nikkis Blick fällt auf den Zeitungsausschnitt in meiner Hand. »Er hats ihr gezeigt.«

Alles dreht sich und ich stütze mich mit den Händen am Boden ab. »Ihr wisst alle schon davon?«

»Ich hab versucht dich anzurufen, aber …« Nikki verstummt.

»Als keiner dich erreichen konnte, haben wir beschlossen, dass es besser ist, wenn wir es dir persönlich sagen«, erklärt Marla mit sanfter Stimme.

»Alles okay?«, flüstert Henry. Fürsorglich legt er mir die Hand auf die Schulter, sein heißer Alkoholatem streift mein Ohr.

»Was hat das zu bedeuten?« Meine Stimme ist heiser und ich kann den Sinn der Worte nicht erfassen.

Für einen Augenblick schweigen alle, nur die Geräusche der um uns tobenden Party sind zu hören.

»Er lügt«, sagt Robert schließlich, die Hand fest um einen Becher geschlossen. »Wir waren dabei. Wir wissen, dass er es war.«

Wieder schweigen alle. Ob die anderen wohl auch versuchen die Erinnerungen an jenen Abend zu verdrängen? Das nach verbranntem Gummi riechende Lagerfeuer. Shailas fester, starrer Blick, bevor es losging. Meine Hände um ihre Handgelenke. Ihr entschlossener Schritt, als sie zum letzten Mal davonging.

»Was für ein Mist.« Nikki bohrt mit ihren Kampfstiefeln in der Erde. »Muss das sein, dass er zurückkommt und uns unser letztes Schuljahr verdirbt?« Sie verzieht das Gesicht, als würde die Sache zum Himmel stinken, was sie ja auch tut. »Als Schulsprecherin werde ich am Montag mit Rektor Weingarten darüber reden. Ich lasse nicht zu, dass das den Rest des Semesters für uns ruiniert.«

»Wir sollten uns nicht einmischen. Das ist es nicht wert«, sagt Quentin. Er schüttelt den Kopf und fährt mit einem Ast über den Boden. »Gerade jetzt, wo die College-Bewerbungen anstehen.«

»Und was, wenn Graham die Wahrheit sagt?«, frage ich leise.

Fünf Augenpaare starren mich an. »Das meinst du doch nicht ernst?« Henry lacht.

»Du bist der Journalist«, sage ich. »Bist du denn gar nicht neugierig? Willst du nicht wissen, was passiert ist?«

Henry presst die Lippen zusammen. »Das wissen wir doch schon.«

»Können wir uns bitte darauf einigen, dass wir das Ganze gleich wieder vergessen?«, fleht Nikki. »Lassen wir es gut sein. Wenn wir ihn ignorieren, tun die anderen es auch. So funktioniert das an der Gold Coast, das wisst ihr genauso gut wie ich.«

Alle nicken, dann stehen sie eine nach dem anderen auf und gehen.

»Komm, Süße.« Henry streckt mir die Hand hin.

Ich schüttele den Kopf. »Ich brauche noch einen Moment.«

Er nickt und geht wieder zum Haus. Allein gegen den Baum gepresst, kann ich die Party fast ausblenden, die anderen Player, die Ersties, die gern welche wären, die vielen fiesen Üs, die wir bestehen mussten, um es bis hierher zu schaffen. Ich beobachte, wie meine Freunde im Haus verschwinden. Wir haben nur uns. Am liebsten würde ich sie festbinden, damit ihnen nichts passiert. Um auf sie aufzupassen, wie wir auf Shaila hätten aufpassen sollen.

Vielleicht haben sie recht und es bringt wirklich nichts, die Vergangenheit wieder aufleben zu lassen.

Aber irgendwas lässt mich nicht in Ruhe.

Ich ziehe mein Handy heraus und rufe Rachels Nachricht auf.

Graham hat Shaila nicht getötet. Er ist unschuldig.

Das Handy wiegt schwer in meiner Hand, zu schwer, um es zu halten, und alles um mich dreht sich.

»Jill, alles okay?« Henry ist zurückgekommen und kniet sich

neben mich. Seine Hand wandert unter mein T-Shirt und hinterlässt ein Brennen da, wo er meine Haut berührt.

Ich nicke. »Ich hab nur zu schnell getrunken«, sage ich und deute auf meinen Becher.

»Ich hol dir Wasser.«

»Danke.«

Der Boden fühlt sich feucht und hart an, als ich mich hochdrücke. Ich werfe einen letzten Blick auf Rachels Nachricht.

Es ist eine Riesenschweinerei. Können wir reden?

Als ich zum ersten Mal mit Rachel redete, kam es mir völlig unfair vor, dass sie dieselbe Luft atmen musste wie ich. Sie sah unglaublich gut aus: Ihre Wangenknochen waren viel zu markant für jemanden, der jeden Tag eine Highschool-Uniform tragen musste, und ihre Augen so dunkel, dass ihre Pupillen kaum von der Iris zu unterscheiden waren. Die Haare fielen ihr in sanften Wellen über den Rücken. Bei meinem nächsten Friseurbesuch zeigte ich der Stylistin ihr Jahrbuchfoto als Vorbild. Aber meine Haare waren nie so glatt und schon immer schwer zu bändigen.

Eines Tages, Anfang Oktober, kam sie in der Bibliothek zu mir her. Ich las gerade die *Odyssee*, pochte nervös mit der Faust auf den Tisch und hoffte, dass ich durch irgendein Wunder die letzten zweihundert Seiten in dreißig Minuten – und damit rechtzeitig zur Zwischenprüfung – schaffen würde. Mir war klar, dass mein Notendurchschnitt demnächst deutlich sinken würde, und zum ersten Mal musste ich damit rechnen, mein Stipendium zu verlieren. Ich fühlte, wie alles meiner Kontrolle entglitt.

Eigentlich hatte ich bis drei Uhr wach bleiben und büffeln wollen, war dann aber mit dem dicken Buch auf dem Schoß und bei eingeschaltetem Licht eingeschlafen. Als mein Wecker wie jeden Tag um 6:07 Uhr klingelte, war ich panisch hochgeschreckt. Und gerade verlangte es mir übermenschliche Kräfte ab, nicht zwischen den Bücherregalen in Tränen auszubrechen.

»Du siehst echt fertig aus«, sagte Rachel. Sie legte die Hände auf mein Buch und beugte sich so weit herunter, dass ich ihren schwarzen Spitzen-BH sehen konnte. »Beaumont?«

Ich nickte. Ich hatte einen Kloß im Hals und schluckte schwer.

»Du kennst Adam. Stimmts? Und du bist mit Shaila befreundet?«

Wieder nickte ich.

»Cool.« Damit verschwand sie und mir wurde ganz heiß, als ich mir vorstellte, dass sie Adam erzählte, wie komisch und eklig ich war. Was für ein Loser musste man sein, um etwas so zu vergeigen? Nach ein paar Minuten stand Rachel plötzlich wieder vor mir und hielt mir zwei Blätter hin. »Da«, sagte sie. »Das ist ein Lösungsschlüssel. Die erste Antwort ist A. Die zweite B. Die dritte C. Und immer so weiter. Verstanden? Er verwendet Mrs Mullens Prüfung von letztem Jahr. Und vom Jahr davor. Sie stellt immer dieselben Fragen.«

»Was?«, flüsterte ich. Ich konnte nicht fassen, dass sie die Antworten *einfach so hatte*.

Rachel lächelte. »Vertrau mir. Lies dir die Zettel durch und vernichte sie anschließend. Wenn dich jemand damit erwischt, sind wir dran. Kapiert?« Ich stellte mir vor, wie enttäuscht Mom und Dad wären, wenn ich beim Betrügen erwischt oder suspendiert oder von der Schule geworfen wurde. Wie sollte ich weiter in den Spiegel schauen? Aber dann stellte ich mir vor, wie ich bei der Prüfung durchfiel und mein Stipendium verlor und mit ihm alle meine College-Verbindungen und meinen Status ... Die besten Aspekte meines Lebens wären einfach weg.

Mein Herz wummerte in der Brust, während ich überlegte, was ich tun sollte. Mit zitternden Händen nahm ich die Blätter.

»Du schuldest mir was«, sagte Rachel mit einem Augenzwinkern und ging dann mit wogenden Hüften davon.

Als Mr Beaumont mir eine Woche später meinen korrigierten Test zurückgab, tippte er mit dem Finger auf die rote 98 und sagte: »Gute Arbeit, Jill.« Eine Frage hatte ich absichtlich falsch beantwortet, um keinen Verdacht zu erregen. Eigentlich hätte ich mich freuen müssen, doch stattdessen fühlte ich nichts. Ich stopfte den Test in meinen Rucksack und versuchte zu vergessen, was ich getan hatte.

Aber Rachel hatte nicht zu viel versprochen. Im Laufe des Jahres würde ich mich im Zuge etlicher Üs bei ihr revanchieren, zum Beispiel indem ich zu Diane's fuhr, um ihre Lieblingsdonuts zu holen, oder indem ich die Recherche für ihren Geschichtsaufsatz über den Vietnamkrieg übernahm. Ich bügelte sogar ihr Prom-Kleid, damit sie mit Adam für das perfekte Foto posieren konnte.

Erst Monate später erfuhr ich den vollen Umfang der Player-Akten. Vollständige Lösungsschlüssel gibt es nur für kleine Prüfungen wie diese, aber ich würde nie wieder darauf zurückgreifen.

Ihre wahre Macht entfalten die Akten innerhalb hilfreicher Grauzonen. Ehemalige Player haben alle möglichen Tipps festgehalten. Zum Beispiel welche Ärzte einem bestätigen, dass man bei Prüfungen mehr Zeit braucht (Robert und Marla profitieren davon), oder in welchen College-Abteilungen Leute sitzen, die den Playern zugetan sind (ein Ehemaliger arbeitet am Kunstinstitut von Yale und Quentin steht seit Monaten in regelmäßigem E-Mail-Kontakt mit ihm). Es gibt sogar eine detaillierte Anleitung dazu, wie die erfolgreiche Bearbeitung der

Fallstudie auszusehen hat, die Teil des Aufnahmeprozesses von Wharton ist (Henry ist total ausgeflippt, als er das gesehen hat).

Wenn der Besuch der Gold Coast Prep eine goldene Zukunft verspricht, gehen die Player-Akten noch einen Schritt weiter. Sie machen dich unberührbar.

Das Passwort für die App, in der alle Infos gespeichert sind, bekamen wir erst nach unserer vollständigen Initiation, aber während der Neunten erhielten wir bereits erste Einblicke in die darin verborgenen Schätze, wenn einer der älteren Player Mitleid mit uns hatte.

Shaila hat die App nie auch nur angefasst. Sie hatte es nicht nötig.

Als ich meinen Englischtest zurückbekam, spähte sie auf meine Punktzahl und lächelte stolz. »Nächstes Mal schaffst du 100.« Dann begann sie an einem abstehenden Hautfetzen zwischen Daumen und Zeigefinger zu nagen. »Aber wag es ja nicht, mich zu übertrumpfen«, fügte sie hinzu. »Der Titel als Jahrgangsbeste gehört mir.«

Ich zwang mich zu lächeln und erwartete, dass Shaila loskicherte, doch sie sah mich mit eisigem Blick an, ehe sie sich komplett wegdrehte.

Es war nicht zu übersehen, dass Shay klug war. Sie belegte schon seit der Mittelschule die Leistungskurse für Fortgeschrittene und bewältigte innerhalb weniger Stunden ein Hausaufgabenpensum, für das ich Tage brauchte. Ihr Lieblingsfach war Englisch. Die Freistunden nutzte sie oft, um in die Sprechstunde von Mr Beaumont zu gehen, den sie kurz »Beau« nannte. Er gab ihr Shakespeare zu lesen, in Vorbereitung auf den Zulassungstest für Englisch. Wenn sie sein Zimmer wieder verließ, trug sie verschlissene Ausgaben von *Der Sturm* oder *König Lear* bei sich und hatte ein leises Lächeln im Gesicht.

Nach einer besonders fiesen Ü, bei der wir im November nur mit einem Bikini bekleidet für eine Stunde im Meer stehen und Marvin Gayes »Let's Get It On« singen mussten, fragte ich sie, warum sie unbedingt zu den Playern wollte. Warum tat sie sich das alles an, wo sie es doch gar nicht nötig hatte? Sie wickelte sich ein Frotteehandtuch um und starrte mich mit einem erstaunten Lächeln und zitternden, blauen Lippen an.

»So viel Spaß haben wir nie wieder«, sagte sie.

Sie starb mit einem perfekten Notendurchschnitt.

Shaila war für Harvard bestimmt. Es lag ihr sozusagen im Blut. Mr und Mrs Arnold hatten sich dort kennengelernt. Mrs Arnold hatte mir die Geschichte an Shailas vierzehntem Geburtstag erzählt, als sie schon mehrere Martinis intus hatte.

Als Shailas Mom noch ein junges Mädchen namens Emily Araskog war, ging sie nach Cambridge, um in Harvard zu studieren. Davor hatte sie auf der Upper East Side in Manhattan gelebt, in einem Penthouse mit Blick über den Central Park. Sie war mit einem Fahrstuhlführer aufgewachsen, der weiße Handschuhe und eine schicke graue Uniform trug, dazu einen kleinen Hut, den er jedes Mal antippte, wenn Emily durch die verzierten schmiedeeisernen Türen trat.

Altes Geld, hatte Mom Dad zugeflüstert, als sie Mrs Arnold zum ersten Mal traf. *Eine Vorzeigeversion der weißen angelsächsischen Protestantin aus der Oberschicht.* Und das traf zu. Mrs Arnold zufolge ließ sich der Stammbaum der Araskogs bis zum ersten Verlesen der Unabhängigkeitserklärung zurückverfolgen.

Eines schönen Tages saß Emily auf einer Bank im grünen Kolleghof von Harvard, als ein Football sie mitten im Gesicht traf und zu Boden warf. Als sie erschrocken aufblickte, sah sie einen blonden Mann in einem purpurroten T-Shirt über sich.

»Gil Arnold«, stellte er sich vor, nachdem er sich vor lauter Entschuldigungen fast überschlagen hatte.

Er lud Emily auf ein Getränk ein, dann auf ein Abendessen, und der Rest ist Geschichte. Sie heirateten eine Woche nach den Abschlussprüfungen, bei dem Fest traten die Krokodiloes auf, Harvards älteste A-cappella-Band. Innerhalb weniger Jahre gründete Gil in Manhattan einen milliardenschweren Hedgefonds, ehe die Arnolds beschlossen, Wurzeln in Gils Heimatstadt zu schlagen: Gold Coast.

Emily verließ Manhattan und die befreundeten Sullivans, deren Tochter Kara neben der kleinen Shaila krabbeln gelernt hatte, nur ungern. Aber Gils anderer Kinderfreund, Winslow Calloway, war gerade erst zurückgezogen und hatte sich ein Grundstück am Strand gekrallt. Wäre es nicht schön, in seine Nähe zu ziehen und am Meer zu leben? Die Aussicht darauf, dass ihre Kinder später die nur wenige Meilen entfernte beste Privatschule der East Coast besuchen konnten, überzeugte Emily schließlich.

Und so kam es, dass Shaila ab dem Moment, als Emily Arnolds, geborene Araskog, sie zur Welt brachte, auf Harvard eingeschworen wurde. In eine purpurrote Decke gehüllt, bekam Shaila schon als Baby zu hören, dass es ihr bestimmt war, in die Fußstapfen ihrer Eltern zu treten.

Vierundzwanzig Stunden nachdem ich die Neuigkeiten über Graham erfahren habe, liege ich im Bett und starre auf mein Handy. Ich scrolle durch die Nachrichten, vorbei an Adams Adios, das er mir geschickt hat, bevor er zurück zur Brown aufgebrochen ist, und an Henrys Gute Nacht, Süße, bis ich bei Rachels unbekannter Nummer ankomme.

Ob sie wohl so viel an mich denkt wie ich an sie? Sie musste doch wissen, dass wir den Artikel in der *Gazette* sehen würden. Aber wusste sie auch, dass keiner sich damit auseinandersetzen wollen würde?

Ich tippe meine Nachricht an sie ein und starre auf die Buchstaben, die vor meinen Augen tanzen. Ich rufe mir Shaila am Morgen unserer Initiation in Erinnerung, wie sie an einer Tasse Kaffee nippt und lacht, eine aufgeregte Energie verströmt. Wenn ich die Augen schließe, kann ich sie deutlich vor mir sehen. Ihr strahlendes Gesicht, ihre langen, dichten Wimpern. *Wage es ja nicht, mich zu verraten, indem du Rachel antwortest*, scheint sie zu sagen. Und ich sehe die Player, wie wir uns gestern versprochen haben, nichts zu unternehmen. Ich höre Adams tröstliche Stimme: »Rachel spinnt.« Das hatte er im Diane's gesagt.

Aber was, wenn sie doch nicht spinnt?

Ich beiße mir auf die Lippe, schließe die Augen und verscheuche Shaila, meine Freunde und sogar Adam aus meinen Gedanken.

Ich treffe eine Entscheidung. Ich wende mich von ihnen ab.

Reden wir.

Dann drücke ich auf *Senden*.

7

»Hiermit erkläre ich diese Player-Sitzung für eröffnet«, sagt Nikki und pocht mit einem Plastikhammer auf den Couchtisch. Wir haben uns für das erste offizielle Tribunal des Jahres in ihrem Wohnzimmer versammelt. Der Tisch biegt sich unter Bagels und Aufstrichen, die uns die Kreditkarte von Nikkis Eltern beschert hat. Allerdings ist noch keiner bereit anzufangen.

Henry sitzt zwischen meinen Beinen am Boden und scrollt in Höchstgeschwindigkeit durch einen Twitter-Thread seines Lieblingsreporters beim *New Yorker*, der gerade wieder einen Enthüllungsbericht veröffentlicht hat.

»Der Typ ist der Wahnsinn«, murmelt Henry. »Ich würde alles dafür geben, um ihn zu fragen, wie er an seine Quellen rankommt.«

Ich tätschle ihm den Kopf.

»Ich kann da vielleicht was arrangieren«, sagt Robert. »Mein Dad kennt diese ganzen Reporter.«

»Dein Dad kennt alle Reporter vom *New Yorker*?«, fragt Quentin ungläubig.

»Äh, ja. Ich bin schließlich in New York aufgewachsen.«

»Was? Echt jetzt?« Nikki tut überrascht. »Das ist ja ganz was Neues!«

»Wer hat euch denn im Sommer die falschen Ausweise beschafft?«, erwidert Robert. »Das war meine Connection.«

Wir verdrehen die Augen und rempeln uns gegenseitig an. Ich schaue auf mein Handy, mehr aus Hoffnung, als weil ich es müsste, aber Fehlanzeige. Auf Rachels Antwort zu warten ist die reinste Folter.

Keiner erwähnt Graham oder den Bericht in der *Gazette*. Stattdessen tun wir so, als wäre nichts gewesen und als könnten wir uns einfach wie immer unseren üblichen Player-Ritualen widmen. Dinge unter den Teppich zu kehren hat Tradition in Gold Coast, und ich mache gerne dabei mit. Muss ja keiner wissen, dass ich der Feindin eine Nachricht geschickt habe.

Ich verlagere meine Aufmerksamkeit auf Marla, die gespannt auf ihren Bildschirm starrt, auf dem das Bewerbungsportal vom Dartmouth College zu sehen ist. Sie hat sich vorzeitig dort beworben und hofft wegen ihres Feldhockeytalents genommen zu werden.

»Du weißt aber schon, dass wir erst in ein paar Monaten Bescheid kriegen?«, flüstere ich. Bis zu den Aufnahmebestätigungen dauert es noch ewig und ich muss mich selbst dazu zwingen, nicht ständig daran zu denken.

Marla lehnt den Kopf an die Couchlehne. »Himmel, ich weiß. Ich bin zwanghaft.«

Quentin seufzt. »Ich kenne das Gefühl.« Er hat sein Portfolio an die Kunstabteilung von Yale geschickt und fiebert jetzt der Antwort entgegen. »Ich kann nicht glauben, dass wir noch so lange warten müssen.«

Ich kuschle mich an seine weiche Schulter und schiebe die Vorstellung, gemeinsam mit Adam an der Brown zu studieren, ganz weit weg, zusammen mit der Vorstellung, dass ich das »Frauen in Wissenschaft und Technik«-Stipendium bekomme, um das ich mich erst bewerben kann, *wenn* ich angenommen wurde. Der Gedanke daran ist einfach zu überwältigend.

»Hallo!«, ruft Nikki und schlägt erneut mit ihrem Hammer auf den Tisch. »Die Toastmasterin spricht.« Als Schulsprecherin *und* Toastmasterin der Player ist ihr die Macht eindeutig ein bisschen zu Kopf gestiegen.

Quentin stöhnt und wirft ein Kissen nach ihr.

»Es ist Zeit, dass wir uns überlegen, welche von den Neuntklässlern wir aufnehmen wollen.«

Marla legt das Handy weg und richtete sich auf.

Robert klatscht und boxt in die Luft. »Klasse, Frischfleisch! Fangen wir an!«

Nikki schlägt einen abgenutzten grünen Ordner auf und zieht einen Blätterstapel mit den Fotos und Biografien der infrage kommenden Neuntklässler heraus. Der Ordner wird von Toastmaster zu Toastmaster weitergegeben und ist weiß Gott wie alt. Wahrscheinlich hat sogar Mr Beaumont ihn schon gesehen. Er enthält die offiziellen Player-Regeln – wie man bei der Nominierung der Neuen vorgeht, bestimmte Lieder und Sprechchöre, die alle auswendig lernen müssen, eine Anleitung zur Erstellung von Üs und natürlich die Regeln für die Initiation. Der Inhalt ist allein den Zwölftklässlern vorbehalten, und als der letztjährige Toastmaster, Derek Garry, den Ordner vor seiner Abreise an die Yale an Nikki übergab, verbrachten wir Stunden damit, ihn durchzusehen. Den Teil mit der Initiation lasen wir besonders genau, weil wir hofften eine Antwort auf die Frage zu finden, was damals vorgefallen war. Aber nichts.

Heute beschränken wir uns auf das Kapitel mit den Nominierungen. Angeblich kann es Stunden dauern. Ich weiß noch, wie Adam mir erzählte, sie hätten das ganze Wochenende gebraucht und zwei Nächte am Stück durchmachen müssen, um sich auf unsere Gruppe zu einigen. Aber Derek hat letztes Jahr genau dasselbe gesagt.

»Seid ihr bereit?«, fragt Nikki mit einem breiten Grinsen. Sie hat den Inhalt des Ordners während des Sommers auswendig gelernt und sich darauf vorbereitet, uns in ein neues Jahr zu führen. Sie ist bereit, endlich über die Player zu bestimmen. *Dieses Jahr wird alles anders.*

»Fangen wir mit Sierra McKinley an. Der Vorschlag kam von dir, Quentin. Erzähl mal, wie ist Sierra so?«

»Sierra ist in meinem Fortgeschrittenen-Zeichenkurs – und das, obwohl sie erst in die Neunte geht – und sie ist megatalentiert. Ich hab letzte Woche eins ihrer Bilder gelobt und sie wurde nicht supernervös wie die anderen Neuntklässler, wenn ich mit ihnen rede. Sie hat sich bedankt und diesen krassen Vogel gemalt, und ich hab mir nur gedacht, ›Scheiße, ist die cool‹. Außerdem gehört ihren Eltern das riesige Haus bei der Mautstation und ungefähr ein Hektar Strand. Mom war letztes Jahr am Unabhängigkeitstag bei ihnen eingeladen und sie hatten ihr eigenes Feuerwerk. Man kann dort ziemlich gute Partys feiern.«

Nikki lächelt. »Irgendwelche Einwände?«

»Die lässt keinen ran!«, schreit Robert.

»Woher willst du Vollspack das wissen?«, frage ich.

Er grinst. »Das wüsstest du wohl gern.«

»Träum weiter, Robert.« Nikki streckt den Rücken durch und wirft die Haare zurück. Es war keine gute Woche für die beiden. »Als Nächstes hätten wir Bryce Miller.« Sie deutet auf mich. »Dein Kandidat.«

»Adams Bruder«, sage ich als Erklärung. Alle nicken, nur Henry schaut nach unten und scrollt wieder durch Twitter. »Eigentlich habe ich ihn immer für ein kleines Arschloch gehalten, aber in letzter Zeit war er wirklich nett zu Jared, hat ihn zur Bandprobe eingeladen und so. Ich bin für ihn.«

Nikki nickt ernsthaft. »Was meint ihr?« Sie blickt in die Runde.

»Keine Frage«, sagt Marla und ich danke ihr stumm für die Unterstützung. »Er ist schließlich mit einer lebenden Legende verwandt.«

»Gut«, sagt Nikki. »Dann weiter.« Während der nächsten drei Stunden gehen wir zwölf weitere Namen durch. Wir besprechen Gina Lopez' fragwürdige Glutenunverträglichkeit, Carl Franklins riesige Sneakersammlung, Aditi Kosuris ziemlich erfolgreiche Versuche, als Style-Influencerin zu gelten, und Larry Kramers krassen Wachstumsschub, der ihn im Frühling über die Zwei-Meter-Marke katapultiert hat. Irgendwann fordern die Jungs eine halbe Stunde Pause, um Körbe zu werfen, und Marla, Nikki und ich machen es uns mit einer Tüte Cheetos und einer Schachtel Mikado am Pool bequem.

»Bald kommen wir zu Jared«, sagt Nikki und leckt sich Käsepulver von den Fingern. »Wie stehst du dazu, Jill?«

Marla nickt. »Wie gesagt, ich finde ihn irgendwie süß.« Sie kichert.

»Untersteh dich, Mar«, sage ich und versetze ihr einen Klaps. Ich überlege, was ich antworten soll. »Wir haben gesagt, dass wir die Dinge ändern wollen. Dass wir uns ändern wollen. Nikki, du bist die erste Toastmasterin in der Geschichte der Player. Jetzt haben wir das Sagen.«

Die beiden anderen nicken. »Wenn unsere Abmachung noch gilt, will ich, dass Jared einer von uns wird. Aber nur wenn ihm und den anderen nichts passiert. Wir können alles anders machen. Wir können dafür sorgen, dass das Ganze Spaß macht. So wie es eigentlich sein sollte.«

»Ja«, sagt Nikki. »Darauf kannst du dich verlassen.«

»Wenn das so ist, wenn das wirklich so ist, bin ich dabei«, sage ich.

Alles wird anders.

Jared wird – klarerweise – aufgenommen, außerdem Sierra, Bryce und ein paar andere.

Ich schreibe Adam die gute Nachricht.

Geiler Scheiß, antwortet er innerhalb von Sekunden.

Aber sag ihm nichts. Es soll eine Überraschung bleiben.

Klaro, Newman. Ich halte dicht … wär schön, wenn wir zusammen feiern könnten.

Mein Herz flattert.

Find ich auch.

Lass es krachen. Saumäßig. Immer.

Du kennst mich doch.

Wir beenden den Tag mit Pizza und Knoblauchbällchen, die wir von Papiertellern essen. Nikki macht einen alten Adam-Sandler-Film an und wir gammeln faul herum, bis Eli Jaffe aus dem Footballteam eine Gruppennachricht an sechzig Leute schickt, dass er kurzfristig ein Bier-Pong-Turnier veranstaltet. Henry, Robert und Marla springen auf, um hinzufahren, während Quentin, Nikki und ich liegen bleiben und einen Real-Housewives-Marathon beginnen.

»Dieses Toastmasterinnending ist ganz schön anstrengend«, stellt Nikki fest. Sie fläzt auf der Couch, den kleinen Hammer neben sich. »Sogar noch anstrengender, als Schulsprecherin zu sein. Dort stellt mich wenigstens keiner infrage.«

»Red keinen Scheiß«, sagt Quentin. Er hat Pizzakrümel auf dem Bauch. »Du stehst doch voll drauf.«

Nikki lässt sich tiefer in die Couch sinken. »Stimmt. Ich stehe drauf. Nächstes Jahr um diese Zeit sind wir wieder Niemande, Bodensatz, nachdem wir uns jahrelang an die Spitze gekämpft haben. Wenn du glaubst, dass ich bis dahin nicht jede Sekunde genießen werde, täuschst du dich. Ich bin noch nicht bereit wieder ganz unten anzufangen.«

Ich drücke ihre Hand.

»Ich freue mich schon auf die Einführungsparty«, sagt Quentin.

Ich mich auch. Seit wir unsere hatten, ist es meine Lieblingsveranstaltung. Sie besteht aus einer Strandparty, der einzigen, die nicht von Angst bestimmt wird, sondern von Hoffnung und Vorfreude.

Unsere Einführungsfeier fand an einem warmen Oktoberabend statt, kurz bevor das Wetter umschlug. Shaila schlug vor, dass wir uns bei Nikki treffen, deren Eltern gerade verreist waren, und Nikki ergriff freudig die Gelegenheit, sich zum ersten Mal als Gastgeberin zu hervorzutun, als Anführerin.

Sie öffnete eine Flasche Tequila, die wir reihum gehen ließen, während wir uns gegenseitig musterten. Shaila, Nikki und Graham kannte ich natürlich schon, aber mit Robert und Marla hatte ich außerhalb der Schule noch nie etwas zu tun gehabt. Robert hatte mich immer irgendwie eingeschüchtert. Und Marla war neu und gehörte noch keiner Clique an. Henry war zu dem Zeitpunkt nur der niedliche, schlaksige Junge vom Schulnachrichtensender. Damals war er noch nicht im Lacrosseteam und musste erst in seinen eins achtzig großen Körper hineinwachsen. Und Quentin war sein bester Freund, der Künstlertyp, dessen Bilder in den Gängen der Mittelstufe hingen. Aus irgendeinem Grund hatten Adam, Jake, Rachel und die anderen Senior Player uns acht ausgewählt und unser Leben für immer verändert.

An jenem Abend betrachtete ich unsere seltsame Truppe

und fragte mich, was wir zu bieten hatten. Was machte mich so besonders? Warum war die Wahl auf mich gefallen und nicht auf einen meiner zweiundachtzig Klassenkameraden? Die anderen wirkten so entschlossen und lebendig, dass mir ganz warm ums Herz wurde. Hoffentlich würden wir so was wie eine Familie.

Eine Stunde später brummte Grahams Handy. Eine Textnachricht von Rachel. Er flüsterte Shaila etwas ins Ohr, woraufhin beide loskicherten. Nikki verdrehte die Augen, wir tauschten einen genervten Blick. *Typisch Pärchen.*

Dann räusperte Graham sich. »Gehen wir.«

Er führte uns im Gänsemarsch hinter Nikkis Haus, wo das Gras den Sand berührte und der Strand anfing. Von hier aus glich das Haus einem Ufo, das sich auf die Erde verirrt hatte. Schweigend gingen wir weiter, der tintenschwarze Himmel und Millionen kleiner Sterne wiesen uns den Weg.

Ich suchte den Orion, dann den Widder und den Kleinen Wagen. Die Sternbilder beruhigten mich, denn sie gaben mir zu verstehen, dass alles *gut und richtig* war. Mir war etwas flau im Magen und gleichzeitig hatte ich das Gefühl, dass mir etwas Großes bevorstand. Ich wusste, dass das die Nacht war, auf die ich mein Leben lang gewartet hatte. So musste es einfach sein. Ich hatte die Milchstraße noch nie so hell leuchten sehen. Schweigend stapften wir durch den Sand, bis wir nach etwa einer Meile eine Gruppe Betrunkener hörten, die sich einbildeten zu flüstern. »Psssst. Da kommen sie.«

Ein riesiges Lagerfeuer flackerte in Sicht und aus einem tragbaren Lautsprecher wummerte House-Musik. Als zwei Scheinwerfer auf uns zukamen, blieb Graham stehen. *Scheiße*, dachte ich. *Die Polizei.*

Shaila griff im Dunkeln nach seiner Hand und sie drückten

sich eng aneinander, während die Lichtkegel immer größer wurden.

Doch da waren weder Uniformen noch Sirenen. Vor uns hielt ein Strandbuggy und jemand stieg aus. Ich kniff die Augen zusammen. Adam. Unsere Blicke trafen sich, doch er lächelte nicht und gab auch sonst kein Zeichen des Erkennens.

»Seid still«, sagte Adam, den Mund zu einer harten Linie geformt. »Folgt mir und tut, was ich sage. Wenn nicht, hat das Konsequenzen.« Er sah mich noch mal an, dann stieg er wieder in den Buggy, wendete und fuhr zurück zum Feuer.

Wir rannten keuchend hinterher. Je näher wir kamen, desto höher wurden die Flammen, und als wir direkt davorstanden, war es, als wären wir beim Mittelpunkt der Erde angekommen.

»In einer Reihe aufstellen!«, schrie Adam.

Wir beeilten uns seinem Befehl Folge zu leisten und ich fand mich zwischen Nikki und Shaila wieder. Wir standen so dicht beieinander, dass unsere Finger sich berührten. Nach und nach konnte ich vertraute Gesichter erkennen. Rachel. Jake. Tina. Derek. Garry. Sie standen nach Jahrgangsstufe geordnet. Eine Handvoll Zehntklässler rechts, ein paar Leute aus der Elften links und in der Mitte die Zwölftklässler mit verschränkten Armen und Flaschen in den Händen. Sie sahen kampfbereit aus.

Adam räusperte sich. »Player.«

Alle erhoben die Stimme und ich konnte die Worte klar und deutlich ausmachen.

Gold Coast Prep, hör unseren Ruf,
Du bist es, die uns alle schuf.
Jahrein, jahraus hat die weite See
Uns treu beschützt vor Leid und Weh.

Von früh bis spät, von Gischt bis Flut,
Wacker vereint für das gemeinsame Gut.
Wir kennen die Regeln, befolgen sie,
Player, das sind wir, jetzt oder nie.

Ein Schauer überlief mich, als die Worte vom Sandstrand, der sich vor uns erstreckte, zurückgeworfen wurden. Das hohe Dünengras raschelte im Wind und am Ufer brachen krachend die Wellen.

Dann erhob Jake das Wort. »Ihr wurdet von der diesjährigen Abschlussklasse zu Playern auserkoren. Das heißt aber nicht, dass ihr schon welche *seid*. Es heißt nur, dass ihr welche werden könnt. Dieses Jahr werdet ihr euch verschiedenen Herausforderungen stellen müssen. Manche davon findet ihr vielleicht lustig, andere ... *nicht*. Wenn ihr sie alle besteht, wenn ihr durchhaltet, werdet ihr Player. Dann bekommt ihr Zugang zu Dingen, die ihr euch niemals erträumt hättet.«

Die anderen Player nickten feierlich. Jake klang, als würde er uns die Welt versprechen.

Aber was mussten wir dafür tun?

»Zuerst müsst ihr euch beweisen«, fuhr er fort. »Ihr müsst uns zeigen, dass ihr es wert seid, dass ihr das hier verdient. Alle, die vor euch stehen, haben alles gegeben.« Er deutete auf die drei Achter-Grüppchen hinter sich. Schatten flackerten über ihre Gesichter. »Wir haben hart gearbeitet, um diese Gruppe zu dem zu machen, was sie ist, um die Werte und Grundlagen der Player aufrechtzuerhalten.« Er verstummte und schenkte uns ein teuflisches Lächeln, bei dem sich mir die Nackenhaare aufstellten. »Außerdem hatten wir verdammt viel Spaß.«

Jubelrufe.

»Tut, was wir euch sagen, hört auf mich, euren Toastmaster,

dann kann euch nichts passieren. Seid ihr bereit?« Jake erhob seinen Plastikbecher.

»Ja!«, sagte Shaila. Ihre Stimme hallte einsam und fest über den Strand.

»Sehr schön!«, lobte Jake. »Du bekommst den ersten Schluck.« Er zwinkerte ihr zu und ich spürte den Tequila von vorhin in meinem Bauch hin und her schwappen. Ich warf Adam einen verstohlenen Blick zu. Er stand mit geröteten Wangen neben Rachel und drückte sie an sich, um sie zu wärmen. Ich versuchte, ihn mit der Kraft meiner Gedanken dazu zu bringen, mich anzusehen, und ihn daran zu erinnern, dass wir gemeinsam in dieser Sache drinhingen. Doch sein Blick ruhte fest auf Shaila, neugierig, was sie tun würde.

Jake stellte sich vor sie hin und strich sich die hellbraunen Wuschelhaare aus dem Gesicht. Dann reichte er ihr eine Glaskaraffe, die mit einer durchsichtigen Flüssigkeit gefüllt war. Shaila nahm einen herzhaften Schluck, ohne zu husten oder aufzustoßen oder irgendeinen anderen Ton von sich zu geben. »Lecker«, sagte sie, woraufhin ein paar Leute kicherten.

Wer ist diese Neue? Die Mutige?, müssen sie gedacht haben. Und ich wünschte mir, selbst diese Neue zu sein.

Shaila reichte die Karaffe an mich weiter und endlich konnte ich spüren, wie Adam seine Aufmerksamkeit mir zuwandte. Ich trank und ließ mir den Ekel so wenig wie möglich anmerken. Die Flüssigkeit roch nach Ohrenschmalz und schmeckte nach Schweiß und Salz und meinen eigenen Körperausdünstungen. Als ich die Karaffe weitergab, fühlte ich ein Brennen in meiner Lunge. Später fanden wir heraus, dass dies unsere erste Ü gewesen war. Und wir hatten sie bestanden.

»Und jetzt«, sagte Jake, »feiern wir. Ernst wird es erst morgen.« Mit diesen Worten entzündete er eine Wunderkerze und die restlichen Player lösten ihre strenge Formation. Irgendwer ließ eine kleine Feuerwerksrakete steigen, die über unseren Köpfen explodierte. Für einen Augenblick lag der Strand still da, dann schrie einer aus der Zehnten: »Weiter gehts!« Und auf sein Stichwort hin donnerte die Musik los und hallte in die Nacht.

»Bist du bereit?«, flüsterte Adam, der plötzlich neben mir stand. Seine Haare waren feucht und an den Spitzen sandverklebt. Er war wieder der echte Adam. Mein Adam, mit dem breiten Grinsen und den Grübchen. Ich nickte und fühlte, wie der Alkohol sich seinen Weg in meine Gliedmaßen bahnte.

»Ich freue mich für dich«, sagte Adam. »Komm mit.« Er nahm mich an der Hand und führte mich zu einer Gruppe Elftklässler, die mich so fest umarmten, dass mir fast die Luft wegblieb. Als ich wieder freikam, stand Adam neben Rachel und umfasste ihre Hüfte. Sie tanzte und lachte, als er sie herumwirbelte. Dann bemerkte sie, dass ich sie beobachtete, rannte zu mir und schlang die Arme um mich.

»Ich wusste, dass du aufgenommen wirst!«, sagte sie mit ihrer wohltönenden Stimme. »Willkommen zum Rest deines Lebens.«

»Danke«, quetschte ich hervor. Sie blickte mir in die Augen. Sie hatte die Haare zu einem hohen Pferdeschwanz zusammengebunden, nur ein paar Strähnen umspielten ihr Gesicht. Sie sah umwerfend aus.

»Soll ich dir ein Geheimnis verraten?«, flüsterte sie. Ihre Lippen waren vom Wind ganz spröde und ich spürte ihren heißen Atem auf der Haut.

Ich nickte.

»Du bist wie ich«, sagte sie in einem sanften, mütterlichen Tonfall. »Ängstlich. Jung.« Eine Welle der Enttäuschung überrollte mich. Das klang nicht so, als wäre es etwas Gutes. »Aber du schaffst das«, fuhr sie fort. »Denn wir sind stark.«

Damals ergaben ihre Worte keinen Sinn für mich und einen Augenblick später war sie auch schon weg und flitzte über den Strand zu Shaila. Die beiden kannten sich praktisch ihr ganzes Leben und an jenem Abend umarmte Rachel Shaila wie eine Schwester. Ich fragte mich, welche Geheimnisse sie miteinander teilten.

Ich wandte den Blick ab, denn der Moment war zu intim. Stattdessen sah ich nach oben. Der Vollmond stand hoch und groß wie ein Schiff am Himmel und wies die Sterne an ihr Licht noch heller auf uns scheinen zu lassen.

Als Kind war ich mit meinen Eltern oft an diesem Strand gewesen, hatte mit Jared Sandburgen gebaut und so getan, als wären wir Lebewesen aus der Tiefsee und auf der Suche nach einem neuen Zuhause. Abwechselnd saugten wir die Wangen ein und plusterten die Lippen auf, um Fische zu imitieren, unsere Hände waren die Flossen. Wenn wir abends unsere Schaufeln und Eimer einsammelten und uns den feuchten Sand vom Hintern klopften, winkten wir den Teenagern in ihren Windbreakern mit dem Logo der Cold Coast Prep zu. *Sie sehen so erwachsen aus*, dachte ich. »Irgendwann wirst du eine von ihnen sein«, sagte Mom, als hätte sie meine Gedanken gelesen. Doch damals erschien mir das unmöglich.

8

»Jared!«, rufe ich und mache die Tür auf. Es ist kurz vor Mittag und ich bin am Verhungern, obwohl ich mir gestern Abend bei Nikki eine halbe Pizza reingezogen habe und heute Morgen noch mal ein Stück. Als keine Antwort kommt, laufe ich nach oben und klopfe an seine Zimmertür.

»Komm schon!«, rufe ich. »Steh auf!«

Hinter der Tür ertönt ein gedämpftes Stöhnen. »Nein.«

»Ich fahr mit dir ins Diane's.«

Noch mehr Gestöhne. Aber irgendwie schafft Jared es innerhalb weniger Minuten, sich Jeans anzuziehen, ein Baseball Cap aufzusetzen und präsentabel genug auszusehen, um sich in die Öffentlichkeit zu wagen.

»Passt das?«

»Das passt. Fahren wir.«

Im Diane's angekommen, entscheide ich mich für Adams und meine Nische, die mit dem fetten Riss in der Lehne, und rutsche bis ganz an den Rand, sodass meine Schulter die Wand berührt. Jared macht es mir nach.

»*Beide* Newmans auf einmal? Womit verdiene ich die Ehre?«, fragt Diane feixend. Ihre rote Haarpracht bauscht sich heute besonders beeindruckend unter ihrer Kellnerinnenhaube und ihr Gesicht ist gerötet, als wäre sie schon seit dem Morgengrauen auf den Beinen. »Ihr seid zwei echte Schätzchen!«

Jared wird knallrot und ich lache. »Und du bist mit Abstand der beste Mensch dieser Stadt, Diane. Das weißt du, oder?«

»Keine Frage!« Sie wirft den Kopf in den Nacken und zuckt mit den Schultern, woraufhin jemand hinter dem Tresen in schallendes Gelächter ausbricht. »Was darfs sein?«

»Für mich einmal Dianes Hausteller«, sagt Jared. »Und einen Kaffee.«

Ich schaue ihn überrascht an. »Seit wann trinkst du denn Kaffee?«

Jared zuckt mit den Schultern, er ist immer noch rot.

»Siehst du nicht, wie verschlafen er noch ist? Er kann einen vertragen. Für dich das Übliche, Schätzchen?«

Ich nicke und Diane zwinkert mir im Davongehen zu.

»Ich kann nicht glauben, dass sie weiß, was du *üblicherweise* bestellst«, sagt Jared und macht mit den Fingern Anführungszeichen. »Du bist wohl öfter hier.«

»Manchmal.« Wir schweigen und mein Blick wandert über Jareds Kopf zu Shaila, die mir aus ihrem Cold-Coast-Prep-Rahmen entgegenlächelt. Ihr Kopf liegt auf Grahams Schulter, der wiederum dicht an Rachel gedrängt ist. Es ist unübersehbar, dass die beiden verwandt sind. Ihre Haare sind auf die gleiche Weise gescheitelt und sie haben dasselbe kantige Gesicht.

Jared dreht sich ebenfalls um. »Muss komisch für dich sein.«

Bevor ich etwas erwidern kann, kommt Diane mit unseren Tassen. Während sie uns Kaffee einschenkt, schaue ich aus dem Fenster. Die Blätter der Ahornbäume, die den Parkplatz säumen, haben sich kirschrot gefärbt. Sie sehen beinahe unnatürlich aus, neonfarben. Sogar hier drinnen riecht die Luft nach Herbst, frisch und klar.

»Danke, Diane«, sage ich. Sie tippt sich an den Kopf und verschwindet wieder in der Küche.

»Ich hab den Zeitungsartikel über Shay gesehen«, erklärt Jared mit leiser Stimme. »Bist du deshalb mit mir hergekommen? Um darüber zu reden?«

Mein Brustkorb zieht sich zusammen. Es wäre mir nie in den Sinn gekommen, mit Jared über Graham oder Shaila oder Rachels Nachrichten zu sprechen. Ich schüttle den Kopf und weiß nicht, was ich sagen soll.

»Sie fehlt dir bestimmt.«

»Ja. Und wie.« Ich blinzle die Tränen weg. So habe ich mir das nicht vorgestellt. »Aber mach dir deswegen keine Sorgen. Die Polizei kümmert sich darum. Sie werden der Sache auf den Grund gehen.«

»Okay.«

Ich hole tief Luft und klemme mir die Haare hinter die Ohren. »Und, wie läufts in der Schule?«

»Gut, abgesehen von …«

»Abgesehen von was?«

Jared seufzt schwer. »Ich glaube, ich falle in Bio durch.«

»Was?« Ich beuge mich vor, sodass die Tischkante sich zwischen meine Rippen bohrt.

Jared senkt den Blick und trommelt mit den Fingern gegen seine Tasse. »Ich weiß auch nicht. Ich schnall das nicht. Ist nicht mein Fach.«

»Hattest du deine erste Zwischenprüfung schon?«

Er nickt. »Achtundsechzig Punkte.«

»Mann, Jared. Warum hast du denn nichts gesagt? Ich hätte dir doch geholfen.«

Jared lässt den Kopf hängen und schließt die Augen. »Ach, komm, du bist doch perfekt mit diesem Zeug.«

Ich schüttle den Kopf. Ich will, dass er die Wahrheit weiß, die *echte* Wahrheit. Ich galt schon immer als das *kluge* Newman-Kind. Bis zur Fünften gingen wir beide auf die Cartwright-Grundschule. Dort waren die Klassen groß und die Erwartungen niedrig. Aber ich wurde schon in der Vorschule von Miss Becky als *begabt* eingestuft, als ich vor allen anderen das Lesen lernte. Als Jared eines Tages beim Abendessen verkündete, dass er ebenfalls Miss Becky bekommen sollte, klatschte ich in die Hände. »Du hast Glück«, flüsterte ich ihm zu. »Miss Becky ist echt die Beste.«

Aber Jared tat sich schwer mit Zahlen und Buchstaben. Erst ein paar Jahre später wurde bei ihm eine Legasthenie attestiert. Den Platz an der Gold Coast bekam er im Rahmen des schuleigenen Förderprogramms für Jugendliche mit Lernschwäche. Stipendium gab es für ihn keines. Nur die Aussicht auf kleinere Klassen und speziell ausgebildete Lehrkräfte. Diese Chance wollten meine Eltern sich nicht entgehen lassen. Darüber, wie sie das finanzieren, verlieren sie nie auch nur ein Wort. Ich tippe auf eine zweite Hypothek und einen Riesenberg Schulden. Aber damals, als Jared noch in Miss Beckys Klasse ging, konnte er einfach nicht dasselbe leisten wie ich.

»Miss Becky mag mich nicht«, sagte er eines Tages nach der Schule. Seine Augen waren ganz schmal und Tränen liefen ihm übers Gesicht.

»Natürlich mag sie dich!« Ich nahm seine Hand und streichelte ihm über den Kopf.

»Nein. Ich bin nicht so wie du.«

Ich wusste nicht, was ich darauf sagen sollte, also nahm ich ihn fest in die Arme und bemühte mich, nicht auch noch loszuheulen. Wir waren verschieden, das begriff ich jetzt. Damals wurde mir zum ersten Mal klar, dass wir mit dem Älterwerden vielleicht nicht mehr dasselbe Essen und dieselben Bücher mögen würden und auch nicht mehr dieselben Noten hätten. Mir wurde ganz schlecht bei dem Gedanken, dass wir uns eines Tages ohne Vorwarnung auseinanderentwickeln könnten. *War das erst der Anfang?*

Dabei waren wir uns so ähnlich, mit unseren riesigen grünbraunen Augen und unserer Abneigung gegen Mayo. Dank Dad teilten wir die gleiche Begeisterung für die Sterne. Und je älter wir wurden, desto ähnlicher sahen wir uns. Wäre der Altersunterschied nicht, könnte man uns für Zwillinge halten. Unsere dunklen Haare wellen sich an den gleichen Stellen. Und an unseren Armen bilden sich jedes Jahr die gleichen Sommersprossen, die wir zu Konstellationen verbinden. *Ihr seid aus demselben Holz*, sagte Mom immer. *Ihr seid zwei Seiten derselben Medaille.*

Ich betrachte ihn, wie er mir im Diane's gegenübersitzt, und sehe all die Jahre, in denen er versucht hat mir das Wasser zu reichen, über Hürden gesprungen ist, die unüberwindbar für ihn schienen, um Lehrerinnen wie Miss Becky zu beeindrucken, um an der Gold Coast angenommen zu werden oder um mit Typen wie Bryce befreundet zu sein. Zum ersten Mal begreife ich, wie anstrengend es sein muss, mit Jill Newman Schritt halten zu wollen. Ungefähr so anstrengend, wie es für mich war, mit Shaila Arnold Schritt halten zu wollen.

»Nächstes Mal schneidest du besser ab«, sage ich. »Du fällst nicht durch. Vielleicht reichts am Ende nur für eine Drei, aber bis zum Ende des Schuljahrs bügelst du die auch noch aus.« Ich beginne nachzurechnen, was für einen Durchschnitt er hätte, wenn er in der letzten Prüfung des Semesters mit ein bisschen Hilfe die volle Punktzahl erreicht. In den Player-Akten gibt es garantiert einen Lösungsschlüssel für Bio oder zumindest eine

Lernhilfe. Nächstes Semester wird sich die Drei nicht mehr so schlimm auf seinen Gesamtdurchschnitt auswirken. Und darauf kommt es schließlich an.

»Du hast leicht reden«, grummelt Jared, als Diane zwei riesige Teller vor uns abstellt. Er nimmt die klebrige Sirupflasche und gießt die zähe, süße Flüssigkeit über seine Pancakes.

»Ich hab gar nicht leicht reden. Du hast keine Ahnung, wie viel Hilfe ich hatte.«

»Ach ja? Von wem?«

Auf einen Schlag vergeht mir der Hunger und die Eier auf meinem Teller sehen aus wie Erbrochenes. »Die Player ...«, setze ich an und überlege, wie ich es ihm am besten erklären soll. »Es ist nämlich so ...«

Ich verstumme. Ich bin überzeugt, dass es gerade in meiner Tasche vibriert hat. *Rachel.* Ich ziehe das Handy heraus und sehe unter dem Tisch nach. Ein Phantomsignal. *Wo ist sie? Warum hat sie sich noch immer nicht gemeldet?* Ich stecke das Telefon zurück in die Tasche und wende mich wieder Jared zu, erinnere mich, warum wir hier sind und wo wir gerade stehen geblieben waren.

»Komm schon, Jill. Was wolltest du sagen?« Er sieht mich mit hochgezogenen Augenbrauen an.

Mich überkommt das plötzliche Bedürfnis, ihm alles zu erzählen und ihm zu sagen, was ihn erwartet. Auch wenn es gegen die Regeln verstößt. Aber scheiß auf die Regeln. Rachel hat schließlich auch gegen sie verstoßen und ich habe davon profitiert – zumindest für eine Weile. Dass sie noch immer nicht auf meine Nachricht geantwortet hat, obwohl diese ein Zeichen war, dass ich Mitleid mit ihr habe, kümmert mich gerade nicht. Mein Bruder muss wissen, was auf ihn zukommt. Vielleicht nicht alles, aber zumindest einen Teil. »Nächste Woche«, sage ich, »bekommst du eine Einladung zu den Playern. Den Rest erfährst du bald. Aber ... Als Player bekommst du nicht nur Einladungen zu ihren Partys oder den besten Tisch in der Schulcafeteria. Du bekommst so was wie einen Joker. Zugang zu ... einer Gruppe. Ich bin dabei. Und Nikki. Shaila war es auch. Die Player sind seit Jahrzehnten ein Teil von Gold Coast und jedes Jahr werden neue Neuntklässler nominiert. Dieses Jahr ist die Wahl auf dich gefallen. Du wirst einer von uns.«

Er verschränkt die Arme und lehnt sich zurück. Er versucht sich die Aufregung nicht anmerken zu lassen, aber ich sehe ihm an, dass er den Zusammenhang noch nicht begriffen hat. »Und wie soll mir das bei meiner Bioprüfung helfen?«

Ich stöhne auf. Ich muss es ihm wohl zeigen. Ich hole mein Handy heraus und rufe die verschlüsselte App auf, die nur an dem grün-grauen Symbol zu erkennen ist. Ein paarmal tippen, dann bin ich drin. Ich lege das Telefon auf den Tisch und drehe Jared das Display zu. Dann streiche ich mit dem Zeigefinger nach oben. Die Liste ist endlos. Bio. Chemie. US-amerikanische Geschichte für Fortgeschrittene. Analysis. Französisch. Alte Zulassungstests. Die Datenbank mit den Namen der Personen, die in den Zulassungskomitees sitzen. Die Geschichte Afrikas. Ernährungswissenschaften 1. Ernährungswissenschaften 2. Ostasienwissenschaften. Russische Literatur auf College-Niveau. Und immer so weiter.

Jared reißt die Augen auf und starrt mich mit offenem Mund an. Ein Stück Pancake befindet sich noch darin. »Und das sind die Player?«, fragt er mit leiser Stimme.

Ich nicke. »Das sind die Player.«

Als Nikki, Marla und ich am Strand ankommen, haben die Jungs schon ein riesiges Lagerfeuer gemacht. Daneben warten noch mehr Holzscheite darauf, in die Flammen geworfen zu werden. Eine Flasche Jameson macht die Runde.

»Jill!«, schreit Henry und rennt uns entgegen. Der Sand zwischen meinen Zehen ist kalt und feucht. Wir haben unsere besten Gorpcore-Outfits an. Aus unerfindlichen Gründen sind teure Half-Zip-Fleecejacken und flauschige Beanies das ultimative Statussymbol in Gold Coast. »Seid ihr schon aufgeregt?«, fragt Henry.

»Ja«, antworte ich. »Das wird die beste Einführungsparty aller Zeiten.« Das meine ich auch so. Ich bin bereit mit einer neuen Klasse einen Neuanfang zu machen. Mit meinem Bruder. *Dieses Jahr wir alles anders.* Das Lagerfeuer brennt noch höher und nach und nach trudeln auch die anderen Player ein. Bald ist es so weit. Zusätzliche Flaschen werden geöffnet und unsere Stimmen werden immer lauter. Als mein Handy vibriert, bleibt mir fast das Herz stehen. *Klar, dass Rachel genau jetzt antwortet.* Ich spähe auf den Bildschirm. Adam. Ich muss lächeln.

Viel Spaß heute Abend. Und pass auf B auf.

Wär schön, wenn du da wärst, tippe ich, um es gleich wieder zu löschen. Stattdessen beschränke ich mich auf: Klar doch.

Er antwortet innerhalb von einer Sekunde. Danke, Newman.

Mir wird ganz warm ums Herz. Ich beobachte, wie die Zehntklässler Wunderkerzen anzünden, sodass der Strand einer riesigen Geburtstagstorte gleicht. Henry greift nach meiner Hand. Er hat ein verschmitztes Funkeln in den Augen und ich drücke mich eng an ihn und vergrabe das Gesicht in seiner fleecigen Brust.

»Ich wünschte, Shaila wäre hier«, flüstere ich und meine Worte überraschen selbst mich.

Henry zieht mich noch fester an sich. »Ich weiß, Süße.«

Mein Hals schnürt sich zusammen, aber ich muss es einfach

versuchen. »Henry. Was, wenn …« Ich breche ab. »Was, wenn Graham es wirklich nicht war?«

Henry lässt mich los und schüttelt gleichmütig den Kopf. »Komm schon, Jill«, sagt er. »Ich dachte, wir hätten uns darauf geeinigt, dass das Quatsch ist.«

Bevor ich etwas erwidern kann, klettert Nikki auf einen Betonblock, der in der Nähe des Lagerfeuers liegt. »Sie kommen!«, ruft sie. »Seid leise!«

Alle verstummen. Ich werfe Henry einen Seitenblick zu, doch er dreht sich weg und blickt zu dem Pfad, der an den Strand führt. Da sind sie. Im Gänsemarsch kommen die acht Neuen hinter dem Schilf zum Vorschein. Jared geht in der Mitte, flankiert von Bryce und Sierra. Sierras Blick ist aufgeregt und unfokussiert, sie unterdrückt ein Lächeln. Als sie das Feuer erreichen, stellen sie sich in einer Reihe nebeneinander auf und sehen uns an. Der Zwei-Meter-Typ, Larry Kramer, beginnt seine Beine zu dehnen, als wäre er beim Basketballtraining. Ich versuche Blickkontakt zu Jared herzustellen, doch der ist voll und ganz auf Nikki konzentriert.

»Wie ihr euch vielleicht schon denken könnt«, sagt Nikki in ihrer Rolle als Anführerin, »wurdet ihr von der diesjährigen Abschlussklasse zu Playern auserkoren.« Bryce nickt und grinst. Wahrscheinlich hat er mit Adam gesprochen. Ich wüsste gerne, was er gesagt hat.

»Das heißt aber nicht, dass ihr schon welche seid«, wiederholt Nikki die Worte, die Jake Horowitz vor drei Jahren zu uns gesagt hat. Aus ihrem Mund klingen sie nicht drohend und Furcht einflößend, sondern sanft, aber streng. Denselben Tonfall hat sie auch, wenn sie vor versammelter Schule eine Rede hält. Sie würde eine spitzenmäßige Politikerin abgeben, und das weiß sie auch. »Es heißt nur, dass ihr welche werden könnt. Dieses Jahr werdet ihr euch verschiedenen Herausforderungen stellen müssen. Manche davon findet ihr vielleicht lustig, andere ... nicht so sehr. Wenn ihr alle besteht, wenn ihr durchhaltet, werdet ihr Player. Ihr werdet belohnt oder für euer Scheitern zur Rechenschaft gezogen. Ihr werdet Teil einer Gruppe, auf deren Unterstützung ihr für den Rest eures Lebens bauen könnt.« Neben mir scharrt Quentin mit den Füßen und schnauft hörbar. Ich drücke seine Hand und er erwidert die Geste.

»Seid ihr bereit?«, fragt Nikki und erhebt ihren Plastikbecher.

Robert tritt vor und reicht Bryce eine nicht etikettierte Glasflasche. Der kleine Miller nimmt einen Schluck und hustet. Er macht seine Sache zwar nicht so gut wie Shaila, aber er reicht die Flasche weiter, bis fast alle würgen.

»Erinnert mich an mein erstes Bier!«, ruft Robert und taumelt auf die Neuen zu. Sierra zuckt zurück.

Ich zittere, als der Wind zunimmt. Endlich schaut Jared mich an und entspannt sich. Erleichterung tritt auf sein Gesicht. Aber als er die Flasche zum Mund führt, ist meine Freude wie weggeblasen. Der Anblick ist mir fast schon zu vertraut. Ihn so zu sehen, erscheint mir falsch, es quält mich. Am liebsten würde ich ihm die Flasche wegnehmen, stattdessen sauge ich die Wangen ein und forme die Lippen zu einem Fischmund, wie wir es getan haben, als wir noch klein waren. Jared lächelt und trinkt.

Shaila Arnold gehörte zu den Leuten, bei denen man immer den Vor- und Nachnamen sagt. *Shaila Arnold.* Es gab keine andere Shaila in Gold Coast. Ich glaube, es gab auch keine anderen Arnolds. Trotzdem wurde sie zu Lebzeiten von allen so genannt. Mr Beaumont nannte sie so, wenn er die Anwesenheitsliste abhakte, und Big Keith, wenn er die Rollen vergab. Nur ihre engsten Freunde sagten Shay zu ihr, und das auch nur manchmal, wenn es gerade passte. Wenn Leute, die sie nicht kannten, jetzt von ihr sprechen, ziehen sie oft ihren Namen zusammen, als wäre er ein Wort. *Shailarnold.* So auch Sierra McKinley bei der ersten Pyjamaparty für die Mädels aus der Neunten, die eine Woche nach der Einführungsfeier bei Nikki zu Hause stattfindet. Dieselbe Veranstaltung gab es auch, als wir in der Neunten waren. Es war ein als »Einander kennenlernen« getarntes Auschecken der Konkurrenz. Ein entspannter Abend vor dem Start der Üs, um unser Vertrauen zu gewinnen, bevor wir fertiggemacht wurden. *Dieses Jahr wird alles anders*, sage ich mir stumm immer wieder vor. *Dieses Jahr wird alles anders.* Es muss einfach.

»Du und Shailarnold wart beste Freundinnen, stimmts?«, fragt Sierra, als wir in Nikkis Küche sitzen. Ihre Beine sind nackt, abgesehen von extrem kurzen Flanellshorts mit Spitzenborte, die, wenn sie steht, fast unter ihrem extraweiten T-Shirt verschwinden.

»Ja.« Ich bemühe mich mir den Ekel nicht anmerken zu lassen, der mich überkommt, als ich Shailas Namen aus ihrem Mund höre.

»Ich kannte sie nämlich.« Sierra zieht die Beine zur Brust heran und schaut sich im Zimmer um. Von unserem Platz auf den Barhockern haben wir alles im Blick. »Aus dem Westhampton Beach Club«, fährt sie fort. »Sie und Kara Sullivan waren meine Schwimmlehrerinnen.«

Shaila und Kara haben unzählige Sommer damit verbracht, dort Segeln zu lernen und ihre Rückenschwimmtechnik zu verbessern. Zwischen der sechsten und siebten Klasse bekam

Shaila dort zum ersten Mal ihre Tage und beschrieb sie mir in einem ihrer längsten Briefe bis ins kleinste Detail.

An manchen Tagen ist es BRAUN. Es ist so eklig und ich fühle mich wie ein Monster. Nicht mal mit Kara kann ich darüber reden. KANNST DU SIE BITTE AUCH KRIEGEN, DAMIT WIR IM SELBEN BOOT SITZEN?!?!?! BITTE! ICH FLEHE DICH AN.

Ihr Wunsch war mir Befehl. Einen Tag nachdem ich ihren Brief gelesen hatte, zog ich meine Baumwollshorts runter und entdeckte eine Pfütze aus dickflüssigem, dunklem Glibber in meiner Unterwäsche. Natürlich war es durch die Shorts gesickert und ich brach in Tränen aus, als mir klar wurde, dass ich den ganzen Tag mit *Blutflecken* am Po durchs Naturwissenschaftscamp spaziert war. Vorbei an Jungs, zum Teich, um Wasserproben zu entnehmen, durch die Cafeteria. Ich verbarrikadierte mich im Klo, bis meine Tutorin mir mit einer windelgroßen Maxibinde zu Hilfe kam.

Als ich es Shaila erzählte, war sie ganz aus dem Häuschen.

Ich besorge uns leuchtrote Haarbänder, die wir am ersten Schultag tragen, damit alle wissen, dass wir jetzt FRAUEN sind, schrieb sie in ihrem nächsten Brief.

Und sie hielt Wort. Ich trug mein Band nur widerwillig, es gefiel mir nicht, dass ich mit meinem dunklen Geheimnis hausieren gehen sollte, als wäre es eine Ehre, wo es sich doch eher wie ein Fluch anfühlte. Graham, der damals nichts weiter als ein idiotischer Siebtklässler war und noch niemanden umgebracht hatte, flippte total aus, als er uns in der Bibliothek sah. Er deutete auf unsere Haarbänder und lachte. »Was soll das sein? Seid ihr Blutsschwestern? Wie eklig! Blutet mich ja nicht voll!«

Shaila lachte nur und machte eine wegwerfende Geste, als wäre Graham ihr völlig egal. »Tut mir leid, dass *echte* Frauen dich offensichtlich überfordern, Graham. Muss schon scheiße sein, wenn man so scheiße ist.« Graham zog grummelnd ab. Von diesem Tag an trug ich dieses dämliche Haarband mit Stolz. Und die Scham über meinen Eintritt ins Erwachsenendasein verschwand ebenfalls.

Als wir auf die Highschool kamen, schienen die beiden den Vorfall vergessen zu haben, aber für den Rest der Siebten war Shaila so was wie die gute Periodenfee. Sie kaufte einen ganzen Vorrat an roten Haarbändern, und immer wenn eine unserer Mitschülerinnen den Übergang vollzog, überreichte sie ihr eines. Sie schenkte sie sogar den Unscheinbaren, die ihre Sportnote durch Badminton retteten, und den Pferdemädchen, die die Mittagspause damit verbrachten, in der Bibliothek mit ihren komischen Pferdefigürchen zu spielen. Shaila machte es cool, die Schwelle zu überschreiten. Dabei übersah sie allerdings, was sie bei den Mädchen anrichtete, die noch nicht so weit waren. Und ich merkte es genauso wenig, bis ich eines Tages in der Achten eine heulende Nikki in der Umkleidekabine vorfand. Sie war verzweifelt, weil alle außer ihr ein rotes Haarband hatten. Bei ihr dauerte es noch bis zur Neunten.

Jetzt, wo wir mit den Neuen in Nikkis Küche sitzen, scheint das alles eine Ewigkeit her zu sein. Die Verantwortung für die Mädchen ist mir fast zu viel. Ich schaue Sierra Miller an und muss ich mir auf die Zunge beißen, um sie nicht zu fragen, ob sie schon ihre Tage hat und ein rotes Haarband möchte. Aber ich kann es mir nicht vorstellen. Sie ist nicht größer als ein Kind und spindeldürr.

Ich muss dringend das Thema wechseln. Nikki und Marla tanzen vor dem Fernseher und verstümmeln gemeinsam mit ein paar verzweifelten Neuen irgendeine Choreografie von Beyoncé. Ihr Gekicher lässt mich zusammenzucken.

»Darf ich dich was fragen?« Sierra beugt sich vor, als würde sie mir gleich erzählen, dass sie in ebendieser Sekunde zu bluten begonnen hat.

»Klar.«

»Was erwartet uns wirklich?«, fragt sie mit großen Augen. »Die Prüfungen ...«

»Sie heißen Üs.« Herablassung trieft aus meiner Stimme.

»Okay«, antwortet sie leise. »Die ganzen Regeln. Die Initiation. Der Ordner.«

»Wovon redest du?«

»Wir wissen von den guten Sachen. Von der App, den Partys, den Kontakten, aber ...« Sie bricht ab. »Ich habe Gerüchte gehört.«

Mein Herz beginnt zu hämmern, so fest, dass es wehtut.

»Ich möchte bloß wissen, worauf ich mich einlasse.«

Ich fühle mich schuldig. Sie ist völlig wehrlos. Wie ein Rehkitz, das gerade laufen lernt. Sie ist ja kaum über eins fünfzig. Ich denke an alle anderen Mädchen, die mich dasselbe gefragt haben. Die Mädchen, deren Bedenken ich lachend abgetan habe. Ihren Blick, als sie die Wahrheit herausfanden. Wenn der Toastmaster – der grundsätzlich ein Typ war – sie vor die Wahl stellte zu tun, was er verlangte, oder ... Wie sie entweder gestählt oder gebrochen daraus hervorgingen. Und mit welchem Blick sie die Mädchen aus dem nächsten Jahrgang betrachteten, wenn es bei ihnen so weit war.

»Du musst keine Angst haben«, sage ich mit gespielter Gleichgültigkeit. »Dieses Jahr wird alles anders.«

Sierra sieht mich weiterhin fest an, krallt dabei aber die Finger in die Oberschenkel. »Was heißt das?«

»Nikki hat das Sagen«, erkläre ich langsam und sanft. »Dieses Jahr wird alles anders.«

Sierra löst den Griff und ich sehe, dass ihre Nägel kleine Einkerbungen hinterlassen haben. Sie lehnt sich zurück. Hoffentlich weiß sie, dass sie nicht mehr von mir erwarten kann, zumindest nicht heute.

»Ich hol mir was zu trinken.« Damit springt sie von ihrem Hocker und geht zum Kühlschrank. Ich schaue mich noch mal im Zimmer um, beobachte die nervösen Neuen beim Versuch, uns zu beeindrucken, und meine geliebten Freundinnen beim Versuch, cool, elegant und erwachsen rüberzukommen. Ich frage mich, wie es Jared mit den Jungs ergeht. Henry hat mir versprochen auf ihn und Bryce aufzupassen. Ich frage mich, was unsere Freunde über uns sagen, wenn jemand sie dasselbe fragt. Hoffentlich die Wahrheit.

Plötzlich vibriert mein Handy in der Hosentasche und ich erschrecke. Als ich nachsehe, bleibt mir kurz die Luft weg. Endlich. Das ist die Nachricht, auf die ich gewartet habe. Von der ich gleichzeitig gehofft habe, dass sie nie kommt. Auf einmal ist mir schwindlig und ich muss raus aus diesem Zimmer, weg von allen.

Ich stoße die Haustür auf. Der kühle Oktoberwind zerzaust mir das Haar, und als ich mich setze, ist die Marmorstufe eiskalt. Ich beuge mich über mein Handy, schiebe meinen Körper zwischen es und die anderen, die ich verrate.

Kannst du nach New York kommen? Wir müssen reden.

Eine Sprechblase, die anzeigt, dass Rachel gerade etwas tippt, erscheint, verschwindet aber wieder, ohne das Versprechen einzulösen.

Wann?, frage ich.

Ich drücke das Handy gegen meine Brust und widerstehe dem Drang, an einem abstehenden Nagelhäutchen zu kauen. Zum Glück lässt Rachels Antwort nicht lange auf sich warten.

Freitag um 20 Uhr? 425 Ave. D. Klingel bei 6E, wenn du da bist.

Ich habe keine Ahnung, wie ich das schaffen soll. Mein Hirn fühlt sich leer an und meine sind Finger taub, während sie über dem Touchscreen verharren. Ich beiße mir so fest auf die Lippe, dass sie blutet. Dann tippe ich meine Antwort, wohl wissend, dass sie alles ändern wird.

Ich komme.

9

Die folgende Woche ist die längste aller Zeiten. Jede Unterrichtsstunde dauert hundert Jahre. Freitagmittag bin ich ein Nervenbündel, angespannt und schreckhaft. Als ich am Player-Tisch Platz nehme und Henry mir einen feuchten Kuss auf die Wange drückt, zucke ich so heftig zusammen, dass ich beinahe mein Truthahnsandwich und mein Keksteigbällchen auf den Boden befördere.

»Alles okay?«, fragt er mit besorgtem Blick.

Ich zwinge mich zu einem Lächeln und nicke. »Ja. Ich bin nur aufgeregt wegen der Französischprüfung nachher.«

»Hast du geschaut, ob du in den Akten was findest?«, fragt er und beißt von seinem Sandwich ab.

Ich habe zwar die ganze Woche gelernt, mir aber gestern Abend sicherheitshalber noch eine alte Arbeitshilfe angesehen. »Hab ich. Ich hoffe nur, dass ich mich auch richtig vorbereitet habe.«

»Das schaffst du locker, Süße. Wie immer.« Er strahlt mich an und knufft mich in die Schulter.

Robert lässt sein Tablett auf den Tisch fallen und wendet sich direkt an Henry, ohne mich auch nur anzusehen. »Alter.« Er grinst. »Das Frischfleisch kriegt bald sein Fett weg.«

Henry lacht in sein Sandwich. »Und wer genau?« Ich ramme ihm den Ellbogen in die Rippen, woraufhin er mich mit seinem Tut-mir-leid-Gesicht ansieht. Doch ich schüttle nur den Kopf. Jedes Mal wenn ich sie so reden höre, frage ich mich, was wohl im Laufe der Jahre über mich gesagt worden ist. Ich spanne die Schultern an.

»Sierra McKinley, Alter. Sie schleimt sich total ein und kommentiert jeden meiner Posts auf Insta. Und du solltest mal sehen, wie sie mich anschaut.« Robert stopft sich Pommes in den Mund. »Ich werde ihr mit meinen Üs das Leben zur Hölle machen. Und sie muss alles tun, was ich ihr sage.«

»Du klingst wie ein Vollidiot«, sage ich.

Robert verdreht die Augen. »Bist du seit Neuestem bei der Polizei oder was?«

Ich drehe mich zu Henry, in der Hoffnung, dass er mir zur Seite springt, aber er scheint sich gerade mehr für ein welkes Salatblatt zu interessieren. »Vergiss es einfach«, sage ich. Eigentlich sollte ich zurückschießen, aber ich habe keine Lust, mich zu streiten. Zumindest nicht heute.

»Ich muss noch was lernen«, presse ich hervor. Dann stehe ich auf und kehre ihnen den Rücken zu, dabei wünschte ich, ich hätte den Mut, sie anzuschreien, sie völlig niederzumachen. Aber stattdessen gehe ich einfach nur davon.

Im Flur kommen mir Nikki und Quentin entgegen. »Hey, warte«, sagt Quentin. »Wo willst du denn hin?«

Ich schüttle den Kopf und atme tief durch. »Ich halte es nicht aus, wie Robert über die Neuen daherredet.« Nikki verzieht verärgert das Gesicht.

»Tut mir leid«, sage ich, doch sie drückt den Rücken durch, als wäre es ihr egal, dass er nicht mehr an sie denkt. Sie wirft die Haare zurück und streicht ihren Blazer glatt.

»So ist er nun mal«, erklärt Quentin. »Bestimmt wird es ihm bald langweilig.«

»Wir wollten doch was verändern«, platze ich heraus. »Aber bis jetzt machen wir alles genauso wie alle anderen.«

»Wir kriegen das hin«, sagt Nikki mit zusammengepressten Lippen. »Entspann dich. Wir lassen uns was einfallen. Wir ziehen das zusammen durch.«

»Versprochen?«

Quentin schlingt die Arme um uns. »Versprochen.«

Ich beschließe ihm zu glauben. Das ist einfacher, als es nicht zu tun. Beim Anblick ihrer mitfühlenden, liebevollen Gesichter bekomme ich das Bedürfnis, ihnen die Wahrheit zu erzählen. »Da ist noch was«, flüstere ich und bedeute ihnen, näher zu kommen. »Ich muss dauernd an Graham denken. Was, wenn er unschuldig ist? Was, wenn jemand anders Shaila getötet hat?«

Die Frage hängt schwer zwischen uns. Quentin und Nikki werfen sich einen kurzen Blick zu. »Komm schon, Jill«, sagt Nikki. »Wir waren uns doch einig. Es ist vorbei. Lass es gut sein.«

»Aber was, wenn …«, setze ich an. Ich dachte, ausgerechnet sie würde mich verstehen.

»Lass. Es. Gut. Sein«, presst Nikki zwischen zusammengebissenen Zähnen hervor.

Quentin schüttelt den Kopf. »Es bringt nichts, sich da einzumischen. Es ist besser, wenn keiner erfährt, was in der Nacht passiert ist.«

Mein Körper wird stocksteif, trotzdem zwinge ich mich, zu nicken und so zu tun, als wäre ich seiner Meinung und bereit die Sache auf sich beruhen zu lassen. »Stimmt, du hast recht.«

»Komm noch mal mit uns in die Cafeteria.« Mit diesen Worten legt er mir den Arm um die Schultern und ich lasse mich zurück an den Player-Tisch führen, wo ich die nächsten fünfundzwanzig Minuten mit den Gedanken ganz woanders verbringe und mich frage, wie ich eigentlich hier gelandet bin.

In Französisch atme ich auf. Die Prüfung enthält genau die Fragen, auf die ich mich mithilfe der Arbeitshilfe vorbereitet habe. Die erste Hälfte erledige ich mit links, mit der Übersetzung muss ich etwas mehr kämpfen. Zum Glück habe ich gelernt. Selbst wenn ich für diesen Teil nicht alle Punkte bekomme, lande ich am Ende immer noch bei 96, was mir für den Rest des Semesters einen Schnitt von 95 sichert. Genau, was ich brauche.

Als Madame Mathias uns bittet die Stifte wegzulegen, gebe ich ab und gehe hinaus in den Gang.

»Hast du Jill Newman gesehen?«, höre ich eine Stimme hinter mir. »Sie war schon nach zwanzig Minuten fertig.«

»Das ist doch immer so«, erwidert jemand anders. »Angeblich haben sie und ihr ganzer bescheuerter Tisch die Antwortschlüssel der letzten weiß Gott wie vielen Jahre. Es ist echt eine Schweinerei.«

»Dabei ist keiner von denen besonders schlau.«

»Es ist so was von unfair.«

»Und natürlich werden sie dann auch in Harvard oder Yale genommen. Sie alle. Und mit ihren erschlichenen Noten nehmen sie uns die Plätze weg.«

»Frechheit.« Mir wird heiß, und als ich über die Schulter spähe, sehe ich zwei Mädchen aus dem Debattierklub, die mich mit ihren Blicken durchbohren. Als sie merken, dass ich sie gehört habe, verstummen sie und gehen schnell in die andere Richtung davon.

Die glühende Scham, die mich überfällt, erinnert mich daran, dass ich all das nicht verdient habe. Aber auch wenn die beiden es nicht wissen, ich habe nicht vergessen, dass das alles seinen Preis hat. Ich habe dafür bezahlt. Ich musste ebenfalls leiden. Sie wissen nicht, dass ich nur dank eines Stipendiums hier bin und jeder Tag einen neuen Kampf für mich bedeutet.

Tränen steigen mir in die Augen. Ich blinzle sie weg, kann es nicht erwarten, hier rauszukommen, um endlich das zu tun, worauf ich die ganze Woche gewartet habe.

Als die Glocke das Ende des Schultags einläutet, stoße ich die schwere Metalltür auf und trete ins Freie, wo mir der Wind entgegenschlägt und salzige Luft in meine Haare bläst. Es ist beißend kalt. Endlich bin ich frei. Bis sich ein schwerer Arm auf meine Schulter legt und mich aus dem Schritt bringt. Ich taumle zur Seite und gegen Henry.

»Da bist du ja. Ich hab dich nach dem Mittagessen gesucht.« Er streicht mir mit dem Finger über die Brust, sodass mein Nippel hart wird, obwohl ich mehrere Kleiderschichten trage. Ich erzittere. »Tut mir leid, dass Robert sich wie ein Vollidiot benommen hat«, sagt er. »Aber du kennst ihn ja.«

»Das ist keine Entschuldigung.« Ich will einfach nur vergessen, was Robert gesagt hat, worüber die Mädchen aus dem Debattierklub sich aufgeregt haben und was hinter den Wänden der Gold Coast Prep vor sich geht. »Und es wäre echt nett, wenn du für mich Partei ergreifen würdest.«

»Du hast recht.« Henry wirft den Kopf in den Nacken. »Tut mir leid. Nächstes Mal.« Er beugt sich herab und berührt mit den Lippen kurz und beinahe züchtig meine Stirn. Dann wechselt er das Thema. »Was steht heute Abend an?«

Eigentlich wollte ich vermeiden ihn anzulügen. Kurz wird mir übel, aber ich schlucke mein schlechtes Gewissen hinunter. »Familienkram.«

»Echt?« Henry legt den Kopf schief. »Ich dachte, Jared ist bei Topher. Die Neuen schmeißen ein Super-Pong-Turnier.«

Scheiße. Ich versuche mir meinen Bruder an einem mit roten Plastikbechern übersäten Bier-Pong-Tisch vorzustellen, während er sich bemüht, einen kleinen Plastikball zu versenken. Inzwischen fällt mir das gar nicht mehr so schwer. »Ist ein Mutter-Tochter-Ding. Wir haben schon lange nichts mehr zusammen unternommen.«

Henry nickt. »Sehen wir uns morgen?«

Ich schlucke und zwinge mich zu einem Lächeln. »Klar doch.«

Es ist 7:59 Uhr und ich stehe vor dem Haus, in dem Rachel Calloway wohnt. Es befindet sich nur gute drei Kilometer entfernt vom schicken Loft ihrer Eltern in Tribeca, aber die Haustür wirkt minderwertig, als könnte jeder einfach so ohne Schlüssel hindurchspazieren. In den zahlreichen Bars, die die Straße säumen, feiern die Leute das Wochenende, und aus einer Telefonzelle, die aussieht, als wäre sie seit den Neunzigern nicht mehr benutzt worden, stinkt es nach Urin. Obwohl ich umgeben bin von Dutzenden Menschen, die rauchen und sich aneinanderdrängen, habe ich mich noch nie so allein gefühlt. Ich hülle mich fester in meinen Parka und studiere die mitgenommen wirkende Gegensprechanlage, bis ich die 6E gefunden habe.

Ich klingle und eine tiefe, vertraute Stimme rauscht mir entgegen. »Hallo?«

»Ich bins. Jill Newman«, sage ich und vor Aufregung schnürt sich mir der Hals zusammen. Höre ich mich jung an? Kann sie fühlen, dass ich ganz feuchte Hände bekomme?

»Du hast es geschafft«, sagt sie. »Vorsicht auf der Treppe, die ist mörderisch.«

Das Schloss schnappt auf wie ein Klappmesser und ich öffne die Tür. Drinnen sehe ich mich einer klapprigen, halsbrecherisch aussehenden Holztreppe gegenüber. Rachel hat nicht übertrieben.

Mit schnellen Schritten gehe ich nach oben. Ich habe Angst, dass ich vielleicht einfach auf der Stelle erstarre, wenn ich stehen bleibe. Als ich im obersten Stockwerk ankomme, steht Rachel barfuß in ihrem lilafarbenen Türrahmen. Sie trägt eine weite säuregewaschene Jeans und ein dünnes, fast durchsichtiges weißes T-Shirt. Ihre ungekämmten Locken bauschen sich um ihr Gesicht. Irgendwie ist sie noch hübscher als damals in der Highschool. Ein Strahlen geht von ihr aus, wie sie so mit leuchtenden dunklen Augen und vollen rosigen Wangen vor mir steht. Am liebsten würde ich sie am Kinn antippen, um mich zu vergewissern, dass sie auch wirklich echt ist.

»Jill Newman«, sagt sie langsam und legt den Kopf schief. Wie sie mich wohl sieht? Wirke ich älter oder anders? Sie ist nicht dageblieben, um herauszufinden, was sich danach verändert hat.

»Rachel Calloway.«

»Komm rein.« Rachel dreht sich um und führt mich in ihre Wohnung. Die ist winzig. Es gibt nichts, was ich von der Tür aus nicht sehen kann. An der Ziegelwand stapeln sich Bücher, daneben steht eine weinrote Couch aus den Fünfzigern, auf der dicke Wolldecken liegen. Abgesehen von einem übergroßen Aquarell mit grellen, abstrakten Blumen, das mit Reißzwecken festgemacht wurde, sind die Wände kahl. Das Bild wirkt wie ein halb fertiges Kunstprojekt. Links und rechts der Couch hängen Pflanzen in Makrameenetzen.

»Willkommen im echten Leben«, sagt sie mit einem Lächeln. »Möchtest du Tee?«

Ich nicke und folge Rachel in die Küche, die eigentlich ein schmaler Flur ist, in dem sich zufällig auch ein Herd und ein Kühlschrank befinden.

Sie gibt Honig in zwei Keramiktassen, die von den Umrissen fülliger Frauenkörper geziert werden. Rosa Punkte markieren die Nippel.

»Die sind cool«, sage ich.

»Danke. Meine Freundin hat sie gemacht.«

Ich versuche mir die Überraschung nicht anmerken zu lassen, aber Rachel lacht. »Jup, ich bin queer. Hab mich vor ein paar Jahren geoutet. Ich glaube nicht, dass es jemand aus Gold Coast weiß.« Sie verstummt. »Meine Freundin heißt Frida. Sie ist Programmiererin und wohnt gleich hier um die Ecke.«

»Cool«, antworte ich. Und ich meine es auch. Sie und Adam haben nie richtig zusammengepasst. Aber ist ja klar, dass ich das dachte.

»Schön, dich zu sehen.«

»Finde ich auch«, antworte ich. Was hätte ich auch sonst sagen sollen? Rachel gegenüberzustehen weckt in mir eine Sehnsucht nach der Vergangenheit, nach den Monaten vor Shailas Tod und unserer Initiation. Am liebsten würde ich mich in diesen Wochen verkriechen, in denen wir alle miteinander verbunden waren. Sogar als es sich wie eine Folter anfühlte, als wir an unsere Grenzen getrieben wurden und ich meinte, vor Adrenalin und Angst platzen zu müssen, hatte ich gewusst – und gehofft –, dass es das wert war. Wir klammerten uns an einen Faden, der immer bis kurz vorm Zerreißen gespannt war.

Ein sonnengelber Wasserkocher pfeift und Rachel dreht sich um. Als sie heißes Wasser in die Tassen gießt, bemerke ich verblasste Narben, weiß wie Stein, an den Rückseiten ihrer Arme und in ihrem Nacken. Manche davon sind dünn, als hätte jemand ihre Haut mit einer Nähnadel bearbeitet, andere sind dick und fett und gruselig.

Als sie sich umwendet, sieht sie meinen Blick. »Ach«, sagt sie leise. »Das Jahr nach der ganzen Geschichte war kein besonders gutes für mich. Aber es hätte schlimmer sein können.«

Es ist mir nie in den Sinn gekommen, dass auch Rachel gelitten haben könnte, dass auch sie ein Opfer von Grahams Tat – oder der Tat eines anderen – geworden ist. Das Einzige, was sie sich zuschulden kommen ließ, ist ihre Loyalität. Und sogar für die musste sie bezahlen.

»Komm.« Sie nimmt die dampfenden Tassen und geht an mir vorbei zur Couch. »Bringen wir's hinter uns.«

Die Polster geben unter unserem Gewicht nach, als wir uns setzen. Ich warte, dass Rachel den Anfang macht, ich will nicht diejenige sein, die die Stille durchbricht. Mehrere Sekunden vergehen, vielleicht sogar eine Minute, dann steht Rachel auf und verschränkt die Finger. »Warte kurz«, sagt sie.

Sie verschwindet im Schlafzimmer, ich höre Papier rascheln und wie sie das Gewicht verlagert. Als sie wieder zurückkommt, hat sie eine dicke, altmodische Mappe in den Händen, mit vorgezeichneten Linien und ausgestanzten Löchern, durch die eine rote Schnur gezogen ist.

Rachel reicht sie mir. »Mach auf.«

Ich löse die Schnur und bringe einen Stapel unterschiedlich großer Blätter zum Vorschein. Es ist eine wilde Mischung. Rachel schweigt. Ich lege die Mappe zur Seite und sehe mir die erste Seite an. Grahams Zeugnis aus der Neunten. Er hatte einen Schnitt von 87. Gut, dass er auf kein Stipendium angewiesen war. Als Nächstes folgt ein auf Karton gedrucktes Hochglanzfoto von Shaila und Graham. Sie lachen übers ganze Gesicht. Er hat den Arm um ihre Schulter gelegt und sie lehnt den

Kopf gegen seinen. Ihre weißen Zähne strahlen und ihre marineblauen Gold-Coast-Blazer sind perfekt gebügelt. Kein einziger Grasfleck oder -halm befindet sich daran. Als ich in ihre Augen schaue, erschauere ich, sodass die anderen Blätter auf den Boden fallen.

»Mist«, sage ich. Dieses Bild habe ich noch nie gesehen. Offenbar wurde es bei einem Lacrossespiel aufgenommen, zumindest sieht es aus, als säßen die beiden auf der Tribüne. Wahrscheinlich war ich nur ein paar Meter von ihnen entfernt.

»Das Foto hat es nicht ins Jahrbuch geschafft«, witzelt Rachel und ihre Lippen kräuseln sich. »Aber es war immer mein Lieblingsbild von ihnen.«

Shaila blickt mir entgegen. Sie war so jung. Sie hatte noch so viel vor sich. Mein Hals ist rau und ich kralle die Finger in das Foto. Es ist so eine Sauerei, dass Graham am Leben und Shaila tot ist. Am liebsten würde ich Rachel meine Tasse in ihr selbstgefälliges Gesicht knallen. Dafür, dass sie mich hierherbestellt hat und mich mit Erinnerungen quält, die ich eigentlich vergessen wollte. Ich ziehe an den Rändern des Fotos, möchte Shaila aus Grahams Umarmung reißen. Mit einem lauten Ratsch gibt das Papier nach und die lächelnde Shaila frei. Graham lasse ich auf den Boden fallen.

»Ich habe noch andere Abzüge davon«, sagt Rachel.

Das macht mich noch wütender, ich springe auf und stoße dabei mit dem Knie gegen die Tasse. Sie wackelt, fällt hinunter und hinterlässt einen See aus Scherben und klebriger Flüssigkeit am Boden. Ich entschuldige mich nicht, es tut mir nicht leid. Stattdessen öffne ich den Mund und mache mich bereit Feuer zu speien. Aber Rachel hat was anderes vor.

»Setz dich, Jill.«

Und aus irgendeinem Grund tue ich, was sie sagt.

»Ich wollte dir das hier zeigen.« Mit diesen Worten zieht sie ein weißes Blatt Papier aus dem Stapel hervor. Schwarze Buchstaben tanzen darüber, als sie es mir in den Schoß legt, aber ich kann mich einfach nicht konzentrieren.

»Was ist das?«

»Schau«, sagt Rachel und bringt die Beine im Schneidersitz unter sich zusammen. »Bei Grahams Verhaftung wurden keinerlei *Beweise* gesichert. Die Polizisten haben einfach nur geglaubt, was er ihnen erzählt hat. Fall abgeschlossen. Sie haben nicht mal seine Kleider untersucht oder sich am Ocean Cliff umgesehen. Die Polizei von Gold Coast ist nicht gerade auf Mord spezialisiert. Sie schafft es ja kaum eine Party aufzulösen.«

Ich erinnere mich, dass damals tatsächlich *nichts* passiert ist. Irgendwann sind die Arnolds mit einem Typen in einem schwarzen Anzug auf der Wache aufgetaucht, ihrem Anwalt. Alles war so gedämpft, so erwachsen. Und dann war es vorbei.

»Seine Schuld wurde überhaupt nicht infrage gestellt«, sagt Rachel. »Alle sind einfach davon ausgegangen, dass er es war, weil er die Tat zugegeben hat. Dabei hatte er einen kompletten Filmriss. So wie wir alle.« Sie schüttelt den Kopf. »Er konnte sich an nichts erinnern. Er konnte ihnen keine Details erzählen. Es hat ihn auch keiner gefragt. Er kann sich ja nicht mal jetzt an was erinnern. Wie soll er es also gewesen sein? Das ist einfach unmöglich.«

Rachels Augen sind gerötet. Ihre Lippen sind schmal und ihre Hände umschließen fest die Tasse. Sie holt tief Luft. Den Fleck, den ich auf ihrem Boden hinterlassen habe, ignoriert sie. »Ich bin jetzt einundzwanzig«, fährt sie fort. »Ich kann also endlich auf mein Treuhandkonto zugreifen. Ich kann die Anwälte bezahlen, die meine Eltern damals nicht angeheuert haben. Ich kann aus eigener Tasche für die Wiederaufnahme von Grahams Verfahren aufkommen. Wir werden das Urteil anfechten.« Ihre Stimme ist heiser und kratzig, aber auch voller Feuer. »Wir prüfen alles. Seine Kleider, ein paar Steinbrocken. Das ganze Zeug stand einfach in einen Karton verpackt auf der Polizeiwache von Gold Coast rum und keiner hat es beachtet. Aber wir haben etwas gefunden. Etwas Großes. Etwas, das alles verändern könnte.«

»Was?«, flüstere ich.

»Weißt du noch, sein blutiges T-Shirt? Er hatte sich am Bauch verletzt. Die Wunde war echt tief. Alles war blutgetränkt. Sogar seine Shorts. Aber das war alles sein Blut. Von Shailas keine Spur.« Sie deutet auf den Zettel in meiner Hand, und als ich den Blick senke, wird mir endlich klar, worum es sich dabei handelt. Das Ergebnis des Bluttests.

Ich öffne den Mund, um etwas zu sagen, aber mir fällt nichts ein. Plötzlich ist mir heiß. Ich glühe. Wenn ich mich aus meiner Haut schäle, kommt darunter vielleicht eine neue Schicht zum Vorschein.

Rachel nimmt meine Hände und drückt sie, dann schiebt sie ihr Gesicht vor meines. Ihre Teint ist frisch, ihre Poren sind winzig. Ich frage mich, ob sie wohl jemals einen Pickel hatte.

»Er war es nicht«, sagt sie. »Ich wusste es.«

Ich schüttle den Kopf. Wie kann das sein? Die Vergangenheit lässt sich nicht ändern. Das ist unmöglich.

»Schau«, sagt sie und lässt meine Hände los. Ich ziehe die Arme zurück und schlinge sie um meine Beine. »Du musst mir noch nicht glauben. Aber denk darüber nach. Vielleicht möchtest du uns ja helfen.«

»Euch helfen?«, fauche ich. Der Gedanke ist völlig irrwitzig. »Wie stellst du dir das vor?«

»Du warst *dabei*, Jill. Du bist die Einzige, die es verstehen kann. Du bist die Einzige, die bereit ist mich anzuhören. Du hast Shaila genauso sehr geliebt wie Graham.« Rachel kneift die Augen zusammen, sodass sich um ihre Lider herum kleine Fältchen bilden. »Adam hat immer gesagt, dass du furchtlos bist. Furchtloser als alle anderen. Dass du klug und zuverlässig und gut bist.«

Bei der Vorstellung, dass Rachel und Adam vor all den Jahren über mich geredet haben, bekomme ich weiche Knie. Was hat er sonst noch gesagt? Hat er das alles wirklich so gemeint? Dann fällt mir wieder ein, was er im Diane's gesagt hat. *Rachel spinnt.*

»Du bist die Einzige, der was daran liegt, dass Shaila Gerechtigkeit erfährt«, macht sie weiter. »Die Einzige, die sich dafür einsetzen würde. Überlegs dir.«

Das Zimmer fühlt sich klein an, als wären wir in einem Puppenhaus. Die Wände kommen immer näher und zum ersten Mal fällt mir auf, dass das Wohnzimmer keine Fenster hat. Ich frage mich, wie man in New York City *leben* kann. Wohnungen wie diese sind nicht dafür gemacht. Sie sind nur zum *Überleben*. »Ich muss gehen«, sage ich.

Ich stoße die Tür nach draußen auf und trete den Weg nach unten an. »Überleg es dir«, ruft Rachel mir hinterher.

Ich bleibe erst stehen, als ich im Erdgeschoss ankomme, wo ich den schmutzigen Türknauf drehe und endlich hinaus ins Freie trete. Auf der Straße riecht es nach Stadtmüll und vergossenem Bier. Trotzdem atme ich tief ein und bemühe mich so viel Luft wie möglich zu inhalieren, um mir einen Schock zu verpassen und mich zu vergewissern, dass ich die letzte Stunde nicht geträumt habe.

Obwohl es bis zum Bahnhof mehrere Kilometer sind und bis

nach Hause noch mehr, fange ich an zu gehen. Ich will einfach nur weg von nüchternen Begriffen wie *Beweise* und unrealistischen, hohlen Pseudomöglichkeiten.

Ich drehe und wende Rachels Worte, bis sie eine breiige Masse bilden, und dann noch mal, bis ich ihr Motiv klar erkennen kann. Sie will keine Gerechtigkeit für Shaila, sondern für *Graham*. Und wenn ich ihr glaube, dann heißt das, dass jemand anderer, den wir kennen, schuldig ist. Fragt sich nur, welche Wahrheit schlimmer ist.

10

Es ist nicht schwer, so zu tun, als hätte Rachel nie Kontakt zu mir aufgenommen. Als hätte sie mir keine lebensverändernden Theorien in den Kopf gesetzt. Als wäre sie nach wie vor nichts weiter als Adams Ex für mich, die Schwester eines Mörders, meine Feindin – und nicht eine potenzielle Mitverschworene.

Ich muss nichts weiter tun, als mich wegen der ganzen College-Sache verrückt zu machen wie jede andere Zwölftklässlerin. Nächste Woche sollte Brown sich bei mir melden, und das Einzige, was gegen die Aufregung hilft, ist, den vollen Player-Modus zu fahren. Mich – wie in den letzten drei Jahren – zwanghaft mit den wöchentlichen Check-ins und Ideen für ausgefallene Üs zu beschäftigen. Mit der ganzen *Arbeit*, wie Nikki immer wieder betont.

Nach der Einführungsparty haben wir den Neuen aufgetragen sich für den Rest des Jahres die Wochenenden frei zu halten. Die einzige Ausnahme stellen familiäre Notfälle, Bat Mizvahs und Ähnliches dar. Ihre erste Aufgabe bestand darin, dass sie Fakten über die Player auswendig lernen mussten, die wir dann am Strand hinter Nikkis Haus abprüften. Bei jeder falschen Antwort wurden sie mit Ketchup und Senf bespritzt.

Wer wollte, konnte sich im eiskalten Meer waschen. In der darauffolgenden Woche mussten sie bei Quentin zu Hause ein komplettes Thanksgiving-Menü zubereiten, nachdem wir zusammen Haschkekse gegessen hatten. Bryce löste den Feueralarm aus, weil er den Truthahn anbrennen ließ, aber Jareds Rosenkohl war spitze.

Letzte Woche, am ersten Samstag im November, hatte Henry sich eine Ü einfallen lassen. Die Neuen mussten die Autos der Player waschen und dabei meine Lieblingshits aus den Achtzigern singen. Die Playlist enthielt mehrere Solostücke von Stevie Nicks, und Cher durfte natürlich auch nicht fehlen.

Außerdem mussten die Neuen dauernd irgendwelche kleinen Aufgaben erfüllen. Dazu gehörte, Player-Bags bei sich zu tragen – kleine Hüfttaschen, gefüllt mit für den Player-Alltag unverzichtbaren Dingen: JUULpods, Minzbonbons, Tampons, Kugelschreiber, Mini-Snickers, Kondome und Ibuprofen. Sie waren unsere wandelnden Kioske. »Minz mich«, sagte ich, wann immer ich Sierra McKinley im Flur traf.

Sie waren rund um die Uhr auf Abruf, wenn es darum ging, Frühstück im Diane's zu holen, unsere Sportspinde auszumisten und alles zu machen, was uns sonst noch einfiel. Eines Sonntags ließ Nikki Larry Kramer ihre Wäsche falten, einfach nur um zu sehen, wie er beim Anblick ihrer Spitzentangas rot anlief. Lauter einfache, harmlose Aufgaben, die sie als Gruppe zusammenschweißen sollten. Im College stand ihnen weitaus Schlimmeres bevor.

Trotzdem war mir in der Neunten jedes Mal der kalte Schweiß ausgebrochen, wenn ich einen neuen Auftrag bekam. Ich hatte einfach Schiss, ihn zu vergeigen. Shaila dagegen hatte immer eher genervt reagiert. Wenn Rachel ihr dienstagvormittags um neun schrieb, sie solle ein Dutzend Pow-Dos besorgen – mit Puderzucker bestäubte Minidonuts aus dem Diane's –, fluchte sie wie wild, bevor wir loszogen – natürlich gemeinsam. Wir erzählten unseren Eltern irgendeine Ausrede und fuhren mit dem Fahrrad hin. Unterwegs drehte Shaila sich zu mir um und rief: »Nichts verbindet einen mehr, als sich schikanieren zu lassen!«

Das war das inoffizielle Motto der Player.

Nur einmal bekam ich es bei einer vermeintlich simplen Ü so richtig mit der Angst zu tun. Es war ein milder Freitagabend kurz vor Thanksgiving und Rachel schickte mir eine Nachricht, in der sie einen Karton Bud Light und eine Packung Twizzlers bestellte. Also fuhren Shaila und ich mit dem Fahrrad zu der Tankstelle neben dem Diane's, die schon immer dafür bekannt war, unter der Hand Bier an Minderjährige zu verkaufen.

Shaila ging schnurstracks auf die Kühlung zu, zog den Karton mit den Bierdosen heraus und stellte ihn wortlos auf den Tresen. Der Typ an der Kasse musterte sie zweimal von oben bis unten, dann nickte er. Sie überreichte ihm einen brandneuen Schein, schenkte ihm ein zuckersüßes Lächeln und sagte: »Den Rest können Sie behalten.«

Ich wartete mit geballten Fäusten neben dem Süßigkeitenregal und beobachtete das Ganze mit angehaltenem Atem. Als Shaila den Karton vom Tresen hob, stieß ich einen Seufzer aus. Und dann bimmelte die Türklingel.

»Jill? Shaila?«

Die Stimme war tief und vertraut. Ich wirbelte herum und erschrak. Vor mir stand Mr Beaumont, mit schiefem Kragen, das Hemd achtlos in die Hose gesteckt. Irgendwie sah er süß aus. Gar nicht wie ein Lehrer. Gar nicht wie derjenige, der mein Leben ruinieren würde, indem er dafür sorgte, dass ich von der Schule flog, weil ich Bier gekauft hatte.

»Hallo, Beau«, sagte Shaila ganz ungezwungen. Sie versuchte nicht mal den Karton zu verstecken. »Wie gehts so?«

»Nicht so gut wie euch«, lachte er. Seine Wangen waren gerötet und er fuhr sich durch die Haare.

Shaila kicherte. »Werden Sie uns verpetzen?«

Mr Beaumont griff in die Tasche und zog eine leere Zigarettenschachtel hervor. »Ich wollte mir nur Nachschub holen.«

»Mr Weingarten hasst Raucher«, trällerte Shaila.

»Ich sage nichts, wenn ihr nichts sagt.« Grinsend legte Mr Beaumont den Kopf schief.

Shaila lächelte. »Sie sind echt der Beste.«

Mr Beaumount lachte wieder und schüttelte den Kopf. »Und du bist *die* Beste, Shaila.«

Mein Herz raste, als wollte es mir aus der Brust springen.

»Bis morgen.« Shaila tänzelte an Mr Beaumont vorbei nach draußen und ich hetzte hinter ihr her zu meinem Fahrrad. Mit zitternden Händen umfasste ich den Lenker.

»Komm!«, rief Shaila und flitzte bergab Richtung Wasser, wobei der Bierkarton in ihrem Fahrradkorb schepperte. Bevor ich losfuhr, drehte ich mich noch mal um. Mr Beaumont stand vor der Tankstelle, zündete sich eine Zigarette an und blickte uns nach.

Als wir die Bestellung bei Rachel abgaben, erzählte Shaila haarklein von unserer Begegnung, nicht ohne sie noch ein wenig dramatischer und aufregender zu machen, als sie ohnehin schon gewesen war. »Wir wären fast von der Schule geflogen!«

Rachel verdrehte die Augen. »Immerhin für einen guten Zweck.« Lachend machte sie eine Dose auf. Dann warf sie Tina Fowler, die neben ihr auf der riesigen Ledercouch saß, die rotblonden Haare zu einer Hochfrisur aufgetürmt, auch eine zu. »Die Üs erfüllen einen Zweck. Sie machen euch stärker und schweißen euch für immer zusammen.« Das bekamen wir im Laufe des Jahres immer wieder zu hören. Von Rachel und allen anderen. Darum glaubten wir es auch und sagten es uns selbst. »Nichts verbindet einen mehr, als sich schikanieren zu lassen.«

Heute Abend steht eines der größeren Events auf dem Programm. Als wir in der Neunten waren, hieß es Showtime, aber wir nennen es einfach nur »die Show«. Es findet immer ein paar Wochen vor dem Eintreffen der College-Briefe statt, wenn alle unter Strom stehen und ein Ventil für ihren aufgestauten Stress brauchen. Eigentlich ganz schön krank. Sogar Henry ist angespannt, als er mich abholt. Auf dem Weg zu Nikki erwähnen wir weder Brown noch Wharton.

»Gott sei Dank seid ihr da«, sagt Nikki, als sie uns die Tür aufmacht. Obwohl es eiskalt ist, trägt sie ein hauchdünnes rosa Maxikleid. »Ich brauche Hilfe!«

»Wobei?« Ich schiebe mich an ihr vorbei in die Küche, um mich auf die Snacks zu stürzen, die sie schon vorbereitet hat. Henry folgt mir.

»Dabei.«

Ich schnappe mir eine Handvoll Cheez-Its und drehe mich um. »Was zum ...«

Nikki hat sich gegen das bewährt schlichte Showtime-Setup entschieden und ihr Wohnzimmer stattdessen in ein Stadion verwandelt – inklusive Tribüne. Vor dem riesigen Flatscreen-Fernseher steht eine provisorische Bühne aus Paletten, die sie mit glitzerndem Stoff überzogen hat.

»Wir sind hier nicht am Broadway, Nikki. Sie tragen nur abgedroschene Sexszenen vor, die wir schon hundertmal gehört haben.« Ich ziehe eine Grimasse. Das laminierte Skript wird schon seit Jahren weitergereicht, als Teil des Toastmaster-Ordners. Allerdings hat jede Abschlussklasse ihre Ergänzungen vorgenommen und hier einen neuen Dialog und da eine dramatische Regieanweisung hinzugefügt. Jake Horowitz zufolge handelt es sich um *echte* Sexszenen aus Tapes, die ein paar Player in den Neunzigern aufgenommen haben. Aber wahrscheinlich hat er das nur behauptet, um uns glauben zu machen, dass die Üs früher *viel* schlimmer waren.

Nikki ballt die Hände zu Fäusten und stampft mit dem Fuß auf. »Ich will es besser machen! Habt ihr etwa schon vergessen, dass letztes Jahr niemand die Ersties verstanden hat, weil alle so laut lachen mussten? Sie hatten es viel zu leicht.«

»Wie du meinst.«

Es klingelt und Nikki schaut mich an. »Kannst du mal aufmachen?«

»Sicher doch, Eure Hoheit«, witzele ich. Aber Nikki scheint das nicht lustig zu finden und dampft ab. Henry verdreht die Augen.

»Hey, Jill! Was geht?«, schreit Robert, der offensichtlich schon nicht mehr ganz nüchtern ist. Hinter ihm stehen Quentin und Marla.

»Wow, wie krass«, sagt Marla.

»Wenigstens *eine* teilt meine Vision.« Nikki wirft mir einen vernichtenden Blick zu.

Ich zeige mich versöhnlich und frage: »Kann ich noch was helfen?« Nikkis Gesicht wird milder. Dann erteilt sie mir eine ganze Reihe von Anweisungen darüber, wie die Bar bestückt werden soll und welchen Dimmer ich wie zu timen habe.

»Ich helfe dir«, flüstert Marla mir zu.

Ich forme ein *Danke* mit den Lippen, dann gehen wir auf die andere Seite des Wohnzimmers, wo wir Plastikbecher stapeln und Eiswürfel in Eimer leeren.

»Hat sie schlechte Laune?«, will Marla wissen. Ihre haselnussbraunen Augen sind mit Eyeliner umrahmt und ihre fast schon fluoreszierenden Haare hat sie zu einem Dutt aufgesteckt.

Schnaubend reiße ich einen Beutel Eiswürfel auf. »Sieht so aus.«

Marla schüttelt den Kopf. »Bringen wir's hinter uns.« Ihre goldenen Creolen klirren, als sie sich vorbeugt. Auf Marla ist immer Verlass. Sie sagt uns, wenn wir uns danebenbenehmen. Vielleicht liegt es daran, dass sie das alles nicht so ernst nimmt. Sie weiß, dass es nur vorübergehend ist. Wenn jemand keinen Scheiß duldet, dann sie. Ob sie wohl nachvollziehen kann, warum ich Rachel getroffen habe? Ob sie wohl auch wissen will, was an der Geschichte dran ist?

»Ich muss dich was fragen«, sage ich mit gesenkter Stimme.

»Schieß los.«

»Mir geht die Sache mit Shaila nicht aus dem Kopf. Und das mit Graham. Findest du es nicht auch komisch, dass keiner in Erwägung ziehen will, dass er vielleicht doch unschuldig ist?« Ich halte den Atem an, während Marla auf dem Tresen Flaschen aneinanderreiht. Als sie fertig ist, dreht sie sich zu mir um und sieht mich an.

»Ich finde das *total* komisch. Aber das ist typisch Gold Coast. Keiner will, dass irgendwas ans Licht kommt. Wir tun einfach immer schön so, als wäre alles bestens.«

»Bist du nicht neugierig?«, frage ich und nehme ein abstehendes Nagelhäutchen zwischen die Zähne.

»Doch, schon. Aber ich will ehrlich mit dir sein. Du und ich, wir können sagen, was wir wollen, es wird nichts ändern. Wir sind keine Arnolds oder Millers oder Garrys. Wir sind nur hier, weil wir verdammtes Glück hatten.« Marlas Blick wird sanfter und sie widmet sich wieder den Plastikbechern. »Meine Mom schiebt Doppelschichten im Krankenhaus, damit ich auf die Gold Coast Prep gehen kann. Wir waren seit Ewigkeiten nicht mehr im Urlaub. Was meinst du, warum meine Brüder auf die Cartwright gehen? Meine Eltern investieren ihr ganzes Geld in *mich*. Mom betet jeden Abend, dass ich in Dartmouth genommen werde. Das Letzte, was sie brauchen, ist, dass ich ein paar Monate vor meinem Schulabschluss Probleme mit der Polizei bekomme.«

Ich kann nicht glauben, dass ich nach mehr als drei Jahren nicht weiß, dass Marla genau wie ich unter einer Lawine aus Erwartungen begraben ist. Trotzdem hält mich irgendwas davon ab, ihr zu erzählen, dass es mir genauso geht. Stattdessen drücke ich ihre Hand. »Du hast recht.«

»Wir sind bald weg«, sagt sie. »Und bis dahin müssen wir so tun, als wäre alles gut.«

Ich nicke und bemühe mich, die Bilder von Shaila und Graham und dem dicken, dunklen Blut aus meinen Gedanken zu verbannen. Meine Brust zieht sich zusammen und ich balle die Hände zu Fäusten.

Plötzlich klingelt es an der Tür.

»Sie sind da!«, schreit Nikki. »Es kann losgehen!«

Als sie die Tür aufmacht, strömen Player ins Wohnzimmer und von einem Moment auf den anderen läuft die Party. Jedes Mal wenn jemand die Bühne bewundert, wird Nikkis Lächeln breiter, aber ich bin einfach nur genervt. *Es ist doch nur die Show.* Keine Ahnung, wieso sie es so übertreiben muss.

Ich erspähe einen dunklen Haarschopf. »Jared!« Seine Augen leuchten auf, als er mich erkennt, und ich meine zu sehen, wie seine Gesichtszüge sich entspannen. Ich bahne mir einen Weg durch die Menge. Bryce steht neben meinem Bruder und die beiden brechen in Gelächter aus. »Was ist so lustig?«, frage ich.

Jared wird knallrot, aber Bryce lehnt sich – typisch Miller – mit geschwellter Brust vor und sagt: »Wir besprechen gerade unsere Szene.«

»Welche habt ihr?«

»Den Dreier«, grinst Bryce.

Jared kichert los. »Ich muss dich dann vielleicht bitten, den Raum zu verlassen, Jill. Das ist mir sonst eine Nummer zu schräg.« Er nimmt einen großen Schluck Bier und ich muss mich echt zusammenreißen, um ihm nicht die Dose aus der Hand zu schlagen.

»Ihr schafft das schon. Nehmt das Ganze einfach auf die Schippe. Genau das wollen alle sehen.«

Bryce lacht. »Sollte zu schaffen sein. Hab ich recht, J?«

»Voll.« Sie stoßen die Bierdosen so fest aneinander, dass Bier auf den Teppich schwappt.

»Player, versammelt euch!«, ruft Nikki. Die Ersties setzen sich. »Weg da.« Nikkis Stimme ist schneidend wie eine Rasierklinge. »Erst die Leute aus der Zwölften.«

»Pffft. Haben wir einen Diktator gefrühstückt?«, fragt Topher Gardner, der sich den besten Platz gesichert hat, nämlich dort, wo die beiden Seiten des L-förmigen Sofas zusammenlaufen.

»Du hast gehört, was die Lady gesagt hat«, knurrt Robert.

Topher verdreht die Augen und streicht sich über die kurz geschorenen Haare, aber er kuscht und setzt sich auf den Boden. Nikki stößt ihm den Keilabsatz in den Hintern. »Hol mir was zu trinken, Toph.«

»Und ich dachte, ich hätte meine Initiation schon hinter mir«, witzelt er.

»Tu, was ich dir sage«, zischt Nikki. Ihr Gesicht ist rot und fleckig und sie funkelt ihn mit zusammengekniffenen Augen an. Ich nehme mir vor, mich für den Rest des Abends ruhig zu verhalten und ihr aus dem Weg zu gehen.

»Setz dich zu mir«, sagt Henry, als könnte er meine Gedanken lesen. »Da drüben. Komm.«

Ich folge ihm zum anderen Ende der Couch. Während wir uns hinsetzen, drückt Nikki ein paar Tasten an der Fernbedienung, um das Licht zu dimmen und den vorderen Teil des Zimmers in eine Art Scheinwerferlicht zu tauchen.

»Erste Szene!«, ruft sie. »Nehmt eure Plätze ein!«

Larry Kramer rappelt sich auf und trottet nach vorn. Nachdem er sich geräuspert hat, leert er die Bierdose in seiner Hand. Dann legt er los. »Scheiße, bin ich geil.«

Neben mir bricht Henry in Gelächter aus. Das hat ja nicht lange gedauert. »Die Szene ist jedes Mal zum Brüllen«, flüstert er. Ich weiß, dass ich kichern sollte und mich darüber amüsieren, wie Larry sich da vorne zum Affen macht. Aber irgendwie ist mir nicht danach zumute. Am liebsten würde ich mich aus meiner Haut schälen.

Larry fährt fort die »Ahhhs« und »Ohhhs« von seinem Skript abzulesen, während das Publikum Chips, zusammengeknüllte Servietten und leere Plastikschnapsgläser nach ihm wirft. Ich beobachte das Ganze zwischen den Fingern hindurch und nehme noch einen Schluck von meinem Drink. Dabei kämpfe ich gegen die zunehmende Übelkeit. Irgendwie war das letztes Jahr lustiger.

Larry räuspert sich, ehe er zum offensichtlichen Höhepunkt seiner Szene kommt. Sein Gesicht ist knallrot. »Äh, danke.«

Topher johlt und streckt die breite, speckige Faust in die Luft. »Yeah, Kramer! Du Superwichser!«

»Zwei Meter ultimative Coolness!«, schreit Robert.

Ich schiele zu Nikki, vermeide jedoch den Blickkontakt mit

ihr. Sie fixiert Sierra McKinley, die nervös hin und her rutscht und einer anderen Neuntklässlerin etwas zuflüstert. Beide werden ganz blass.

»Die Nächsten!«, ruft Nikki.

Sierra steht auf, Jared und Bryce ebenfalls. »Ich weiß nicht, ob ich da zuschauen kann«, flüstere ich Henry zu.

Henry streichelt mein Knie. »Bleib einfach kurz da und geh dir dann was zu trinken holen.«

Nickend verschränke ich die Hände und bereite mich innerlich darauf vor, mit anzusehen, wie mein kleiner Bruder sich bis auf die Knochen blamiert. Wegen mir. Weil ich ihn hierhergebracht habe.

»Und Action, ihr Loser!«, kreischt Nikki.

»Hey, Jungs«, sagt Sierra mit leiser, hoher Stimme. »Was macht ihr denn hier am Pool?«

»Wir sind die Rettungsschwimmer«, antwortet Bryce und senkt die Stimme um mindestens eine Oktave. »Willst du mal reinspringen?«

»Unbedingt. Ich bin ja so froh, dass ihr hier seid, um auf mich aufzupassen.«

Als der gestelzte Dialog sich fortsetzt, entspanne ich mich. Es ist gar nicht so schlimm.

»Langweilig!«, schreit Nikki und wirft einen Plastikbecher nach vorn. Robert legt den Arm um ihre Schulter und flüstert ihr etwas ins Ohr. Nikki beginnt zu strahlen und nickt begeistert. »Macht es richtig!«, kreischt sie. »Macht es richtig!«

Zu meinem Entsetzen fallen alle anderen ein und schreien dieselben drei Worte: »Macht es richtig! Macht es richtig!«

Ich kann nicht mehr stillhalten. Also strecke ich den Arm aus und berühre Nikkis nackten Fußknöchel. »Nikki, komm mal runter«, flüstere ich. »Du übertreibst.«

Sie zieht einfach den Fuß weg, ignoriert mich und ruft weiter.

Quentin neben mir ist der Einzige, der schweigt und ungläubig beobachtet, wie das Publikum sich in einen Mob verwandelt. Jared, Bryce und Sierra stehen wie versteinert da und scheinen zu überlegen, wie sie weitermachen sollen.

Ich schaue Jared an und schüttle den Kopf. Hoffentlich kann er Gedanken lesen. *Lass es*, denke ich. *Du musst das nicht machen.*

Aber Bryce übernimmt die Führung und tritt hinter Sierra. Mit einer Kopfbewegung fordert er Jared auf, sich vor sie zu stellen. Als der Geräuschpegel im Zimmer immer lauter wird, nimmt auch das Pochen in meinem Kopf zu. Sierras Gesicht wird ganz rot und verschwollen, und da halte ich es nicht mehr aus und muss gehen.

Ich hieve mich hoch und bahne mir den Weg durch eine Gruppe Zehntklässler auf Klappstühlen, die völlig aus dem Häuschen sind über das, was sich vor ihren Augen abspielt.

Zum Glück sind es nur ein paar Meter bis zur Hintertür, und als ich sie aufstoße, atme ich vor Erleichterung auf. Ich lasse mich mit den Knien voran auf die Holzterrasse sinken und lehne den Rücken gegen die Hauswand. Langsam versuche ich meine Atmung zu kontrollieren. Dabei schaue ich nach oben, aber die Wolken verdecken die Sterne. Ich kneife die Augen zusammen und versuche meinen Herzschlag zu hören. *Atme*, sage ich mir. *Atme.*

Hinter mir geht die Tür auf und dünner Stoff streift mich am Kopf. Nikki.

»Was ist dein Problem?« Ihre Stimme ist laut und schneidend. So kenne ich sie gar nicht. Am liebsten würde ich auf und davon rennen.

»Du übertreibst«, flüstere ich. »Du erniedrigst sie. Das ist mein Bruder.«

Nikki kommt einen Schritt näher, sodass sie über mir aufragt.

»Du bist doch sonst nicht so«, sage ich. Aber ihr Gesicht bleibt hart.

»Erinnerst du dich noch an unsere Showtime?«, fragt sie.

»Klar.« Ich hatte Glück gehabt und nur eine Softcore-Szene mit Quentin performen müssen. Wir waren als Letzte dran und zu dem Zeitpunkt waren schon alle so hinüber, dass keiner mehr merkte, dass wir überhaupt da waren. Unser Auftritt interessierte kein Schwein und nach sechzig Sekunden war er vorbei.

»Es war schrecklich«, sagt sie und klingt wieder ruhiger. Ich versuche mich an Nikkis Part zu erinnern, aber es will mir einfach nicht gelingen. Ich sehe nur eine johlende Shaila vor mir, die mit ihrer tiefen, rauen Stimme so übertrieben stöhnt, dass alle applaudieren. »Ich war mit Robert auf der Bühne«, fährt Nikki fort. »Wir waren schon fast fertig, als Jake Horowitz aufstand.« Sie bricht ab. »Du kannst dich echt nicht mehr erinnern, oder?« Kopfschüttelnd beiße ich mir auf die Lippe. Der Wind peitscht vom Meer herüber und ich fröstle.

»Tja«, sagt Nikki mit vor Ekel triefender Stimme. »Jake hat Robert ins Publikum geschubst und gesagt: ›Ich zeig dir jetzt mal, wie das geht, du Loser! So musst du sie ficken!‹« Winzige Tränen treten in Nikkis Augenwinkel und jetzt kommt die Erinnerung zurück. Er tat so, als würde er alles Mögliche mit Nikki anstellen, und alle sahen dabei zu. Als er fertig war, verschwand Nikki für den Rest des Abends, bis Shaila sie schließlich aus dem Badezimmer im zweiten Stock zerrte, als es Zeit war heimzugehen. Nikki hat nie ein Wort darüber verloren, wie erniedrigend es gewesen sein muss. Wie sehr sie sich geschämt hat. Wie wir einfach tatenlos dabei zusahen. Wir haben es einfach geschehen lassen.

»Nikki.« Ich rapple mich auf.

Aber sie unterbricht mich. »Es waren *immer* die Jungs, die das Sagen hatten. Jetzt sind wir dran. Wenn wir es ausgehalten haben, können sie es auch. Schau, wie stark wir geworden sind. Wir sind echt verdammt tough. Wir tun ihnen nur einen Gefallen.«

Ich weiß, dass sie unrecht hat. So was von unrecht. Aber beim Blick in ihr wunderschönes, wütendes Gesicht weiß ich auch, dass sie ihre Meinung nicht ändern wird, egal was ich sage. Sie ist meine Freundin. Meine mittlerweile *beste* Freundin. Und deshalb muss ich bleiben.

Weil ich nichts sage, geht Nikki davon aus, dass ich auf ihrer Seite bin. Mit vorgerecktem Kinn geht sie zurück ins Haus und lässt mich allein in der Kälte zurück. Ich kneife die Augen zusammen und wünsche mir, dass das alles vorbei ist, dass gleich die Zeugnisvergabe stattfindet und das alles der Vergangenheit angehört.

Etwas vibriert in meiner Hosentasche. Als ich mein Handy heraushole, sehe ich Rachels Namen auf dem Display. Kurz wird mir schlecht.

Ich weiß, dass es eine Weile her ist, aber wie siehts aus? Wirst du uns helfen? Wir brauchen dich, Newman.

Ich starre so lange auf die Nachricht, bis sie vor meinen Augen verschwimmt. Vielleicht brauche ich die beiden auch.

11

Zu Hause liege ich im Bett und starre auf die Sterne an meiner Zimmerdecke. Obwohl ich todmüde bin, will der Schlaf nicht kommen. Ich versuche mich zu erinnern, wie es war, bevor alles anders wurde. Bevor ich mich fürchtete. Vor den Playern und, noch mehr, vor mir selbst. Wozu waren wir fähig? Wie weit würden wir gehen? Wie viel würden wir opfern? Wann ist meine Welt aus dem Gleichgewicht geraten?

Jede dieser Fragen führt mich zu einem Abend in der Neunten. Es war Freitag und wärmer, als es um diese Jahreszeit sein sollte. Es war der Tag nach Thanksgiving. Das weiß ich noch, weil ich Apfelkuchen gefrühstückt hatte und noch immer den starken, süßen Geschmack im Mund hatte, als eine Nachricht von Adam kam.

Steh um 9 parat, Newman. Wir haben ein Date.

Ich bekam eine Gänsehaut. Obwohl er mit Rachel zusammen war, wollte er sich mit *mir* treffen. Es spielte keine Rolle, dass die Calloways über die Feiertage in den Hamptons waren. Oder dass Adam und seine Freunde uns in den vergangenen Wochen wie blöd rumkommandiert und erwartet hatten, dass wir rund um die Uhr abrufbereit standen. Heute Abend wollte er mich alleine sehen.

Okay, antwortete ich. Soll ich mein Player-Bag einpacken?

Nö. Du hast frei. Das hast du dir verdient.

Der restliche Tag zog sich wie Kaugummi, und um neun war ich total hibbelig. *Wohin würden wir fahren? Was würde passieren?* Als Mom wissen wollte, was ich vorhatte, sagte ich, ich würde mich mit Adam treffen. Das reichte ihr als Antwort. Schon praktisch, dass meine Eltern darauf vertrauten, dass Adam mich auf keine dunklen, gefährlichen Abenteuer entführen würde.

Endlich hörte ich den vertrauten Klang lauter Gitarrenmusik, die aus seinem Mercedes drang.

»Tschüss, Mom«, rief ich.

Ich stürmte nach draußen, zwang mich dann aber, nicht zu rennen, sondern langsam zur Beifahrertür zu gehen. Gerade als ich aufmachen wollte, sah ich Jake. Er kurbelte das Fenster herunter und grinste mich an.

»Steig hinten ein, Newman.«

Mir wurde heiß, so schämte ich mich, und meine Haut fühlte sich klebrig an. Als ich mich in den Ledersitz sinken ließ, versuchte ich Adams Blick zu erhaschen, doch er schaute starr geradeaus. Weil die Musik so laut war, beugte ich mich vor, um zu verstehen, was die Jungs redeten, aber keine Chance. Ihre Stimmen gingen komplett im Refrain unter, der aus den Lautsprecherboxen dröhnte.

Also lehnte ich mich zurück, blickte aus dem Fenster und überlegte, was ich mit meinen Händen tun sollte. Zum Glück fuhren wir nicht weit und hielten schon bald vor Adams Haus.

»Meine Familie ist in New York«, erklärte er. »Kommt mit.« Er bedeutet Jake und mir, ihm auf die große Rundumterrasse zu folgen.

Ich setzte mich auf die Hollywoodschaukel, schwang vor und

zurück und sah zu, wie der Boden unter mir verschwamm, als würde ich durchs All treiben. Das Holz knarzte, als Adam sich neben mich setzte.

Jake machte es sich derweil in einem Korbsessel bequem und zog eine Flasche mit irgendeiner dunklen Flüssigkeit aus der Jackentasche.

»Da, Newman«, sagte er.

Ich nahm einen Schluck. Boah, war das scheußlich, aber ich bemühte mich mir meinen Ekel nicht anmerken zu lassen und nippte noch einmal.

»Ich hab dir doch gesagt, dass sie was verträgt«, feixte Adam und knuffte mich in die Schulter. Ich versuchte zu grinsen, als fände ich unser kleines Stelldichein so normal, dass es schon fast langweilig war. Adam nahm mir die Flasche aus der Hand.

»Du fragst dich sicher, warum du hier bist, Kleine«, sagte er.

Bevor ich etwas antworten konnte, grätschte Jake dazwischen. »Bevor es mit den schwereren Üs losgeht, treffen wir uns einzeln mit euch.«

Ergibt Sinn, dachte ich, fragte mich aber, warum ich mit den beiden allein war, warum sie nicht warteten, bis Rachel, Tina und die anderen auch dabei sein konnten.

»Wir wollen einfach mit euch abhängen und rausfinden, wie ihr tickt und wie ihr wirklich seid«, fuhr Jake fort. »Adam hat mir zwar schon alles über dich erzählt, Jill, aber ich will mir selbst ein Bild machen. Also, sag schon«, Jake lehnte sich vor und stützte die Ellbogen auf meine Knie, »wie bist du so?«

Adam tippte mich mit der Flasche an und ich nahm noch einen Schluck. Mut. Der Geschmack wurde schon erträglicher. Dann redete ich drauflos. Ich laberte irgendwas davon, wie sehr ich mich für Astrophysik begeistere und dass ich den Sommer in Cape Cod verbracht hatte, wo es das größte Teleskop der

Ostküste gibt. Adam starrte währenddessen auf den Boden und stieß uns mit den Füßen ab, sodass wir vor und zurück wippten. Von der Bewegung wurde mir schlecht.

Jake schüttelte den Kopf. »Erzähl mir was Spannendes, Newman. Hast du irgendein großes, dunkles Geheimnis?«

»Was? Nein.« Ich lachte. Ich hatte nie etwas getan, was ich verheimlichen müsste. Ich war durch und durch langweilig.

»Ach komm. Irgendwas gibt es doch bestimmt. Wir sagen es auch keinem. Du bist jetzt eine Playerin. Zumindest könntest du eine werden … Wir teilen alles«, sagte Jake. Adam nickte, wich jedoch meinem Blick aus. »Wie wäre es mit … Was ist deine größte Angst?«

Der Wind hatte zugenommen und ich schlang mir die Arme um den Oberkörper, um mich zu wärmen. Ich dachte kurz nach, den Blick in den Himmel gerichtet, der mit blinkenden, hellen Sternen übersät war. Eigentlich hätten wir das Terrassenlicht gar nicht gebraucht. Wie Matroschkapuppen prangten der kleine und große Wagen unter dem Nordstern übereinander. Ich nahm einen tiefen Atemzug.

»Ich habe Angst vor der Dunkelheit«, sagte ich dann. Ich versuchte zu lachen, aber es klang heiser und merkwürdig. »Das ist auch der Grund, warum ich Astronomie so mag: Am Nachthimmel gibt es keine absolute Dunkelheit.«

Jake lachte nicht. Adam genauso wenig. Endlich fühlte ich mich ruhig. Als hätte ich eine Prüfung bestanden. Jake beugte sich vor. Seine Augen waren dunkel und groß und sahen mich so durchdringend an, dass ich es mit der Angst zu tun bekam. Er legte die Hand auf die Hollywoodschaukel, um sie anzuhalten. »Und woher kommt das?«

»Bist du neuerdings Therapeut?«, scherzte ich, doch keiner lachte. Ich nahm noch einen Schluck – vermutlich Roggenwhiskey – und sagte: »Keine Ahnung. Mein Vater hat mir die Sternbilder beigebracht, als ich noch klein war, seitdem fühle ich mich immer sicher, wenn ich sie betrachte. Ich habe sogar Leuchtsterne an meiner Zimmerdecke kleben. Ich brauche immer ein bisschen Licht, um einzuschlafen.«

»Red weiter, Newman«, sagte Jake. Dabei kniff er die Augen zusammen und lehnte sich noch weiter vor, sodass seine Finger mein Knie streiften.

»Vielleicht ...«, setzte ich an. »Vielleicht liegt es daran, dass ich mich immer minderwertig gefühlt habe.« Die Worte sprudelten nur so aus mir heraus. Dinge, die ich mir nie zu denken erlaubt hatte, geschweige denn sie laut auszusprechen. »Als hätte ich an der Gold Coast Prep nichts verloren. Als müsste ich irgendwas beweisen. Als müsste ich perfekt sein.« Ich dachte an die Albträume, die mich verfolgten, seit ich auf die Prep ging, und die mir vor wichtigen Prüfungen und Referaten den Schlaf raubten. Bei der Vorstellung, dass ich mit meinen begabten Mitschülerinnen nicht Schritt halten konnte, wollte ich einfach nur davonlaufen und mich irgendwo verkriechen.

Jake lehnte sich zurück, er schien zufrieden. Trotzdem hatte ich das Gefühl, dass es noch nicht ausreichte.

»Ich weiß, dass ich nicht gut genug bin, und ich habe Angst, dass alle es herausfinden.«

Das brachte ihn zum Lächeln. »Glaubst du, dass es anderen Leuten auch so geht?«

Ich dachte nach und stellte mir Nikki und Shaila vor. »Keine Ahnung. Wahrscheinlich hat jeder vor irgendwas Angst. Sogar Shaila, von der man es nicht erwarten würde. Dabei hat sie schreckliche Höhenangst. So schlimm, dass sie nicht mal beim Austernfest mit dem Riesenrad fährt.«

»Wirklich?«, fragte Jake.

Ich nickte. »Sie ist echt zimperlich, was das angeht. Aber jeder hat vor irgendwas Angst. Vielleicht steckt bei ihr ja auch noch was anderes dahinter.«

Adam stieß sich mit dem Fuß vom Boden ab und brachte uns wieder ins Schwingen. Für eine Weile sagte niemand etwas und ich legte den Kopf zurück, um in Ruhe die Sternendecke zu betrachten.

Nach ein paar Minuten durchbrach Adam das Schweigen. »Ich hab Hunger. Sollen wir uns eine Pizza holen?«

Die Frage trat eine Diskussion zwischen den beiden los, ob Mario's oder Luigi's der bessere Laden war.

Ich sagte nichts, sondern dachte darüber nach, was ich soeben von mir – und versehentlich auch von Shaila – preisgegeben hatte. Ihr stand auch noch ein solches Treffen bevor. Ihnen allen. Was würde sie über mich sagen? Würde sie es mit Absicht oder aus Versehen tun? Hatte ich zu viel ausgeplaudert?

Ich versuchte, die Schuldgefühle ganz weit wegzuschieben und mir einzureden, dass ich Shailas Vertrauen nicht verraten hatte. Aber irgendetwas sagte mir, dass ich den Playern gerade Munition geliefert hatte. Und dass sie sie verwenden würden. Ich wusste nur nicht, wann. Oder dass es etwas mit Shailas letztem Abend zu tun haben würde.

Die ganze Woche fühle ich mich schwerfällig und müde und kann mich nicht konzentrieren. Wahrscheinlich hat Marla recht. Wahrscheinlich ist es wirklich das Beste, so zu tun, als wäre alles in Ordnung. Aber ich muss einfach ständig an Rachels letzte Textnachricht denken, auf die ich noch nicht geantwortet habe, und an Nikkis zunehmend fiesen Blick während der Show. Als Henry mir am Freitagabend schreibt, ist es genau die Ablenkung, die ich brauche.

Date Night bei mir?, fragt er.

Eine kurze Pause.

Meine Eltern sind nicht da.

😉 😉 😉 😉 😉 😉

Ich beiße mir auf die Lippe und lächle. Seit der Show gibt er sich besonders viel Mühe, für Jared nur die einfachsten Üs auszuwählen und bei den Jungsabenden auf ihn aufzupassen. Er weigert sich als Einziger von uns über die College-Zusagen – oder die Absagen – zu reden, die nächste Woche kommen sollen. Er sagt, das ist ihm zu viel Stress und wir sollen uns mal locker machen. Ein Treffen mit ihm wäre eine willkommene Ablenkung von Rachel und Graham und Shaila. Sie alle bevölkern in letzter Zeit meine Albträume und ich könnte eine Nacht ohne sie gut vertragen.

Außerdem weiß man bei Henry immer, woran man ist. Er hat so eine unkomplizierte, angenehme und verlässliche Art und kann sich innerhalb von Sekunden vom Nachrichten-Wunderkind in den amerikanischen Posterboy verwandeln. Sein einziger Fehler besteht darin, dass er dauernd seinen Eltern alles recht machen will. Die Player-Akten haben ihm dabei geholfen, genauer gesagt: die Mathe-Lernhilfen. Mathe ist sein schlechtestes Fach, aber ohne Einser in Analysis, Statistik und Wirtschaftsmathematik hätte er keine Chance, in Wharton angenommen zu werden. Und obwohl ihm die Vorstellung, für das weiße Establishment zu arbeiten – so wie sein Vater –, zuwider ist, weiß jeder, dass es genau darauf hinauslaufen wird.

Manchmal, wenn ich ihn anschaue, sehe ich seine Zukunft vor mir: ein Abschluss in Wirtschaftswissenschaften, eine Stelle bei irgendeiner schicken Firma, eine Riesenwohnung in der Stadt. Das *Was-wäre-wenn* wird ihm keine Ruhe lassen, ebenso wenig wie die Tatsache, dass er seinen Traum, als Berichterstatter an vorderster Linie zu stehen, aufgegeben hat, um stattdessen jeden Tag bis Mitternacht über irgendwelchen Tabellen zu brüten. Trotzdem wird er alles haben: eine Frau mit großen Brüsten und unfehlbarem Geschmack, eine Villa in Gold Coast und ein Haus in den Hamptons. Manchmal frage ich mich, ob ich diese Frau sein werde und ob wir nur wegen Shaila für immer zusammenbleiben werden. Wie soll ich je mit jemandem zusammen sein, der sie nicht gekannt hat? Wie soll ich mir mit jemandem ein Leben aufbauen, der einen wesentlichen Teil von mir nicht kennt?

Aber wenn ich mir dieses Leben vorstelle, in dem alles von vornherein festgeschrieben ist, zieht sich mir der Magen zusammen. Also schiebe ich den Gedanken an einen erwachsenen, unzufriedenen Henry ganz weit weg und lese seine Nachrichten noch einmal. Das Hier und Jetzt ist das Einzige, was zählt. Ich muss lächeln.

Jetzt, wo alles andere ein großes Fragezeichen ist, ist ein Abend bei Henry nicht unbedingt das Schlechteste, was mir passieren kann. Zumindest muss ich mir bei ihm keine Gedanken über die Ersties machen oder über Graham oder Rachel oder darüber, wessen Blut vor drei Jahren ein hässliches T-Shirt durchtränkt hat.

Bin um 7 bei dir.

Juhu!, schreibt Henry. Ich bestell uns Sushi.

Henry wohnt im neuen Teil der Stadt, in der Nähe des Meers. Wo die Leute ihren eigenen Bootsliegeplatz haben, wo die Gärten so groß sind wie Footballfelder und die Poolhäuser mit einer kompletten Küche und einer frei stehenden Badewanne ausgestattet sind. Am Fuß der Zufahrt tippe ich den Zahlencode ein, der das schmiedeeiserne Tor öffnet. Als ich einen halben Kilometer später bei der Haustür ankomme, wartet Henry draußen auf mich. Er trägt seinen CNN-Hoodie und hat eine Plastiktüte mit unserem Essen in der Hand.

»Hey, Süße«, sagt er. Dann schließt er mich in die Arme und gibt mir einen feuchten, gierigen Kuss. Ich folge ihm ins Haus und durch das Marmorfoyer in die Küche.

Henry kramt in der Tüte und bringt eine Unmenge an Essen zum Vorschein – in Plastikboxen gebettete Makirollen und glänzende Sashimi, kleine Kartons mit Algensalat und gesalzenen Edamame. Bei dem Anblick läuft mir das Wasser im Mund zusammen.

»Da hats aber jemand gut gemeint«, sage ich.

Henry wird rot und zieht die Schultern hoch. »Ich wusste nicht mehr genau, was du magst, also habe ich einfach von allem was genommen.« Er drückt mir hölzerne Essstäbchen in die Hand und schaut mich mit seinen großen, ehrlichen Augen an.

Ich schiebe mir ein Stück Spicy Salmon Roll in den Mund. »Ist doch super«, sage ich mit vollem Mund.

»Gut.« Er stützt die Arme auf den Marmortresen, sodass seine Unterarme wie Baumstämme aus seinem aufgekrempelten Button-down-Hemd hervorwachsen. »Gehen wir nach oben?«, fragt er mit einem Funkeln in den Augen. Hoffnungsvoll. Zuversichtlich.

Mein Bauch kribbelt, als hätte ich zu viel Sprudelwasser getrunken, aber ich muss mich von Graham und Shaila ablenken. »Unbedingt.«

Henry nimmt meine Hand und wir laufen die Treppe hoch, immer zwei Stufen auf einmal nehmend.

Als er die Tür zu seinem Zimmer öffnet, wird deutlich, dass er eine klare Vorstellung davon hat, wie der weitere Verlauf des Abends aussieht. Aus den Lautsprechern kommt leise Musik und über seinem perfekt gemachten Bett funkelt eine Lichterkette. Sie wird reflektiert von den eingerahmten Zeitungen an der Wand – Titelseiten vom Tag seiner Geburt. Er hat sogar eine Kerze angezündet, sie steht auf dem Fenstersims, gleich neben dem Foto, auf dem er Anderson Cooper die Hand schüttelt. Das Ganze ist so … rührend.

»Idiot«, sage ich, um mir nicht anmerken zu lassen, wie sehr es mich freut, dass er das alles extra für mich gemacht hat.

Henry läuft rot an. »Komm her.«

Sein Griff ist fest und stark, ruhiger, als er sein sollte. So war Henry nicht immer. Jedenfalls nicht, als das mit uns anfing. Wir hatten beide schon mit anderen rumgemacht – anderen Playern aus anderen Klassen. Aber keiner von uns war je mit jemandem *zusammen* gewesen. Wir hatten nie die Gelegenheit gehabt, in einem Umfeld, in dem wir uns sicher und frei von Kritik fühlten, etwas zu lernen oder zu fragen. Wenn wir zusammen waren, war es jedes Mal ein Abenteuer, eine neue Grenze, die wir gemeinsam überschritten.

In einer sternenklaren Nacht an Bord seines Boots, der *Olly Golucky*, als Henry nach ewigem Rumgefummel endlich meinen BH aufgekriegt hatte, verkündete er, dass er besser werden wolle, bei allem. »Es soll dir gefallen«, flüsterte er mit einer Stimme, bei der ich ganz weiche Knie bekam. »Zeig mir, wie«, fuhr er fort und sein heißer Atem streifte meinen Hals.

Also zeigte ich es ihm. Ich führte seine Hand dorthin, wo ich mich nur berührte, wenn niemand da war. Ich zeigte ihm, was ich mit den Fingern machte und wie er die Bewegung nachahmen konnte. Erst war ich zaghaft, denn es war mir peinlich, ihn wissen zu lassen, was ich tat, wenn ich allein war, dass ich mir die Lust verschaffte, die ihm so unerreichbar schien. Doch Henry hörte zu und unternahm seine eigenen vorsichtigen, zärtlichen Versuche. Dabei runzelte er konzentriert die Stirn, bis ich ihm bestätigte, dass er auf dem richtigen Weg war, und ihm erlaubte weiterzugehen, seine Erkundungen fortzusetzen. Er fing an, mich und meinen Körper wie ein Schulbuch zu studieren, und strengte sich dabei mehr an als für jede Prüfung. Am Ende des Sommers bekam er nur noch Einsen – und zwar nicht nur für seine Bemühungen. Was ihn dabei am meisten errege, sei meine Reaktion, sagte er. Und auch ich erzitterte unter seinem unermüdlichen Bestreben, mir Genuss zu verschaffen.

Und jetzt, in seinem Schlafzimmer, weiß er genau, was er zu tun hat. Er berührt mein Gesicht und meinen Nacken und streichelt mir über den Rücken. Seine Lippen wandern von meinem Mund zu meinem Ohr und weiter zu meinem Schlüsselbein, folgen einer unsichtbaren Linie zu meinem Ausschnitt und tiefer.

Ich lasse mich aufs Bett sinken und schlinge die Beine um seine Hüften. Es ist ganz leicht, ihn machen zu lassen und einfach nur zu sagen *Ja, genau da* oder *Ein Stück weiter drüben.* Henry will mich befriedigen. Er ist ganz wild darauf, mein vor Wonne verzerrtes Gesicht zu sehen und mich zu beeindrucken. In Momenten wie diesem bin ich unglaublich froh, dass ich mein echtes erstes Mal mit jemandem hatte, der meinen Körper behandelt wie etwas, dass es zu bestaunen und zu erkunden gilt – aber nur wenn ich es ihm erlaube. Henry hat nicht das Recht, ihn zu erobern – und das weiß er.

Er hat die Hose ausgezogen und seine Boxershorts sind dünn. Ich kann ihn spüren, als er meinen Rock hochschiebt und sich zärtlich vortastet. Er weiß, wo er mich berühren und wie fest er Druck ausüben muss. Ich schmiege mich an ihn und lasse die Hände ebenfalls wandern, streiche über seine wohldefinierten Muskeln und die weiche Haut an seiner Hüfte. Seine

Haare sind seidig glatt, er schnuppert an meinem Hals wie ein Welpe.

Aber schon nach kurzer Zeit merke ich, dass meine Gedanken sich mal wieder selbstständig machen. Ich bemühe mich, den Kopf auszuschalten und mich auf den verliebten Jungen über mir zu konzentrieren. Doch stattdessen frage ich mich, ob ich mich da unten gut genug gewaschen habe, ob ich müffle und ob ich noch *eng* bin. Was für ein dummes, nichtssagendes Wort. Aber für die Jungs ist es ein Riesenthema. *War sie eng? Wie eng? Die ist doch sicher schon total ausgeleiert.* Das Einzige, was schlimmer ist als *ausgeleiert*, ist *eklig.*

Henry, der merkt, dass ich zögere, schaltet einen Gang runter und wandert mit den Händen wieder weiter nach oben.

»Alles okay?« Er richtet sich auf und sieht mich besorgt an.

»Ja. Mach weiter.«

»Sicher?«

»Ja.« Ich presse die Lippen auf seine und drücke mich fest an ihn. Ich will, dass er alles andere verschwinden lässt. »Hast du ein Kondom?«, frage ich, obwohl ich die Antwort kenne.

Henry zieht ein Plastikbriefchen aus seiner Nachtischschublade. Das Geräusch, als er es öffnet, tut mir in den Ohren weh. Ich lasse mich zurücksinken und sehe ihm zu. Er lächelt mich zärtlich an, seine Haare sind ganz zerwuschelt und mir wird warm ums Herz. Am liebsten würde ich auf der Stelle mit ihm verschmelzen. Ich habe wirklich Glück mit ihm. Das weiß ich.

»Bist du bereit?«, fragt er.

»Ja«, antworte ich voller Überzeugung.

»Du bist wunderschön«, murmelt er in meine Haare und ich kneife die Augen zusammen.

»Du auch.« Ich vergrabe das Gesicht in seiner Brust und stelle mir jemand anderen vor. Jemand mit dunklen Haaren, dessen Mundwinkel beim Lächeln einen etwas schrägeren Winkel beschreiben. Aber ich sehe ihn nur bruchstückhaft vor mir, verzerrt von unzähligen Unterbrechungen. Dann verschwindet er und wird durch ein neues Bild ersetzt. Das Foto von Shaila und Graham in ihrer Schuluniform, die Arme umeinander gelegt. Das Foto, das ich zerrissen habe.

Als Henrys Schweiß auf mich tropft, ist die Sache für mich gelaufen. Aber er gibt sich alle Mühe, die Erregung ist ihm deutlich anzuhören. Er wird erst aufhören, wenn er weiß, dass ich auf meine Kosten gekommen bin, also stöhne ich und presse die Hüften gegen seine. Ich sende all die Signale, die ihm sagen, dass ich so weit bin. Das ist einfacher, als ihm zu erklären, was mir durch den Kopf geht und warum.

Gleich darauf ist er am Höhepunkt angekommen und gibt ein lang gezogenes Stöhnen von sich. Dann sinkt er auf mich. »Jill«, flüstert er mir ins Ohr. Als ich mich unter ihm herauswälze, löst unsere Haut sich mit einem leisen Knistern voneinander. Ich bin froh, dass meine Brüste bedeckt sind, und ziehe mir die Bettdecke über die Hüfte. Henry schlingt den Arm um meine Taille. »Das war toll.«

In der achten Klasse sahen Shaila und ich zum Spaß nach, was Orgasmus in anderen Sprachen heißt. Die Franzosen sagen *la petite mort* dazu. Der kleine Tod. Als wir das lasen, bekamen wir einen Lachkrampf.

»Oh mein Gott«, sagte Shaila. »Ist dir klar, was das bedeutet?«

»Was?«, fragte ich und hielt mir den vor Lachen schmerzenden Bauch.

»Jedes Mal wenn ein Typ kommt, stirbt ein Teil von ihm. Wie krank ist das?«

»Voll!«

»Und weißt du, was wir dann sind?«, fragte sie und lieferte die Antwort gleich hinterher. »Stark. Mächtig. *Mörderinnen.*« Sie verdrehte die Augen und streckte die Zunge heraus. Wir ließen uns zurück auf ihr Bett fallen und lachten noch lauter.

Jetzt denke ich jedes Mal, wenn es bei Henry so weit ist, an Shaila. Und an den kleinen Tod.

»Hey, komm wieder her«, sagt er und zieht mich an sich. Er legt mir die Hände auf die Wangen und ich sehe ihn an, wie ich ihn seit Wochen nicht angesehen habe. Seine Augen sind groß, sein Blick ist suchend und seine normalerweise perfekt sitzenden Haare sind ein bisschen zerdrückt und kleben ihm feucht an der Stirn. Seine Wimpern sind lang und dicht, wie die einer Comicfigur. Er vertraut mir völlig. Er zeigt mir seine verletzlichste Seite. Und ich will einfach nur auf und davon laufen.

»Alles okay?«, fragt er.

»Ja.«

Das reicht ihm. Er drückt mich fest an sich, sodass mein Kinn auf seiner Schulter liegt, mit seinen Muskeln verschmolzen.

»Du bist auch gekommen, oder?«, flüstert er.

»Mh-hm«, lüge ich und versuche mir meinen eigenen kleinen Tod vorzustellen. »Klar.«

12

Die Eltern in Gold Coast beginnen mit der College-Planung, sobald ihr Nachwuchs zum ersten Mal im marineblauen Blazer durch die Messingtore der Privatschule spaziert. Im Sportunterricht tragen alle Pullis mit dem Namen ihrer favorisierten Uni. Yale, Harvard, Princeton. Penn bei denen, die eine gute Zeit haben oder richtig Geld scheffeln wollen. Wesleyan bei den künstlerisch Begabten. Stanford bei denen, die ihre Eltern hassen und einfach nur weit wegwollen.

Und wer am Anfang der Zwölften noch immer nicht weiß, wohin es gehen soll, gehört zu den Losern mit ungewisser Zukunft. Natürlich gehen die Aufnahmekomitees der Colleges nicht danach, wie dringend du angenommen werden willst oder wie bald nach dem Verlassen des Mutterleibs du schon wusstest, welches Uni-Maskottchen dein Schutztier ist. Aber so wie wir das sahen, hatten diejenigen, die als Erste sagen konnten, auf welches College sie gehen wollten, einen Platz dort verdient. Und wenn man statt ihrer genommen wurde, konnte man sich auf Krieg gefasst machen.

Das habe ich in der Neunten gesehen, als Jake Horowitz frühzeitig einen positiven Bescheid aus Princeton bekam, während Tina Fowler auf der Wartliste landete. Und das, obwohl ihre Eltern beide dort studiert hatten und sie bei jedem Volleyballtraining dieses grässliche grellorange Sweatshirt trug. Sie war so wütend, dass sie Jake eines Freitags beim Mittagessen niederbrüllte. Fast wären die Player daran zerbrochen und alle atmeten auf, als sie im Frühling schließlich doch noch genommen wurde.

Es verstand sich also von selbst, dass meine Freunde ihr letztes Schuljahr mit auf Hochglanz polierten College-Bewerbungen und großen Hoffnungen begannen. Sogar Robert, der den Zulassungstest völlig vergeigt hatte, obwohl er so viel zusätzliche Zeit bekam, war überzeugt, dass ihn das Schicksal zurück nach New York befördern würde, und zwar für ein Musikmanagement-Studium an der NYU. Angeblich hatten seine Eltern der Uni eine bescheidene Spende in Höhe von einer Million Dollar zukommen lassen.

Und aus allen diesen Gründen ist der heutige Tag, der 1. Dezember, an dem wir die Antwort auf unsere erste Bewerbungsrunde erhalten, die reinste Qual.

Ich wache schweißgebadet auf, mein Atem geht schwer und ich habe die Fäuste um das Bettlaken geballt. Fast bekomme ich keine Luft. Aber mein Traum hatte nichts mit Brown zu tun oder ob ich dort angenommen werde. Ich habe von Shaila geträumt, die ihre angsterfüllten Augen so weit aufreißt, dass sie ihr fast aus dem Kopf ploppen. Ihr Mund steht offen, sie schreit um Hilfe. Ich atme tief durch und versuche das Bild aus meinen Gedanken zu verbannen. Ich hatte bloß wieder einen Albtraum. Das ist nur der Stress. Sonst nichts. Das sage ich mir immer wieder, trotzdem schlägt mein Herz wie wild.

Ich lehne den Kopf ans Ende meines Betts und reibe mir die Schläfen in dem Versuch, Shaila zu vertreiben. Dann greife ich mit zitternden Händen nach meinem Handy. Eine Weile dumm rumscrollen wird mich hoffentlich beruhigen. Aber bevor ich Instagram oder YouTube öffnen kann, sehe ich eine Nachricht von Rachel. War ja klar.

Hast du deine Nummer geändert oder was?, schreibt sie. Lass uns nicht hängen.

Ich pfeffere das Telefon aufs Bett, sodass es von der Matratze abprallt und auf den Boden fällt. Die Angst ist weg und ich bin nur noch wütend. Warum stalkt Rachel *mich*? Warum stalkt sie nicht Nikki, Quentin oder Henry? Warum kann sie mich nicht einfach in Ruhe lassen? Ausgerechnet heute. Und warum zum Geier ziehe ich überhaupt in Betracht ihr zu helfen?

Mom steckt den Kopf ins Zimmer. »Alles okay, Jill?«, fragt sie mit gerunzelter Stirn. »Ich dachte, ich hätte was gehört.«

»Alles bestens«, antworte ich.

»Großer Tag heute.« Sie lächelt liebevoll. »Was auch passiert, es wird alles gut.«

Mit einem Ächzen schlage ich die Bettdecke zurück und dränge mich an Mom vorbei ins Bad. »Wenn du es sagst.«

Während der nächsten paar Stunden tue ich alles, um nicht an Shaila, Rachel oder Graham zu denken. Stattdessen konzentriere ich mich auf die unerträgliche Qual, die mit dem Warten auf mein Schicksal einhergeht.

Allen anderen geht es genauso. Eine unheimliche, angespannte Stimmung liegt über der Cafeteria, und sogar am Player-Tisch tun wir uns schwer cool zu bleiben.

Shaila hätte keine Sekunde daran gezweifelt, dass sie in Harvard angenommen wird. Wäre sie hier, würde sie neben mir sitzen, die Augen verdrehen und nicht verstehen, warum wir so verrücktspielen. Sie hätte uns versichert, dass *alles gut wird*. Ich stelle mir vor, wie sie in ihrer Schuluniform dasitzt und an einem Keksteigbällchen kaut, den Fuß auf meinen Stuhl gestützt, sodass ihr nacktes Knie über den Tisch ragt. Das war die echte Shaila, nicht das Schreckgespenst, das mich in meinen Träumen heimsucht.

Quentin wagt einen Vorstoß. »Und? Was geht?«

Nikki antwortet mit einem halbherzigen Lachen, fingert dabei aber nervös an der Rosenquarzkette, die sie um den Hals trägt. Sie wartet auf eine Antwort von der Parsons School of Design, die sie garantiert mit Handkuss nehmen wird. Für ihre Bewerbung hat sie Kleider entworfen, für die ich töten würde.

»Alles okay, Robert?«, fragt sie.

Doch der schweigt, wahrscheinlich zum ersten Mal in seinem Leben, trinkt seine Cola auf ex und zerquetscht dann die Plastikflasche. Er ist wohl doch nicht so selbstsicher, wie er immer tut.

»Wo ist Marla?«, will ich wissen.

»Die lässt das Mittagessen ausfallen und trainiert stattdessen«, sagt Henry und stellt sein Tablett neben meines. »Sie will sich ablenken.«

»Diese Warterei ist auch echt die Hölle«, gebe ich zu.

Alle murmeln zustimmend und widmen sich weiter ihrem Essen. Den Rest der Pause verbringen wir weitgehend schweigend.

Der restliche Tag ist genauso schlimm. Mr Beaumont scheint sich alle Mühe zu geben, seinen qualvoll langen Vortrag über *Ulysses* noch langweiliger als nötig zu gestalten. Fünf Minuten vor Ende der Stunde sieht er uns mitleidig an.

»Wie wärs mit einer kleinen Pause?«, fragt er. »Ihr könnt auch gern das Handy rausholen.«

Innerhalb von Sekunden haben alle ihre E-Mail-Accounts und Zulassungsseiten geöffnet, dabei wissen wir ganz genau, dass es noch Stunden dauern wird, bis die Nachrichten eintreffen.

Als ich hundert Jahre später daheim ankomme, laufe ich an

Mom, Dad und Jared vorbei in mein Zimmer und schließe die Tür hinter mir. Dann setze ich mich aufs Bett, verstecke das Handy unter dem Kopfkissen und öffne das landesweite Zulassungsportal. Vielleicht ist es das Beste, wenn ich es einfach hinter mich bringe.

Ich gebe meine Daten ein. Während die Seite lädt, knabbere ich an einem Nagelhäutchen.

Herzlichen Glückwunsch!, steht da und ein Konfettiregen ergießt sich über das Browserfenster.

Mein Herzschlag beruhigt sich. Gott sei Dank. Das sieht gut aus.

Ich atme tief durch, ehe ich die Seite der Brown University aufrufe. Mit schweren Fingern tippe ich meine Log-in-Daten ein. Als der Text erscheint, bekomme ich schlagartig einen trockenen Hals.

Und dann ... quietsche ich.

Tatsächlich.

Ich habs geschafft.

»Hast du's geschafft? Haben sie dich genommen?«, fragt Dad im Flur.

Nur mit Mühe bringe ich ein Ja heraus.

Mom reißt die Tür auf und schließt mich in die Arme. »Schätzchen!«, ruft sie. »Dann hat sich die ganze Mühe also gelohnt!«

Ich habe feuchte Wangen und meine Schultern zittern. Ich lasse mich von Mom umarmen, als wäre ich wieder ein Kind. Ich lege den Kopf an ihren Hals und sie drückt mich ganz, ganz fest. Es *war* die Mühe wert. Meine Zukunft steht fest. *Ich habs geschafft.*

Jared kommt angerannt, er keucht. »Angenommen?«, fragt er.

Ich nicke.

Sein Lächeln wird breiter. »Ich habs gewusst.« Dann schlingt er die Arme um Mom, Dad und mich und rempelt mich mit der Schulter an.

Irgendwann löst Mom den Newman'schen Knoten und nimmt mein Gesicht in die Hände. »Jetzt wird gefeiert«, sagt sie. Ihre Augen sind ebenfalls feucht. »Ich habe Mac and Cheese gemacht.«

Als wir gegessen haben, durchforstet Mom den Gefrierschrank und bringt eine eisgekühlte Sektflasche zum Vorschein.

»Das hast du dir verdient, Kleine«, sagt Dad. Er legt mir seine große, ruhige Hand auf die Schulter, blinzelt und tupft sich mit der Serviette die Augenwinkel. »Du hast dich so angestrengt, um das zu erreichen. Und so viel durchgemacht ...« Er drückt meinen Arm und winkt Mom zu. »Wir sind so stolz auf dich. Vier Gläser! Jared bekommt auch eins. So ein Anlass kommt nicht wieder.«

Jared grinst. Die Aufregung ist wirklich ansteckend. Als wir fertig sind, räumt er sogar freiwillig den Tisch ab, dann legt er mir den Arm um die Schultern. »Hast du's Adam schon erzählt?«

»Wollte ich gerade.«

Er nickt. »Er freut sich bestimmt.« Jared drückt mich noch mal und eine Welle der Zuneigung durchbrandet mich. Egal wie es mit den Playern und Graham weitergeht, diesen Augenblick kann uns niemand nehmen.

Ich renne die Treppe hoch und ziehe mit zitternden Händen das Handy hervor. Dann tippe ich Adams Nummer ein und warte auf das Freizeichen. Ich überlege, was ich ihn alles fragen möchte. Ich will alles über die schlechten Impro-Shows hören, die wir uns zusammen anschauen werden, über den einzigen Laden in Providence, wo man anständige Bagels bekommt, den fetten Parka, den ich brauchen werde, um der Kälte Neuenglands zu trotzen. Ich will wissen, in welches Wohnheim ich ziehen soll. Werde ich ein Auto brauchen?

Nach dem vierten Klingeln geht er ran, ist aber kaum zu verstehen. Im Hintergrund wummert ein Eurodance-Song und übertönt meine Gedanken.

»Hallo?«, schreit er. »Jill?«

»Ich bin angenommen«, erkläre ich atemlos. »Ich bin angenommen.« Es laut auszusprechen fühlt sich falsch an, als wäre das Ganze nur ein Traum.

»Was?«, schreit er. »Ich kann dich nicht verstehen! Schreib mir eine Nachricht!«

Dann ist die Leitung tot. Wahrscheinlich ist er auf irgendeiner Party, auf der ich nächstes Jahr auch sein werde.

Mit zitternden Fingern tippe ich meine Nachricht.

ICH BIN IN BROWN ANGENOMMEN! NÄCHSTES JAHR STUDIEREN WIR ZUSAMMEN!!!!!!

Seine Antwort kommt augenblicklich. AAAHHHH!!!!!!!

Ich lege das Telefon weg, atme tief ein und lasse die Luft wieder ausströmen. Auf einmal erscheint mir alles um mich herum so fremd, als würden diese ganzen Ereignisse zu der Vergangenheit einer anderen gehören. Ich sehe die Zukunft deutlich vor mir, am liebsten würde ich die nächsten Monate im Schnelldurchlauf hinter mich bringen und nie wieder an Rachel und Graham und die Frage, wessen Blut an Grahams Shirt geklebt hat, denken.

Aber dann höre ich, wie jemand neben dem Schrank am Ende des Flurs, in dem Mom Geschenkpapier, Frischhaltefolie und so Zeug aufbewahrt, flüstert.

Vorsichtig öffne ich die Tür gerade so weit, dass ich mitbekomme, was gesagt wird.

»Uns fällt schon was ein«, sagt Mom mit gesenkter, nervöser Stimme.

»Ich weiß nicht, wie das gehen soll«, entgegnet Dad. Er klingt verzweifelt und frustriert. »Wir wissen erst im Frühling, ob sie Geld kriegt. Wenn nicht, muss sie einen Kredit aufnehmen. Dann hat sie jahrzehntelang Schulden. Das dürfen wir nicht zulassen.«

»Aber wir können ihr zumindest *einen Teil* zuschießen«, flüstert Mom. »Und sie hat sich um ein Vollstipendium beworben. Sie hat uns doch noch nie im Stich gelassen.«

»Ich weiß, ich weiß. Aber ... Was ist, wenn sie es nicht kriegt?« Er klingt, als hätte er Schuldgefühle, weil er das überhaupt in Erwägung zieht.

»Zur Not kann sie immer noch auf ein staatliches College gehen«, sagt Mom.

»Aber Brown ist ihr Traum.«

»Sie kriegt das Stipendium. Ich weiß es.« Moms Stimme bebt und Dad seufzt.

»Wir finden eine Lösung«, sagt er. »Wir finden immer eine Lösung.«

Ich höre, wie sie sich umarmen, und schließe die Tür. Mein Puls rast, ich balle die Fäuste und kämpfe gegen die Tränen und meine unerträglichen Schuldgefühle. Ein schweres Gewicht legt sich auf meine Brust. *Ich muss gut genug sein*, denke ich. *Ich muss dieses Stipendium kriegen. Ich muss.*

13

»Willkommen zur Road-Rallye!« Nikki steht auf der Motorhaube ihres BMW und schüttelt zwei Sektflaschen, bevor sie gekonnt die Korken knallen lässt und die neuen Player, die jubelnd zu ihren Füßen stehen, nass spritzt. Seit meiner College-Zusage ist eine Woche vergangen, und auch die anderen sind an ihren Wunsch-Unis genommen worden. Sogar Robert, dessen Dads Spende ihren Zweck erfüllt haben dürfte. Nachdem er es erfahren hatte, bombardierte er unseren Gruppenchat stundenlang mit Kraftausdrücken und nahm dann mit Nikki ein Uber nach New York, wo sie in irgendeinem irrwitzig teuren Steakhouse unter der Williamsburg Bridge feierten. Ich selbst fuhr nach dem Familien-Abendessen noch zu Henry und wir saßen mit Quentin und Marla so lange im Whirlpool, bis unsere Haut ganz schrumpelig war. Es war eine besonders sternenklare Nacht und ich tat mein Bestes, um die belauschte Unterhaltung zwischen meinen Eltern so gut wie möglich zu verdrängen. Allerdings war ich dabei nicht sehr erfolgreich. Ich kann die Verzweiflung in ihren Stimmen bis jetzt nicht vergessen, genauso wenig wie die Tatsache, dass immer Leistung von mir erwartet wird. Leistung, Leistung, Leistung.

Jetzt stehen wir in Nikkis langer, gewundener Hauszufahrt

und bereiten uns auf die letzte Player-Veranstaltung des Semesters vor: eine Nacht-Schnitzeljagd, die wir Road-Rallye nennen. Hoffentlich wird mich das ablenken.

Die Neuen flüstern miteinander und tauschen Vermutungen darüber aus, was sie gleich erwartet. Jared steht in der Mitte, er ist ein Kernstück ihrer kleinen Gruppe, die wir wie Legosteine zusammengesetzt haben. Nach monatelangen Aufgaben und Prüfungen glauben sie wahrscheinlich zu wissen, was sie erwartet, aber sie täuschen sich. Die Road-Rallye spielt auf einem höheren Level, das tut sie immer.

Als Jared mich vor ein paar Tagen, nachdem Nikki die Veranstaltung angekündigt hatte, dazu ausquetschen wollte, zwang ich mich zu einem Lächeln. »Das wird lustig«, sagte ich. »Lass dich einfach mitreißen.«

»Wirds schlimmer als die Show?«, fragte er grinsend. Ich suchte in seinem Gesicht nach einem Anzeichen, wie es ihm bei der Erinnerung an diesen Abend ging. Ob er sich tief drinnen schämte oder ob er das Ganze einfach abgeschüttelt hatte. Aber ich konnte mich nicht überwinden ihn direkt zu fragen.

Stattdessen sagte ich: »Es ist okay.« Dabei habe ich jedes Jahr ein schlechtes Gefühl bei der Schnitzeljagd. In der Vergangenheit hat die Rallye sich als Bestie erwiesen, die ihre Teilnehmer verschlingt und am Ende denjenigen vor die Füße spuckt, die das Sagen haben. Schlimmer war eigentlich nur noch die Initiation.

Als wir in der Neunten zu Adam nach Hause beordert wurden, überlegte ich den ganzen Nachmittag, wie ich es am besten anstellen konnte, in seinem Team zu landen. Aber das hätte ich mir sparen können. Als ich bei ihm ankam, fasste Adam mich am Ellbogen und flüsterte mir ins Ohr: »Du bist in meinem Team.« Ich tänzelte hinter ihm her zu seinem Auto, wo schon Shaila und Jake Horowitz warteten – unser Viererteam war vollständig.

»Seid ihr bereit?«, fragte Jake und trommelte auf das Armaturenbrett. »Los gehts!«

»Alles okay?«, wisperte ich Shaila zu, die durchs Fenster zusah, wie Graham in Tina Fowlers Auto stieg.

»Ja. Ich verstehe bloß nicht, wieso Pärchen nicht zusammenbleiben dürfen.«

»So sind die Regeln«, erklärte Adam und drehte sich zu uns um. »Rachel und ich sind auch in getrennten Teams. Keine Angst«, sagte er und tätschelte Shailas Knie. »Das wird lustig.«

Ich nickte aufmunternd und stupste Shaila mit der Schulter an. Innerlich war ich aus dem Häuschen, dass man uns zusammengespannt hatte. Es war das erste Mal seit Wochen, dass wir ohne Graham etwas gemeinsam unternahmen.

»Da. Das hilft.« Jake brachte eine riesige Wasserflasche zum Vorschein, die mit einer orangen Flüssigkeit gefüllt war. »Trinkt das.«

Shaila nahm sie ihm aus der Hand und trank gierig, bevor sie sie mir weiterreichte. »Erste Station«, sagte Adam und bog in den Parkplatz vor dem ShopRite ein. Ich fühlte mich, als hätte der Alkohol mir ein zusätzliches Paar Beine verliehen. »Nehmt die Tasche«, sagte er und deutete auf den Kofferraum. »Habt ihr euren Bikini drunter an?« Wir nickten. Anweisungen zu befolgen war unsere Spezialität. »Gut, dann kanns ja losgehen.«

Wir stießen die Autotüren auf und rannten in den Laden, dicht gefolgt von den Jungs. »In den Gang mit den Tiefkühlsachen!«, rief Adam.

»Schnell!«, sagte Jake. »Zieht euch aus!« Dann klappte er zwei Gartenstühle auf und überreichte uns zwei identische pinke Sonnenbrillen und Schnabeltassen.

Ich zog mir das T-Shirt über den Kopf und die Shorts runter, bevor ich es mir anders überlegen konnte. »Mach schon, Shaila!«

Sie ließ sich auf den Stuhl neben mir fallen und wir nahmen unsere beste Strandmodelpose ein, während Jake ein Foto von uns machte. *Ich kanns nicht erwarten, das einzurahmen*, dachte ich. *Das wird ein Klassiker.*

»Ihr seid so was von sexy«, sagte Jake. Ich kicherte und blinzelte in die Neonbeleuchtung. Shailas Haut war fast durchsichtig und sie musste einen Schluckauf unterdrücken.

»Wo wir schon mal hier sind, können wir gleich noch einen Punkt abhaken«, sagte Jake. »Küsst euch.«

Ich erstarrte und suchte Shailas Blick. Doch sie schaute ganz woanders hin, biss sich auf die Lippe und wartete, dass ich den ersten Schritt machte.

Hilfe suchend wandte ich mich an Adam. *Was soll ich tun?*

»Das wird heiß«, sagte er und lächelte so, dass seine Grübchen zu sehen waren. Er stand mit vor der Brust verschränkten Armen da und blickte uns aufmunternd an.

Ich holte tief Luft. Das wahnsinnige Hämmern in meiner Brust versuchte ich zu ignorieren. Meine Haut fühlte sich an, als stünde sie kurz vorm Bersten. Ich drehte mich zu Shaila und schloss die Augen, in der Hoffnung, dass sie mir entgegenkommen würde. Ich öffnete die Lippen, dachte an Adam und daran, wie seine Berührung sich damals auf der Hollywoodschaukel angefühlt hatte. Die Handykamera blitzte und Shailas warmer Mund lag auf meinem. Weich und unsicher streifte ihre Zunge meine Zähne. Ich fing an, am ganzen Körper zu zittern. Shaila schien es zu bemerken, denn sie legte mir eine Hand auf die Wange und hielt für einen Augenblick mein Gesicht fest.

Dann lösten wir uns auch schon wieder voneinander. Shailas dunkle, wütende Augen suchten meine. Sie umfasste mein Handgelenk und flüsterte: »Lass dir nie anmerken, dass du verletzt bist.« Bevor ich etwas erwidern oder auch nur nicken konnte, war sie schon auf den Beinen und schlüpfte in ihre Jeans.

Es war nur ein Kuss, sagte ich mir. Aber als wir wieder im Auto waren, musste ich mich auf meine Hände setzen, um sie still zu halten.

Diese beiden Aufgaben stehen nach wie vor auf der Liste, aber als Quentin jetzt die Klemmbretter mit den ausgedruckten Checklisten verteilt, ist es schon so dunkel, dass ich sie nicht lesen kann.

»Treffpunkt ist um Mitternacht hier. Wenn ihr zu spät kommt ...« Nikki bricht ab und ein teuflisches Lächeln tritt auf ihr Gesicht, als sie die beiden leeren Flaschen aneinanderstößt. »Seid ihr disqualifiziert!«

Soviel ich weiß, ist das noch nie vorgekommen. Es gibt aber Gerüchte über ein Team aus den frühen 2000ern, das die Deadline nicht eingehalten hat. Alle vier Mitglieder, sogar die aus der Zwölften, verloren ihren Player-Status und ihren Zugriff auf die Akten. Außerdem wurden sie für den Rest des Jahres von allen Partys ausgeschlossen. Der Legende nach wurden sogar ihre College-Zulassungen zurückgezogen.

»Wenn ihr wieder hier seid, übergebt ihr eure Checklisten und Souvenirs an die Jury, bestehend aus Jill, Quentin, Henry und meiner Wenigkeit. Jeder von euch hat heute zehn Dollar Teilnahmegebühr gezahlt. Das Auto, das gewinnt, bekommt den ganzen Einsatz!« Johlendes Gebrüll. »Und noch was extra«, sagt Nikki mit einem Lächeln.

Henry stellt sich neben mich, nimmt meine Hand und reißt sie hoch. »Macht uns keine Schande!«, ruft er. Ich lege den Kopf in den Nacken und suche den Kleinen Wagen. Dann die Sterne, die das Sternbild Zwillinge bilden. Ich stelle mir vor, wie die beiden Strichmännchen miteinander tanzen, das beruhigt mich.

Nikki verdreht die Augen. Sie stampft mit dem Fuß auf die Motorhaube. »Player! Ihr habt fünf Minuten Zeit, euer Team zu finden!« Sie zieht eine Trillerpfeife aus der Tasche und setzt sie an die Lippen. »Auf die Plätze! Fertig! Los!«

»Jill! Henry! Zu mir!«, ruft Quentin. Er steht auf der anderen Seite der gekiesten Auffahrt und hat das letzte Klemmbrett in der Hand. Endlich kann ich einen Blick auf die Liste werfen.

EURE MISSION, SOFERN IHR EUCH ENTSCHLIESST SIE ANZUNEHMEN, BESTEHT DARIN, VOR ABLAUF DER ZEIT SO VIELE AUFGABEN WIE MÖGLICH ZU ERFÜLLEN. WIRD EINE AUFGABE NICHT UNTER AUFSICHT DER JURY AUSGEFÜHRT, MUSS SIE AUF DEM HANDY DOKUMENTIERT WERDEN. DIE BERECHNUNG DER PUNKTE ERFOLGT UM MITTERNACHT.

- ☐ *Beschafft ein Autokennzeichen, das die Zahl »69« enthält*
- ☐ *Springt voll bekleidet ins Meer*
- ☐ *Springt nackt ins Meer*
- ☐ *Lasst euch irgendwo ... EGAL WO ... piercen*
- ☐ *Bastelt ein Outfit aus Müll und tragt es für den Rest des Abends*
- ☐ *Dreht mit dem Auto Kreise auf dem Footballfeld der Schule*
- ☐ *Zieht der Teddy-Roosevelt-Statue der Cartwright High ein Gold-Coast-Prep-Sweatshirt an*
- ☐ *Knutscht mit jemandem aus einer anderen Klasse*
- ☐ *Zerschlagt in der Öffentlichkeit einen Teller und schreit »Bäm!«*

- ☐ *Raucht eine E-Zigarette mit Mr Beaumont*
- ☐ *Lauft durch den Drivethrough von Dairy Barn … nackt*
- ☐ *Bindet einen BH oben an den Flaggenmast der Gold Coast Prep*
- ☐ *Knutscht mit jemandem, der dasselbe Geschlecht hat*
- ☐ *Setzt euch in Badesachen im ShopRite auf einen Gartenstuhl und schlürft ein exotisches Getränk*
- ☐ *Verdrückt innerhalb von 15 Minuten 4 Pizzen, 15 Knoblauchbällchen und 2 Liter Speiseeis von Luigis. OHNE ZU KOTZEN!*

»Jill? Bist du bereit?« Henry hält mir die Autotür auf und ich rutsche neben Nikki auf die Rückbank, sodass unsere Knie sich berühren.

Henry fährt los, unser erstes Ziel ist das Diane's. Als wir die Tür aufstoßen, bimmelt es und Diane dreht sich um und wirft uns einen skeptischen Blick zu. Wenn ich mit Adam oder Jared herkomme, sieht sie mich nie so an.

»Willkommen, meine Süßen«, begrüßt sie uns. Dann geht sie zu der Nische am Fenster und legt einen Stapel Speisekarten auf den Tisch.

»Hallo, Schätzchen«, antwortet Quentin. »Toll siehst du aus.« Er verbeugt sich, als befänden wir uns in adeliger Gesellschaft. Gold-Coast-Adel jedenfalls. Diane verdreht die Augen.

»Was kann ich für euch tun? Heute ist eure Road-Rallye, stimmts?«

Ich reiße den Kopf hoch. »Woher weißt du das?«

»Ach, Kleine. Vor uns könnt ihr nichts verstecken. Wir wissen immer, wenn ihr eure kleinen Partys feiert.« Ihr Akzent ist stärker als sonst. Das heißt wahrscheinlich, dass sie sich einen Abendkaffee mit Schuss gegönnt hat. »Was darfs sein?«

»Käsesticks und Pommes«, sagt Henry. »Bitte.« Er schenkt ihr ein breites Lächeln.

»Ist notiert«, antwortet Diane. »Aber sag deinen Freunden, dass mein Diner für ihre Spielchen tabu ist! Letztes Jahr wollte der Gardner-Junge unsere ganzen Ketchup-Flaschen klauen. Da hört sich der Spaß auf.« Sie wackelt mit dem Zeigefinger, dessen Nagel passend zu ihren Haaren grellrot lackiert ist.

Nikki beugt sich vor und flüstert: »Wir müssen uns unauffälliger verhalten.«

»Hier wissen doch alle alles. Wenn sie was dagegen hätten, würden sie's schon sagen«, erwidert Henry und legt die ausgebreiteten Arme auf die Rückenlehne. Seine Fingerspitzen berühren meine Schulter.

Er hat recht. Ganz Gold Coast weiß Bescheid. Alle wissen, was abgeht, aber sie drücken einfach beide Augen zu. *Teenager sind nun mal so. Die müssen sich abreagieren.* Seitdem wir in der Zehnten einen stabilen Notendurchschnitt hatten – was nach allem, was davor passiert ist, an ein Wunder grenzt –, herrscht ein fast schon übertriebenes Desinteresse an unserer Freizeitgestaltung.

Als es auf Mitternacht zugeht, habe ich eigentlich schon genug von allem. Mein Kopf hämmert, denn ich habe zu viele Wodka-Wackelpuddings gekippt, als wir an der Zollstation von Mussel Bay dabei zusahen, wie Jordana Washington Raquel Garzas weiches, fleischiges Ohrläppchen mit einer Nadel durchbohrte. Raquel biss dabei wimmernd auf eine Orange, während der Rest ihres Teams freudig jubelte. Noch ein Punkt abgehakt.

Nikki geht voll in ihrer Rolle als Toastmasterin auf, sie hängt am Telefon und wartet auf eine Nachricht von Marla und Robert, die sich bereit erklärt haben, zwei der Teams zu begleiten. »Sie antworten einfach nicht«, sagt sie, als wir auf dem Rückweg zu ihrem Haus sind. »Dabei wissen sie ganz genau, dass sie sich alle halbe Stunde bei mir melden sollen. Frechheit.« Sie greift nach der Wodkaflasche im Fußraum.

»Entspann dich, Nikki«, sage ich sanft und massiere meine Schläfen, unter denen sich zuckersüße Kopfschmerzen breitmachen.

»Das sagst ausgerechnet *du*«, fährt sie mich an.

Henry und Quentin werfen sich einen Blick zu, sagen aber nichts. Ich kämpfe mit den Tränen und balle die Fäuste. Sie ist einfach nur gestresst, sage ich mir. Sie will einfach nur, dass der Abend gut läuft und alle Spaß haben.

Als die Teams nach und nach bei ihrem Haus eintreffen und die Fahrer Quentin ihre Checklisten überreichen, bin ich erleichtert und dankbar, dass die Road-Rallye fast vorbei ist. Die Teams stehen in Grüppchen beisammen. Die neuen Freundschaften sind nicht zu übersehen, sie spannen sich wie Bänder zwischen den Elft- und Neuntklässlern. Die Geschichten von heute Abend werden schon bald zu Insiderwitzen werden und in ein paar wenigen Jahren zu Legenden.

»Hey«, sagt Jared atemlos. Er rempelt mich an, und als ich in sein Gesicht schaue, das ein paar Zentimeter über meinem ist, sind seine Pupillen geweitet und seine Wangen ganz rot. »Krass, oder?« Mit einem Grinsen zieht er die Augenbrauen hoch.

Irgendwie ist er komisch. »Alles okay mit dir?«, flüstere ich, aber er ist schon wieder auf dem Weg zu seinem Team, trabend wie ein übermütiges Pferd.

»Alle Jurymitglieder zu mir!«, ruft Nikki. Ich ziehe eine Grimasse, dann schleppe ich mich zu ihr, Quentin und Henry.

Henry scrollt als Erstes durch die Bilder auf Marlas Handy, zeigt uns Schnappschüsse von nackten Hintern und Bierdosen, auf einem Foto hat jemand eine ordentliche Ladung Senf abgekommen. Bei einer Aufnahme stockt Henry. Sein Mund klappt auf und er stupst mich an. »Äh, Jill …«

»Was ist?« Mein Kopf hämmert jetzt noch mehr als vorhin und ein stechender Schmerz macht sich zwischen den Augenbrauen breit. Henry reicht mir Marlas Handy. Verschwommen sehe ich nackte Haut und platinblondes Haar. Ein Junge und ein Mädchen, die abgesehen von ein paar Stofffetzen nackt sind. Das Foto wurde am Strand aufgenommen, darum ist es schwer zu sagen, wo der Sand anfängt und der Junge aufhört. Die zwei Gestalten haben die Münder aufeinandergepresst, die Leidenschaft ist unübersehbar, genauso wie um wen es sich bei den beiden handelt. Jared und Marla.

Mir wird schlecht. Meine Hände fangen an zu zittern und ich schließe die Augen, sehe aber nur nackte Körper vor mir, die durch den Sand rollen.

Ich scrolle weiter zum nächsten Foto, das die zarte Sierra McKinley im Bikini zeigt. Ihre Augen sind weit aufgerissen und sie steht alleine vor dem ShopRite. Auf dem nächsten Bild beugt sich ein Mädchen, das ich nicht erkenne, zu ihr herunter, um ihr die Zunge in den Mund zu stecken. Das Mädchen, wahrscheinlich eine Zehntklässlerin, wirkt völlig hinüber, ihre Haare sind strähnig, ihre Bikinihose ist verrutscht. Mein Blick bleibt jedoch an Sierras Gesicht hängen. Ihre Augen sind riesig, ihre Angst ist unübersehbar. Sie wollte das nicht, nicht vor allen anderen, nicht zur allgemeinen Belustigung. Ich zoome an den Bildrand, weil ich wissen will, wem ihr Hilfe suchender Blick gilt. Jared. Ich erwarte, dass er einen unbehaglichen Eindruck macht, den Kopf wegdreht oder etwas unternimmt, um Sierras Demütigung zu verhindern.

Doch er lacht, noch dazu aus vollem Hals, und reckt die Hand in die Luft, um mit jemandem abzuklatschen. Er sieht überhaupt nicht aus wie mein lieber, sanfter kleiner Bruder, sondern wie ein völlig anderer Mensch. Wie ein Player. Suchend blicke ich mich nach ihm um, aber vergeblich. Stattdessen finde ich ein leichteres Ziel für meine Wut.

»Sag mal, spinnst du?« Fast schon schreiend gehe ich auf Marla zu. Alle um uns herum erstarren.

»Was hast du für ein Problem, Jill?«, fragt sie und verschränkt die Arme vor der Brust.

»Was ich für ein Problem habe? Du hast mit meinem Bruder rumgemacht! Das kannst du nicht bringen!«

Sie lacht. »Echt jetzt? Das ist die Road-Rallye, Jill. Es hat nichts zu bedeuten.«

»Er ist mein *Bruder*!« Ich spucke ihr das Wort hin, als wäre es Gift. Ich bin kurz vorm Explodieren. Um uns hat sich ein Kreis gebildet, wir haben Zuschauer.

»Was?!«, schreit Nikki. Sie stellt sich neben Marla, sodass die beiden wie eine Wand vor mir stehen. »Es ist doch nur Spaß. Sie hat ihn schließlich zu nichts gezwungen. Stimmts, Jared?«

Die Player drehen sich zu meinem kleinen Bruder um. Er steht hinter den anderen, an Nikkis Haus gelehnt. Und zum ersten Mal sehe ich, in wen er sich verwandelt: in einen von ihnen. Groß, breitschultrig und hitzig, sich dessen bewusst, was er bisher verpasst hat. Er hat den Drang, die ganze aufgestaute Wut und Energie rauszulassen. So wie wir alle. Aber warum muss es auf die Art sein?

Jared grinst. Ob das der Moment ist, in dem er beschließt, dass seine große Schwester, Jill Newman, gar nicht so toll ist? Dass er nicht mit mir Schritt halten oder nach meinen Regeln spielen muss? Er kann seine eigenen Regeln machen, ohne sich um die Konsequenzen zu scheren. »Ja«, sagt er. »Wir haben bloß rumgealbert.«

»Siehst du?«, sagt Nikki. »Mach kein Drama.« Ich kann förmlich spüren, wie mir das Herz bricht. Meine Brust bebt und meine Kehle schnürt sich zusammen. Und dann ist mir plötzlich alles egal. Die Player. Nikki. Marla. Alles. Nichts davon ergibt Sinn. Nichts davon ist echt. Plötzlich sehe ich es ganz deutlich.

»Boah, Nikki«, sage ich. »Schau dich doch mal an. Du führst dich auf, als wärst du die Königin der Player. Die Königin von Gold Coast. Dabei bist du doch nur Jahrgangssprecherin geworden, weil Shaila gestorben ist und du ihren Platz eingenommen hast. Wenn sie noch am Leben wäre, wenn wir besser auf sie aufgepasst hätten, wäre sie in der Zehnten gewählt worden. Und in der Elften. Und in der Zwölften! Dann wäre sie jetzt Toastmasterin. Und du wärst nicht besser als wir anderen.«

Jemand schnappt nach Luft. Abgesehen davon herrscht angespanntes Schweigen. Nikkis dunkle Augen sind feucht und funkeln wütend. Sie hat die Fäuste geballt, schweigt aber. Sie weiß, dass ich recht habe. Ich habe einen wunden Punkt getroffen und kann das Gesagte nicht zurücknehmen.

Ich weiß, was ich jetzt zu tun habe.

Ich sammle mich. »Wisst ihr was?«, sage ich langsam. Ich blicke mich im Kreis um, schaue Leuten in die Augen, die ich mit Ketchup bespritzt, zu fiesen Sketchen gezwungen, herumkommandiert und dazu gebracht habe, bei Prüfungen zu schummeln. Etwas in mir zerbricht in tausend Scherben. »Das ist doch alles Bullshit.«

Ich halte inne, schließe die Augen und atme die kalte Nachtluft ein.

»Wir folgen irgendwelchen Regeln, von denen wir nicht mal wissen, wer sie gemacht hat. Wir wollen uns einfach nur lebendig fühlen und vor allem davonlaufen. Dabei ist das alles total bedeutungslos. Wir machen uns was vor. Es ist eine einzige große Lüge.« Als ich verstumme, merke ich, dass ich Rotz und Wasser heule. »Wir haben gesagt, dieses Jahr wird alles anders.« Ich schniefe. »Aber Shaila ist noch immer tot. Graham ist irgendwo und behauptet, er sei unschuldig, und wir …« Überraschtes Gemurmel ertönt und ich unterbreche mich. Keiner weiß von dem Blut, keiner weiß, dass möglicherweise jemand anders schuld ist.

Möglicherweise sogar jemand von uns.

Ich schaue in den Himmel. Wolken sind aufgezogen und verleihen ihm ein unheilschwangeres Aussehen. Ich sehe keinen einzigen Stern. Niemand sagt etwas. Das Einzige, was zu hören ist, ist das Brechen der Wellen, das einem Herzschlag gleicht. Zum ersten Mal seit Langem stehe ich voll hinter dem, was ich gleich sagen werde.

»Ich bin raus.«

Obwohl ich die Worte leise ausspreche, hallen sie durch die Nacht. Nikki kneift die Augen zusammen und geht einen Schritt zurück. Marla klappt erschrocken den Mund auf. Nur Quentin sagt etwas, nämlich ein langsames, leises »Whoa«.

Ich vermeide es, Henry anzusehen, weil ich Angst vor seiner Reaktion habe. Nach einem Moment drehe ich mich um und gehe langsam Richtung Straße, fort von allem.

Ich bin raus.

14

Als ich am Montag aufwache, ist es, als würde ich aus einem Nebel auftauchen. Nach einer Sekunde fällt mir wieder ein, was ich getan habe, welchen Schlussstrich ich gezogen habe und wem ich in ein paar Stunden gegenübertreten muss. Seit der Road-Rallye hat keiner mehr mit mir geredet. Nicht Jared, der sich gestern den ganzen Tag in seinem Zimmer verschanzt und so getan hat, als wäre er krank. Nicht Nikki, deren Fehlen ich schon jetzt bis ins Mark spüre. Nicht mal Henry, von dem ich dachte, wenigstens er würde zu mir halten und darauf bestehen, dass wir die Sache bereden.

Die Ungeheuerlichkeit meiner Entscheidung hat alle meine Sorgen über die Unigebühren, Graham, Rachel und Shaila verdrängt. Ich hole Luft, doch meine Atmung ist flach. Es ist noch nie vorgekommen, dass jemand bei den Playern ausgestiegen ist. Nicht mal annähernd. Aber ich fühle mich nicht wie eine Pionierin. Ich fühle mich verloren und alleingelassen. Und das, obwohl ich aus freien Stücken gegangen bin. Ich frage mich, ob ich überreagiert habe, ob die Wackel-Wodkas und die Kälte schuld waren, dass ich so ausgeflippt bin. Ob ich etwas, das *rein gar nichts* mit mir zu tun hatte ... völlig auf mich bezogen habe.

Doch dann fallen mir die Fotos von meinem kleinen Bruder

wieder ein – wie seine nackte Haut mit Marlas verschmilzt, wie er sich über Sierra lustig macht – und ich fühle mich schmerzhaft von ihm verraten. Marla würde durchdrehen, wenn eine von uns was mit einem ihrer Brüder hätte. Geschwister sind tabu. Das ist ein ungeschriebenes Gesetz. Und Jared verändert sich. Er verwandelt sich in jemanden, der mir Angst macht, der mich an diese schreckliche Nacht erinnert, in der die Jungs alles dominierten, was sie berührten. In jemanden, den ich kenne und hasse.

Statt Wiedergutmachung zu leisten, nehme ich also das Handy in die zitternden Hände. Ich öffne den Nachrichtenverlauf mit Rachel, bevor ich es mir anders überlegen kann. Dann lese ich mir unseren letzten Austausch durch und beschwöre den Duft ihrer Wohnung, ihres neuen Lebens. Ich fühle mich, als würde ich an der Schwelle zu etwas stehen. *Dass ich ihr antworte, heißt nicht, dass ich ihr verzeihe*, denke ich.

Ich kneife die Augen zusammen, halte die Luft an und versuche Shaila herbeizurufen, damit sie mir sagt, ob ich das Richtige tue, ob auch sie der Neugier und der Hoffnung auf eine Wiedergutmachung nachgeben würde. Ich lasse alle Luft aus meinen Lungen strömen und suche in mir nach Shailas Stimme. *Was würde Shaila tun?*

Doch ich habe keine Zeit, es herauszufinden. Mom hämmert gegen meine Tür. »Henry ist da! Du kommst zu spät!«

Mein Herzschlag beruhigt sich. Zumindest einer ist auf meiner Seite. Er hat ein bisschen gebraucht, um runterzukommen, aber jetzt ist er wieder für mich da. Alles ist gut. Also ziehe ich meine Schuluniform an, obwohl sie sich wie eine Zwangsjacke anfühlt, und gehe nach draußen, wo Bruce in der Einfahrt steht. Ein ganz normaler Montag. *Ich bin immer noch Jill Newman*, sage ich mir. Das kann mir keiner nehmen.

Ich stelle den Rucksack in den Fußraum und steige ein.

»Hallo«, sage ich.

»Hi.«

»Ich dachte schon, du redest nie wieder mit mir.« Tränen steigen mir in die Augen. Ich habe nicht gewusst, dass ich das brauche. Dass ich ihn brauche. Aber das tue ich. Und wie.

»Ich hab drüber nachgedacht«, sagt er. Sein rundes Gesicht ist versöhnlich und er zieht die Mundwinkel nach unten. »Aber du musst dir keine Sorgen machen. Alle werden dir verzeihen. Jeder sagt mal was, was er nicht so meint. Das geht vorbei.«

Henry parkt aus, doch die Luft ist schal und mir ist schlecht. Als ich den Mund aufmache, um etwas zu sagen, ist er ganz trocken. »Ich bereue es aber nicht.«

Henry runzelt die Stirn, hält den Blick jedoch auf die Straße geheftet. Seine Haare sind noch feucht und dunkler als sonst. »Natürlich tust du das, Süße. Du kannst nicht bei den Playern aussteigen.« Er greift nach meiner Hand, aber ich lasse sie kraftlos hängen. Henrys Haut fühlt sich wächsern an.

Ich schüttle den Kopf. »Ich bereue es nicht. Wenn das die Player sind, bin ich raus. Ich kann nicht mit ansehen, was aus Jared wird. Ich habe kein Vertrauen …«

Henry legt die Hand wieder aufs Lenkrad, in Zehn-vor-Zwei-Position. »Geht es um das, was du neulich wegen Graham gesagt hast? Glaubst du wirklich, dass er die Wahrheit sagt? Ernsthaft?«

Am liebsten würde ich ihm erzählen, was Rachel gesagt hat. Das mit dem Blut. Aber dann fällt mir wieder ein, wie er auf der Einführungsparty reagiert hat, wie er den Artikel in der *Gazette* abgetan hat. Er würde es nicht verstehen. Er möchte nichts damit zu tun haben. Genau wie die anderen. »Nein«, flüstere ich. »Es geht um alles andere.«

Henry seufzt und biegt links ab. »Das geht vorbei.«

»Du hörst mir nicht zu.« Meine Stimme zittert, aber ich muss es ihm sagen. Ich weiß, was ich zu tun habe, und mache mich bereit eine weitere Verbindung zu kappen. »Wir sollten Schluss machen.«

»Was?« Der Sedan vor uns bleibt unvermittelt stehen und Henry macht eine Vollbremsung. Wir sind schon fast am Schulparkplatz angekommen, aber ich weiß nicht, ob ich es noch lange neben ihm aushalte. Ich weiß nicht, ob ich mit anschauen kann, wie er in sich zusammenfällt, ob ich seinen Gefühlsausbruch ertrage, wo ich so sehr mit meinen eigenen Gefühlen beschäftigt bin. »Das meinst du doch nicht ernst, Jill.«

Ich schlucke. »Doch. Ich will nicht mehr bei den Playern sein. Aber du versuchst mich zu überreden, dass ich bleibe. Wenn du wirklich glaubst, dass das funktioniert, kennst du mich nicht. Dann machen wir besser gleich Schluss.«

In einer flüssigen Bewegung parkt Henry Bruce ein und schaltet in den Parkmodus. Er starrt geradeaus, sein Gesichtsausdruck ist nicht zu deuten.

»Henry?«

Er schaut mich an, seine schönen Augen sind feucht und glasig. Seine Oberlippe zittert. Ich hasse mich schon jetzt dafür, dass ich ihm das antue. Aber dann blitzt seine Zukunft vor mir auf. Ein Job im Finanzwesen, den er nicht leiden kann. Ein Schrank voller Designeranzüge. Eine Villa in den Hamptons. Das mit uns hätte sowieso nicht funktioniert. Wenn wir uns nicht jetzt trennen, weil ich die Player verlasse, dann später wegen irgendetwas anderem.

Ich kneife die Augen zusammen. Als ich sie wieder öffne, hängt Henry über dem Lenkrad, seine Schultern zittern.

»Bitte, Jill.« Seine Stimme ist leise, beinahe flüsternd. Meine

Brust krampft sich zusammen, aber ich drücke mich tiefer in den Sitz, weg von ihm. Warum rudere ich nicht zurück? Das wäre so viel leichter. Alles wäre ganz einfach.

»Es tut mir leid.«

Henry schluchzt und sein Atem geht schwer. »Aber ich liebe dich«, sagt er. Es ist das erste Mal, dass er es ausspricht. Wie oft habe ich davon geträumt? Wie lange warte ich schon darauf, dass jemand diese Worte zu mir sagt? Aber jetzt sind meine Hände klebrig und ich muss mich zusammennehmen, um nicht auf der Stelle auszusteigen. Ich fühle nichts und mir wird klar, dass ich diese Worte nie von Henry hören wollte. Ich wollte sie von einem anderen hören.

»Ich muss gehen«, sage ich.

»Warte.« Henry richtet sich auf und sieht mich an, seine Augen sind rot und verquollen.

Aber ich kann nicht. Ich ertrage es nicht, ihn so zu sehen. Es ist zu schräg. Zu absurd. Ich schüttle den Kopf und steige aus, Henry lasse ich allein in Bruce zurück. Dann schlage ich die Autotür hinter mir zu und drehe mich nicht mehr um. Auf dem Parkplatz herrscht reges Treiben. Ich atme tief ein und aus. Am liebsten würde ich laut schreien, aber ich zwinge mich es nicht zu tun. Ich höre Shaila, wie sie den Satz wiederholt, den sie immer gesagt hat, wenn wir ihn am meisten brauchten. *Lass dir nicht anmerken, dass du verletzt bist.*

Es läutet und ich weiß, dass mir ein Spießrutenlauf bevorsteht. Also gehe ich los, den Kopf gesenkt, ein heißes Kribbeln unter der Haut, durch die Eingangstür, vorbei am Aufenthaltsraum der Zwölften und in den Physiksaal.

Als ich dort ankomme, sitzt schon jemand anderer auf meinem Platz neben Nikki. Amos Ritter, ein pickelgesichtiger Baseballspieler aus der Elften, hat es sich auf dem Drehstuhl bequem gemacht. Vor ihm auf dem Tisch liegen zwei Ordner und ein grafikfähiger Taschenrechner. Amos ist kein Player, aber beliebt genug, um zu den Partys eingeladen und mit einem Schulterklopfen belohnt zu werden, wenn er eine Dose Bier auf ex leert. Auf ihn ist immer Verlass, wenn es darum geht, eine Party am Laufen zu halten. Nikki kennt ihn, weil sie letztes Jahr nach dem Frühlingsball was mit ihm hatte.

Ich versuche Blickkontakt mit ihr aufzunehmen, aber ihre dunklen Haare verdecken ihr Gesicht. Soweit ich es von hier aus feststellen kann, ist ihre Haut makellos, und ich frage mich, ob der Mitesser noch da ist, über den sie sich letzte Woche so beklagt hat. Ich setze mich auf den einzig freien Platz – der sonst wahrscheinlich Amos gehört –, schlage mein Notizbuch auf und versuche, mich zu konzentrieren und alles mitzuschreiben, was Dr. Jarvis sagt, obwohl es mir so was von egal ist.

Zweiundfünfzig qualvolle Minuten lang stelle ich mir vor, was Nikki von mir denkt, was für grässliche, schreckliche Dinge sie mir unterstellt. Dass ich ein *Loser* bin, eine Verräterin, dass ich es nicht länger wert bin, ihre Freundin zu sein.

Ich stelle mir vor, wie sie mich anschreit und mir all die Sachen an den Kopf wirft, die ich an mir selber hasse. Dabei bohre ich mir den Bleistift so fest in die Hand, dass sie fast zu bluten anfängt. Dass Nikki mich nicht mal ansieht, tut noch mehr weh, als würde sie sich vor mich hinstellen und sagen: »Ich hasse dich.«

Ich habe schon einmal meine beste Freundin verloren und ertrage den Gedanken nicht, dass es mir jetzt ein zweites Mal passiert.

Als es klingelt, würde ich am liebsten zu ihr hingehen und so tun, als wäre nichts gewesen. Ich will ihr Henrys Gesichtsausdruck beschreiben, als ich ihm das Herz gebrochen habe, und sie fragen, warum es mir kein bisschen leidtut. Ich will meine beste Freundin. Doch stattdessen packe ich extralangsam zusammen, weil ich mich vor einem Aufeinandertreffen mit ihr hier im Labor fürchte. Als ich den Kopf hebe, ist sie weg.

Ich kann mich nicht überwinden, zum Mittagessen in die Cafeteria zu gehen und meinen leeren Platz am Player-Tisch zu sehen, an dem jetzt nur noch fünf Leute sitzen. Stattdessen suche ich mir eine Nische ganz weit hinten in der Bibliothek und lege den Kopf auf den Holztisch. Hier, wo niemand mich sehen kann, lasse ich endlich den Tränen freien Lauf. Die Pause vergeht nur langsam und ich muss mich irgendwie sinnvoll beschäftigen, um nicht durchzudrehen. Also ziehe ich das Handy aus der Tasche und tippe auf die unscheinbare App. Die App, die den Schlüssel zu allem enthält. Die App, die meine Rettung für Mr Beaumonts Englischklausur heute Nachmittag darstellt.

»Es gibt nur Richtig/Falsch-Fragen«, hat er letzte Woche angekündigt. »Ein kleiner Vorgeschmack auf die Abschlussprüfung.«

Als der Startbildschirm geladen ist, tippe ich mein Passwort ein. Ein sich drehendes Rädchen erscheint und macht dann einer Nachricht Platz, die ich noch nie zuvor gesehen habe.

Falsches Passwort. Versuchen Sie es erneut. Unter dem Cursor blinkt ein trauriger Smiley.

Unwillkürlich muss ich lachen. Eigentlich war das klar. Das hätte ich mir denken können. Ich habe diese Riesenscheiß-Datenbank nicht verdient. Keiner von uns hat sie verdient. Wie viel Zeit und Mühe und Stolz es mich gekostet hat, Zugang zu ihr zu bekommen ... Für nichts.

Und dann wird mir klar, wer mich blockiert hat. Der einzige Mensch, der das Passwort ändern kann. Nikki.

Ich zittere und die Welt um mich verschwimmt. Ich stelle mir vor, wie sie auf ihrem Himmelbett liegt – den Laptop auf der Brust – und die Entscheidung fällt, die Seite lädt und auf *Bestätigen* klickt. Der Gedanke an mein bevorstehendes Scheitern zaubert ihr ein schadenfrohes Lächeln aufs Gesicht. Sie hat sich in ein Monster verwandelt.

Zum ersten Mal seit der Road-Rallye frage ich mich, ob es das alles wert war.

Ich versuche mich zurückzuhalten. Ich versuche es wirklich. Aber meine Finger fliegen schneller über den Touchscreen, als ich denken kann.

Henry und ich haben Schluss gemacht, schreibe ich und tippe auf Senden, bevor ich es mir anders überlegen kann.

Scheiße, antwortet Adam schon im nächsten Augenblick. Meine Atmung beruhigt sich. Alles okay?

Wird schon. Es ging von mir aus.

Ich mochte ihn sowieso nie besonders.

Ich unterdrücke ein Lachen und ducke mich unter dem strengen Blick von Ms Deckler. Ich tippe die Worte, die mich wesentlich mehr Überwindung kosten. Und ich bin bei den Playern ausgestiegen.

Doppelte Scheiße.

Ich möchte mich bei ihm entschuldigen und ihm erklären, dass er keinen Fehler gemacht hat, als er mich vor drei Jahren vorgeschlagen hat. Dass ich nach wie vor auf seiner Seite stehe. Aber da kommt schon eine neue Nachricht, die meine Beine in Gelee verwandelt.

Ich mag dich trotzdem noch am liebsten von allen. Und das wird sich auch nicht ändern.

Den Englischtest vergeige ich auf ganzer Linie. So mies habe ich noch nie abgeschnitten. Ich bringe es auf gerade mal 65 Punkte, eine Zahl, die ich noch nie in roter Tinte vor mir gesehen habe. Mr Beaumont legt mir den korrigierten Test hin, auf dem neben der Note ein rotes *WIR MÜSSEN UNS UNTERHALTEN* prangt. Ich stopfe das Papier gemeinsam mit meinem Stolz ganz tief in meinen Rucksack.

Nach der Stunde versuche ich, mich hinauszuschleichen und schnell das Weite zu suchen, aber ich muss erst warten, bis Nikki weg ist. Dieser Eiertanz lenkt mich ab und Mr Beaumont ergreift die Chance, um mich abzufangen.

»Jill«, sagt er. »Warte.« Er steht mit verschränkten Armen da und sieht mich an, als wäre er mein enttäuschter großer Bruder. Dann geht er an mir vorbei und schließt die Tür. »Setz dich.«

»Dann komme ich zu spät zur nächsten Stunde.«

»Jill, du bist eine meiner besten Schülerinnen und du bist gerade bei einem Test durchgefallen. Ich denke, eine kleine Unterhaltung wäre angebracht.«

»Eine kleine Unterhaltung?«, spotte ich. Aber als ich ihn anschaue, wird mir bewusst, dass er es ernst meint. Er sieht wirklich besorgt aus, wie er so mit aneinandergelegten Fingerspitzen vor mir steht. Sein Cardigan ist falsch geknöpft, ein oben überstehender Knopf verschiebt seinen Kragen. Mr Beaumont hat dunkle Ringe unter den Augen, als hätte er gestern zu viel Whiskey getrunken, und er sollte sich dringend mal wieder die Stelle zwischen den Augenbrauen zupfen. Er sieht ganz anders aus als vor drei Jahren an der Tankstelle. Irgendwie ermattet. An jenem Abend hat er sich noch köstlich amüsiert, dass er seine »Erstgeborenen« bei einer so ungeheuerlichen Aktion ertappen durfte.

Jetzt wirkt er nur noch verlottert. Nie im Leben war er mal ein Player. Sie hätten ihn keinesfalls aufgenommen. Vielleicht hatte er irgendwann mal *etwas* an sich, aber der Mr Beaumont von heute ist in keiner Weise besonders. *Vielleicht bin ich es auch nicht.*

»Was ist passiert?«, fragt er.

»Weiß nicht.«

»Doch, das tust du.«

»Kann sein, dass ich vergessen habe, mich vorzubereiten.« Ich verschränke die Arme zu einer kindischen Abwehrhaltung. Es fühlt sich falsch an, mit einer Autoritätsperson so zu reden, aber nach all den Jahren des Rumschleimens, um ja keinen Verdacht zu erwecken, hat es auch etwas Befreiendes.

Seufzend lehnt Mr Beaumont sich so weit im Stuhl zurück, dass die Vorderbeine vom Boden abheben. Hoffentlich kippt er nicht nach hinten um. »Ach, Jill. Verkauf mich nicht für blöd. Du weißt, dass ich selber hier zur Schule gegangen bin, oder?«

»Ich kenne die Jahrbücher.« Auf den Bildern war er schlank und durchtrainiert, hatte dichteres Haar und einen Pulli der Schulmannschaft. Das ist gerade mal zehn Jahre her. Er und Adam haben sich nur knapp verpasst.

»Komm schon, Jill. Ich weiß, was ihr treibt.«

Will er mir damit zu verstehen geben, dass er an jenem Abend an der Tankstelle genau wusste, was wir taten? Und auch später immer wieder? Was hat er sonst noch aus der Ferne beobachtet? Wie viel weiß er? Ich spüre einen kurzen Anflug von Hoffnung. Das würde zumindest bedeuten, dass jemand mich versteht.

»Auf dir und deinen Freunden lastet ein enormer Druck«, sagt er. »Noch mehr als das zu meiner Zeit der Fall war. Ich weiß, wie viel man hier von euch erwartet. Und seit der Sache mit Shaila ...« Er verstummt und ich frage mich, ob er mir etwas sagen will. »Ich weiß, wie nahe ihr euch gestanden habt. Ich vermisse sie auch.«

Mr Beaumont beugt sich vor und die Stuhlbeine landen wieder am Boden. Ich kann seinen Atem riechen. Tabak übertüncht von Minze. Vielleicht auch Menthol. Er legt die Hand auf meine und mir wird ganz heiß. Ich spüre die Schwielen an seinen Fingern. Das ist viel zu nah. Am liebsten würde ich wegrennen.

Doch stattdessen warte ich, dass er endlich auf den Punkt kommt. Dass er sagt, was ich hören möchte: dass es das Richtige war, die Player zu verlassen. Dass ab sofort alles besser wird. Aber das sagt er nicht. Er ist fertig.

»Alles ist gut«, sage ich und ziehe die Hand weg. »Ich hatte bloß vergessen zu lernen. Das ist alles.«

»Na gut«, sagt er und stützt die Hände auf die Knie. »Wie wärs, wenn du den Test am Montag wiederholst? Ich weiß, dass du das besser kannst.«

»Danke.«

Mr Beaumont lächelt, offensichtlich zufrieden mit dem Verlauf unseres Gesprächs und seiner Performance als hilfsbereiter, verständnisvoller Lehrer. »Sehr, sehr gerne.«

Nur mit Überwindung schaffe ich es nach der Schule noch zum Treffen des Wissenschaftsklubs und zum Training für die Matheolympiade. Als ich danach endlich daheim ankomme, atme ich auf. Ich mache die Haustür hinter mir zu und lasse mich dagegen sinken, erleichtert wie nie, einen Abstand zwischen mich und alles andere zu bringen. Endlich bin ich in Sicherheit. Aber das Gefühl hält nicht lange an.

»Jill. Kommst du mal?« Mom sitzt am Esstisch, ein Glas Rotwein vor sich. Hinter ihr steht Dad mit verschränkten Armen. Die zerknitterten Ärmel seines Hemds sind über die Ellbogen zurückgerollt, die gelockerte Krawatte hängt ihm lose um den Hals. »Möchtest du uns vielleicht irgendwas erzählen?«, fragt Mom und kneift anschließend die Lippen zu einer geraden Linie zusammen.

»Sagt mir einfach, was ihr hören wollt. Zu mehr bin ich heute nicht mehr fähig.« Ich stelle den Rucksack ab und lasse mich auf den Stuhl neben ihr fallen.

Seufzend streicht sie mir über den Kopf. »Ich habe gewusst, dass diese Schule anstrengend für dich wird.« Sie nimmt einen tiefen Schluck aus ihrem Glas und stellt es wieder ab. Dad fährt sich übers Gesicht. Er sieht erschöpft aus, bestimmt hätte er auf dieses Gespräch verzichten können. Ich schäme mich. »Ich weiß, wie sehr du dich bemüht hast, um deine Leistungen zu steigern. Du hast alle unsere Erwartungen übertroffen.«

Ich schäme mich für meine Lügen, die erschummelten Noten. Es ist anstrengend, die Fassade aufrechtzuerhalten.

»Aber bei einer Prüfung durchzufallen ... Das passt doch nicht zu dir, Jill.«

»Hat Mr Beaumont euch angerufen?«, frage ich.

Mom schüttelt den Kopf und ihr dunkler Bob wackelt. »Aber Rektor Weingarten.«

Mr Weingarten ruft nur an, wenn die Sache ernst ist. Das kein gutes Zeichen.

»Er übertreibt, Mom. Alles ist okay. Ich hab nur einen Test vergeigt. Und Mr Beaumont hat gesagt, ich kann ihn am Montag wiederholen.«

»Stimmt irgendetwas nicht?«, fragt Dad. »Ist alles in Ordnung?«

»Ja«, flüstere ich. »Alles bestens.«

»Sicher?« Er sieht mich flehend an. Er will mir zu verstehen geben, dass ich ihm alles sagen kann, aber ... das kann ich nicht. Ich glaube sowieso nicht, dass sie das wirklich wollen. Ich glaube, das wollen Eltern nie. Sie wollen einfach nur, dass ich perfekt bin. Eine kleine Trophäe, auf die sie stolz sein können. Sie wollen keine Betrügerin, die anderen, ohne nachzudenken, wehtut. Sie wollen nicht wissen, dass ich Jared nicht wiedergutzumachenden Schaden zugefügt habe oder dass ich Nacht für Nacht wach liege und mich frage, wer Shaila wirklich umgebracht hat – und ob alles, was wir zu wissen glauben, eine Lüge ist. Sie sollen nicht wissen, in wie vieler Hinsicht ich sie enttäuscht habe.

»Alles ist bestens«, wiederhole ich.

Dad lenkt ein. »Na gut.«

Mom spannt die Schultern an und nimmt schmatzend einen weiteren Schluck Wein. »Ich muss dir nicht sagen, wie sehr wir uns anstrengen mussten, um dich und deinen Bruder auf die Gold Coast Prep schicken zu können, und was wir alles dafür aufgegeben haben. Du bist so gut mit dem ganzen Druck klargekommen und du hast sogar schon die Zusage von der Brown. Du hast es fast geschafft. Wir sind unglaublich stolz auf dich. Aber du darfst jetzt nicht nachlassen.«

Sie versucht sich zu entspannen und schenkt mir ein kleines trauriges Lächeln, aber ihre Augen verraten sie. Angst und Zweifel sprechen aus ihrem Blick. Ich weiß, dass sie beide an das »Frauen in Wissenschaft und Technik«-Stipendium denken, das ich unbedingt bekommen muss, wenn ich nach Providence will. Es ist noch nicht geschafft. Und wir alle wissen es.

Die Falten um Moms Mund sind tiefer als je zuvor und ich muss an alles denken, was sie sich nicht leisten konnten, weil sie uns auf eine Privatschule geschickt haben. Irgendwie mussten sie schließlich für unsere Uniformen aufkommen, für die Schulausflüge, das teure Kantinenessen und die Teilnahmegebühren an Wissenschaftswettbewerben. Sie wollten uns das Gefühl geben dazuzugehören. Sie wollten uns die Welt eröffnen.

Als ich als Player auserkoren wurde, dachte ich, das wäre mein Eintrittsticket in die höheren Kreise. Ich habe getan, was meine Eltern von mir verlangten. Ich habe mich in eine Trophäe verwandelt. Ich habe dafür gesorgt, dass ihre Bemühungen nicht umsonst waren.

Aber ich habe es nicht durchgehalten. Alles war eine Lüge. Falsche Noten. Falsche Freunde. Eine tote beste Freundin.

Ich muss alles wiedergutmachen.

»Ich weiß«, sage ich leise.

»Gut.« Mom führt das Weinglas knapp vors Gesicht, atmet tief ein und kippt den Rest in einem Schluck hinunter.

15

In der Wiederholung der Englischprüfung schaffe ich 93 Punkte und bin mächtig stolz auf mich, als Mr Beaumont mir das korrigierte Blatt auf den Tisch legt. *Besser*, steht da in Rot. *Viel besser.* Ich freue mich, dass der Lernmarathon sich ausgezahlt hat. Diese Note habe ich mir verdient, und das kann mir keiner nehmen. Vielleicht habe ich sogar wirklich eine Chance, den Test für das Brown-Stipendium zu bestehen. Im Geist erstelle ich schon einen Lernplan und überlege, welche Formeln und Gleichungen ich auswendig lernen muss.

Als Henry mir im Flur entgegenkommt, muss ich mich zusammenreißen, um ihn nicht aufzuhalten und ihm die gute Nachricht zu erzählen. Er blickt stur geradeaus und nickt den Ersties zu, die er auf dem Weg in die Umkleide passiert. Ich wüsste gerne, ob er leidet und sich auch nur unter einem Schutzpanzer versteckt, um irgendwie durch den Tag zu kommen. Er verschwindet mit seinem Lacrossezeug Richtung Turnhalle, während ich auf den Hauptausgang zusteuere.

Draußen fährt mir der Januarwind ins Gesicht. So nah am Meer sind die Winter unerträglich. Darum flüchten in den Frühlingsferien so viele nach Palm Beach oder in die Karibik. Es ist erst vier Uhr nachmittags und die Sonne ist schon fast weg.

Ich setze mich ans Steuer von Moms Auto, das ich mir heute Morgen leihen durfte, und reibe die Hände aneinander. Ich warte, dass es noch etwas wärmer wird, bevor ich losfahre, da brummt mein Handy.

Hoffentlich er, denke ich. Es ist eine Woche her, dass ich von Adam gehört habe. Er war auf irgendeinem von der Uni gesponserten Schreib-Retreat in Oregon, wo es – wie er mich vorwarnte – kein WLAN gab. Inzwischen müsste er aber eigentlich zurück sein. Und sich bei mir melden.

Aber die Nachricht ist nicht von Adam. Sie ist von Rachel.

Also …

Ein bedrohliches Wort, unerbittlich und voller Möglichkeiten.

Das ist deine letzte Chance … Am Wochenende fahre ich Graham besuchen. Du solltest mich begleiten.

Ich ziehe die Luft ein. Dann schließe ich die Augen und versuche mir Graham mit seinem kantigen Kinn und dem sandfarbenen Haar vorzustellen. Er war immer schon breit gebaut, nicht muskulös wie Henry oder weich wie Quentin, sondern irgendwie massiv. Wie eine Wand oder ein Schrank. Sein Selbstbewusstsein war unübersehbar, es lag in seiner Art zu gehen und seiner herablassenden Kopfhaltung. Im Herbst spielte er Football, weil es ihm, wie er sagte, Spaß machte, sich mit anderen zu prügeln und die Angst in ihren Augen zu sehen, wenn er sich näherte. Im Frühling verlegte er sich auf Lacrosse – aus denselben Gründen. Er wollte seinen Gegnern den Schläger gegen die Brust dreschen und zusehen, wie sie sich krümmten. Nach den Spielen war er immer nett zu allen und versicherte sich unaufhörlich, dass er keinem ernsthaft wehgetan hatte. »Ist doch nur Spaß«, erklärte er und schlug Henry etwas zu fest auf die Schulter.

Mr Calloway ließ sich bei keinem der Spiele blicken, genauso wenig wie beim Sommerfest oder den zahlreichen Benefizveranstaltungen. Für den Schulkram war seine Frau zuständig, Muffy Calloway. Muffy war die ultimative Salonlöwin, die auf meine Mutter herabschaute, weil sie nur Bildhauerin und Lehrerin war, weil sie keine Mitgliedschaft beim Gold Coast Country Club besaß und weil sie Jüdin war. Ihr Name war so herrlich absurd und provozierte die Art von anzüglichen Witzen, die normalerweise von Graham kamen. Aber wann immer jemand es versuchte – wie Robert einmal –, ballte er die Hand zur Faust und deutete einen Schlag in die Magengrube an. Grahams wilder Blick und sein vorgetäuschtes Lächeln ließen keinen Zweifel daran, dass er in diesem Punkt keinen Spaß verstand. Er war nicht gern der Gegenstand von Witzen.

Nach der Hälfte der Neunten fand ich heraus, dass Muffy Calloway nicht immer eine dumpfbackige Blondine gewesen war, die nur mit Monogrammen bestickte Kaschmirpullover, Perlenohrringe und eine dazu passende Kette trug. Ursprünglich hieß sie Monica Rogers, kam aus der Nähe von Philly und war eine der vielen, die sich einen Nachkommen der Mayflower-Pilger angeln wollten.

Das hatte Graham mir eines Abends erzählt, als wir bei ihm zu Hause abhingen, weil seine Eltern verreist waren. Shaila war in einem anderen Zimmer und Graham hatte eine Flasche Sake aus dem Schrank mit den *teuren* Spirituosen geklaut. Sein Atem roch nach Peperoni und ich fragte mich, ob meiner das auch tat. »Den teilen wir uns«, sagte er lachend. »Schnell, bevor jemand was mitbekommt.«

Kichernd folgte ich ihm in die Bibliothek. Nach ein paar Schlucken befanden wir uns in einem seltsamen Paralleluniversum, in dem unsere Gehirne miteinander verschmolzen waren und es normal war, dass wir Geheimnisse miteinander teilten. Ich gestand ihm, dass ich befürchtete, dass Shaila und ich uns voneinander entfernten. »Sie hat jetzt dich«, sagte ich verlegen.

Graham knuffte mich in die Schulter. »Ich werde nie ihre Freundinnen ersetzen.« Er nahm einen Schluck direkt aus der Flasche. »Kennst du ihre Freundin aus den Hamptons? Kara Sullivan? Die hat dasselbe gesagt.«

»Echt?«

Er nickte. »Aber sie ist eifersüchtig auf *dich*.« Er deutete mit dem Finger auf mich. »Ich hab ihr erklärt, dass Shaila mehr als eine beste Freundin haben kann.«

Ich dachte an Nikki. Und wie wir alle um Shaila kreisten und um ihre Zuneigung und Aufmerksamkeit buhlten. Wieso dachten wir, dass sie diejenige war, die das am meisten verdient hatte?

»Weißt du, dass sie nicht ohne euch leben könnte?« Graham sah mir in die Augen. »Im Ernst.«

Die Vorstellung bereitete mir eine gewisse Genugtuung, die mich selbst überraschte. Ich fragte mich, ob er mit Nikki auch mal ein ähnliches Gespräch gehabt hatte.

Als Nächstes redeten wir über unsere Familien, vor allem über Jared und Rachel. Nach einem weiteren Schluck Sake fing Graham von Muffy an: »Du solltest mal das Drecksloch sehen, aus dem meine Mom gekrochen ist und ihren flachen, knochigen Hintern nach Gold Coast geschleift hat. Echt traurig.«

»So schlimm ist sie auch wieder nicht«, sagte ich und überlegte, ob ich sie jemals in einem Outfit gesehen hatte, das nicht perfekt aufeinander abgestimmt war.

»Sie hat den Absprung nur geschafft, weil sie meinen Dad während einer seiner Geschäftsreisen in einer Sportbar kennengelernt hat.« Graham nahm noch einen Schluck. »Bestimmt hat sie seine Goldman-Sachs-Visitenkarte gewittert. Danach hat sie angefangen, sich Muffy zu nennen. Monica ist auf dem Müll gelandet, gemeinsam mit ihrer ›Assi‹-Verwandtschaft, wie sie sie nennt«, sagte er und machte dabei Gänsefüßchen mit den Fingern. »Es ist echt erbärmlich.«

Ich stieß ein nervöses Lachen aus, aber Graham schüttelte den Kopf. Sein Tonfall hatte sich verändert.

»Das ist kein Witz, Newman.« Er sah mir fest in die Augen. »Jetzt führt sie einen Eiertanz auf, weil sie eine Riesenangst hat, einen Fehler zu machen und wieder zu Monica zu werden. Wir hängen alle am seidenen Faden.«

Damals kamen mir seine Worte irgendwie schräg vor, aber ich führte es auf den Alkohol zurück. Jetzt wirken sie fast wie eine Vorahnung.

Was sagst du?

Rachels Nachrichten bedrängen mich und der kleine blaue Cursor hört einfach nicht auf zu blinken.

Bist du dabei?

Ich denke an die Menschen hier, die Menschen, die ich für mein Zuhause gehalten habe. Nikki und Quentin gehen mir völlig aus dem Weg. Marla sieht mir nicht mehr in die Augen, obwohl sie auch gern wüsste, ob Graham wirklich unschuldig ist. Henrys Hundeblick folgt mir durch den Flur, während Robert mir den Stinkefinger zeigt. Mom und Dad sind enttäuscht und haben Angst, dass sich das Geld, das sie in mich gesteckt haben, als Fehlinvestition erweisen könnte. Jared wirft mir höhnische Blicke zu und ist stinksauer auf mich. Und Adam ist abgetaucht. Ich habe also nichts mehr zu verlieren.

Okay.

Rachel ist eine gute Autofahrerin – besser als ich es in Erinnerung habe oder erwartet hätte. Sie fährt sicher. Vorsichtig. Sie tut nichts, um das Schweigen zwischen uns zu brechen, während draußen auf dem Merritt Parkway die Bäume vorbeiziehen und der Tacho auf über hundert klettert. Schneewehen sind zu kleinen Eisbergen erstarrt und unser Auto ist das einzige weit und breit. Samstag, acht Uhr morgens, mitten im Januar ist wohl nicht die beliebteste Zeit für eine Spritztour durch Connecticut.

»Gibst du mir einen?«, fragt sie, ohne den Blick von der Fahrbahn zu nehmen.

Ich ziehe einen kleinen, mit Puderzucker bestäubten Donut aus der fettigen Papiertüte auf meinem Schoß. Die Donuts sind noch warm, obwohl ich sie schon vor einer Weile bei Diane's abgeholt habe. Rachels einzige Forderung. Wie früher.

Sie klemmt ihn zwischen zwei Finger, sodass der Puderzucker wie Schnee auf ihre Brust rieselt, aber sie macht sich nicht die Mühe, ihn wegzuwischen. »Mhmmm«, schmatzt sie, den Mund voller Mehl und Butter. »Dieses Diner fehlt mir.« Rachel klingt zwar bestens gelaunt, aber sie sieht echt fertig aus. Sie ist blass und die dunklen Locken hängen ihr strähnig über den Rücken. Ihr Blick ist konzentriert, aber irgendwie gequält und ich glaube nicht, dass ich sie schon mal in so einem unförmigem Kleidungsstück wie diesem Pullover gesehen habe, dessen Ärmel außerdem Mottenlöcher haben.

»Kann ich dich was fragen?«, sage ich.

»Hast du doch grade.« Sie lächelt. »Schieß los.«

»Warum bist du nicht an der Uni?« Das frage ich mich schon, seit ich sie in ihrer Wohnung in New York besucht habe, weit weg von Cornell, wo sie jetzt eigentlich im dritten Studienjahr sein sollte. »Hast du nicht noch ein Jahr?«

»Ich habe schon früher den Abschluss gemacht. Ich bin jeden Sommer dortgeblieben und habe pro Semester sechs Kurse belegt. Ich habe mich echt aufgearbeitet. Das war der einzige Weg, mich besser zu fühlen ... normal.« Sie schüttelt den Kopf. »Aber alle wussten Bescheid. Sie schauten mich an, als hätte *ich* jemanden umgebracht. Es gab dort einfach kein Entkommen vor dem ganzen Mist.« Rachel seufzt. Sie stützt den Ellbogen gegen das Autofenster und legt den Kopf in die Hand. »Weißt du, dass ich außer mit Graham seit drei Jahren mit niemandem gesprochen habe, der mich von früher kennt und weiß, wie wir mal waren? Du bist die Erste. Jetzt bin ich für alle nur noch Rachel – für meine Kolleginnen, meine neuen Freunde, für Frida, meine Freundin. Keiner weiß was.« Sie lächelt. »Es ist eine Riesenbefreiung.«

»Und warum machst du das dann? Warum rollst du das Ganze noch mal auf?« Eigentlich will ich sie fragen: *Ist es das wirklich wert?*

»Was würdest du denn tun? Wenn deine gesamte Heimatstadt dir die Mitschuld an etwas gibt, das jemand aus deiner Familie getan hat? Wenn die Menschen, denen du am meisten vertraut hast, dir den Boden unter den Füßen wegziehen? So fühlt es sich nämlich an.«

»Aber jetzt werden alle davon erfahren«, sage ich. »Die ganzen neuen Menschen in deinem Leben. Du kommst wahrscheinlich in die Nachrichten.« In dem Artikel, den ich gesehen habe, wurde sie zwar nicht erwähnt, aber wenn sie die Wahrheit sagt und Graham *wirklich* unschuldig ist, wäre sie an vorderster Front.

Rachel lächelt noch mal, aber mit traurigem Blick. »Er ist mein kleiner Bruder«, sagt sie leise. »Hast du nicht auch einen kleinen Bruder?«

Ich nicke. »Ja.«

»Er ist so alt wie Bryce, oder?«

»Mm-hm.«

»Ist er bei den Playern?« Sie klingt, als würde sie die Antwort bereits kennen. Ich nicke. »Was, wenn er an Grahams Stelle wäre? Was, wenn alle denken würden, dass er jemanden *ermordet* hat? Wenn du die tote Person so gut gekannt und so viel Zeit mit ihr verbracht hättest, dass du ihr Fehlen jeden Tag spürst?«

Diese Person *ist* aus meinem Leben verschwunden. Shaila ist nicht mehr da. Wenn Jared es getan hätte ... Ich kann, will mir nicht vorstellen, wie das wäre, und schüttle den Kopf.

»Wenn er sagt, dass er es nicht war, und die Blutanalyse richtig ist, dann will ich die Wahrheit wissen. Ich will wissen, wer verantwortlich ist. Und ich will, dass er oder sie dafür bezahlt.« Sie umfasst das Steuer fester und gibt Gas. »Wir sind fast da.«

Das letzte Stück des Wegs besteht aus kurvigen Straßen und schlecht markierten Ausfahrten. Wir schweigen. Irgendwann biegt Rachel scharf nach links ab und ein graues Holzschild kommt in Sicht, das hinter einem Vorhang aus Ästen kaum zu erkennen ist. Nur mit Mühe kann ich die verblassten weißen Buchstaben lesen: DANBURY JUGENDSTRAFANSTALT. Ich frage mich, wer hier sonst noch eingesperrt ist, weit weg von der Gesellschaft. Nicht völlig abgeschnitten von allem, aber fast.

Kies und Salz knirschen unter den Reifen und nach einer halben Meile erreichen wir einen Gitterzaun, der sich wie von Geisterhand öffnet. Ich beuge mich vor, um zu sehen, was als Nächstes kommt. Nach einer Weile mündet die schmale Straße in einen betonierten Parkplatz von der Größe eines Footballfelds. Dort parken zwischen ordentlichen weißen Markierungen unzählige BMWs, Mercedes und Audis. Darüber sind hilfreiche Wegweiser angebracht.

ZUR BESUCHER-LOUNGE steht in marineblauen Blockbuchstaben auf einem, darunter prangt ein Pfeil. Ein anderes mahnt in schwungvoller Schreibschrift: GEDULD IST EINE TUGEND.

»Klopf, klopf! Kann ich euch helfen?« Eine Frau mittleren Alters mit herunterhängenden Wangen und angegrautem Haar steht draußen vor meinem Fenster. Sie trägt einen khakifarbenen Schneeanzug und ein dienstbeflissenes Lächeln. Auf ihrem Namensschild steht: VERONICA, BESUCHERBEAUFTRAGTE.

Ich drehe mich zu Rachel, aber die ist schon ausgestiegen und umrundet das Auto. »Hallo, V.«

»Ach, du bist es! Wie schön, dich zu sehen.«

»Ebenfalls!« Rachel reibt die behandschuhten Hände aneinander und winkt mir durch die Scheibe. »Komm.«

Die Luft ist schneidend kalt und brennt im Hals. Worauf habe ich mich da eingelassen?

»Das ist Jill«, erklärt Rachel. »Sie ist eine Freun…« Sie unterbricht sich und fängt den Satz neu an. »Sie kennt Graham von früher.«

Veronica nickt, ohne eine Gefühlsregung zu zeigen. »Willkommen in Danbury«, sagt sie. »Folgt mir.«

Sie legt ein Tempo vor, dass ich Mühe habe, Schritt zu halten. Ich hätte Rachel über diesen Ort ausfragen und mich erkundigen sollen, was Graham eigentlich die letzten drei Jahre gemacht hat. Stattdessen bin ich völlig planlos. Veronica öffnet eine Metalltür und führt uns durch einen breiten Flur, dessen Wände mit Vision-Boards und Tintenzeichnungen behängt sind und an dessen Ende sich eine Flügeltür befindet. Sie bringt uns in ein hell erleuchtetes Zimmer, das mich eher an den Warteraum einer Arztpraxis erinnert als an die Gefängnisse, die ich aus dem Fernsehen kenne.

»Hier lang. Als neue Besucherin muss ich dich bitten ein paar Formulare auszufüllen.« Sie drückt mehrmals auf eine Computertastatur, woraufhin der Drucker zum Leben erwacht und mehrere Seiten Papier ausspuckt. »Hier hast du einen Stift.«

Rachel klopft mit den Fingerknöcheln gegen die Resopaltheke und wippt ungeduldig mit dem Fuß. So schnell wie möglich mache ich alle meine Kreuzchen und setze dann meine Unterschrift auf die letzte Seite.

»Fertig.«

»Endlich«, murmelt Rachel. Aber als ich ihr einen Blick zuwerfe, entschuldigt sie sich sofort. Ich kann ihr keinen Vorwurf daraus machen, dass sie angespannt ist und es nicht erwarten kann, Graham zu sehen. An ihrer Stelle ginge es mir genauso.

Ein großer, kräftiger Typ in einem lilafarbenen Arztkittel bedeutet uns ihm zu folgen. Der nächste Flur ist ebenso merkwürdig wie der erste, aber kühl und gekachelt – wie ein Schulflur. Auch hier zieren handgemalte Kunstwerke die Wände.

Vor einer massiven Metalltür bleiben wir stehen und der Typ dreht sich zu uns um. »Du kennst die Regeln, Rachel, also denk dran: Ihr habt genau eine Stunde Zeit. Keine Berührungen. Und seid positiv.«

»Danke, TJ«, antwortet Rachel. »Bist du bereit?«, fragt sie an mich gewandt.

Ich schlucke den Kloß in meinem Hals hinunter und löse die Finger. Mir war gar nicht bewusst, dass ich sie krampfhaft verschränkt hatte.

TJ stößt die Tür auf, hinter der sich eine Art Cafeteria befindet. Dann macht er eine einladende Geste wie ein Butler oder ein Ober in einem exklusiven Restaurant. Mein Magen überschlägt sich und ich schaue mich hektisch um. Ich erspähe Graham, bevor er mich sieht.

Sein Anblick ist schwer zu ertragen. Trotzdem zwinge ich mich ihn aus der Ferne zu mustern. Er trägt einen grünen Krankenhauskittel und ist nicht an den Händen gefesselt, wie ich erwartet hatte. Er fährt sich mit den Fingern durch die Haare – ein nervöser Tick, den ich noch von früher kenne. Damals legte er ihn vor Prüfungen oder Player-Üs an den Tag. Bartstoppeln bedecken sein Kinn und lassen ihn viel älter aussehen, als ich ihn in Erinnerung habe – oder mich selbst fühle. Seine Haltung ist gebückt, dabei scheint er noch ein ganzes Stück gewachsen zu sein. Und er ist dünn geworden. Fast schon mager. Sein Gesicht ist kantiger und die Ringe unter seinen Augen sind tiefer als früher.

Er dreht sich langsam zu uns und unsere Blicke treffen sich. Er reißt die Augen auf, als er mich zum ersten Mal seit drei Jahren sieht. Rachel ist schon zu ihm geeilt und ich zwinge mich die Lücke zwischen uns zu schließen.

»Hallo«, sagt er. Er klingt halb überrascht, halb aufgeregt. Und ein bisschen neugierig.

»Hallo.«

Graham nimmt an einem runden Tisch Platz und ich tue es ihm gleich.

Er schenkt mir ein verlegenes Lächeln – als würden wir uns nicht schon seit unserer Kindheit kennen. Als wäre ich nicht mit seinen Geheimnissen vertraut.

»Wie, äh, gehts dir?«, frage ich. Was anderes fällt mir nicht ein.

Erst sagt er nur wenig und stottert, als würde er versuchen sich zu erinnern, wie man sich unterhält oder Small Talk führt.

Er redet über das Wetter und die anderen Menschen, die mit uns im Raum sind. Jugendliche in unserem Alter und ältere Leute, die vermutlich ihre Eltern oder Geschwister sind. Er zeigt uns einen Jungen asiatischer Herkunft, der ruhig dasitzt, während seine Mutter ihm ein Video auf ihrem iPhone zeigt. »Das ist von seinem Bruder«, erklärt Graham. »Er weigert sich Andy zu besuchen, dabei vermisst der ihn wahnsinnig.« Rachel nickt und presst die Lippen aufeinander.

Er sagt nichts darüber, woher die anderen kommen oder warum sie hier gelandet sind. Stattdessen lässt er sich über das Essen aus, erzählt, dass Tikka Masala mit Huhn sein neues Leibgericht ist, nachdem er sich früher am meisten auf Spaghetti Bolognese gefreut hat. Er erwähnt, dass er von einem seiner Betreuer – einem Briten – Kricket gelernt hat und sich neuerdings für Architektur interessiert. »Ich habe alles über Norman Foster und Zaha Hadid gelesen, was ich finden konnte. Ich will unbedingt die Brücke sehen, die sie in Abu Dhabi gebaut hat – die ist ein Meisterwerk.«

»Dann glaubst du also, dass du rauskommst?«, frage ich.

Graham sucht Rachels Blick und sie erteilt ihm nickend die Erlaubnis zu antworten. Es ist ein Ritual, das ich nicht kenne. Ein Zeichen, mit dem die beiden sich verständigen. Graham kneift den Mund zusammen, krümmt sich in seinem Stuhl und zieht die Arme und Beine an.

»Ich wars nicht, Jill.« Seine Stimme ist leise und ruhig, tief und voll, als hätte er diesen Satz einstudiert. Er will überzeugend rüberkommen. Wieder fährt er sich mit der Hand durch die Haare.

Rachel beugt sich vor und legt die Arme auf den Tisch. »Warum fängst du nicht einfach am Anfang an?«, sagt sie. Ihr Blick ist fürsorglich, fast schon mütterlich, und drängend.

Graham nickt und holte tief Luft. Dann beginnt er zu reden.

»Ich weiß nicht mehr viel von dem, was danach passiert ist. Aber ich erinnere mich noch an alles vor ... Du weißt schon. Du auch, oder?« Er schaut mir in die Augen. Der Blickkontakt ist so intim, dass es fast wehtut.

Ich habe einen Kloß im Hals.

»Du erinnerst dich doch auch, oder?«, fragt er und ich nicke.

Das tue ich. Die leichte Brise, die vom Ocean Cliff herüberstreift. Die Luft, so salzig, dass sie sticht. Noch keine Stechmücken. Dafür ist es noch zu früh im Jahr. Die Erleichterung, als mir klar wird, worin meine Aufgabe besteht. Wie jeder Schluck, der mir die Kehle hinabrinnt, sich anfühlt wie Gift. Dann die alles umfassende Dunkelheit, die mich verschlingt und mit lähmender Angst erfüllt. Es war so viel schlimmer, als ich es mir vorgestellt hatte.

Ich kneife die Augen zusammen und suche Shaila in diesem Szenario. Ich stelle mir vor, wie sie an ihrer Nagelhaut kaut, als sie begreift, was *ihre* Aufgabe ist. Wie die Entschlossenheit in ihrem Blick Entsetzen weicht.

»Ja«, flüstere ich. Grahams Gesicht wird eisig. »Weißt du noch, was ich für meine Initiation machen musste?«

Wie könnte ich das vergessen. Angeblich hatte Jake sich alle Aufgaben ausgedacht. »Du hattest Angst vor Spinnen, oder?«

»Taranteln.« Graham erschaudert. »Sie hatten zwölf von den Viechern und ich musste stundenlang in einer Duschkabine stehen, während sie auf mir rumkrabbelten.«

»Vier«, sage ich. »Vier Stunden.« So lange hat meine Aufgabe auch gedauert.

»Was? Nein, zwei. Bei mir waren es zwei Stunden.«

Rachel flüstert etwas, das ich nicht verstehe.

»Was?«, frage ich.

»Bei den Jungs dauern die Aufgaben kürzer. Das war schon immer so«, sagt sie leise und mit gesenktem Kopf.

Natürlich.

Graham redet weiter. »Ich hab sie um was zu trinken gebeten. Egal was. Hauptsache, es würde mich ablenken. Den Wunsch haben sie mir auch erfüllt, klar.«

Ich sehe Graham vor mir, wie er in der Dusche steht. Natürlich war ich nicht dabei. Ich war zu beschäftigt damit, meine eigene Initiation zu überstehen. Aber wahrscheinlich haben sie ihn in einen anderen Teil des Poolhauses gebracht und die pelzigen, ekligen Tiere auf ihn herabregnen lassen, während sie ihm einen Becher billigen Tequila nach dem anderen von oben in die Kabine reichten.

Ich schiele zu Rachel hinüber, doch sie hat das Gesicht in den Händen vergraben.

»Danach setzt meine Erinnerung ziemlich aus«, sagt Graham. »In einem Moment heule ich wie ein Baby, im nächsten bin ich irgendwo am Strand, blutüberströmt. Kannst du dir vorstellen, wie sich das anfühlt?«

Wut steigt in mir auf. »Kannst du dir vorstellen, wie *Shaila* sich gefühlt hat?«

Graham kneift die Lippen fest zusammen. »Nein«, sagt er mit Nachdruck. »Ich habe sie geliebt, weißt du? Von ganzem Herzen. Wir waren zwar erst fünfzehn, aber ich hätte *alles* für sie getan. Sie war mein Ein und Alles.«

Sein Gesicht ist rot und verquollen.

»Für mich auch«, sage ich und kämpfe gegen die Tränen an.

»Ich weiß.« Grahams Stimme ist wieder sanft. »Kann ich weiterreden?«

Ich lasse es gut sein und nicke.

Graham holt tief Luft. »Ich erinnere mich noch, dass alle ganz aufgeregt waren und irgendwer sagte, dass irgendwas mit Shaila ist. Jake und Adam rannten über den Strand und schrien um Hilfe. Derek Garry genauso. Als sie auf mich zukamen, winkte ich sie zu mir. Dann war plötzlich die Polizei da. Diese dämlichen Verkehrspolizisten aus Gold Coast in ihrem kleinen Sandbuggy, die Handschellen schon gezückt. Dabei konnten sie nicht mal richtig mit den Teilen umgehen.«

Zu dem Zeitpunkt war ich im Haus und erholte mich langsam, ich tat mir leid und hatte Angst, dass mir etwas, das sich völlig meiner Kontrolle entzog, unheilbaren Schaden zugefügt hatte. Ich hatte keine Ahnung, was gleich auf mich zukommen würde.

»Sie legten sie mir an und wir fuhren direkt aufs Revier. Und noch in derselben Nacht wurde ich hierhergebracht. Ich sitze jetzt schon seit drei Jahren hier.«

»Was ist das für ein Ort?«, flüstere ich.

Graham lehnt sich seufzend zurück. »Eine Anstalt«, sagt er. »So was wie ein Jugendgefängnis, aber in nobel. Wir können unseren Schulabschluss machen und so Aktivitäten wie Töpfern.«

Ich muss wohl einen verwirrten Eindruck machen, denn er holt noch weiter aus.

»Das Justizsystem ist total unfair. Wenn man reich ist, hat man es viel leichter.«

Rachel schnaubt.

»Es ist echt erbärmlich, aber es ist so«, fährt Graham fort. »Die meisten Insassen haben Geld wie Heu. Bis auf ein paar Leute, die von einem privaten Wohltäter oder irgendeiner NGO unterstützt werden.«

»Was ...«

»Ich weiß«, sagt er. »Aber wenn ich im Juni achtzehn werde, verlegen sie mich ins Bundesgefängnis.«

»Darum also ...«, antworte ich. »Das ist deine letzte Chance.«

Graham nickt und läuft rot an, fast so, als würde er sich schämen.

Rachel hebt den Kopf. »Deshalb haben wir angefangen nach zusätzlichen Beweisen zu suchen. Das Blut. Das T-Shirt. Es war die letzte Chance, alles prüfen zu lassen, bevor sie ihn komplett wegsperren.« Sie kaut auf ihrer roten Lippe und ihre Zähne wirken beinahe fluoreszierend.

»Die Polizisten haben mich stundenlang befragt«, erklärt Graham. »Es hat sich angefühlt wie eine Ewigkeit. Mom und Dad waren auf den Kaimaninseln und Rachel durfte nicht zu mir. So wars doch?«

Rachel nickt und nagt weiter an ihrer Lippe. »Ich habe ununterbrochen versucht Dan Smothers zu erreichen. Das ist Dads Anwalt. Aber es ist keiner rangegangen. Unsere Eltern haben den frühestmöglichen Rückflug genommen, aber als sie ankamen, war es schon zu spät.«

»Ich bin irgendwann einfach zusammengebrochen, weil sie mich ewig alleine in diesem Verhörzimmer festgehalten hatten. Sie haben mir die Geschichte so lange vorgekaut, bis ich sie irgendwann abgenickt habe. Ich habe ihnen einfach gesagt, was sie hören wollten. Ich wollte nur, dass es vorbei ist. Ich wollte nur heim. Ich dachte, sie lassen mich heim.«

»Sie haben nicht mal die Beweise überprüft«, wirft Rachel leise ein.

»Und eure Eltern haben nichts unternommen?«. Ich kann mir nicht vorstellen, dass Mom und Dad untätig zusehen würden, wie ich hierherverfrachtet werde. Nie im Leben würden sie mir eine derartige Tat zutrauen. Davon bin ich überzeugt.

»Dad wollte das Problem bloß so schnell wie möglich aus der Welt schaffen«, antwortet Graham. »Er steckte mitten in den Vorbereitungen für irgendein großes Investmentgeschäft. Smothers meinte, das hier wäre der einfachste Weg. Er sagte, ein Prozess würde alles nur schlimmer machen. Zu viel Publicity. Und Muffy wollte sich erst gar nicht damit auseinandersetzen. Zu viel Drama.«

»Sie handelten irgendeinen Deal mit den Arnolds aus«, sagt Rachel. »Gaben ihnen Geld.«

Die beiden tauschen einen Blick.

»Viel Geld«, fährt Graham fort. »Unsere Familien kennen sich schon lange. Offensichtlich ist das ihre Strategie, mit Problemen umzugehen.«

»Es ist so was von verlogen«, sagt Rachel. »Keiner hat den Mut, offen über die Sache zu sprechen. Und die Sullivans haben sich natürlich komplett aus allem herausgehalten.«

»Dann habt ihr wohl auch nicht viel Kontakt mit Kara?«, frage ich.

Graham schnaubt. »Gut erkannt. Sie hat sich nicht ein Mal gemeldet.«

Ich stelle mir vor, wie Grahams und Shailas Väter miteinander aufgewachsen sind und später gemeinsam mit ihrem guten Kumpel Jonathan Sullivan Grundstücke in den Hamptons gekauft haben. Bestimmt haben sie sich irrsinnig gefreut, als sie gleichzeitig Eltern wurden. Ich sehe Graham, Shaila und Kara als Babys vor mir, wie sie in aufeinander abgestimmten blauen Seersucker-Overalls auf den mit Monogrammen versehenen Stranddecken herumkrabbeln, während ihre Väter Fotos von ihnen machen. Aber die Sache mit Shaila hat alles kaputtgemacht.

»Unsere Eltern kommen nie her«, erklärt Graham. »Muffy

hält mich für verrückt. Sie sagt, ich sei eigentlich gar nicht mehr ihr Sohn. Und Dad hat zu tun.«

»Er hat immer zu tun.« Rachel verdreht die Augen.

»Wissen sie, dass du das Geld aus deinem Treuhandfonds genommen hast, um das Blut untersuchen zu lassen?«

Rachel nickt. »Aber sie wollen nichts damit zu tun haben.«

Kurzes Schweigen, bis Graham leise sagt: »Du bist die Einzige, die mich nie im Stich gelassen hat. Die Einzige.« Als er den Kopf hebt, hat er Tränen in den Augen.

Rachel greift unter dem Tisch nach seiner Hand, sodass niemand es sieht. Und unweigerlich muss ich an Jared denken. Ich würde dasselbe für ihn tun. Koste es, was es wolle. Egal wie sehr er mich jetzt gerade hasst. Man lässt seine Familie nicht im Stich.

»Und was hat das alles zu bedeuten?«, frage ich.

»Es muss noch jemand am Strand gewesen sein«, sagt Graham. »Und er hat mir die Schuld in die Schuhe geschoben. Drei Jahre lang dachte ich, dass ich ein Monster bin, aber ... es war nicht meine Schuld. Ich war es nicht.«

Seine Worte dringen nur langsam zu mir durch und wirbeln alles in meinem Kopf durcheinander. Nichts ergibt Sinn.

»Aber wer war es dann?«, frage ich. Das ist das fehlende Puzzlestück. Wer hatte Shaila töten wollen? Und warum?

Graham atmet tief ein und schließt die Augen. »Da ist noch etwas. Etwas, das ich noch nie jemandem erzählt habe. Nicht mal dir, Rach.« Rachel zieht die Augenbrauen in die Höhe und beugt sich vor. »Vor der Initiation habe ich herausgefunden, dass sie mich betrügt.«

»Nein«, entgegne ich automatisch. Unmöglich. Nie im Leben hätte sie mir das verschwiegen.

»Doch«, sagt er. »Sie hat sich wochenlang komisch benommen, ist mir aus dem Weg gegangen und hat ständig irgendwelche Ausreden erfunden, warum sie mich nicht treffen kann. Dauernd hatte sie Musicalprobe. Oder musste einen Englischaufsatz schreiben oder zur Sprechstunde bei Mr Beaumont. Irgendwas war immer.«

War sie am Schluss wirklich so gewesen? Nein, eigentlich nicht. Vielleicht ein bisschen abwesender als sonst. Aber sie war nun mal gestresst wegen der Initiation *und* ihrer Hauptrolle in dem Musical. In dem Jahr führten sie *Rent* auf und Shaila spielte die Mimi. Klar war sie da aufgeregt. Aber natürlich legte sie einen großartigen Auftritt hin. Das Lied mit der Kerze bekam sie mindestens genauso gut hin wie Rosario Dawson. Und danach war sie auch wieder entspannter. Oder nicht?

Nikki war für die Kostüme verantwortlich. Sie schnitt Löcher in hundert Dollar teure durchsichtige Strumpfhosen und nähte superknappe Ledershorts, die Shailas Figur perfekt betonten. Adam war ebenfalls involviert. Sein Auftrag bestand darin, das Drehbuch umzuschreiben und es »familienfreundlicher« zu gestalten.

»Sie wollen, dass ich es kastriere«, sagte er, als wir eines Sonntagmorgens alle zusammen im Diane's saßen.

»Hört euch unseren Shakespeare an«, stichelte Nikki.

Sie und Shaila kicherten, als wäre das ein Insiderwitz, der hinter den Kulissen entstanden war.

Graham und Rachel fielen mit mir in das Gelächter ein, als wären wir ein Teil des Ganzen. Als wären wir in ihre Geheimsprache eingeweiht.

Shaila und ich haben uns vor der Initiation regelmäßig gesehen. Bestimmt sogar. Natürlich war sie müde von ihrer Rolle in dem Stück. Und sie verbrachte ständig Zeit mit Graham. Aber … vielleicht tat sie das auch gar nicht. Vielleicht trieb sie stattdessen was anderes. Vielleicht trieb sie es *mit* einem anderen.

»Am Tag der Zwischenprüfung hatte ich mein Handy daheim vergessen«, fährt Graham fort. »Weil ich in der Geometrie-Lernhilfe was nachschauen musste, gab Shaila gab mir ihres. Scheiße, ich weiß, dass ich das nicht hätte tun sollen, aber als sie aufs Klo ging, rief ich ihren Nachrichtenverlauf auf. Ich konnte einfach nicht anders. Da waren Hunderte Textnachrichten von diesem Typ, in denen es darum ging, was sie alles hinter meinem Rücken trieben.« Er schließt die Augen. »Eine weiß ich noch auswendig: *Graham wird es nie rausfinden*.« Seine Wimpern zucken und er klopft auf den Tisch. »Tja. Habe ich aber.«

»Wer war es?«, frage ich.

»Keine Ahnung. Ich kannte die Nummer nicht. Der Vorwahl nach war sie auch nicht aus Gold Coast und Umgebung. Wahrscheinlich irgendein Wegwerfhandy.«

»Hast du sie drauf angesprochen?«

Graham schüttelt den Kopf. »Ich habe auf den richtigen Zeitpunkt gewartet, aber dann …«

Rachel unterbricht ihn: »Das darf keiner wissen.«

»Warum nicht?«

»Es wäre ein Motiv.«

Graham nickt. »Eine weitere Sache, die gegen mich spricht. Eifersüchtiger Typ killt seine Freundin, nachdem er rausgefunden hat, dass sie ihn betrügt. Die älteste Geschichte der Welt.«

Ich schnaube. Er hat recht. Aber hat Shaila ihn wirklich betrogen? Die Vorstellung ist mir zuwider. Ich fange an zu schwitzen und mir ist ein bisschen schlecht.

»Wo sind hier die Toiletten?«, frage ich.

Rachel deutet in eine Ecke des Raumes. In der Kabine angekommen, sinke ich auf den kalten Toilettensitz und lasse mir

Grahams Worte noch einmal durch den Kopf gehen. Sein Geständnis muss eine wahnsinnige Erleichterung für ihn darstellen. Allerdings ist es ihm nicht anzumerken. Er ist wie die Hülle von jemandem, den ich früher mal kannte, ein Fossil aus einem Leben, das ich einmal geführt habe. Ich frage mich, ob sich unter der Oberfläche ein Soziopath verbirgt, taub gegen den von ihm verursachten Schmerz, auf der Suche nach einem Ausweg aus seiner mit Gummi gepolsterten Blase, manipulationswütig und krank vor Langeweile.

Manchmal ist es schwer zu sagen, welche Eigenschaften dich wirklich definieren und welche dir so oft von außen zugeschrieben wurden, dass du irgendwann selbst daran glaubst. Mom zum Beispiel hat mir immer wieder gesagt, ich sei sehr vertrauensselig und dass sie das einerseits an mir schätzt, andererseits aber immer befürchtet, ich bekomme deswegen Probleme. Aus diesem Grund habe ich irgendwann angefangen, mich naiv zu fühlen, wie jemand, der aufpassen muss, dass er nicht ausgenutzt wird. Ich frage mich, ob Graham das gerade versucht. Bin ich nur deshalb bereit ihm zu vertrauen, weil er mir gegenübersitzt und Shaila nicht? In der winzigen Metallkabine wird mir klar, dass Graham möglicherweise nicht die Wahrheit sagt.

Ich wasche mir langsam die Hände, dann kehre ich auf meinen Platz gegenüber von ihm und Rachel zurück.

Ich blicke ihm fest in die Augen. »Warum sollte ich dir glauben?«

Graham schüttelt den Kopf und sieht zu Boden. »Du glaubst, dass ich lüge.«

Ich verziehe keine Miene und lasse mir nicht in die Karten schauen. Ich möchte ihm ja gerne glauben, aber das würde bedeuten, dass jemand anders, den ich kenne, schuldig ist. Ich weiß nicht, ob ich das ertragen kann.

Rachel haut so laut auf den Tisch, dass TJ sich zu uns umdreht. »Jill«, zischt sie. »Vertrau ihm.« Das ist ein Befehl.

»Du kannst mir glauben oder es sein lassen«, sagt Graham leise und bedächtig. »Aber ich werde meinen Namen reinwaschen, ob du mir hilfst oder nicht. Auf welcher Seite möchtest du dann stehen?« Er verschränkt die Arme, trotzig und selbstsicher, wieder mehr wie der Graham von früher. »Shaila hat dir genauso viel bedeutet wie mir.«

TJ kommt zu uns an den Tisch und legt Graham sanft eine Hand auf die Schulter. »Eure Zeit ist um, Calloways.« Er lächelt. »Aber ihr könnt gerne nächste Woche wiederkommen.«

Beim Aufstehen tauschen Rachel und Graham verschwörerische Blicke aus. Die beiden wirken eng miteinander verbunden. Ich kann förmlich spüren, wie Rachel das Bedürfnis unterdrücken muss, ihn zu umarmen. Die Geheimsprache der Geschwister ist so intim, dass ich den Kopf abwenden muss. Bevor Graham sich umdreht und den weißen Korridor entlanggeht, sieht er mich noch einmal an. Dann schlurft er davon, die langen Arme baumeln an den Seiten, seine Finger zucken. Schon bald ist er nicht mehr zu sehen.

Neben mir atmet Rachel langsam aus. »Gehen wir.«

16

Eine Woche später bin ich immer noch ganz benebelt und in Gedanken bei allem, was in Connecticut passiert ist, da sehe ich zum ersten Mal die Flyer. Sie hängen an der Pinnwand im Diane's und verdecken eine Anzeige für Babysitten und eine andere für Klavierstunden. Die gedruckten Buchstaben auf dem dicken Karton, der wahrscheinlich aus der Kunstabteilung der Gold Coast Highschool entwendet wurde, springen mir förmlich entgegen.

WONDER TRUCK
NUR FÜR EINE NACHT
DIE GARAGE
HEUTE, 25. JANUAR
20 UHR
5 $

»Jared wird ein Star.« Diane stellt sich hinter mich und stupst mich mit der Schulter an. Dann zwinkert sie mir zu. Es ist Samstag, sieben Uhr morgens und bis auf mich und ein paar ältere Leute, die schweigend ihren Haferbrei löffeln, ist das Diner leer. Ich dachte, um diese Zeit könnte ich hier in Ruhe und bei

Pow-Dos und gebratenem Speck auf den Test für das Brown-Stipendium lernen, aber ich hätte es besser wissen müssen. Die Player – zu denen jetzt auch Jared gehört – sind überall.

»Er war erst neulich mit dem Miller-Jungen hier, um ihren Auftritt zu bequatschen«, erklärt Diane. »Wird sicher gut, oder?« Sie schenkt mir ein breites Lächeln und ihr roter Haarturm wackelt.

Ich schlucke einen dicken Kloß hinunter und zwinge mich zuzustimmen. »Ja, klar«, sage ich. Es fühlt sich an, als hätte ich Sand im Mund. »Kann ich zwei Pow-Dos zum Mitnehmen haben?«

»Kommt sofort.« Als Diane hinter dem Tresen verschwindet, lehne ich mich gegen die Wand und schließe die Augen. Jared spielt ein Konzert. *Wieso weiß ich nichts davon?*

Ich will Nikki oder Quentin schreiben, um rauszufinden, was der Plan für heute Abend ist. Oder Henry bitten mich abzuholen, damit wir gemeinsam hingehen können. Bestimmt treffen die Player sich zum Vorglühen und fahren dann mit dem Uber in die Garage, von wo aus es nach dem Konzert weiter zur After-Show-Party geht. Ich will Jared fragen, warum er mir nichts erzählt hat, Mom anbrüllen, dass ich aus allem ausgeschlossen werde – sogar aus unserer Familie. Ich will mich bei Rachel darüber beschweren, obwohl ich weiß, dass sie über nichts anderes reden würde als unseren Besuch bei Graham, mit dem ich mich aber noch nicht auseinandersetzen will.

Stattdessen schreibe ich der einzigen Person, die mich nicht vollständig meidet. Zumindest noch nicht.

Wusstest du, dass unsere Brüder heute Abend ein Konzert spielen?, texte ich Adam. Wenn er da ist, wird er antworten.

Ja.

Gehst du hin?, tippe ich mit zitternden Fingern. Ich vermisse ihn so sehr, dass es wehtut. Ich will, dass er mich in den Arm nimmt. Dass er mir Dialoge aus seinem neuen Drehbuch vorliest. Dass er mich anlächelt, sodass sein Grübchen zum Vorschein kommt.

Ja.

Magst du dich vorher mit mir treffen?

Ich kann nicht, schreibt er. Das tut weh. Aber dann tippt er noch etwas und die drei Punkte blinken im Rhythmus. Ich habe eine Besprechung mit Big Keith.

Ich beiße mir auf die Unterlippe. Kann ich ihn bitten abzusagen? Merkt er nicht, wie sehr ich das brauche? Wie sehr ich *ihn* brauche?

Okay, antworte ich.

Wir sehen uns dort, Newman. Keine Angst, ich lass dich nicht hängen.

Mein Herz macht einen Hüpfer und mir wird ganz warm. Zwischen uns ist alles gut.

Wenn man die Augen ganz fest zusammenkneift, könnte die Hauptstraße von Gold Coast auch in SoHo sein, dabei ist sie in Wirklichkeit nur ein Streifen Asphalt neben dem Strand. Es gibt eine Boutique, die für Feuchtigkeitscremes mit dreistelligen Preisschildern und etwas namens »Herzglitter« wirbt, ein Spinning-Studio für Lycra tragende Mütter, die grüne Smoothies für zwölf Dollar das Stück schlürfen, eine Sushibar mit Omakase-Menü, von der ein Restaurantkritiker der *New York Times* mal behauptet hat: »Dafür lohnt es sich fast, die fünf Boroughs zu verlassen«, und *das* Relikt von Gold Coasts Vergangenheit: die Garage.

Sie ist der einzige Laden nördlich des Long Island Expressway, in dem Musiker auftreten, die von weiter her kommen als aus New Jersey. Meine Eltern behaupten sogar, Billy Joel hätte mal einen ganzen Abend an einem der hinteren Tische gesessen, teuren Wein getrunken und ein paar Blondinen in der ersten Reihe Wodka-Shots ausgegeben. Aber das war in den Neunzigern. Jetzt gilt die Garage als ein Überbleibsel des *alten* Gold Coast, das einst flippige Töpferinnen wie meine Mom anzog und ehemalige Firmenanwälte, die ihren Ruhestand in einem Strandhaus aus der Zeit vor dem Bürgerkrieg verbringen wollten. Dieses Gold Coast beherbergte noch Leute, die keine Kleiderkästen voller Brooks-Brothers-Poloshirts und Geschirrschränke voller Bleiglas hatten. Ich glaube ja, die Garage gibt es nur deswegen immer noch, weil sie ein Mahnmal dafür ist, wie tief man fallen kann.

Roberts Cousin Luis betreibt den Klub, seit er vor ein paar Jahren festgestellt hat, dass es hier, jenseits der Stadtgrenzen von New York, ein Nachtleben voller unentdeckter Möglichkeiten auszuloten gibt. Wir durften immer umsonst rein. Er dürfte echt was riskiert haben, dass er Jared und Bryce am Samstag zur besten Zeit hier spielen lässt. Aber als ich ankomme, reicht die Schlange schon einmal um den Block. Ich sehe etliche Leute aus meiner Schule und ein paar Schüler von der Cartwright, die sich öfter auf Player-Partys einschleichen. Sticker und Graffitis zieren die Wände und bilden einen krassen Kontrast zu dem Meer aus Button-down-Hemden, gebügelten Khakis und zweihundert Dollar teuren Fleecejacken. Die meisten Mädels sind komplett gestylt und staksen in hohen schwarzen Stiefeln, die sonst eher Klubbesuchen in Manhattan oder den Aufnahmeveranstaltungen der Univerbindungen vorbehalten sind, Richtung Eingang. Im Stillen mache ich mich über eine Gruppe Zehntklässler lustig, die sich extra zum Wochenende Föhnfrisuren hat verpassen lassen.

An der Tür kontrolliert Luis die Tickets. Ich lächle ihn an, weil ich weiß, dass er mich kennt. »Fünf Dollar«, sagt er mit versteinertem Blick. Die Zeit des freien Eintritts ist vorbei. Ich gebe ihm einen zerknüllten Schein und gehe hinein.

Die Luft ist abgestanden und muffig und mir wird schlagartig bewusst, dass ich ganz alleine bin. Ich frage mich, wer mich sieht, wen es interessiert und ob sich in den nächsten Wochen alle das Maul darüber zerreißen werden, dass ich da war. Im nächsten Augenblick wird mir klar, wie narzisstisch der Gedanke ist. In Wirklichkeit kümmert es keinen. Das sollte ich mir vor Augen halten. Ich schiebe mich an Ultra-High-Heels und aufgestellten Kragen vorbei zur Bar, einem klebrigen C-förmigen Holztresen, über dem eine Anarchistenflagge hängt. Aber bevor ich dort ankomme, legt mir jemand die Hand auf den unteren Rücken.

»Hallo, Newman.«

Ich wirble herum und sehe Adam vor mir. Er trägt eine schwarze Jeansjacke und seine runde Kunststoffbrille. Irgendwie sieht er müde aus, verlottert und ein bisschen traurig. Aber er reicht mir eine Dose Mineralwasser mit Grapefruitgeschmack. Gott sei Dank kein Bier.

»Ich bin so froh, dass du da bist.«

Lächelnd nimmt er mich in den Arm. »Das würde ich mir doch nie entgehen lassen.« Er nimmt einen Schluck aus seiner Dose, die den gleichen Inhalt hat wie meine, und deutet mit dem Kinn in eine Ecke. Dort stehen die Player und sehen zu uns rüber. Henry zieht einen Schmollmund und steckt die Hände in die Taschen. Robert zeigt mir wieder mal den ausgestreckten Mittelfinger und Marla wendet den Blick ab. Am meisten schmerzt mich aber Nikkis und Quentins Reaktion. Die beiden starren mich einfach nur mit undurchdringlicher

Miene an. Ich will wieder eine von ihnen sein, eingeweiht in die Geheimnisse, die Rituale und die Insiderwitze. Stattdessen exe ich den Inhalt meiner Dose.

»Hast du keine Angst, mit mir gesehen zu werden?«, frage ich.

Adam nickt den anderen zu und winkt. Quentin hebt als Einziger die Hand. »Quatsch«, sagt er. »Was haben sie jemals für mich getan?«

Ich laufe rot an, zum Glück geht das Licht aus und verwandelt die Garage in einen pechschwarzen Abgrund. Ein Gitarrenriff wogt durch den Raum. Das Publikum jubelt und ein Scheinwerfer erleuchtet die Bühne. Ich bekomme Gänsehaut, eine Schweißperle rollt mir über den Rücken.

»Wir sind Wonder Truck und wir heizen euch ein!«, schreit Bryce ins Mikro. Hinter ihm, an den Drums, hockt Larry Kramer, der mit seinen zwei Metern sitzend fast genauso hoch ist wie Bryce im Stehen.

Adam johlt und ruft: »Yeah, Miller!«

Der Raum verwandelt sich in einen Tornado, alle hüpfen auf und ab wie wild und rempeln sich gegenseitig an. Die Player, sogar die aus der Neunten, stehen ganz vorne und recken die Arme Richtung Bühne. In der Ecke lassen ein paar Leute aus dem Debattierklub nicht ganz im Takt obszön die Hüften kreisen.

Ich konzentriere mich auf Jared. Er steht mit vor Aufregung rotem Gesicht auf der rechten Seite der Bühne. Seine Stirn ist feucht, den Bass hat er auf seinem angewinkelten Knie abgestützt. Er bewegt den Oberkörper vor und zurück, während er Bryces simple Gitarrenakkorde mit einem soliden Rhythmus unterlegt. Schweiß tropft ihm von der Stirn und seine Augenlider flattern. Den Gesichtsausdruck hat er immer, wenn er sich fest auf etwas konzentriert – wie eine Geometrieaufgabe oder ein besonders komplexes Buch. Doch jetzt bilden seine Lippen ein Lächeln. Er muss sich nicht anstrengen. Er ist völlig in seinem Element.

Als der Song zu Ende ist, schleudert Jared die Haare zurück und wischt sich mit seinem weißen T-Shirt das Gesicht ab. Er schaut in die jubelnde Menge und lässt den Blick durch den Raum schweifen. Eine Sekunde lang verharrt er dort, wo ich stehe, und ich frage mich, ob er mich trotz des grellen Bühnenlichts sieht. Ob er weiß, dass ich da bin und mitfiebere.

Aber bevor ich zu einem Ergebnis komme, beginnt auch schon der nächste Song, der genauso laut und schnell ist wie der erste. Die Garage gleicht einer Hüpfburg, die sich mit jedem Sprung dehnt und wieder zusammenzieht. Die Holzdielen geben knarrend nach.

»Sie sind der Hammer!«, schreit Adam mir ins Ohr. Seine Worte fühlen sich warm und feucht an. »Jared ist super!«

Ist er, möchte ich sagen. Er ist wirklich gut. Aber ich bin abgelenkt von Nikki und Quentin, die in der Ecke tanzen und mitsingen. Sie kennen die Texte auswendig. Texte, die ich noch nie gehört habe. Die beiden fehlen mir mit jeder Faser meines Körpers, genau wie Shaila, aber fast noch schlimmer, denn sie sind noch hier, auf der anderen Seite des Raums.

»Ich muss kurz an die frische Luft«, schreie ich Adam zu. Einen Moment lang warte ich, in der Hoffnung, dass er mitkommt, aber er nickt nur und reißt die Fäuste in die Luft, den Blick fest auf die Bühne geheftet.

Ich drehe mich um und quetsche mich durch die verschwitzte Menschenmenge zum Seiteneingang. Mit der Schulter stemme ich die schwere Metalltür auf und erschrecke, als mir der kalte Wind entgegenschlägt und die Haare zerzaust. Plötzlich bekomme ich wieder Luft. Ich bin frei. Ich lehne mich gegen die Ziegelsteinmauer, lege den Kopf in den Nacken und suche das Sternbild Widder. Ich betrachte seine Hörner und stelle mir vor, wie er mit den anderen Nachtwandlern die Köpfe aneinanderstößt und über den Himmel galoppiert. Von der Kälte bekomme ich ganz eisige Finger, aber das ist mir egal. Es tut gut, sie nicht zu spüren, etwas taub werden zu lassen.

Lange bin ich nicht allein. Die Tür geht auf und die Geräuschkulisse aus dem Inneren dringt nach draußen. Gitarrenakkorde hallen durch die Nacht.

Nikki taucht aus der Dunkelheit auf und stampft mit ihren schwarzen Designer-Kampfstiefeln über den gefrorenen Asphalt. Ich drücke mich fester an die Wand. Hoffentlich sieht sie mich nicht. »Ich weiß, dass du hier draußen bist«, ruft sie.

Ich zucke zusammen. Ich bin nicht bereit dafür. Ich war noch nie besonders gut darin, mich zu wehren oder auf Konfrontation zu gehen. Shaila war immer diejenige, die sich für alle eingesetzt hat. Sie war es, die Derek Garry die Hand wegschlug, als er mir bei einer Ü unter den Rock greifen wollte. Sie war es, die Liza Royland sagte, sie solle *sich ficken*, nachdem sie mir in der Mittelstufe die Luft aus den Fahrradreifen gelassen hatte. Sie war es, die den stellvertretenden Sportlehrer, Mr Doppelt, meldete, weil er nach dem Sportunterricht zu lange bei uns in der Garderobe herumhing. Shaila war unser Wachhund. Ich war der Welpe, der versuchte nicht auf den Boden zu pinkeln.

Wie ich hier so in der klirrenden Kälte stehe, wird mir klar, dass ich nicht mit Nikki streiten will. Ich will nicht böse auf sie sein. Ich will sie umarmen und so tun, als wären wir im selben Team. Ich will wissen, ob sie Graham glauben würde, ob sie ebenso wild auf die Wahrheit wäre wie ich, wenn sie sähe, was ich gesehen habe. Wenn sie wüsste, was ich weiß.

Ich hole tief Luft. »Hier«, sage ich und mache einen Schritt nach vorn.

Nikki stampft auf mich zu und baut sich vor mir auf. Wir sind genau auf Augenhöhe. Ihre Lippen sind zu einem verletzten O geformt, ein Schmollmund. Ihr Blick ist wild. Sie hat getrunken. Nicht zu viel, aber genug, um das Feuer in ihrem Bauch zu schüren, ihren Möchtegernmut zusammenzunehmen und eine auf Shaila zu machen. Vielleicht sollte ich das auch.

»Ich bin echt wütend auf dich.« Nikki verschränkt die Arme vor der Brust und schiebt die Hüfte vor. »Stinkwütend.«

»Ich bin auch wütend auf dich.« Meine Stimme ist wackliger als ihre. Unsicher.

»Du hast gesagt, wir ziehen das zusammen durch. Und dann hast du einfach den Schwanz eingezogen und mich allein gelassen!«

Ich schnaube. »*Ich* habe *dich* alleingelassen? Du hast Quentin, Marla und Robert. Und sogar Henry. Du hast alle. Ich bin allein.«

»Ohne dich ist es nicht dasselbe. Das weißt du.«

»Du hast dich an nichts gehalten, was wir abgesprochen hatten.« Ich kämpfe mit den Tränen.

»Stimmt doch gar nicht.«

Ich beiße mir auf die Unterlippe, um nicht loszubrüllen. »Doch. Und das weißt du auch. Du hast die Üs viel schlimmer gemacht als nötig. Jetzt hast du das Sagen, aber du benimmst dich genauso wie *sie*. Wie Derek und Jake und die anderen Jungs, die uns das Leben zur Hölle gemacht haben.«

Nikki kneift die Augen zusammen. »Tue ich nicht.«

»Siehst du das nicht?« Ich könnte durchdrehen. Wie kann man nur so blind sein?

»Ich bin nicht die Herrscherin über das Universum, Jill. Jeder kann Nein sagen. Wir zwingen keinen zu irgendwas.«

»Doch, das tut ihr.« Ich schlucke. Mein Hals ist rau und kratzig. »Wir bestimmen, wo's langgeht. Nicht sie. Oder hattest du in unserem ersten Jahr mal den Eindruck, du könntest Nein sagen? Versetz dich mal in ihre Lage.«

»Das ist so typisch, Jill. Du willst dich doch nur selber schützen. Wenn irgendwas schiefgeht, wenn deinem kostbaren kleinen Bruder was passiert, bist nie *du* schuld. Früher musste Shay den Kopf für dich hinhalten. Und jetzt muss ich es.«

Ich klappe den Mund auf und stolpere rückwärts, als hätte sie mir eine Ohrfeige verpasst. Ich weiß genau, worauf sie sich bezieht. Die Mittwinter-Challenge. Die Nacht, als Shaila fast alles für mich gegeben hat.

Es war ein ungewöhnlich warmer Freitagabend im Februar und man hatte uns für eine der großen Üs in Jakes Keller beordert. Als die Nachricht eintraf, wäre mir fast das Herz stehen geblieben. Ich musste am nächsten Tag um acht Uhr früh bei der überregionalen Matheolympiade antreten. Es gab nur zwei solche Veranstaltungen im Jahr und ich hatte extra darum gebeten, an diesen Tagen befreit zu werden.

»Klar«, hatte Adam gesagt, als ich ihn vor einiger Zeit darauf angesprochen hatte. »Kein Problem.«

Aber jetzt würde ich wohl doch nicht drum herumkommen. Nicht wenn Jake das Ganze leitete.

Scheiße, schrieb ich Shaila. Ich kann heute Abend nichts trinken …

Keine Angst. Ich sorg dafür, dass du nicht musst.

Ich antwortete ihr mit einer Million Herz-Emojis und betender Hände, bevor ich mich aufmachte, um mich meinem Schicksal zu stellen.

Als wir bei Jake ankamen, waren schon ein paar Jungs aus der Elften da, aber kein Adam und auch keins von den Mädchen. Jake schickte uns in eine Art begehbaren Schrank, in dem es nach Zedern und Lavendel roch. Auf einer schmalen Bank standen zwei Magnumflaschen Wodka. »Trinkt die aus«, sagte Jake mit ausdrucksloser Stimme.

Die anderen Jungs lachten und machten anfeuernde Geräusche.

Robert rümpfte die Nase. »Das ist alles?«

Ein kleines, fieses Lächeln stahl sich auf Jakes Gesicht. »Ja«, sagte er. »Das ist alles.«

Dann drehte er sich um und schloss die Tür von außen. Ein Klicken verriet uns, dass wir eingesperrt waren.

»Tja, das sollte nicht allzu schwer sein«, sagte Robert, nahm eine der Flaschen und setzte sie sich an die Lippen, um einen kräftigen Schluck zu nehmen. Aber nach einem kurzen Nippen spuckte er den Inhalt auf den Boden. »Bäh, ekelhaft, der ist ja heiß.«

Stöhnend ließ Shaila sich auf eine der Bänke fallen. Dann riss sie die Augen auf. »Moment mal. Ist euch auch so heiß?« Sie zog sich den Fleecepullover über den Kopf, wobei zwischen Hose und Oberteil ein schmaler Hautstreifen zum Vorschein kam.

Es *war* heiß. Und es wurde immer heißer. Vom Boden stieg Dampf auf. Ich blickte nach oben. Durch die Holzdecke kam ebenfalls Dampf.

»Scheiße«, sagte Quentin, nachdem er sich einmal um die eigene Achse gedreht hatte. »Das ist eine Sauna.«

Schweigend ließen wir die Erkenntnis sacken. Jake heizte ein. Viel zu viel. Plötzlich war ich mir meiner Achseln bewusst und der Hitze zwischen meinen Zehen. Ich nahm einen tiefen Atemzug und bekam zu viel heiße Luft in die Lunge. Panik stieg in mir auf und ich hatte das Gefühl, jeden Moment umzukippen.

»Bringen wir's hinter uns«, sagte Marla. Sie zog sich den Pullover aus und nahm einen tiefen Schluck. Dabei verzog sie das Gesicht. »Boah, ist das ekelhaft.«

Als Nächstes ging die Flasche an Henry und dann weiter im Kreis, bis Nikki sie vor mich auf den Boden stellte.

Ich nahm sie in die Hand und dachte an den nächsten Tag. Daran, dass ich aus dem Team geworfen würde, wenn ich schlecht abschnitt, daran, wie das mein Stipendium und meine Chance auf einen Platz an einem Elitecollege gefährden könnte. Wie es alles zunichtemachen könnte, für das meine Eltern gearbeitet hatten. Alles, wofür *ich* gearbeitet hatte. Meine Hände begannen zu zittern und ich blinzelte, um die Tränen zurückzudrängen. Es war einfach zu viel. »Ich kann nichts trinken«, sagte ich leise und zu niemand Bestimmten. »Morgen ist Matheolympiade. Die darf ich nicht verbocken.«

Für einen Moment sagte keiner was, dann nahm Shaila die Flasche. »Ich trinke für sie mit. Ist auch schon egal.«

Keinen schien es zu kümmern und langsam ließ auch meine Panik nach. Ich drückte Shailas Hand und schickte ein stummes *Danke* in ihre Richtung.

Es dauerte nicht lange, bis wir alle knallrot und schweißnass waren. Ich war so dehydriert, dass mein Hals kratzte. Henry trocknete sich das Gesicht an seinem T-Shirt ab, obwohl es vor Feuchtigkeit schon ganz durchsichtig war.

»Ich muss mich hinlegen«, sagte Nikki. Ihre Haut war tomatenrot und das lange dunkle Haar klebte ihr in feuchten Strähnen am Kopf.

»Kommt schon. Wir habens fast geschafft«, lallte Shaila. Sie hatte die zweite Flasche in der Hand, die noch zu fast einem

Drittel voll war. Ich hatte keine Ahnung, wie viel Zeit vergangen war, aber Shaila schwankte bereits.

»Alles okay?«, flüsterte ich ihr ins Ohr.

»Ja, ja, ja«, sagte sie. Aber ihre Augen waren trüb und ihr Mund hing schlaff herunter. Und sie sah einfach durch mich hindurch.

Den anderen ging es ähnlich. Sie waren mehr oder weniger weggetreten. Völlig dicht und auf dem besten Weg, noch dichter zu werden. Aber Shailas Zustand toppte alles.

»Wie viel hattest du?«, zischte ich ihr zu.

»Ich trink für dich mit. Schon vergessen?«, antwortete sie, aber nicht unfreundlich. Sie lächelte. »Dafür hat man doch Freundinnen.« Dann setzte sie die Flasche an und nahm einen weiteren riesigen Schluck. Ihr Hals hob und senkte sich, während die Flüssigkeit in ihren Magen sickerte.

Graham schüttelte den Kopf und nahm ihr den Wodka weg. »Lass gut sein, Babe. Du hast genug.« Mit diesen Worten leerte er die restliche Flasche und presste sich die Hand gegen den Mund, um den Inhalt am Herauskommen zu hindern.

»Jake!«, schrie Robert und hämmerte mit der anderen leeren Flasche gegen die Tür. »Wir sind fertig!«

»Na endlich.« Jake löste den Riegel und wir stolperten mit schweißverklebten Klamotten und schweren Gliedern nach draußen. Die kühle Luft war eine Wohltat und wir schnappten gierig danach. Shaila taumelte als Letzte aus der Sauna und ließ sich sofort mit dem Rücken zur Wand auf den Boden gleiten.

»Mir gehts nicht so gut«, murmelte sie.

»O-oh«, sagte einer der Jungs aus der Elften. »Sie sieht echt fertig aus.«

Jake ging neben ihr in die Hocke und musterte erst Shaila und dann uns, mich. »Sie hatte mehr als ihr anderen, stimmts?«

Wir schwiegen.

Einen Augenblick später drehte Shaila sich zur Seite und erbrach einen klebrigen beigen Schwall auf den Holzboden.

»Igitt«, sagte Jake und schüttelte angewidert das Bein. »Sie hat meine Limited-Edition-Nikes angekotzt!«

Shaila sackte in sich zusammen und kippte zur Seite. Sie war ohnmächtig.

»Äh, Leute«, sagte ich mit zitternder Stimme. »Wir sollten irgendwas tun.«

»Scheiße«, lallte Nikki. »Wir müssen sie ins Krankenhaus bringen.«

Die Jungs aus der Elften stöhnten. »Oh Mann, das passiert jedes Jahr«, sagte einer von ihnen. Ich glaube, es war Reid Jefferson, der Star des Debattierklubs. »Sie muss sich den Magen auspumpen lassen. Ich kann sie hinfahren.« Er griff nach seiner Jacke.

»Spinnst du?«, schaltete Jake sich ein. »Wir sind alle minderjährig.« Sein Blick war wütend. Oder ängstlich. »Verschwindet aus meinem Haus. Ihr alle. Seht zu, wie ihr allein zurechtkommt.«

»Was?«, fragte Henry. »Ist das dein Ernst?«

»Was glaubst du denn?«, erwiderte Jake. »Wenn rauskommt, dass ich beinahe eine dämliche Neuntklässlerin umgebracht hätte, kann ich Princeton vergessen.«

Die anderen Jungs nickten, als wäre das eine legitime Entschuldigung.

Ich wusste nicht, was wir tun sollten, und erstarrte. Zum Glück übernahm Marla das Kommando. »Kommt, Leute. Ich rufe meine Brüder an.« Sie legte sich Shailas Arm um den Hals. »Geh du auf die andere Seite, Graham. Und pass auf, dass sie immer schön weiteratmet. Jill, du nimmst ihre Sachen.«

Dankbar, etwas zu tun zu haben, folgte ich schweigend Marlas Aufforderung und nahm Shailas Jacke und ihren Rucksack. Dann lief ich hinter den anderen her die Treppe hoch. Hinter mir wimmerte Nikki, sie klang verängstigt und betrunken. »Komm«, sagte ich und nahm ihre Hand.

Als wir vors Haus traten, schlug uns mit der Kälte das volle Ausmaß unserer Situation ins Gesicht, und Angst machte sich breit. Es war finster, zu finster, nicht ein Stern war in Sicht.

»Was für Arschlöcher«, murmelte Graham. Dann warteten wir schweigend auf Marlas Brüder, bis schließlich ein Scheinwerferpaar auf uns zugerast kam.

»Was zum Teufel, Mar?« Marlas ältester Bruder James saß auf dem Beifahrersitz und ließ das Fenster herunter, um nachzusehen, was los war. »Seid ihr total hirnverbrannt, oder was?«

»Bitte spar dir ausnahmsweise die Kommentare«, sagte sie. »Hilf mir einfach, okay? Wir müssen sie heimbringen.« Sie sah ihre Brüder flehend an, während diese missbilligend murmelten. Dann wandte sie sich an mich. »Sind ihre Eltern da?«

Ich schüttelte den Kopf. »Die sind in den Hamptons.«

»Gut. Helft mir sie in den Truck zu setzen.«

Gemeinsam hievten Graham, Marla und ich Shailas reglosen Körper auf den Rücksitz, da murmelte sie irgendwas Unverständliches. Ich atmete auf. Sie war wach.

»Wir passen nicht alle rein«, sagte Marla. »Nikki, Jill, ihr kommt mit uns. Wir können zusammen bei Shaila übernachten.«

Wir quetschten uns auf den Rücksitz und ließen die Jungs in der kalten Dunkelheit stehen. Ich rutschte, so weit es ging, an den Rand, damit Marla und ich Shaila zwischen uns stützen konnten. Kaum hatten wir uns angeschnallt, fuhr Cody, Marlas zweitältester Bruder, los. James stellte das Radio an und keiner sagte was, während wir über die bewaldeten, kurvigen Straßen zum Anwesen der Arnolds fuhren.

Die nächsten paar Stunden verbrachten wir in Shailas Badezimmer, wo sie so lange kotzte, bis nur noch grüne Galle kam. Marla versorgte sie mit kalten Umschlägen, Ibuprofen und Gatorade, das sie in der Speisekammer gefunden hatte. Nikki streichelte Shaila den Rücken und hielt ihr die Haare aus dem Gesicht, wenn sie sich von Neuem über die Toilette beugte.

Als der Morgen anbrach, machte ich mich endlich auf den Heimweg.

»Du kannst ruhig gehen«, sagte Marla. »Es ist okay. Wenn ich ein Hockeymatch hätte, würde ich das auch tun.« Nikki schlief noch.

»Danke«, sagte ich und versuchte nicht loszuheulen.

»Du würdest dasselbe für mich tun«, sagte sie. »Wir kümmern uns umeinander.«

Ich bewunderte sie für ihre Ruhe und dafür, dass sie sich ihre Angst nicht anmerken ließ. Ich schwor mir, mich bei ihr zu revanchieren und ihr zu helfen, wenn sie mich mal brauchte. Aber das passierte nie. Auf Marla war immer Verlass. Sie verlor nie die Selbstbeherrschung. Wir konnten immer auf sie zählen.

Von jener Nacht haben wir nie wieder gesprochen. Keine von uns.

Wenn Nikki mir jetzt vorhält, dass ich mich hinter Shaila versteckt und nie versucht habe ihr zu helfen, heißt das, dass sie Blut sehen will.

Nikki bleckt die Zähne. Ich mache noch einen Schritt zurück und drücke mich an die Mauer. »Ich dachte, du bist meine *beste* Freundin«, flüstert sie. »Und ich hab schon mal eine verloren.«

Ich lasse die Schultern hängen. Streiten ist so anstrengend. Dabei will ich sie eigentlich nur in die Arme nehmen und daran erinnern, dass *wir* noch am Leben sind. Dass wir zusammenhalten müssen. Aber ich habe so eine Wut in mir und die kann ich nicht einfach abstellen. Ich weiß nicht, ob Nikki mich versteht. Ob sie versteht, was wir anrichten können ... angerichtet *haben*.

»Jared hat sich verändert«, sage ich. »Genau wie die anderen. Ja, sogar du. Seitdem du Toastmasterin bist, führst du dich auf, als würde Gold Coast dir gehören.« Am liebsten würde ich Feuer spucken. Sie brennen lassen, ihr wehtun. »Du weißt, dass ich recht habe. Mit dem, was ich bei der Road-Rallye gesagt habe. Wenn Shaila noch leben würde, wäre das ihr Titel. Aber jetzt gehört er dir. Darüber freust du dich doch, oder? Dass du ihre Rolle eingenommen hast?« Nikkis Augen sind rot und ihre Pupillen quellen hervor. Trotzdem stichle ich weiter, weil ich weiß, wo ihre größten Unsicherheiten sitzen. »So ist es doch?«, sage ich noch einmal, diesmal lauter.

»Sei still!«, schreit sie und hält sich die Ohren zu. Sie schüttelt den Kopf, jetzt hat sie Tränen in den Augen. »Sag so was nicht!«

Ich mache den Mund zu. Statt zufrieden zu sein, ist mir schlecht.

»Wir haben nur noch ein paar Monate«, stammelt sie. »Willst du echt alles hinwerfen?«

Ich schüttle den Kopf und fühle mich wie der Widder, mein Lieblingssternbild. Bedrohlich. Unbändig. »Das habe ich schon.«

17

Ich stehe am Rand des Ocean Cliff und der Wind geht so stark, beutelt mich so sehr, dass ich zu fallen drohe. Aber ich kann mich nicht bewegen. Ich schaffe es nicht, mich an einen sichereren Ort zu begeben. In der Ferne entdecke ich Nikki und will ihr winken, aber meine Arme wollen nicht. Ich versuche ihren Namen zu rufen, bekomme aber den Mund nicht auf. Plötzlich rast sie auf mich zu, ihr Blick ist wild und wütend, ihr Mund ein schwarzes Loch, und sie schubst mich.

Ich falle, unglaublich schnell und unglaublich tief. Ganz allein stürze ich in die Dunkelheit.

Bis ein donnerndes Geräusch mich weckt. Ich reiße die Augen auf und fasse mir ans Herz. Es war nur ein Traum. Ein weiterer Albtraum. Aber das Geräusch wiederholt sich, ein dröhnendes Vibrieren.

Ich greife nach meinem Handy. Rachels Name erscheint auf dem Display. Kurze Frage: Hat Shaila dir Briefe geschickt?

Ja, antworte ich. Während der Sommerferien. Wenn sie im Urlaub war. Wieso?

Ich habe einen gefunden, den sie mir in der Achten geschickt hat. Ich frage mich, wem sie sonst noch geschrieben hat. Ob sie irgendwem von du-weißt-schon-was erzählt hat …

Meine Finger erstarren. Ich bin zwar immer noch nicht von Grahams Unschuld überzeugt, aber dass Shaila ihn betrogen hat, finde ich nicht ganz abwegig. Gab es in einem ihrer Briefe einen Hinweis darauf? Ich glaube nicht. Sie schrieb mir nur, wenn sie fort war, und wir haben ihr ganzes letztes Lebensjahr gemeinsam verbracht.

Mir nicht, tippe ich.

Schon klar. Jemand anderem vielleicht?

Keine Ahnung.

Gibts eine Möglichkeit, es rauszufinden?

Klar, wenn wir bei ihr daheim einsteigen, schreibe ich, offensichtlich nicht ernst gemeint.

Das würdest du tun?????? Ihre Eltern verbringen den Winter immer in Palm Beach. Wahrscheinlich steht das Haus leer!, antwortet Rachel.

Das ist ein Witz, oder?

??????

Ich lasse das Handy aufs Bett fallen. Ist es das wert? Was könnte ich dort finden?

Der Gedanke beschäftigt mich den ganzen Tag. In der Schule, in der Bibliothek, wo ich für die Stipendienprüfung lerne – mein neues Lieblingshobby –, beim Treffen des Matheteams und beim Abendessen, wo Jared mich mal wieder ignoriert, während Mom und Dad bei Lachs und gebackenen Süßkartoffeln über die Arbeit und das schlechte Wetter schimpfen.

Ich klopfe mit dem Fuß auf den Boden, bin unruhig und nervös. Irgendwann halte ich es nicht mehr aus und hebe den Kopf. »Entschuldigt ihr mich?«, frage ich. »Ich habe ein Buch in der Schule vergessen und sollte es holen, bevor sie abschließen.«

Mom und Dad schauen mich nicht mal an. »Klar«, sagt Dad.

»Aber komm dann gleich wieder heim. Es ist schon spät.« Er zieht den Autoschlüssel aus der Hosentasche und gibt ihn mir.

Ich nicke und gehe zur Tür. Ich kann an nichts anderes denken als an das, was ich gleich tun werde. *Wenn jemand zu Hause ist, fahre ich einfach wieder*, sage ich mir.

Obwohl ich seit Shailas Tod nicht mehr bei ihr zu Hause war, kenne ich den Weg noch im Schlaf. Als hätte er sich in mein Muskelgedächtnis eingebrannt. Ich folge der East End Street bis zur Ampel, dann weiter auf der Grave Avenue und der Main Street durch die Stadt. Vorbei an dem Spinning-Studio, in das Adams Mom geht, und an der Garage, dann aus der Stadt heraus und über die bewaldeten Hinterstraßen, vorbei an dem Pferdestall, in dem Shaila als Kind reiten gelernt hat. Als ich die kleine Brücke überquere, die das Anwesen der Arnolds vom Rest von Gold Coast trennt, steige ich leicht auf die Bremse. Und im nächsten Augenblick befinde ich mich auch schon am Anfang ihrer breiten alleeartigen Auffahrt. Ich halte an und stelle den Motor ab.

Meine Hände zittern und ich packe fest das Lenkrad, um sie zu beruhigen. *Soll ich das wirklich machen?*

Ich kneife die Augen zusammen und zermartere mir zum hundertsten Mal das Hirn. *Was würde Shaila tun?* Sie würde es durchziehen. So viel steht fest.

Als ich aussteige, sind meine Knie weich wie Wackelpudding und der Wind peitscht gegen meinen nackten Hals. Kein Auto in Sicht. Das ist ein sicheres Zeichen, dass die Arnolds über den Winter die Stadt verlassen haben.

Wenn Mr und Mrs Arnold nach Palm Beach gefahren sind, haben sie bestimmt einen Schlüssel in dem Schlüsseltresor am Gästehaus hinterlegt. Ihr Code für alles war Shailas Geburtsdatum: 1603. Tief atme ich die kalte Luft ein und lasse sie in meine Lungen strömen, um mir Mut zu machen.

Dann sprinte ich los. Erst durch das Wäldchen, das den Übergang vom Rasen zum Wald markiert, um nicht auf den Sicherheitskameras zu erscheinen, die die Arnolds nach Shailas Tod installiert haben. Es ist so dunkel, dass ich nicht mal meine Füße richtig erkennen kann. Mein Herz hämmert panisch in meiner Brust, aber ich sage mir, dass es nicht lange dauern wird. Ich habe es fast geschafft. Jetzt sehe ich im Mondlicht das wenige Hundert Meter entfernte Haus. Ich renne zwischen den Bäumen durch und tauche im Hinterhof der Arnolds auf, einer riesigen freien Fläche, die einen Pool und einen Tennisplatz beherbergt.

Von hier aus kann ich das Fenster von Shailas Zimmer erkennen. Es ist stockfinster wie der Rest des Hauses. Ich atme tief durch, dann schleiche ich mich ans andere Ende des Hofs zum Gästehaus. Der Schlüsseltresor ist an der Eingangstür montiert. Ich lasse die Handschuhe an, um Shailas Geburtsdatum einzutippen. Das Licht wechselt von rot auf grün und die Klappe geht auf. Ich atme auf.

Der Schlüssel ist noch da, wo er immer war, und wartet nur darauf, benutzt zu werden.

Ich stecke ihn ein und gehe zum Seiteneingang des Haupthauses. Weil er normalerweise nur von Lieferanten und Catering-Personal verwendet wurde, wenn die Arnolds eine ihrer schicken Cocktailpartys gaben, ist er gut versteckt. Dort angekommen, ziehe ich meine Jacke und meine Stiefel aus und lasse sie vor dem Haus liegen. Ich darf drinnen nichts schmutzig machen.

Der Schlüssel dreht sich und die Tür geht auf. Ich warte kurz auf einen Alarm oder ... sonst was. Aber nichts passiert und ich trete ein. In Anbetracht der abgestandenen Luft frage ich mich, wie lange Shailas Eltern schon nicht mehr hier waren. Seit dem ersten Schultag hat sie niemand mehr gesehen. Weder in der Stadt noch im Supermarkt. Aber das ist eigentlich normal. Nach Shailas Tod haben sie ihr gesellschaftliches Leben eingestellt.

Auf Zehenspitzen schleiche ich durchs Erdgeschoss, mehr aus Neugier als aus Notwendigkeit. Alles ist noch genauso wie bei meinem letzten Besuch vor drei Jahren. Das gute Geschirr wird nach wie vor in der großen Holzvitrine im Esszimmer zur Schau gestellt. Der Steinway-Flügel ist so sauber poliert, dass ich mein Spiegelbild darin erkenne. Die Wendeltreppe ist noch mit rot-grünen Läufern mit Weihnachtsmotiven geschmückt, obwohl wir schon Mitte Februar haben.

Und Shaila ist *überall*. Von dem Gemälde im Wohnzimmer blickt mir ihr Erstkommunionsgesicht entgegen. Im Gang hängt ihr Jahrbuchfoto aus der Fünften. Und bei der Treppe hat sie ihr bestes Osterkleid an und schneidet mit ihren Eltern Grimassen.

Die Hand am Geländer, gehe ich in den ersten Stock, ich kenne jede Stufe auswendig. Oben biege ich rechts ab und schleiche den Gang entlang. Vor Shailas Zimmer bleibe ich stehen.

Ich lege die Stirn gegen dir Tür. Ich kann Shaila hinter mir fühlen, wie sie mich weiterdrängt. *Du kannst das. Du solltest es tun. Du musst es tun.* Ich drehe den hölzernen Knauf, stoße die Tür auf und betrete Shailas Welt. Es ist so dunkel hier drin, dass ich nichts erkenne. Ich wühle nach meinem Handy und schalte die Taschenlampe ein, damit sie einen Lichtkegel vor mich wirft. Als ich etwas sehen kann, schnappe ich nach Luft. Das Zimmer ist völlig unverändert.

Shailas dunkles Holzbett mit den geschnitzten Pfosten steht

in der Mitte der gegenüberliegenden Wand. Darüber liegt – perfekt zurechtgezogen – die fliederfarbene Tagesdecke aus Seide mit den angenähten Zierknöpfen. Ein Stoffschwein, das Shaila in der Grundschule geliebt und später, als sie ihre Tage bekam, in die Verbannung geschickt hat, sitzt vor den Kissen und starrt ins Leere.

Ich habe einen Kloß im Hals und würde mich am liebsten in Shailas Bettdecke einwickeln, weil ich wissen will, ob sie noch nach ihr riecht. Aber ich habe eine Mission und zwinge mich weiterzumachen. Ich muss herausfinden, ob es hier etwas, *irgendetwas* gibt, das uns verrät, ob sie irgendwem erzählt hat, dass sie Graham betrügt. Zuerst sehe ich in ihrem begehbaren Kleiderschrank nach. Hier hat sie oft halb volle Schnapsflaschen und Vaporizer-Kapseln gebunkert. Ich sehe zwischen ihren T-Shirts und unter ihren Volleyball-Knieschützern nach. Keine Briefe. Als Nächstes widme ich mich ihrer Kommode, doch darin sind nur Shailas alte gestärkte Schuluniformen. Sie riechen überhaupt nicht nach ihr.

Ich gehe zu ihrem Schminktisch, vor dem wir so oft gestanden, Eyeliner und Lippenstift aufgetragen und dabei zugesehen haben, wie wir uns verwandeln. Er weist immer noch rote Farbspritzer von damals auf, als Shaila in der Mittelschule darauf bestanden hat, sich die Haarspitzen rot zu färben. Nur ein bisschen, nur zum Spaß. Ich fahre mit dem Finger darüber und versuche sie wegzukratzen, aber sie gehen nicht ab. In der Ecke des Spiegels steckt ein Schnappschuss von Shaila, Nikki, Marla und mir, wie wir uns in der Neunten für den Frühlingsball stylen. Wir tragen Glitzerkleider und zu viel Makeup. Shaila hat uns die Haare gemacht und ich habe mich nie so schön gefühlt wie an jenem Abend.

Mein Herz schlägt schneller, als ich unser breites Lächeln

sehe. Shaila hat die Arme um Nikki und Marla gelegt und ich schmiege mich an Nikki. Wir sehen so glücklich aus. Wir wussten nicht, dass Shaila einen Monat später tot sein würde.

Ich öffne die Kamera-App und fotografiere das Bild, um es mir für immer zu bewahren. Dann nehme ich es an den Ecken, um es aus der Spiegelritze hervorzuziehen, aber es sitzt zu fest. Vorsichtig, um es nicht zu zerreißen, arbeite ich es Stück für Stück heraus und bringe dabei etwas anderes mit zum Vorschein.

Ein Stück liniertes Papier. Mehrmals ordentlich gefaltet, sodass es ein kleines Quadrat bildet. Es hat zwischen Foto und Spiegel gesteckt und das Foto fixiert.

Ohne den Gegendruck des Fotos fällt das Papier zu Boden. Ich hebe es auf und entfalte es mit zitternden Fingern. Shailas verschnörkelte Handschrift ist so unverkennbar, dass es mir fast den Atem verschlägt. Mein Herzschlag wummert mir in den Ohren und ich muss mich gegen den Schminktisch lehnen, als ich den Zettel komplett auseinanderfalte. Schnell überfliege ich das Geschriebene, aber nichts davon ergibt Sinn. Jedenfalls nicht auf Anhieb. Ich zwinge mich ruhig ein- und auszuatmen, dann lese ich noch mal von vorn.

1. April

KARA! Etwas Unglaubliches ist passiert. Ich bin verliebt. VERLIEBT!

Aber ... nicht in Graham. Bitte sei mir nicht böse. Ich hasse mich selbst dafür, dass ich mich in diese Situation gebracht habe. Es ist die reinste Folter! Du bist die Einzige, der ich es erzählen kann. Er hat gesagt, es würde alles kaputtmachen, wenn jemand davon erfährt, und dass wir uns dann nicht mehr sehen könnten. Dass es unser beider Leben ruinieren würde. Dass er Riesenärger bekäme. Dass sein Leben dann G-E-L-A-U-F-E-N wäre.

Aber, oh Mann, ich bin total kribbelig und platze fast vor Aufregung. Ich will es nicht verstecken. Ich will der ganzen Welt davon erzählen. Meine Liebe zu ihm übersteigt alles. Wenn wir nicht zusammen sind, bekomme ich keine Luft, und wenn ich ihn im Gang oder auf dem Campus sehe und so tun muss, als wäre nichts zwischen uns, möchte ich am liebsten sterben.

Alles begann eines Tages nach der Schule auf dem Parkplatz hinter der Aula. Er sagte, ich sei betörend. Das ist das unglaublichste Wort, das ich je gehört habe, und ich konnte nicht glauben, dass er es benutzt hat, um mich zu beschreiben. Dann beugte er sich vor und berührte meine Lippen mit seinen. Sie waren so weich und zart. Ich wollte auf der Stelle mehr. Und es war mir nicht mal peinlich! Das schien ihm zu gefallen. Wahrscheinlich hat das mit seiner Erfahrung zu tun. Graham bekommt es nämlich jedes Mal mit der Angst zu tun.

Beim nächsten Mal hat er gefragt, ob ich mit ihm schlafen will, und ich habe Ja gesagt. Es hat nur ein bisschen wehgetan. Er hat mir ins Ohr gestöhnt, was mich total angeturnt hat, und auf einmal fühlte es sich unglaublich an. Er sagte, niemand auf der Welt ist so weich wie ich. Ich dachte, mein Kopf explodiert.

Ich würde Jill so gern davon erzählen! Sie ist die Einzige, die es verstehen würde. Aber auf gewisse Art ist das auch der Grund, weshalb sie es nicht erfahren darf. Wir haben ständig von unserem ersten Mal gesprochen und wie es sich anfühlen wird und mit wem wir es erleben wollen. Sie wäre stinksauer, wenn sie erführe, dass ich meines schon hatte und ihr nichts davon erzählt habe.

Ich dachte, danach würde ich mich schlecht fühlen … oder schmutzig. Aber nein. Ich fühlte mich stark. Als hätte ich eine Superkraft. Als wären wir ebenbürtig. Betrunken zu sein macht Spaß, aber mit jemandem wie ihm zusammen zu sein, ist das beste High, das ich je hatte.

Ich weiß, dass ich mit Graham Schluss machen sollte, aber … ich will einfach nicht. Ich mag ihn schließlich. Ich mag, wie er mich ansieht und wie er in der Cafeteria den Arm um mich legt. Ich mag, was wir haben, wie entspannt es mit unseren Familien ist und wie Rachel mich noch lieber mag als vorher. Sie gibt mir das Gefühl dazuzugehören. Was soll ich bloß tun?

Ich lese den Brief zum dritten oder zehnten Mal, als ein lautes Kreischen ertönt. Ich zucke zusammen und mein Herz schlägt mir bis zum Hals. Ich schaue zum Fenster. Zum Glück nur ein Ast, der übers Glas schrappt. Ich versuche mich zu beruhigen und mir wird klar, dass ich schnellstens hier wegmuss. Bleiben ist zu gefährlich. Es war dumm von mir, überhaupt herzukommen.

Ich falte den Zettel einmal in der Mitte zusammen und dann noch einmal und schiebe ihn in die Hosentasche. Auf Zehenspitzen schleiche ich zur Tür und drehe mich noch einmal um, um einen letzten Blick auf Shailas Zimmer zu werfen. Die unheimliche Stille, die Dinge, die sie geheim gehalten hat … Wenn ich daran denke, wird mir schlecht. Es ist, als könnte sie jeden Moment hereinkommen und sich aufs Bett fallen lassen. Aber das wird nicht passieren. Sie wird nicht zurückkommen. Nicht um das Zimmer im Chaos zu versenken oder um mir die Wahrheit zu erzählen – darüber, wer sie getötet hat und weshalb sie es für nötig befunden hat, dieses massive Geheimnis vor mir zu verstecken. Ich hätte es verstanden. Ich wäre für sie da gewesen. Stattdessen hat sie sich Kara Sullivan anvertraut. Dieser versnobten Upper-East-Side-Ziege. Ich blinzle die Tränen weg und beiße mir auf die Lippe.

Dann schließe ich die Tür und gehe auf demselben Weg, den ich gekommen bin, zur Hinterterrasse der Arnolds, wo ich zitternd meine Jacke anziehe und den Schlüssel in den Tresor zurücklege. Ich hole tief Luft und schaue in den Himmel. Es ist zu neblig, um etwas zu erkennen, und der Innenhof ist so schwarz, dass es wehtut.

Ich verschwinde in der Dunkelheit.

Zu Hause lese ich den Brief noch einmal. Und noch einmal. Dann noch einmal und noch einmal, so lange, bis ich ihn in- und auswendig kann. Es ist schon spät, nach ein Uhr. Alles, was ich höre, sind das Heulen des Winds und das leise Prasseln des Regens, der vielleicht zu Schnee wird. Als ich Shailas Brief zum letzten Mal lese, steigen mir die Tränen in die Augen und drohen, ihre große, runde Schrift auszulöschen. Ich wische mir mit dem Ärmel übers Gesicht, um ihre Worte zu bewahren, ihre beängstigenden, wilden, unbändigen Worte.

Ich wünschte, sie wäre hier. Ich wünsche mir, dass sie jeden Satz kommentiert und mir erklärt, warum sie mir ihre intimsten Gedanken vorenthalten hat. Und warum sie sie mit Kara teilen konnte.

Mir tut der Kopf weh von dem Versuch, das alles zu begreifen. Was hat Shaila noch gemacht, von dem ich nichts wusste? Wer war sie wirklich? Habe ich sie überhaupt gekannt?

Aber eigentlich will ich jetzt nicht darüber nachdenken. Ich will herausfinden, über wen sie da geschrieben hat und was er weiß. Was er getan hat.

Es gibt nur einen Menschen, mit dem ich darüber reden kann.

Rachel geht schon nach dem ersten Läuten ran.

»Hast du die Nummer von Kara Sullivan?«, frage ich, ohne auch nur Hallo zu sagen.

»Herrgott, Jill. Es ist mitten in der Nacht.« Sie klingt heiser und verschlafen.

»Ja, sorry.« Ich lege den Kopf aufs Kissen und schließe die Augen. Plötzlich bin auch ich unendlich müde.

Rachel seufzt. »Kara Sullivan? Wahrscheinlich schon. Wieso fragst du?«

»Es gibt einen Brief«, sage ich. »Von Shaila an Kara. Wir müssen mit ihr reden.«

»Warte mal. Du hast es echt getan?«

»Ja«, flüstere ich.

Ein Geräusch, als würde Kara das Mikrofon mit der Hand abdecken. »Bin gleich wieder da, Babe.« Das Rascheln von Bettwäsche und Schritten.

»Sorry«, murmele ich noch einmal.

»Kein Problem. Frida hat nur einen leichten Schlaf.« Ich höre, wie eine Tür zugezogen wird. »Was ist passiert, Jill? Erzähl.«

»Es war niemand da. Also habe ich ... Ich habe getan, was Shaila getan hätte. Ich habe mir den Reserveschlüssel geholt und bin rein.«

»Ganz schön mutig.«

»Der Brief war an Kara adressiert. Wahrscheinlich hat Shaila vergessen ihn abzuschicken. Oder sich doch dagegen entschieden. Das Datum liegt nur ein paar Monate vor ihrem Tod.«

»Was steht drin?«

»Es stimmt«, erkläre ich atemlos. »Shaila hat Graham betrogen.«

»Mit wem?«

»Keine Ahnung. Sie nennt keinen Namen.«

Einen Augenblick ist Rachel still. »Wir müssen mit Kara reden«, flüstert sie.

»Ich weiß.« Das letzte Mal, dass ich Kara gesehen habe, war bei Shailas Beerdigung. Sie trug ein schwarzes Seidenkleid, das für den Anlass viel zu schick war. Ihre Frisur saß perfekt, das Haar fiel in Wellen über ihren Rücken und die für Gold Coast typische Feuchtigkeit schien ihm nichts anzuhaben. Und sie hatte ein Blatt Papier in den Händen. Das weiß ich noch. Vielleicht war das auch einer von Shailas Briefen. »Ihr kennt euch auch schon ewig, oder?«

Rachel antwortet, ohne zu zögern: »Ich kenne sie ihr ganzes Leben. Ein, zwei Mal habe ich sogar auf sie aufgepasst, als sie noch jünger war.«

»Kannst du sie ausfindig machen? Können wir uns mit ihr treffen?«

»Nach der ganzen Geschichte haben die Sullivans den Kontakt zu uns abgebrochen. Aber ich schaue mal, was ich machen kann.«

»Gut.«

»Ich melde mich, wenn ich was weiß.«

Wir legen auf, aber ich weiß, dass ich sicher nicht schlafen kann. Also rufe ich Instagram auf und suche nach Kara. Wer ist sie jetzt? Ist sie immer noch so unnahbar und überheblich wie damals vor drei Jahren?

Ich muss nur ein paarmal tippen, um auf ihrem Profil zu landen. Sie hat ein paar Tausend Follower und postet regelmäßig Bilder von trendy New Yorker Hotspots. Hier ist sie bei Balthazar brunchen. Da sieht sie sich die riesigen Installationen am MoMA PS1 an. Und dort sitzt sie bei einem Knicks-Spiel direkt am Spielfeldrand.

Ich scrolle weiter, bis ich bei einem Post von Juni lande. Shailas Todestag.

Ein Bild der beiden als Kindergartenkinder, wie sie mit ausgestreckten Beinen am Strand sitzen. Sie drücken sich fest aneinander, sodass Karas dunkle Haare mit Shailas goldenen Locken verschmelzen. *Für meine beste Freundin, meine Schwester. Du bist viel zu früh von uns gegangen. Für immer die Deine, K. #ShailaArnold*

Als ich den Hashtag lese, möchte ich kotzen. Was für eine Opportunistin. Und trotzdem kann ich mich nicht von ihrem Account losreißen. Stattdessen scrolle ich so lange, bis ich irgendwann endlich in einen unruhigen Schlaf falle.

Wir müssen uns treffen. Heute um 11 Uhr. 71. Straße zwischen Madison und Park.

Als die Nachricht eintrifft, sitze ich in der Küche, esse Waffeln und gehe die Lernkarten durch, die ich mir für die Stipendienprüfung geschrieben habe. Ich bin allein, denn Mom, Dad und Jared sind unterwegs und gehen irgendeiner der Samstagsaktivitäten nach, die Gold Coast zu bieten hat. Scheppernd lasse ich die Gabel in die Spüle fallen und bin innerhalb weniger Minuten aus der Tür und unterwegs zum Bahnhof.

Als ich an der Upper East Side aus der Subway-Station trete, erschrecke ich darüber, wie anders es hier aussieht als dort, wo Rachel wohnt. Jedes Townhouse ist perfekt gepflegt. Alle haben wunderschöne schmiedeeiserne Tore und vor den Fenstern hängen begrünte Blumenkästen, obwohl noch Winter ist. Von abgeblätterter Farbe keine Spur. Sogar die Hunde sind besser gekleidet. Kleine Flauschbälle in winzigen Wollpullovern und leuchtenden Daunenjacken tänzeln vorbei und ziehen ihre Besitzerinnen hinter sich her. Die Straßen sind breit und die Fassaden der Geschäfte freundlich und einladend. Kein Wunder, dass Kara niemals nach Gold Coast gekommen ist. Es ist unfassbar, wie schön New York sein kann. Aber auch wie erdrückend.

»Da bist du ja!« Rachel kommt auf mich zugeeilt, einen Thermosbecher in der Hand. Vermutlich Kaffee. Bei ihrem Anblick entspanne ich mich. Mit ihrem hellroten Lippenstift, dem übergroßen Mantel mit Leopardenmuster und dem neonfarbenen Beanie sieht sie genauso fehl am Platz aus wie ich in meinen ausgeleierten Leggings und dem Pulli vom Wissenschaftscamp.

Sie umarmt mich und sieht total aufgeregt aus. »Da wohnt Kara.« Damit deutet sie auf eines der perfekten Häuser. Es ist aus silbergrauem Stein und hat hohe Fenster, die uns drohend entgegengrinsen.

»Welches ist ihr Apartment?«, frage ich.

Rachel starrt mich an. »Ihnen gehört das ganze Haus. Karas Mutter hat es nach der Scheidung zugesprochen bekommen.«

»Wow.«

Rachel drückt eine Taste an der Sprechanlage, ich balle die Fäuste.

»Was?«, fragt jemand in schroffem Tonfall.

»Du weißt, wer da ist, Kara. Ich weiß, dass du mich sehen kannst«, sagt Rachel. Sie schnellt auf die Videokamera zu, die an der Tür angebracht ist, als wollte sie Kara einen Schreck einjagen.

Einen Augenblick später geht die Tür auf und Kara steht mit verschränkten Armen vor uns. Sie trägt einen kamelfarbenen Kaschmirpullover, eine teuer aussehende Jeans und schwarze, pelzgefütterte Lederpantoffeln. Große runde Diamantohrstecker. Ihre Haare sehen aus wie frisch geföhnt.

»Hallo«, sagt sie abweisend.

»Willst du uns nicht reinbitten?«, fragt Rachel. Ihre Stimme ist zuckersüß.

Kara funkelt sie wütend an, macht dann kehrt und geht nach drinnen. Das soll wohl eine Einladung sein, ihr zu folgen. Rachel wirft mir mit hochgezogenen Augenbrauen einen Blick über die Schulter zu. Als ich ihr ins Haus folge, bleibt mir kurz die Luft weg. An jeder Wand hängen Kunstwerke. Aber nicht irgendwelche Bilder vom Flohmarkt oder von Ikea. Echte Kunst. Kunst, die im Museum hängen könnte. Riesige Darstellungen von Gebäuden aus der Mitte des 20. Jahrhunderts. Leinwände mit Farbstreifen, die mich an die Rothko-Bilder erinnern, die ich einem Lehrbuch über Kunstgeschichte gesehen habe.

Kara scheint meine Gedanken zu lesen. »Geschenke«, sagt sie und verzieht den Mund zu einem zufriedenen Lächeln. Sie deutet auf das Gemälde eines Mannes, der vor einem Swimmingpool steht. »Das ist von David Hockney.« Dann bleibt sie vor einem Bild stehen, das wie ein gerahmtes Poster aussieht. In großen Blockbuchstaben steht darauf: *I can't look at you and breathe at the same time.* Wenn ich dich ansehe, bekomme ich keine Luft. »Das ist von Barbara Kruger«, sagt Kara. »Sie war Shailas Lieblingskünstlerin.«

Eine unangenehme Stille breitet sich aus.

Rachel bricht das Eis. »Ich weiß, dass du dich eigentlich nicht mit mir treffen sollst ...«

Kara schnaubt verächtlich. »Das ist noch untertrieben.«

»Was?«, frage ich und schaue von einer zur anderen.

Aber keine der beiden würdigt mich auch nur eines Blickes. Stattdessen sehen sie sich unverwandt an, als würden sie gleich aufeinander losgehen.

»Meine Mutter würde mich umbringen, wenn sie wüsste, dass du hier bist.«

»Wo ist Mona?«

»Unterwegs.« Kara lässt sich auf ein luxuriöses Ledersofa fallen und verschränkt die Arme vor der Brust. Dann wendet sie sich an mich. »Nach allem, was passiert ist, hat meine Mom mir verboten, mit Rachel oder sonst wem aus Gold Coast zu reden. Sie wollte nicht, dass ich in irgendwas ... Ungutes verwickelt werde.« Sie streicht sich die glänzenden Haare hinter die Ohren. »Das sind ihre Worte, nicht meine.«

Rachel verdreht die Augen. »Wie du meinst, Kar.«

»He, zick nicht rum. Du kannst froh sein, dass ich mich überhaupt mit dir treffe.«

»Warum tust du's dann?«

Karas Gesicht wird weicher. Für eine Sekunde sieht sie aus wie eine normale Highschool-Schülerin und nicht wie eine Kunstprinzessin aus New York. »Ich vermisse sie. Ich vermisse ... alles. Die Sommer in den Hamptons mit euch allen. Wie Shay beim Lachen gegrunzt hat. Ihre Schokocookies. Wie sie zuhören konnte, *richtig* zuhören. So ist in Manhattan kein Mensch. Sie war meine beste Freundin. Und jetzt ist sie tot. Alles, was uns verbunden hat, ist ...« Sie holt tief Luft. »Mom trifft sich noch manchmal mit den Arnolds, wenn sie in der Stadt sind. Aber sie wollen mich nicht sehen. Sie sagen, ich erinnere sie zu sehr an Shaila. Es ist zu schmerzhaft.«

Ich spanne die Schultern an. Ich hätte nie gedacht, dass Kara eine echte Beziehung zu Shaila hatte. Ihre Freundschaft wirkte immer so aufgesetzt und oberflächlich. Aber vielleicht gab es doch ein echtes Band zwischen den beiden. So wie zwischen Shaila und mir. Das würde bedeuten, dass Kara genauso gelitten hat wie ich.

Kara hebt das Kinn und ihre Stimme bekommt wieder diesen arroganten, künstlichen Tonfall. »Aber bringen wir das hier hinter uns. Ihr habt etwas, das mir gehört?«

Ich ziehe den Brief aus der Tasche. Mit zitternden Fingern reiche ich ihn Kara. Sie reißt ihn mir aus der Hand und überfliegt ihn hektisch. Dabei schlägt sie die Beine übereinander und klopft unablässig mit dem Fuß auf den Boden.

Rachel schaut mir in die Augen und wir warten, dass Kara endlich etwas sagt.

Aber sie schweigt und liest Shailas Brief wieder und wieder.

»Und?«, frage ich irgendwann.

»Könnt ihr mich kurz alleine lassen?«, fragt Kara leise und ohne aufzublicken. Ihre Augen sind feucht.

Rachel verzieht den Mund. »Klar. Ich gehe kurz an die frische Luft. Kommst du mit, Jill?«

Ich schüttle den Kopf. »Kann ich die Toilette benutzen?«

Kara deutet zur Treppe im Vorzimmer. »Erster Stock, dritte Tür rechts.«

Rachel geht vor die Tür und ich begebe mich nach oben und betrachte im Vorbeigehen die Fotos an der Wand. Sie sind so gut gemacht, dass sie garantiert nicht von irgendwem aufgenommen wurden. Eines zeigt Kara als nacktes Kleinkind neben ihrer Mom, die ein Designer-Nachthemd und Diamanten trägt. Daneben hängt ein Foto von ihrem sechzehnten Geburtstag, auf dem sie mit perfekter Haut und glimmendem Blick in die Kamera schaut. Die pubertäre Phase, in der einfach nichts zusammenpasst, hat sie offenbar übersprungen.

Im ersten Stock angekommen, zähle ich die Türen auf der Suche nach der Toilette. Aber als ich durch einen Türspalt einen Blick auf etwas Lilafarbenes erhasche, halte ich inne. Shailas Tagesdecke. Kara scheint dieselbe zu haben. Ich frage mich, ob sie sie gemeinsam ausgesucht haben. Bevor ich mich davon abhalten kann, stoße ich die Tür auf.

Karas Zimmer ist makellos. Es sieht aus, als würde es einer schicken Mittzwanzigerin gehören. Alles ist entweder aus Marmor oder aus Glas. Auf einem riesigen Schminktisch steht ein

Schmuckkästchen, in dem mit Edelsteinen behangene Halsketten liegen. An den Wänden hängen Schwarz-Weiß-Fotografien. Unterzeichnet von Robert Mapplethorpe. Ich muss mich zusammenreißen, um nicht laut zu lachen. Es ist einfach zu schräg.

Das Einzige, was darauf hinweist, dass Kara noch zur Highschool geht, ist die Tennistrophäe von der Schulmeisterschaft ganz oben im Regal.

Bemüht, auf dem Holzboden möglichst kein Geräusch zu machen, schleiche ich um Karas Bett herum zu ihrem Nachttisch. Ich muss schlucken. Dort steht in einem schlichten schwarzen Rahmen ein Foto von Kara und Shaila. Es muss aus der Grundschule stammen, denn Shay sieht viel jünger darauf aus, als ich sie je gekannt habe. Die beiden sitzen auf einer Holzbank am Strand und schauen nicht in die Kamera, sondern einander an. Jede von ihnen hat ein Eis in der Hand und den verschmierten Mund zu einem breiten Lächeln verzogen. Sie wirken wie zwei Mädchen, die ihre Geheimnisse miteinander teilen – und sie für sich behalten.

Auch wenn Kara nach außen den Anschein erweckt, als hätte sie alles unter Kontrolle, hat die ganze Sache sie wahrscheinlich genauso mitgenommen wie mich.

»Hast du dich da oben verlaufen?«, schreit Kara von unten.

Ich hole tief Luft. »Ich komme schon!« Ich eile zur Treppe und gebe mir Mühe, die Tür genauso weit offen zu hinterlassen, wie ich sie vorgefunden habe.

»Freak«, sagt sie, als ich im Wohnzimmer ankomme. Rachel ist auch wieder da und hat es sich auf einem petrolfarbenen Samtsessel bequem gemacht.

»Und? Was sagst du?«, fragt Rachel.

»Alles, was Shaila mir erzählt hat, war vertraulich«, erwidert

Kara und hebt das Kinn. »Das ist das Mindeste, was ich ihr schuldig bin.«

»Red nicht so einen Scheiß«, fährt Rachel sie an. »Sag einfach, was du weißt.«

»Warum sollte ich?«

»Weil wir Beweise haben, dass Graham unschuldig ist und jemand anders Shaila getötet hat.«

Kurz wirkt Kara erschrocken, fasst sich aber gleich wieder.

»Weil du Graham und mich genauso lange kennst wie Shaila«, fährt Rachel fort, »und du ihm genauso verpflichtet bist wie ihr. Du konntest nichts für Shaila tun, aber jetzt kannst du etwas für Graham tun.«

»Scheiße.« Kara beißt sich auf die Lippe. »Mom würde mich umbringen.« Sie reibt sich das Gesicht und lehnt sich auf der Couch zurück. »Shaila hat Graham betrogen«, sagte sie mit wackeliger Stimme.

»Weißt du, mit wem?«, fragt Rachel.

»Das hat sie mir nie erzählt.« Kara deutet auf Shailas Brief. »So wie es hier steht: Er hat gesagt, sie darf es keinem erzählen, und daran hat sie sich gehalten.«

»Ist das alles?« Wieder Rachel. »Ist das alles, was du weißt?« Ihre Stimme ist flehend, verzweifelt.

Kara seufzt, beugt sich vor und stützt die Ellbogen auf die Knie, sodass ihr die dunklen Haare ins Gesicht fallen. »Scheiß drauf«, sagt sie. »Da war was. Gegen Ende des Jahres, nur ein paar Wochen vor ihrem Tod, hat Shaila erzählt, dass der Typ ihr ein bisschen unheimlich wird. Dass er ein bisschen *zu* sehr auf sie steht. Offenbar war er wie besessen von ihr.«

»Wirklich?« Mein Herz rast.

»Er hat ihr Diamantohrringe geschenkt.« Kara schiebt die Haare hinter die Ohren, sodass ihre Stecker aufblitzen. »Wahrscheinlich hat sie ihm erzählt, wie gut ihr meine gefallen, denn er hat ihr ein identisches Paar besorgt. Ich glaube, da wurde es ihr zu viel. Schließlich hat jeder davon zwei Karat. Meine habe ich von Dad bekommen, als er uns verlassen hat.« Sie schüttelt den Kopf. »Als kleines Trostpflaster. Jedenfalls war Shaila total überfordert. Sie sagte, dass sie sie nicht tragen könne, weil die Leute zu viele Fragen stellen würden. Also gab sie ihm die Ohrringe zurück. Da ist er ausgeflippt und hat sie als undankbar beschimpft. Ich glaube, da hat sie beschlossen Schluss zu machen. Das hat sie mir jedenfalls erzählt.«

Kara setzt sich in einen Schneidersitz. In dieser Haltung sieht sie plötzlich jung aus, so als lebten wir doch auf demselben Planeten.

Rachel und ich tauschen einen Blick aus. Wenn Shaila diesen geheimnisvollen Typen wirklich abservieren wollte, hätte er das perfekte Motiv.

Kara schaut auf die Uhr. »Ihr müsst langsam gehen. Mom kommt bald heim.«

Rachel will schon aufstehen, aber ich zögere noch.

»Einen Augenblick noch«, sage ich. »Sie hat dir sicher noch andere Briefe geschrieben, oder? Können wir sie lesen? Nur um zu sehen, ob uns irgendwas entgangen ist?«

Kara will schon widersprechen, aber ich weiß, dass ich es wenigstens versuchen muss.

»Ich habe Shaila genauso gern gehabt wie du«, sage ich. »Sie war meine beste Freundin. Ich will einfach nur wissen, was wirklich passiert ist.«

Kara runzelt die Stirn und schüttelt den Kopf.

»Warum?«, platzt Rachel heraus.

Karas Augen werden feucht und sie stößt einen tiefen Seufzer aus, ehe sie sagt: »Meine Mutter hat sie mir weggenommen.

Ich habe alle Briefe in einem Karton aufbewahrt, aber nach Shailas Tod sagte Mom, es sei nicht gut, in der Vergangenheit zu leben. Ich weiß nicht, wo sie sie hingetan hat. Ich weiß nicht mal, ob sie sie überhaupt aufgehoben hat.«

»Kara ...«, setze ich an. »Das tut mir leid.« Ich weiß nicht, was ich tun würde, wenn ich nicht mal ein kleines Stück von Shay in meinem Leben haben könnte.

Kara schüttelt den Kopf. »Ist schon okay. Oder vielmehr auch nicht. Aber was soll ich tun?«

Ich nicke. Ich weiß, wie es ist, sich machtlos zu fühlen.

Rachel möchte gerade etwas sagen, als draußen vor der Tür Schritte erklingen. Dann wird ein Schlüssel im Schloss gedreht.

»Scheiße, das ist Mom. Kara reißt erschrocken die Augen auf. »Macht schnell! Ihr könnt euch durch den Seiteneingang rausschleichen.« Mit diesen Worten scheucht sie uns durch die auf Hochglanz polierte Küche. Vorsichtig öffnet sie die Tür, um ja kein Geräusch zu machen. Dann, ohne Vorwarnung, nimmt sie uns fest in die Arme – kein Vergleich zu ihrer Begrüßung – und drückt mir Shailas Brief in die Hand. »Schnappt ihn, ja?« Bevor ich etwas erwidern kann, lässt sie uns los und schließt leise die Tür von innen.

»Ich bring dich zum Zug«, sagt Rachel, ihre Stimme ist kaum lauter als ein Flüstern.

Wir gehen aus der schmalen Gasse zurück auf die Straße und trotten ein paar Minuten schweigend nebeneinander her, ehe Rachel den Mund aufmacht.

»Wir müssen den Brief nächste Woche den Anwälten zeigen. Darf ich ihn noch mal sehen?«

Ich falte das Papier auseinander und gebe es ihr. Rachel liest ihn sich in Ruhe durch, liest jeden Satz zweimal. Sie schnappt nach Luft.

»Schau mal«, sagt sie. »Dieser Satz.« Sie liest ihn vor. »›Alles begann eines Tages nach der Schule auf dem Parkplatz hinter dem Theater.‹ Außerdem spricht sie von seiner Erfahrung.«

Ich bleibe abrupt stehen. »Oh Gott. *Scheiße.*«

»Der Parkplatz hinter der Aula ...«, sagt sie. »Das ist doch der Personalparkplatz, oder?«

18

Ich habe nie verstanden, dass manche Leute keinen Wert darauf legen, gemocht zu werden, und behaupten, es sei ihnen egal, was andere von ihnen denken. Natürlich war mir das nicht egal. Ich wollte – und will noch immer – gemocht und einbezogen werden, respektiert und bewundert. Darum habe ich die Neunte damit verbracht, sorgfältig eingeschenkte Biere zu servieren und unter der Woche abends zu Diane's zu fahren, um irgendwelchen Zwölftklässlern Pow-Dos zu besorgen. Habe über Witze gelacht, die entweder nicht witzig waren oder auf unsere Kosten gingen. Habe nach Partys aufgeräumt, während die Jungs noch eine Runde Flip-Cup oder Bier-Pong gespielt haben. War froh um jeden Fetzen Klatsch und Tratsch, bei dem es nicht um mich ging. Besser die Gerüchteküche zu befeuern, als selbst im Zentrum zu stehen.

Als Tina Fowler mir also eines Abends am Strand ins Ohr flüsterte: »Kann ich dir ein Geheimnis erzählen?«, nickte ich enthusiastisch. Ich spielte nur zu gern ihr begeistertes Publikum. Wir lagen nebeneinander, und als Tina sich aufsetzte und vorbeugte, rieselte Sand von ihr auf mich herab.

»Angeblich soll einer der Lehrer was mit einer Schülerin haben. Sie haben es nach der Schule in seinem Auto getrieben, auf dem Parkplatz.« Dank der klumpigen Wimperntusche und dem zu dunklen Eyeliner wirkte ihr Blick hochdramatisch, als sie das sagte. Sie schaffte es nie, sich richtig zu schminken, sah aber dank der kleinen Lücke zwischen ihren Schneidezähnen trotzdem immer süß aus. Alle fanden sie hinreißend.

»Krass«, sagte ich und starrte in das Lagerfeuer, das wenige Meter von uns entfernt loderte. Die Jungs standen im Kreis darum und warfen Holzstücke, Pappe und was sie sonst noch so fanden, in die Flammen. Ihr Gelächter hing über der rauschenden Brandung. Es war Anfang April, darum trugen wir alle Flanellhemden und hatten uns in Fleecedecken gehüllt, die wir aus diversen SUVs hergeschleppt hatten.

»Ganz schön krank, oder?« Dabei sah sie aber nicht so aus, als würde sie das gestört finden. Sie lächelte so breit, dass ich ihre Eckzähne sehen konnte, die so scharf waren wie Fangzähne.

»Voll.«

»Ich tippe auf Mr Scheiner«, sagte sie und zog die Nase kraus, als hätte sie etwas Schlechtes gerochen. »Mit seiner Drahtbrille sieht er voll aus wie ein Kinderschänder.«

Ich kicherte. »Oder Coach Doppelt. Shaila hat ihn gemeldet, weil er sich immer so komisch in der Umkleide rumgedrückt hat.«

Tina schlug sich die Hand vor den Mund. »Oh mein Gott! Rachel hat auch schon gesagt, dass er ein Spanner ist!« Sie beugte sich noch weiter vor und rempelte mich mit der Schulter an. »Hey, wäre es nicht irre, wenn es Mr Beaumont wäre? Der ist echt heiß!«

Zu der Zeit war Mr Beaumont noch relativ neu an der Schule. Er glitt immer erst kurz vor dem Klingeln ins Klassenzimmer, einen riesigen Becher Iced Latte in der Hand, egal welches Wetter, und lümmelte auf einem Tisch in der ersten Reihe. Meistens auf Shailas. Manchmal auf Nikkis. Nie auf meinem. Er wollte wissen, wie unser Wochenende gewesen war, und grinste dabei auf eine Art und Weise, als würde er uns verstehen. Er war auf unserer Seite. Wir mussten das hier gemeinsam durchstehen.

»Ernsthaft.« Tina nahm einen Schluck aus der Flasche, die neben ihr stand. »Ich würde sofort mit ihm ins Bett gehen. Er ist grade mal fünfundzwanzig, wenn überhaupt. Das geht schon.«

»Vielleicht nächstes Jahr«, scherzte ich.

»Irgendwer macht es schon *dieses* Jahr. Gut so, Girl!«, grölte sie. Ein paar Leute drehten sich nach uns um und wir ließen uns lachend zurück in den feuchten Sand fallen. Ich war einfach nur froh, neben ihr zu liegen, einbezogen zu werden und mich nicht als *blöder kleiner Erstie* beschimpfen zu lassen oder die zweiten Vornamen aller Player in alphabetischer Reihenfolge vorwärts und rückwärts aufsagen zu müssen. Über den heißen Lehrer zu lästern war einfach. Es war so was wie Sport. Es kam nur darauf an, dass Tina mir wohlgesinnt war. Zumindest heute Abend. Sie war in der Zwölften und ich war so unbedeutend wie eine Kaulquappe.

Damals schien dieser Moment keine weitere Bedeutung zu haben. Es war nur ein dummes Gerücht. Nach den Frühlingsferien redete kein Mensch mehr davon. Irgendeine neue Klatschgeschichte trat an seine Stelle. Ich glaube, es ging darum, dass Lila Peterson jemandem in der Aula einen runtergeholt hat. Das wurde sie bis zu ihrem Abschluss nicht mehr los. Natürlich erinnere ich mich nicht mehr, wer der Typ war. Schon komisch.

Aber ... Was, wenn an dem Gerücht mit Beaumont etwas dran war?

Es gibt einen Menschen, der das wissen sollte. Einen Menschen, der sich die Geschichte von Gold Coast eingetrichtert hat, als würde er darüber abgeprüft werden. Aber er redet nicht mit mir. Nichtsdestotrotz brauche ich ihn, also lungere ich am Montag nach der Schule wie die letzte Stalkerin neben Quentins Kombilimousine herum. Es ist der erste warme Tag seit Monaten und so hell, dass ich mir mit der Hand die Augen abschirmen muss.

Im Näherkommen zieht Quentin sich den Blazer aus und lockert die Krawatte. Als er mich sieht, bleibt er stehen und legt den Kopf in den Nacken. »Oh, Jill. Was willst du?« Sein Tonfall ist so hart, dass ich zusammenzucke.

»Mit dir reden.«

»Ist dir noch nicht aufgefallen, dass ich nicht mehr mit dir reden will?«

»Ich dachte, du machst vielleicht eine Ausnahme.« Ich lächle ihn an, charmant, wie ich hoffe.

Quentin verdreht die Augen. »Dann steig schon ein.«

Ich klettere auf den Beifahrersitz und schnalle mich an, während Quentin den Motor startet. Er parkt rückwärts aus und schießt über den Parkplatz wie ein Stuntman. »Hast du Angst, mit mir gesehen zu werden?«, witzele ich.

»Irgendwie schon.« Er presst die Lippen zusammen.

»Ich brauche deine Hilfe. Es geht um Graham ...«

Unvermittelt steigt Quentin auf die Bremse. Wir stehen mitten auf der Breakbridge Road, einer schmalen, gefährlichen Straße zwischen der Schule und Gold Cove, aber Quentin legt den Kopf aufs Lenkrad und macht keinerlei Anstalten weiterzufahren.

»Komm schon, Jill. Ich habe echt keine Lust, das noch mal durchzukauen. Wir haben doch beschlossen, dass wir es gut sein lassen.«

»Ich weiß, aber …«

Er schneidet mir das Wort ab. »*Manche* von uns wollen die Vergangenheit ruhen lassen. *Manche* von uns wollen einfach weitermachen und so schnell wie möglich hier wegkommen und vergessen, was passiert ist.«

Seine Worte treffen mich. Wie kann er Shaila vergessen wollen?

»Wenn du mal von deinem Egotrip runterkommen würdest, würdest du sehen, dass wir alle nur versuchen, *lebendig* hier wegzukommen«, wirft er mir vor.

Ich schüttle den Kopf. »Egotrip? Ist das dein Ernst? Ich bin die Einzige, die an Shaila denkt. Die Einzige, die die Wahrheit herausfinden möchte.« Brennend steigen mir die Tränen in die Augen. Die schreckliche Einsamkeit der letzten Monate überwältigt mich.

Quentin steigt aufs Gas und wir setzen uns wieder in Bewegung und fahren nach Gold Cove hoch. Das Ocean Cliff ist hinter den Wolken gerade noch zu erkennen. »Während du damit beschäftigt warst, die Player zu verlassen, dich in die Sache mit Shaila reinzusteigern und weiß der Himmel was zu tun, haben andere Leute nach einem Weg gesucht, hier wegzukommen und aufs College zu gehen.«

»Wovon redest du?«

Quentin hat im Herbst eine Zusage für das renommierte Kunststudium von Yale bekommen. Er war die ganze Woche ganz aus dem Häuschen, so wie alle andern auch.

»Nicht jeder, der auf diese Schule geht, ist reich, weißt du? Nicht jeder hat einen supertollen Vater – oder überhaupt einen Vater. Nicht jeder kann sich einfach von allem freikaufen.« Seine Stimme bricht. »Klar, ich habe ein tolles Leben und irrsinniges Glück, dass es meine Mom gibt und die Player. Ich bin total privilegiert. Das weiß ich alles. Aber im Gegensatz zu allen anderen hier muss ich mir blöd vorkommen, weil wir keine ... sechs Häuser haben. Marla und ich reden ständig darüber, dass keiner hier eine Vorstellung hat, wie das ist.«

Mir bricht das Herz. Diejenigen von uns, die Geld zu haben *scheinen*, reden nie darüber, ob es tatsächlich so *ist*. Bei manchen Leuten ist es offensichtlich, wie bei Nikki oder Henry. Es zeigt sich an ihren Häusern und Autos, an den Urlauben, die sie machen, und dem Schmuck, den sie tragen. Und weil Quentins Mutter Bestsellerautorin ist und ihnen eines der Kolonialhäuser in Gold Cove gehört, bin ich einfach davon ausgegangen ...

Wahrscheinlich denkt er dasselbe über mich. Er weiß nicht, dass ich mir jeden Tag den Arsch aufreiße und meine Mittagspause nutze, um für diese dämliche Stipendienprüfung zu lernen.

»Tut mir leid«, flüstere ich.

»Ich will dir nicht leidtun!«, schnauzt er mich an. »Aber ich habe keine Lust, mein letztes Schuljahr damit zu verbringen, die Vergangenheit neu aufzuwärmen. Das erste Mal war schlimm genug. Es ist einfach nur ... anstrengend. Ich muss jetzt an die Zukunft denken.«

»Wer ist jetzt auf dem Egotrip?«, sage ich und hoffe, dass rüberkommt, dass es als Witz gemeint ist.

Quentin grinst und stellt den Radiosender mit Achtzigerjahre-Musik ein, den ich so gern höre. »Alone« von Heart schallt aus den Boxen und ich muss lachen. Der Titel trifft den Nagel auf den Kopf.

»Ich bekomme ein Stipendium«, sage ich. Es ist das erste Mal, dass ich das offen vor jemandem zugebe. Ein bohrendes Schamgefühl macht sich in mir breit. Nicht weil ich ein Stipendium *bekomme*, sondern weil ich das Gefühl habe, es vor anderen verstecken zu müssen.

Quentin richtet sich auf. »Echt jetzt?«

Ich nicke. »Auf Leistungsbasis. Für MINT. Aber ich muss einen Durchschnitt von 93 halten.«

»Ich habe das Kunststipendium«, sagt er mit einem breiten Lächeln. »All inclusive. Seit der Mittelschule.«

»Ich weiß noch nicht, wie wir Brown finanzieren sollen«, sage ich leise. »Es gibt einen Test. Wenn ich ihn als Beste bestehe, werden meine Studiengebühren übernommen. So verbringe ich meine Mittagspausen, seit ich nicht mehr bei euch am Tisch sitze. Ich lerne. Aber ich weiß nicht, ob ich es schaffe. Nicht ohne Hilfe.«

»Du glaubst, dass du auf die dämlichen Akten angewiesen bist?« Quentin lacht. »Du bist Jill Newman. Du bist für dieses Stipendium geschaffen. Du musst es ihnen nur beweisen.« Als er an der nächsten roten Ampel anhält, sieht er mir in die Augen. »Streng dich an, Jill. Verdien es dir.«

Beim Anblick seiner asymmetrischen roten Haare und seiner perfekt verteilten Sommersprossen überkommt mich Zuneigung und ich könnte auf der Stelle losheulen. Am liebsten würde ich Quentin für seine Warmherzigkeit umarmen. Meinen Kopf auf seine weiche Schulter legen, es mir mit ihm auf der Couch gemütlich machen und *Real Housewives* bingen. Ich würde ihm gerne sagen, dass sich die Sache mit Shaila super vorschieben lässt, um sich keine Gedanken über die Zukunft oder die Frage zu machen, wie man den Erwartungen aller gerecht wird. Manchmal ist es einfacher, so zu tun, als gäbe es kein Leben nach der Highschool.

Dann fällt mir wieder ein, was ich eigentlich von Quentin wollte.

»Darf ich dich nur eine Sache fragen?«, sage ich. »Als wir in der Neunten waren, gab es doch dieses Gerücht, dass einer der Lehrer mit einer Schülerin schläft.«

»Oh Gott, ja, stimmt.«

»Dabei ging es um Beaumont, oder?«

»Ja«, sagt er, ohne zu zögern. »Ich habe damals in der Verwaltung ausgeholfen. Einmal habe ich gehört, wie Mrs Oerman, die Sekretärin, mit einer stinksauren Mutter telefonierte. Sie sagte, ihr Kind hätte behauptet, dass Beau was mit einer Schülerin hat. Mrs O ist total ausgeflippt und hat den ganzen Tag von nichts anderem mehr geredet. Sie hat Rektor Weingarten garantiert davon erzählt. Musste sie ja. Schließlich hat jemand einen Missbrauchsfall gemeldet. Das ist keine Bagatelle.«

»Ist er der Sache je nachgegangen?«

Quentin schüttelt den Kopf. »Nee. Du kennst doch Weingarten. Der tut immer so, als wäre alles in bester Ordnung. Er wollte kein Drama, keinen Aufstand, nichts, was ihm Unannehmlichkeiten machen könnte.«

Quentin hat recht. Das ist noch so eine Sache, die mich an der Gold Coast Prep stört. Der Status quo muss immer und unter allen Umständen gewahrt werden. Dieselbe Mentalität ist schuld daran, dass Jahr für Jahr kaum People of Color aufgenommen werden. Die Verwaltung macht einen großen Bogen um das Thema, aber die fehlende Diversität ist nicht zu übersehen. Natürlich gibt es Inklusionsinitiativen und so weiter, aber wie Nikki mal sagte: »Das ist doch nur Augenwischerei.« Wenn Weingarten wirklich Wert auf verschiedene Perspektiven im Unterricht legen würde, würde er dann nicht etwas dafür tun? Zum Beispiel mehr PoC als Lehrpersonal einstellen? Das ist noch so ein Grund, warum ich es nicht erwarten kann, hier wegzukommen.

Mein Herz schlägt so doll, dass ich es bis in die Zehenspitzen spüren kann. Plötzlich fällt mir der Abend an der Tankstelle wieder ein. Wie Shaila Mr Beaumont zugezwinkert hat. Wie er ihr nachgeblickt hat, als sie mit dem Bierkarton im Fahrradkorb davongefahren ist. Sein Lächeln. Haben sie sich irgendwelche Geheimzeichen gegeben?

»Alles okay?«, fragt Quentin. »Nichts für ungut, aber du siehst echt scheiße aus.«

»Mm-hm«, sage ich. Ich würde gerne noch so viel mehr sagen, ihm von Kara, dem Brief und den Ohrringen erzählen, doch stattdessen frage ich: »Sind wir wieder gut?« Quentin schielt herüber und verzieht die Mundwinkel zu einem Lächeln. Dann legt er die nach oben geöffnete Hand auf die Konsole zwischen uns. Ich nehme sie und drücke sie so fest, als hinge mein Leben davon ab.

Als ich Rachel anrufe, bleibt ihr vor Aufregung die Luft weg.

»Was hast du rausgefunden?«

»So gut wie nichts«, antworte ich. »Ich habe keine Beweise.«

»Aber eine Vermutung?«

»Kannst du dich noch an das Gerücht erinnern, das damals umging? Dass Mr Beaumont was mit einer Schülerin hat?« Mir stülpt sich der Magen um, als ich es ausspreche, und ich gebe mir alle Mühe, um mir nicht vorzustellen, wie die beiden hinter der Aula …

Rachel schweigt, als würde sie nachdenken und versuchen sich zu erinnern. Als sie den Mund aufmacht, klingt sie hektisch, als wäre sie verzweifelt und am Ende ihrer Kräfte. »Scheiße.« Sie verstummt. »Ich bin gerade unterwegs nach Long Island, um den Anwälten den Brief zu geben. Kannst du auch kommen? Sie müssen wissen, woher wir ihn haben.«

»Ich …«

»Es gilt nicht als Einbruch, wenn du einen Schlüssel hattest.« Rachel wartet meine Antwort gar nicht erst ab, sondern rattert stattdessen eine Adresse und Uhrzeit herunter, doch in meinem Kopf dreht sich alles. Alles geht so schnell. Kann es wirklich sein, dass Mr Beaumont Shaila etwas angetan hat? Dass er sie *getötet* und Graham die Schuld in die Schuhe geschoben hat?

Und dann fällt mir wieder ein, was er in seinem Büro gesagt hat.

Ich weiß, was ihr treibt.

Wenige Stunden später befinde ich mich in einem hässlichen Bürogebäude. Ein nichtssagender Kasten irgendwo in Port Franklin neben der Route 16, achtzehn Kilometer von Gold Coast entfernt. Rachel erwartet mich auf dem Parkplatz, ihre Augen sind riesig und sie blinzelt nicht einmal. Ihr Gesicht ist eingefallen und sie sieht aus, als hätte sie seit letzter Woche mehrere Pfund verloren, die sie eigentlich nicht entbehren kann.

Mein Gespräch mit den Anwälten dauert nur wenige Minuten. Eigentlich ist es nichts weiter als ein Austausch von Höflichkeiten. Sie sind große, schlaksige Typen in teuer aussehenden Anzügen und mit Gelfrisur. Sie werden die Handschrift überprüfen. Sie werden Beaumont durchleuchten. Offensichtlich wurde er ein paarmal wegen Trunkenheit am Steuer angeklagt, es dürfte also kein Problem sein, ihn vorzuladen.

Mein Name wird nirgends auftauchen. Keiner wird mich sehen. Keiner wird wissen, dass ich etwas damit zu tun habe.

Erst als ich wieder zu Hause bin und mit meinen Lernsachen auf der Couch sitze, stellt sich ein ungutes Gefühl ein, als hätte ich eine Bombe gelegt und würde nur darauf warten, dass sie explodiert, um das Blutbad mit anzusehen.

Mein Telefon schrillt und ich lasse die Karteikarten fallen.

!!!, schreibt Rachel. Dann schickt sie mir einen Link zu einem Tweet von der *Gold Coast Gazette*.

LEHRER DER GOLD COAST PREP FÜR BEFRAGUNG ZU LOKALEM MORDFALL ABGEFÜHRT. JETZT ANSEHEN!

Ich tippe auf den Link und halte den Atem an, während das Video lädt. Als es fertig ist, füllt das Bild mein ganzes Display. Die Qualität ist schlecht, dunkel und grobkörnig. Ein Wohnhaus oder ein Apartmentkomplex. Nein, falsch. Das ist das Polizeigebäude von Gold Coast, das nur vom Mond erleuchtet wird. Weit und breit keine Straßenlampe. Nur ein kurzer Asphaltstreifen ist zu erkennen und dahinter Sand. In der Ferne ist die Brandung zu hören. Dann erscheint eine Einblendung am unteren Bildrand.

Eine Reporterin im Hosenanzug tritt ins Bild. Ich stelle lauter.

»Was denkst du dir …«, schreit Mom und kommt ins Wohnzimmer.

»Psst!«

Mom späht über meine Schulter auf mein Handy. »Oh mein Gott …«, murmelt sie.

Die Stimme der Reporterin dringt klar und deutlich aus dem Handylautsprecher.

»Die Polizei von Gold Coast hat heute den achtundzwanzigjährigen Logan Beaumont zur Befragung abgeführt. Grund dafür waren neue Hinweise, die darauf hindeuten, dass er womöglich etwas mit dem Mord an der fünfzehnjährigen Shaila Arnold zu tun hatte, der sich vor drei Jahren in Gold Coast ereignete. Damals wurde ihr Klassenkamerad und fester Freund Graham Calloway schuldig gesprochen. Dieser behauptet nun, unschuldig zu sein.«

Mr Beaumonts Schulfoto wird eingeblendet. Mit seinem übermütigen Lächeln und dem zerzausten Haar wirkt er jung und gut aussehend, wie ein Lehrer, der auf der Seite seiner Schüler steht, ein Lehrer, für den die Schülerinnen schwärmen. Ein Lehrer, der dazu fähig sein könnte, zu manipulieren und seine Macht zu missbrauchen.

Die Fotos von Graham und Shaila werden ebenfalls gezeigt. In ihren identischen Schuluniformen sehen die beiden wie Geschwister aus.

»Die Polizei gibt derzeit keinen Kommentar ab«, fährt die Reporterin fort. »Aber bei uns ist jetzt Neil Sorenson, einer der Anwälte von Graham Calloway. Mr Sorenson, was bedeutet diese neue Entwicklung für Ihren Klienten?«

Einer der schlaksigen Anwälte, mit denen ich heute gesprochen habe, steht neben ihr. Er trägt noch immer denselben Anzug, die Krawatte sitzt immer noch einwandfrei.

»Wir sind bereits seit einiger Zeit der Meinung, dass Graham Calloway zu seinem Geständnis genötigt wurde und er dieses schreckliche Verbrechen gar nicht begangen hat. Wir bereiten gerade seine Berufung vor und sind im Rahmen *unserer* Arbeit auf neue Spuren gestoßen, die womöglich zu Shaila Arnolds wahrem Mörder führen.« Mr Sorenson blickt direkt in die Kamera. Er dürfte beim Medientraining gut aufgepasst haben. »Jetzt hoffen wir nur, dass die Polizei von Gold Coast *ihre* Arbeit macht, ob sie nun darin besteht, Logan Beaumont zu befragen oder jemand anderen. Alles, was wir wollen, ist Gerechtigkeit für Shaila Arnold.«

»Vielen Dank, Mr Sorenson. Soeben haben wir ein Statement der Gold Coast Prep erhalten, der privaten Eliteschule, die sowohl Shaila Arnold als auch Graham Calloway besuchten. Es lautet folgendermaßen: ›Mr Beaumont ist ein respektiertes und beliebtes Mitglied unserer Schulgemeinschaft. Seit er für uns arbeitet, ist uns nie eine glaubwürdige Beschwerde über ihn zu Ohren gekommen. Dennoch werden wir unsere eigenen Nachforschungen anstellen, um dieser Sache auf den Grund zu gehen.‹ Das wars von mir, Linda Cochran, live vom Gold Coast Police Department.«

Das Video ist zu Ende und mein Display wird schwarz.

Als ich mich zu Mom umdrehe, hat sie eine Hand vor den Mund geschlagen, während sie mit der anderen hektisch auf dem Handy scrollt. »Meine Güte«, murmelt sie. »Hast du das gewusst?«

Ich schüttle den Kopf. Sie knallt das Telefon auf den Couchtisch, setzt sich neben mich und legt mir die Hand auf die Schulter. Ich widerstehe dem Drang, zusammenzuzucken und wegzurutschen.

»Liebes«, setzt sie an. »Hat Mr Beaumont dich je angefasst? Oder dir wehgetan?« Ich denke daran, wie seine Hand brennend auf meiner lag und wie mir sein nach Zahnpasta und Zigaretten riechender Atem entgegenschlug. Bei der Vorstellung kommt mir das Abendessen wieder hoch.

Ich schüttle den Kopf. Nie.

Mom drückt meine Hand. »Ich muss Cindy Miller anrufen.« Mit diesen Worten verlässt sie das Zimmer. Die Stille tut mir in den Ohren weh.

Mit zitternden Händen nehme ich das Telefon.

Hast du das gesehen?, schreibt Rachel. Vielleicht wars das!!!!!

Ich kann mich nicht überwinden ihr zu antworten. Außerdem habe ich noch eine andere Nachricht. Sie stammt von Quentin, der mir ebenfalls den Link zu dem Tweet schickt.

Hast du mich DARUM das mit Beaumont gefragt????

Ja.

Krass!! Stimmt das?

Keine Ahnung. Was, wenn …?

FUCK!!!!!!!, schreibt Quentin. In der Schule wirds morgen voll abgehen. Weingarten will Nachforschungen anstellen. Hast du das gesehen???

Bin schon gespannt, was er rausfindet.

Und ich, was die Polizei unternimmt. Falls sie überhaupt was unternimmt.

Ich beiße mir auf die Lippe und tippe, obwohl ich weiß, dass meine Worte den letzten Rest unserer Freundschaft vernichten könnten. Aber ich muss einfach wissen, wo er steht. Ich drücke auf Senden.

Ob Graham wirklich unschuldig ist?

Quentin lässt sich einen Moment Zeit.

Dann noch einen.

Endlich beginnt er zu tippen. Seine Nachricht erscheint.

Schon möglich.

Mein Kopf surrt, als käme er nicht hinterher, die Punkte schnell genug zu verbinden. Ich schiebe mein Telefon unter das Couchkissen, um mich abzulenken, aber es brummt erneut. Als ich nachschaue, sehe ich Adams Namen. Mein Herz hört auf zu rasen, allein das Wissen, dass Adam am anderen Ende ist, beruhigt mich.

Hast du das Beaumont-Video gesehen? Ganz schön krass …

Ich weiß gar nicht, was ich denken soll …, schreibe ich.

Geht mir genauso, antwortet er.

Dann erscheint eine weitere Nachricht. Ich frage mich, ob Rachel dahintersteckt? Hast du eigentlich noch mit ihr geredet?

Ich verkrampfe mich. Das ist das Einzige, was ich ihm nicht erzählen kann. Mein einziger Verrat. Vor vielen Monaten habe ich gesagt, ich würde es auf sich beruhen lassen, ich würde ihr sowieso kein Wort glauben. Und jetzt ist sie nur wenige Textnachrichten entfernt. Etwas in mir zieht sich zusammen und ich weiß, dass ich ihn anlügen muss. Keiner darf wissen, dass ich etwas damit zu tun habe.

Nein.

19

Langsam fallen die ersten Sonnenstrahlen in mein Zimmer, dabei bin ich schon seit einer Stunde wach und pauke mit meiner selbst gemachten Lernhilfe Gleichungen für das Brown-Stipendium. Die Seiten biegen sich vor Zahlen und Fakten, aber ich kann mich nicht konzentrieren. Nicht heute.

Also lege ich die Karteikarten beiseite und klappe den Laptop zu. Es hat keinen Sinn, so zu tun, als würde ich lernen. Nicht wenn mir etwas an der Sache mit Beaumont keine Ruhe lässt. Wie konnte ich damals nur so blind gewesen sein? Es muss doch Hinweise gegeben haben – irgendein Zeichen von Shaila.

Ich rufe die Foto-App auf meinem Handy auf und scrolle hektisch durch meine Fotobibliothek, auf der Suche nach Shailas Gesicht. *Sag schon, Shaila. Was ist mir entgangen?* Im Ordner mit meinen kürzlich hinzugefügten Bildern finde ich das, auf dem Marla, Nikki, Shaila und ich uns für den Frühlingsball fertig machen. Das Foto, das ich in Shailas Zimmer gesehen habe. Der Ball war berüchtigt und wir hatten uns schon seit der Mittelstufe darauf gefreut. Adam hatte mir erzählt, dass das Organisationskomitee in die Vollen gehen und eine Nebelmaschine sowie einen DJ organisieren würde. In jenem Jahr lautete das Motto: Maskenball.

Shaila und ich überlegten eine ganze Woche lang, was wir anziehen sollten, welche Musik zu erwarten war und wer hinter der Tribüne rummachen würde. Damals waren sie und Graham noch ein Herz und eine Seele. Zumindest dachte ich das. Wir waren überzeugt, dass der Ball unsere Erwartungen nicht enttäuschen würde.

Shaila schlug Grahams Vorschlag, gemeinsam vorzuglühen, aus und lud stattdessen Nikki, Marla und mich zu sich nach Hause an.

»Willst du nicht mit deinem Freund auf dem Ball erscheinen?«, fragte Marla.

»Er und ich können noch so viel Zeit miteinander verbringen«, antwortete Shaila. »Aber wir haben nur den einen allerersten Frühlingsball, und dahin will ich mit euch gehen.«

Ich war vor Aufregung ganz rot im Gesicht, während wir zu viert im Kreis auf Shailas Teppichboden saßen und uns goldenen Glitter auf die Wangen rieben. Mit einem kirschfarbenen Lipgloss von Chanel, den sie ihrer Mutter abgeluchst hatte, malte Shaila uns die Lippen an.

Als ich sie bat mir die Haare zu machen, türmte sie meine Locken zu einer aufwendigen Hochsteckfrisur auf. »Audrey Hepburn mit einem Twist«, sagte sie. »Das passt zu dir.«

»Ich will auch!«, quengelte Nikki.

Also verdrehte Shaila ihre Mähne zu einem Dutt und zog vorne ein paar Strähnen heraus. »Eine Prise Nineties-Chic.« Danach flocht sie Marlas weißblondes Haar zu einem Zopf und legte ihn ihr wie eine Krone um den Kopf, sodass er wie ein Heiligenschein aussah.

Bei unserer Ankunft sprinteten Nikki und Marla voraus in die neblige Turnhalle, während Shaila sich bei mir einhakte, damit wir nebeneinanderher hineinstolzieren konnten.

Als wir an der Vitrine mit den Pokalen vorbeikamen und unser Spiegelbild sahen, sagte Shaila: »Das ist der Beweis. Wir sind absolut umwerfend.« In der Turnhalle war es dunkel, von den Wänden und der Decke hingen neonfarbene Ballons und verdeckten die Holzsparren. Der Boden war mit Konfetti bedeckt, die das Basketballfeld in eine Rutschbahn verwandelten. Alle trugen spitzenbesetzte Masken, hinter denen sie sich vor der Wirklichkeit abschirmten. Shaila zog mich zu der Ecke bei der Tribüne, wo die anderen Player bereits warteten. »Wow«, sagte Henry, als er uns erblickte. Er trug einen dunkelgrauen Anzug und die Hemdzipfel hingen ihm vorne über den Hosenbund. Er sah hinreißend aus.

»Wo ist Graham?«, fragte Shaila.

»Da drüben.« Henry deutete zu einem Tisch, auf dem Bowleschüsseln und Becher standen. »Aber an deiner Stelle würde ich ihn erst mal noch in Ruhe lassen.«

Shaila schaute ihn an. »Wieso?«

»Na ja, erstens ist er noch angefressen, dass ihr nicht zum Vorglühen gekommen seid.«

Shaila verdrehte die Augen. »Er wirds überleben.«

»Und zweitens hat Jake ihm gerade eine fiese Ü gegeben.« Jake stand neben Graham und steckte ihm etwas zu, das wie eine riesige unetikettierte Wasserflasche mit einer durchsichtigen Flüssigkeit darin aussah.

»Was macht er da?«, fragte ich Henry.

»Jake hat ihn aufgefordert, Wodka in den Eistee zu schütten.«

Ich blickte zu dem Tisch mit den Snacks, wo sich der Physiklehrer, Dr Jarvis, die Bibliothekarin, Mrs Deckler, und ein paar andere Mitglieder des Kollegiums aufgebaut hatten, als wären sie Bodyguards.

»Ist das nicht ganz schön riskant?«, flüsterte Nikki mir ins Ohr.

Ich schluckte schwer und nickte. Aber zu dem Zeitpunkt war eigentlich alles riskant. Nach dem Sauna-Vorfall hatte sich eine gewisse Grundangst in mir breitgemacht, die einfach nicht weggehen wollte. Man musste immer auf irgendwas Neues gefasst sein.

Shaila blickte zur Decke. »Sein Problem«, sagte sie. Ich nahm an, dass sie einfach nur sauer war, weil er sauer auf sie war. Dann rief sie Marla zu: »Kommt, lasst uns Spaß haben!« Damit warf sie die Haare zurück und marschierte zur Tanzfläche. Das war ganz in unserem Sinn und wir folgten ihr.

In der Mitte der Turnhalle angekommen, streckte Shaila die Hände aus und wir bildeten einen Kreis. Jetzt wurde ihr Blick wieder milder und sie warf den Kopf in den Nacken. Als das Lied seinen Höhepunkt erreichte, zog sie uns näher heran und nahm uns fest in die Arme.

»Schaut euch um. Schaut euch die anderen an«, flüsterte sie. »Sie wären gerne wie wir.«

Marla kicherte und Nikki strahlte übers ganze Gesicht. In diesem Moment liebte ich sie alle. Marla, weil sie nicht so viel brauchte. Nikki, weil sie einfach so viel Spaß wie nur irgend möglich haben wollte. Und Shaila, weil sie nicht nachtragend war und einem von ganzem Herzen verzieh. Weil es mit ihr nie langweilig war, weil sie für Unterhaltung sorgte und dafür, dass wir wachsam blieben. Ich liebte es, dass die anderen uns mit ihren Blicken durchbohrten. Dass wir etwas Besonderes waren. Beobachtet wurden. Wir sangen den Refrain mit und Shaila wirbelte uns herum, als wären wir Ballerinen in einer Spieluhr. Als ich hinter mich schaute, zu unseren Mitschülern, wiederholte ich im Kopf Shailas Worte. *Sie wären gerne wie wir.*

Bis mein Blick bei der Ecke ankam, in der Graham von einem Fuß auf den anderen trat. Die Flasche in seiner Hand war verschwunden. Ich erschrak.

Im nächsten Augenblick trat Mrs Deckler neben ihn und packte ihn am Arm. Mit offenem Mund beobachtete ich, wie sie ihn durch den Gang davonzog.

Ich hörte auf zu tanzen und wandte mich an Shaila. »Hast du das gesehen? Ich glaube, Graham wurde gerade rausgeworfen.«

Shaila folgte meinem Blick zu dem Tisch mit der Bowle. »Scheiße.«

»Was ist?«, fragte Nikki außer Atem.

»Graham ist erwischt worden«, sagte Shaila beinahe emotionslos. Ihre Stimme wackelte nur kurz.

Nikki riss die Augen auf. »Glaubst du, sie suspendieren ihn?«

Shaila verdrehte die Augen. »Quatsch. Er ist ein Calloway. Er hat nichts zu befürchten.«

Nikki ließ die Schultern hängen und nickte, dann ging sie zu Marla, die bei den Snacks stand.

»Lassen wir uns von ihm nicht den Abend verderben«, sagte Shaila. Dabei wirkte sie ein bisschen besorgt, vielleicht sogar traurig. »Komm.« Wir tanzten, bis irgendwann das Deckenlicht anging, aber es war nicht mehr wie vorher. Die elektrisierende Freude war verschwunden und schon bald saßen wir in Mrs Arnolds Lexus und fuhren zu Shaila, wo ich übernachten sollte. Beim Betreten ihres Zimmers rief Shaila: »Ich schlafe außen«, und zog die Tagesdecke zurück. Normalerweise schlief sie an der Wand, eingezwängt zwischen mir und der kalten Mauer.

»Aber ich will meine Seite«, jammerte ich.

»Nö. Die gehört heute mir. Ich will aufstehen können, wenn

ich nachts Durst bekomme.« Einige Stunden später wachte ich auf. Ein silberner Streifen fiel durch die einen Spalt weit geöffnete Badezimmertür. Als ich mich aufsetzte, konnte ich Shailas Haare erkennen. Sie trug ein zerschlissenes T-Shirt aus dem Beach Club und hatte mir den Rücken zugedreht. Sie flüsterte.

»Nein«, sagte sie gereizt. »Ich kann nicht einfach so weg. Jill ist hier. Sie schläft.« Sie seufzte, dann schwieg sie und lauschte offenbar der Person am anderen Ende. Vermutlich Graham.

»Ich würde dich ja gerne sehen, aber …«

Wieder Schweigen.

»Ist gut.« Ihre Stimme wurde weich. »Du kommst her?« Sie verstummte. »Okay. Dann treffen wir uns am Ende der Einfahrt.«

Mit dem Handy am Ohr stellte sie sich vor den Spiegel, sodass ich ihr Gesicht sehen konnte. Blass und ungeschminkt. Sie sah so jung aus, fast wie damals in der Sechsten, als ich sie kennenlernte. Aufmerksam betrachtete sie ihr Spiegelbild, machte einen Schmollmund und strich sich die Stirn glatt. »Ich liebe dich auch«, flüsterte sie ins Telefon.

Ich stellte mich schlafend, während Shaila auf Zehenspitzen durchs Zimmer schlich und einen Pulli, ihre Geldbörse und ein Paar Flipflops nahm. Dann stahl sie sich vorsichtig nach draußen. Ich lauschte ihren Schritten und folgte ihr ihm Geiste zur Eingangstür und weiter, die Einfahrt hinunter, weg von mir, hin zu etwas viel Besserem, viel Lebendigerem.

Damals dachte ich, Graham sei hergekommen, um sich zu entschuldigen, weil er vom Ball verwiesen worden war und Shaila geschnitten hatte. Als er in der darauffolgenden Woche von seinem zweitägigen Schulverweis zurückkehrte, war zwischen ihnen alles wieder normal. Ich ging davon aus, dass Beziehungen so funktionieren: Man streitet in der Öffentlichkeit, versöhnt sich im Stillen und tut dann so, als wäre nie etwas gewesen.

Aber jetzt ist es so schmerzhaft offensichtlich, dass sie jemand anderen getroffen hat, jemand, den sie vor uns verheimlicht hat. Jemand ... wie Mr Beaumont. Vielleicht war es sogar wirklich Mr Beaumont.

Mit Schaudern denke ich an seine schwieligen Finger und sein unrasiertes Gesicht – und wie beides Shaila viel zu nahe kommt.

Aber jetzt, wo vielleicht endlich die Wahrheit aufgedeckt wird, kann ich es zum ersten Mal seit Monaten nicht erwarten, in die Schule zu kommen. Ich will hören, was getuschelt wird, und herausfinden, was die Leute glauben.

Ich nehme mir Zeit, um mich fertig zu machen, trage Feuchtigkeitscreme auf, zupfe mir die Augenbrauen und mache mein Bett extragründlich. Dann stecke ich mein weißes Hemd in den Bund meines Karorocks und ziehe diesen glatt.

Als ich in den Spiegel schaue, weiß ich, dass ich immer noch dieselbe bin.

»Krass, oder?« Jared erscheint halb angezogen im Türrahmen. Seine Krawatte hängt ihm locker um den Hals und sein offenes Hemd schlackert um seine weite Khakihose. Er sieht aus wie die älteren Jungs, die anderen Player. Es ist das erste Mal seit Monaten, dass er was zu mir sagt. »Das mit Mr Beaumont, meine ich.«

»Du redest also wieder mit mir?«, frage ich und wende mich wieder dem Spiegel zu, rücke meinen Kragen zurecht und wickle mir eine Haarsträhne um den Finger.

»Komm schon«, sagt er. »Kann ich bei dir mitfahren?«

»Holt Topher dich nicht ab?«

Jared zieht die Schultern hoch. »Keine Ahnung. Ich dachte, wir könnten mal wieder was zusammen unternehmen. Wir könnten uns Moms Auto ausleihen.«

Ich schnaube. »Ach, auf einmal bin ich also wieder deine Zeit wert?«

Jared stöhnt. »Du machst es mir echt nicht leicht, oder?«

»Nein.«

»Du hast keine Ahnung, wie schwer ich es hatte«, jammert er. »Wie viele Üs ich machen musste. Sachen, von denen ich nie gedacht hätte ...« Er verzieht das Gesicht.

Ich verschränke die Arme vor der Brust und male mir die schlimmsten Dinge aus. Wie mein kleiner Bruder nach Mitternacht nackt durch die Stadt flitzt. Wie er Hundefutter isst und versucht nicht zu heulen. Wie er Mom und Dad belügt, als sie wissen wollen, wohin er geht. Wie er bei Prüfungen betrügt, einfach nur weil er es kann. All die Dinge, die ich in seinem Alter getan habe. Aber seine Aufgaben können unmöglich so schlimm gewesen sein wie meine. Die Jungs mussten nicht die Hälfte von dem machen, was von uns gefordert wurde. Von ihnen wurde höchstens verlangt, auf Partys Drinks zu mixen und Schwimminseln aufzupumpen. Von ihnen wurde nie erwartet, mitten im Winter einen Bikini anzuziehen und sich vornüberzubeugen. Oder es mit einem Lachen abzutun, wenn Derek Gary sie in die Brust oder den Hintern kneift. *Ist doch nur ein Scherz. Mach dich mal locker.* Sie wurden nie aufgefordert Nacktfotos von sich zu schicken. Oder mit noch fieseren Aufgaben bestraft, wenn sie sich weigerten. Jared scharrt verlegen mit den Füßen. »Ich glaube, sie nehmen mich härter ran wegen der Sache mit dir«, sagt er leise.

Ich schnappe nach Luft. »Ich fahre in fünf Minuten. Mit dir oder ohne dich.«

Mit diesen Worten dränge mich an ihm vorbei und gehe nach unten, fort von ihm. Dabei unterdrücke ich den Impuls, ihn zu fragen, was er über mich und die Player zu wissen *glaubt*.

Auf dem Schulflur herrscht eine unheimliche Stille, die nur vom Knallen der Spindtüren und leisem Flüstern durchbrochen wird. Alle verhalten sich, als hätten sie gerade ein Verbrechen beobachtet. Sie sind nervös, ängstlich, informationsgeil und froh noch am Leben zu sein.

Als ich das Englisch-Klassenzimmer betrete und mich auf meinen Platz neben Nikki setze, fehlt Mr Beaumont natürlich. Stattdessen zieht irgendeine milchgesichtige Vertretungslehrerin mit fettigem Pony die Leinwand herunter.

»Ähm, heute schauen wir einen Film«, sagt sie mit hoher Quiekstimme. »*Der große Gatsby*. Die Verfilmung, in der Leonardo die Caprio die Hauptrolle spielt. Das Buch habt ihr doch im Herbstsemester durchgenommen, oder?« Sie versucht es mit einem Lächeln, und als es niemand erwidert, runzelt sie die Stirn, dreht uns den Rücken zu und drückt ein paar Knöpfe. Das Licht geht aus und Musik ertönt.

Nach der ersten Szene vibriert mein Telefon und Nikkis Name blinkt mir entgegen.

In fünf Minuten am Klo.

Als ich zu ihr hinüberschaue, sieht sie mich mit hochgezogenen Augenbrauen an.

Dann hebt sie die Hand. »Kann ich zur Toilette?«

Die namenlose Vertretungslehrerin dreht sich nicht mal um, sondern macht nur eine zustimmende Geste in unsere Richtung und Nikki schlüpft aus dem Klassenzimmer. Ich folge ihr kurz darauf.

Die Toiletten der Gold Coast Prep sind nicht schlecht, um es bescheiden auszudrücken. In jeder davon stehen kleine Körbe mit Minzbonbons, Wattestäbchen und Tampons. Und zwar mit den guten, nicht mit den billigen, harten, die sich anfühlen, als würde man sich ein Messer einführen. Auf jeder Damentoilette gibt es eine hellblaue Ledercouch, die normalerweise den Schülerinnen aus der Oberstufe vorbehalten ist. Aber manchmal, wenn sie sich unbeobachtet fühlen, machen es sich auch die Ersties darauf bequem. Als ich das in der Neunten getan habe, wurde ich natürlich prompt von Tina Fowler erwischt. Zur Strafe musste ich eine Woche lang ihre Lehrbücher für die College-Zulassungsprüfung schleppen.

Als ich die Tür hinter mir zumache, zieht Nikki mich in die Kabine neben der Couch, die so groß ist wie eine Pferdebox, und schließt hinter uns ab. »Shaila«, sagt sie. Ihre Stimme klingt heiser, als hätte sie viel geschrien oder geweint. Beides ist möglich. »Glaubst du, es war wirklich Beaumont?« Im Kopf gehe ich noch mal alles durch, was ich weiß. Überlege, wie viel davon ich preisgeben soll. Ich habe es so unendlich satt, zu lügen und alles für mich zu behalten. Also beschließe ich ihr die Wahrheit zu sagen.

»Vielleicht. Aber es gibt so viel, das du nicht weißt.« Ich hole tief Luft und schließe die Augen. Dann sprudelt alles aus mir heraus. Ich erzähle Nikki von Rachels Textnachrichten. Ihrer kleinen, gemütlichen Wohnung. Der Fahrt nach Danbury. Grahams Tränen, als er von dem Blut sprach. Ich erzähle ihr, wie ich bei Shaila daheim eingestiegen bin. Von dem Brief, den ich hinter dem Foto von uns gefunden habe. Karas Blick, als wir ihn ihr zeigten. Den funkelnden Diamanten, die jemand Shaila geschenkt hat. Dass Shaila ihr Geheimnis nur Kara anvertraut hat. Und dass dieses Geheimnis sie vielleicht das Leben gekostet hat.

»Ich weiß nicht, ob sie schon einen Beweis dafür gefunden haben, dass Beaumont es war«, sage ich. »Aber er muss es gewesen sein. Es gab dieses Gerücht. Und Shaila hat geschrieben, dass dieser Typ älter als sie ist. Vielleicht findet die Polizei etwas.«

Ich schlinge die Arme fest um mich und setze mich auf den Toilettendeckel. Das Porzellan fühlt sich kalt an. Ich warte nur darauf, dass Nikki davonläuft, um mich dranzuhängen, um den anderen davon zu erzählen und alles noch schlimmer zu machen, als es ohnehin schon ist. Aber stattdessen lässt sie sich mit dem Rücken zur Wand auf den Boden gleiten und legt das Kinn auf die Knie.

»Ich wusste es«, sagt sie.

»Was?«

»Dass Shaila fremdgeht. Sie hat es mir erzählt. Eines Abends, als sie stockbetrunken war. Sie sagte, wir könnten es nicht verstehen.« Sie schüttelt den Kopf. »Das war so typisch. Immer tat sie so, als wäre sie uns voraus. Als hätte sie mehr *Erfahrung*. Ich war total geschockt und habe versucht sie zu überzeugen, dass sie mit Graham Schluss machen muss. Dass es falsch ist, was sie da tut. Aber weißt du, was sie zu mir gesagt hat? ›Stell dich nicht so an, Nikki!‹ Unsere Meinung war ihr scheißegal. Ich glaube, sie mochte mich nicht mal besonders. Du ja auch nicht.«

Nikkis Worte treffen mich wie ein Schlag ins Gesicht. Ich war immer neidisch auf die beiden. Es wäre mir nie in den Sinn gekommen, dass Nikki auch Unsicherheiten haben könnte – unter anderem, was ihre Freundinnen angeht.

»Shaila musste erst *sterben*, damit du meine Freundin wirst. Davor waren es immer du und sie gegen den Rest der Welt. Bis sie mir ihr Geheimnis erzählt hat. Das war das einzige Mal, dass ich dir etwas vorausħatte.« Nikki hat Tränen in den Augen. Sie schluckt. »Danach war sie viel netter zu mir. Ich wusste nicht, dass sie Kara auch eingeweiht hat.«

Es gibt so vieles, was ich sie fragen möchte. Ich möchte sie in die Arme nehmen und ihr sagen, dass wir jetzt zusammenhalten müssen. Dass sie ihre Toastmaster-Attitüde ablegen muss. Als sie weiterredet, ist ihr Blick auf das zweilagige Toilettenpapier gerichtet, dessen Ende zu einem perfekten Dreieck gefaltet ist.

»Sie hat allerdings nie gesagt, dass es Beaumont ist. Nur, dass er älter ist. Und erfahrener. Dass er weiß, was er tut. ›Es ist echt ein Riesenglück, mit jemandem wie ihm zusammen zu sein‹, hat sie gesagt.« Jetzt schaut sie wieder mich an und ihre Augen sind blutunterlaufen. »Aber was das angeht, lag sie wohl ausnahmsweise falsch.«

Ich rutsche neben sie und lege ihr die Hand aufs Knie. Sie legt den Kopf auf meine Finger, sodass ihre Haare auf einer Seite den Boden berühren.

»Ich dachte, es wäre vorbei«, sagt sie.

»Es ist erst vorbei, wenn wir wissen, wer es war.«

»Ich dachte, wir wissen es.«

»Ich auch.«

Wir bleiben lange so sitzen, mindestens bis zum Ende der Stunde, bis Nikki wieder das Wort ergreift.

»Du fehlst mir«, sagt sie so leise, dass ich sie fast nicht verstehe.

»Du fehlst mir auch. Es ist scheißeinsam hier.« Ich versuche ein Lächeln. Es ist etwas schief, aber es ist ein Lächeln.

»Ohne dich ist es nicht dasselbe«, sagt sie. »Seit Marla die Zusage für das Feldhockeyteam in Dartmouth bekommen hat, ist sie kaum noch dabei. Und Robert ist wie besessen davon, sich immer fiesere Üs einfallen zu lassen. Dabei hat er es besonders auf Jared abgesehen.«

Mann, dann hat Jared also wirklich die Wahrheit gesagt.

»Und Henry ist noch nicht über dich hinweg, auch wenn er es behauptet«, fährt Niki fort. »Er hängt nur rum und hält uns Vorträge über die Bedeutung von Non-Profit-Journalismus. Als hätten wir das noch nicht oft genug gehört!«

Ich lache. »Immerhin hast du Quentin«, sage ich. Den lieben, loyalen, talentierten Quentin, der Nikkis symmetrisches Gesicht auf Papierservietten, Pappkartons und richtigen Leinwänden verewigt. Ob er ihr wohl von unserer Unterhaltung in seinem Auto erzählt hat? Und von unserer Versöhnung?

»Stimmt, ich habe immer noch Quentin.«

»Und die Ersties. Die liegen dir doch praktisch zu Füßen.«

Nikki schüttelt den Kopf. »Aber aus den falschen Gründen.«

»Ich weiß.«

Sie nimmt meine Hände und drückt sie fest.

»Ab jetzt wird alles anders«, flüstert sie. »Das muss es einfach.«

Ich atme aus und erwidere den Druck. »Sind wir wieder Freundinnen?«, frage ich.

Nikki schlingt mir die Arme um den Hals. Ihre Umarmung ist heiß und klebrig und unglaublich tröstlich. Nikki riecht wie eine teure Duftkerze. Ihre Tränen fallen in dicken Tropfen auf mein weißes T-Shirt, und als wir uns voneinander lösen, sieht es aus, als hätte mich jemand mit Wasser bespritzt.

Arm in Arm gehen wir hinaus in den Gang und flüstern uns, ein breites Grinsen unterdrückend, Dinge ins Ohr. Ich versuche die verstohlenen Blicke zu ignorieren, die uns folgen. Und die fragenden Gesichter. Hier verbreiten sich Gerüchte schneller als der Wind.

»Hat sie dir einen runtergeholt oder was?« Robert lehnt an seinem Spind und schaut Nikki erwartungsvoll an. So wie's aussieht, sind sie diese Woche zusammen. Trotzdem benimmt er sich wie ein Riesenarsch.

»Halt die Klappe, du Idiot«, entgegnet Nikki. Sie drückt meinen Ellbogen. »Wir haben uns versöhnt.«

»Einfach so?«, fragt Robert und zieht eine Augenbraue hoch.

»Ja«, sagt sie mit einem Lächeln in der Stimme. »Einfach so.« Sie stupst mich mit der Schulter an und ich lege ihr den Arm um die Hüfte.

»Wie ihr meint. Ich hab da jetzt echt keinen Kopf für«, sagt Robert. »Es geht nämlich gerade voll ab. Seht mal.« Er bringt sein Handy zum Vorschein und öffnet einen Artikel auf GoldCoastGazette.com. Mr Beaumonts Schulfoto erscheint auf dem Display, darunter eine Schlagzeile in Großbuchstaben.

BEAUMONT VON ALLEN ANSCHULDIGUNGEN IM FALL ARNOLD BEFREIT

»Wie bitte?«, frage ich ungläubig. »Aber ich dachte ...«

Robert schüttelt den Kopf. »Er wars nicht. An dem Wochenende war er mit seiner Freundin und seinen Eltern in den Hamptons. Irgendwo in Amagansett. Es gibt sogar ein Video von ihm, wie er in einer Bar zu irgendeiner miesen Coverband tanzt.«

»Aber ...«, stottert Nikki. »Das heißt noch lange nicht, dass er nichts mit Shaila *hatte*. Sie hat Graham betrogen. Das hat sie mir erzählt.«

Robert sieht sie überrascht an. »Wirklich? So hätte ich sie gar nicht eingeschätzt.«

»Wie hättest du sie denn eingeschätzt?«, frage ich und merke, wie die Wut in mir aufsteigt.

Robert verdreht die Augen. »Mach dich mal locker, Newman.« Bevor ich ihm die Augen auskratzen kann, fährt er fort: »Selbst wenn sie wirklich was mit ihm hatte – was echt eine ekelhafte Vorstellung ist –, kann er sie unmöglich umgebracht haben. Fall abgeschlossen.«

»Zumindest wissen wir jetzt mit Sicherheit, dass es Graham war«, sagt Nikki und tritt mit ihrem Lederstiefel gegen den Spind. »Verdammtes Monster.«

Trotzdem werde ich das Gefühl nicht los, dass etwas nicht stimmt. »Und wenn nicht?«

Robert klopft mit dem Fuß auf den Boden. »Jill«, sagt er. »Lass. Es. Gut. Sein.« Er untermalt jedes Wort mit einem Klatschen vor meinem Gesicht. Die Leute drehen sich schon nach uns um. Sie bemühen sich nicht mal es unauffällig zu tun.

»Das kann ich aber nicht«, fauche ich.

Nikki macht einen Schritt zurück und schaut zur Decke. »Davon bekomme ich Kopfweh.« Dann kneift sie sich in den Nasensteg und legt den Kopf in den Nacken, als hätte sie Nasenbluten. »Ich weiß nicht, ob ich mich noch länger damit beschäftigen kann.«

»Musst du nicht, aber ich schon. Ich ... Ich kann einfach nicht anders«, sage ich, mache auf dem Absatz kehrt und gehe zur Tür. Ich höre noch, wie Robert genervt stöhnt, aber das ist mir egal.

»Lass sie.« Nikkis Stimme klingt freundlich, aber weit weg. »Sie muss das mit sich selbst ausmachen.«

Ich stoße die Tür auf und trete hinaus auf den Parkplatz. Die Luft ist schal und stickig. Bilder von Beaumont, Graham und Shaila tauchen vor meinem inneren Auge auf. Am liebsten würde ich sie einfach wegschieben, alles vergessen und ein *normales* Leben führen. Als Player. Wir haben es fast geschafft. Aber alles, woran ich denken kann, sind Graham und Shaila, deren Beziehung eine einzige Lüge war. Und wir waren nichts weiter als Kollateralschäden.

Als ich ins Auto steige, vibriert mein Handy. Eine Nachricht von Adam.

Alles okay? Ich hab grad die Nachrichten gesehen. Dann ist Beaumont also unschuldig?

Puh, keine Ahnung. Hier drehen alle durch. Ich weiß nicht, was wirklich Sache ist.

Meine Finger fliegen nur so über das Display. Ich würde ihm so gerne alles beichten und ihn fragen, was er weiß, aber ich halte mich davon ab. Er soll nicht wissen, dass ich ihn hintergangen habe. Dass Rachel und ich ein Komplott geschmiedet haben.

Bestimmt steckt Rachel dahinter, schreibt er. Was mal wieder beweist, dass Graham schuldig ist.

Ich kämpfe mit den Tränen. Was, wenn er und Nikki recht haben? Was, wenn ich meine Zeit damit vergeudet habe, mir einzureden, dass der Mörder meiner besten Freundin unschuldig ist? Was, wenn das alles nur ein Haufen Lügen ist?

Als mein Handy erneut vibriert, zucke ich zusammen.

Diesmal ist es Rachel. Ich dachte, wir hätten ihn.

Ich auch, schreibe ich zurück, denn es entspricht der Wahrheit.

Es muss noch andere Hinweise geben. Wer kommt sonst noch infrage? Hast du eine Idee??

Ich seufze. Die Vorstellung, noch mal von vorne mit dem Miss-Marple-Spielen anzufangen, macht mich fertig. Es ist … einfach zu viel.

Ich kann jetzt nicht, schreibe ich. Ich muss dringend für die Stipendienprüfung lernen.

Lass mich jetzt nicht hängen, Newman!

Ich werfe das Handy auf den Beifahrersitz und es fällt auf den Boden, wo es weiter vibriert. Wahrscheinlich neue Nachrichten von Rachel. Trotzdem hebe ich es nicht auf. Stattessen schalte ich den Oldie-Sender ein, drehe die Lautstärke hoch und ertränke Rachels Hilferufe in Synthesizerklängen und Pophymnen.

20

Es ist unglaublich, wie viel freie Gehirnkapazität ich habe, seit ich nicht mehr darüber nachdenke, wie ich den Ersties das Leben schwer machen kann. Seit ich nicht mehr dauernd über die Player oder die nächste Party oder das neueste Gerücht nachdenke. *Oder* über die Frage, wer meine beste Freundin ermordet hat. Plötzlich habe ich jede Menge Zeit zum Lernen. Ich lasse die Zahlen und Fakten mit meinem Geist verschmelzen und zu einem Teil von mir werden. Das gelingt mir so gut, dass ich am Morgen der Stipendienprüfung nicht mal nervös bin.

Ich wache um halb sechs noch vor dem Wecker auf. Es ist warm für April und der Himmel ist vom Morgenrot ganz rosa. Endlich fühle ich mich ruhig. Ich fühle mich bereit. Kleine Zahlen und Symbole wiegen sich rhythmisch in meinem Kopf und ich weiß ganz genau, dass ich mich bestmöglich vorbereitet habe.

Um drei viertel sieben treffe ich im Physiksaal ein, wo Dr. Jarvis bereits auf mich wartet, dabei aber aussieht, als wäre er gerade erst aufgestanden. »Du bist aber früh dran, Jill«, sagt er und schenkt mir ein breites Lächeln. »Du willst es hinter dich bringen, was?«

»Irgendwie schon.«

Er winkt mich herein und ich setze mich an einen der vorderen Tische. Obwohl ich die einzige Schülerin hier bin, liest Dr. Jarvis die Anweisungen laut vor. Dann sieht er erst mich an und anschließend die Stoppuhr auf seinem Schreibtisch.

»Und … los.«

Die nächsten neunzig Minuten bin ich wie auf Autopilot, löse Gleichungen, bestimme Werte, führe Analysen durch und erkläre in einem Aufsatz, *warum* ich dieses Stipendium mehr verdiene als alle anderen, die jetzt gerade in diesem Moment denselben Test absolvieren. Ich fülle eine Seite nach der anderen mit allem, was ich weiß. Als Dr. Jarvis sich räuspert und ankündigt, dass es Zeit ist abzugeben, fühle ich mich wie durchgewalkt.

Dr. Jarvis nimmt meinen Test und überfliegt ihn kurz. Dann sieht er mich an. Seine Blick ist freundlich und mit seinem Rauschbart ähnelt er dem Weihnachtsmann.

»Was auch immer passiert, ich möchte, dass du eines weißt«, sagt er. »Es war mir eine Freude, dich zu unterrichten. Brown könnte sich glücklich schätzen dich als Studentin zu gewinnen.«

Ich habe einen Kloß im Hals.

Dr. Jarvis tätschelt mir unbeholfen, aber liebevoll die Schulter.

»Schülerinnen wie du sind selten. Ich hoffe, das weißt du.«

Ich nicke und mir wird ganz warm ums Herz. Ich habe diesen Test ganz ohne Hilfe abgelegt. Ich darf stolz auf mich sein.

»Danke«, quetsche ich hervor.

Er nickt und macht mir die Tür auf. »Dann sieh zu, dass du wegkommst.«

Der Rest des Vormittags verpufft einfach nur so. Ich schwebe von Klassenzimmer zu Klassenzimmer, völlig high von dem Adrenalin, das mich durch den Test getragen hat. Doch am Ende der Französischstunde werde ich unsanft auf den Boden zurückgeholt.

»Jill. *Un instant, s'il vous plaît.*« Madame Mathias streckt den Hals aus ihrem Rollkragenpullover, den sie trägt, obwohl Frühling ist und in ihrem Klassenzimmer sechsstellige Temperaturen herrschen. »Rektor Weingarten möchte mit dir sprechen.« Als sie das sagt, werden die Falten um ihren Mund noch tiefer, als sie es ohnehin schon sind. *»Au revoir!«*

Das kann nichts Gutes heißen. Plötzlich wiegt mein Rucksack eine Tonne und ich habe ein ungutes Gefühl im Bauch. Ich trotte zu Rektor Weingartens Büro mit dem Türrahmen aus dunklem Kirschbaumholz und den bis zur Decke reichenden Bücherregalen. Im Vorzimmer riecht es nach Lack und Pfefferminz, als würde hier am Ende jeden Tages klar Schiff gemacht. Ich lasse mich in den klobigen Sessel gegenüber von Mrs Oerman, der Sekretärin, sinken.

Sie schaut auf. Mit ihren grauen Augen und dem farblich passenden Bob hat sie etwas Großmütterliches. Ihr Kiefer bebt, als sie mich erkennt. »Ah, Miss Newman. Rektor Weingarten erwartet Sie schon.«

Ich war erst einmal hier, und zwar als ich zum ersten Mal nach Shailas Tod wieder in die Schule kam. Es war der letzte Tag vor den Ferien und so heiß und feucht, dass mein Rock mir beim Gehen an den Oberschenkeln klebte. Ich schwitzte wie ein Hund. Weingarten hatte mich, Nikki und Marla zu sich bestellt und zog seinen Stuhl hinter dem Schreibtisch hervor, um einen Sitzkreis mit uns zu bilden.

»Mädchen«, sagte er. »Die Gold Coast Prep wird nicht mehr

dasselbe für euch sein.« Er war direkt, aber nicht unfreundlich, was eigentlich eine angenehme Abwechslung darstellte, denn alle anderen behandelten uns, als wären wir aus Glas. Die anderen Lehrerinnen und Lehrer hatten den Blickkontakt vermieden und uns mit laschem Schulterklopfen, wissendem Nicken und traurigen, müden Augen abgefertigt. *Die armen Mädchen.*

Nikki brach in Tränen aus und wischte sich mit dem Ärmel den Rotz von der Nase, wobei eine grünliche Schleimspur auf ihrem Handrücken zurückblieb. Marla verschränkte die Finger und ihre Schulter hoben und senkten sich. Für einen Augenblick fragte ich mich, ob er wusste, was *wir* durchgemacht hatten – unabhängig von der Sache mit Shaila. Ob er uns darauf ansprechen würde und was wir dann sagen würden.

Aber dann machte Rektor Weingarten den Mund auf.

»Als ich so alt war wie ihr, habe ich auch einen Freund verloren«, sagte er. »Bei einem Bootsunfall in Connecticut. Er hieß Connor Kraus.«

Ich sah ihm tief in die kristallblauen Augen. Sein Blick war warm und wohlwollend.

»Es war das einschneidendste Erlebens meines jungen Lebens«, fuhr er fort. »Es hat mich in jeder Hinsicht geprägt. Connors Tod hat mir gezeigt, dass das Leben kurz ist und jeder Moment wichtig und wertvoll.« Er hob bekräftigend die Faust. »Ich habe gelernt, mit jeder Faser zu lieben und meine Zeit sinnvoll zu nutzen. Ich wünschte mehr als alles auf der Welt, dass Connor noch am Leben wäre, aber ohne seinen Verlust wäre ich nicht der geworden, der ich bin.« Weingarten blickte uns nacheinander eindringlich an. »Das hier wird euch zeichnen. Shailas Fehlen wird euch verändern. Aber es muss euch nicht *definieren.* Lasst das nicht zu.«

Das ganze Treffen dauerte etwa zehn Minuten – genug Zeit,

um uns seine Anteilnahme zu zeigen, und zu wenig, um zu viele Fragen zu stellen oder der Sache wirklich auf den Grund zu gehen. Er fragte nicht, was wir in jener Nacht getan hatten oder was davor vorgefallen war. Er wollte es gar nicht wissen.

Anschließend entließ er uns und wir packten unser Zeug und sahen die Gold Coast Prep für drei Monate nicht wieder.

Bis heute habe ich nie wieder an dieses Treffen gedacht. Nikki, Marla und ich haben nie darüber gesprochen. Ich weiß nicht mal, ob Quentin, Henry und Robert auch eines hatten, und wenn, warum Weinstein uns nach Geschlechtern getrennt hat.

Ich frage mich, welche Seite Weinstein wohl heute rauskehrt. Die vertrauliche von damals? Die förmliche, die wir jeden Montag bei der Morgenansprache zu sehen bekommen? Oder etwa die strenge, autoritäre Seite, die ich nur aus den Erzählungen der *schlimmen Kids* kenne. Den Leuten, die ständig nachsitzen müssen oder Gefahr laufen, ihren Abschluss nicht zu schaffen. Diejenigen, die einen Schulverweis kassiert haben und deren Eltern ein paar Hunderttausend Doller spenden mussten, um sicherzustellen, dass ihr Nachwuchs sich weiter irgendwie von einem Semester ins nächste schleppen kann. Nach dem Vorfall auf dem Frühlingsball wurde auch Graham zu Weingarten beordert. Er hat jedoch nie erzählt, wie das Gespräch verlaufen ist.

»Miss Newman, kommen Sie doch herein.« Weingarten steht hinter seinem Schreibtisch und deutet auf den Besucherstuhl ihm gegenüber »Und machen Sie die Tür hinter sich zu.«

Ich setze mich ganz vorne auf die Stuhlkante und warte.

»So, so, so.« Er lächelt zähnebleckend. »Zugegebenermaßen hätte ich nicht damit gerechnet, Sie einmal zu mir bestellen zu müssen, aber mir scheint, wir haben etwas zu besprechen.«

Meine Beine sind schwer, und obwohl ich mich anstrenge,

sie übereinanderzuschlagen, wollen sie sich nicht bewegen. Ich bin wie gelähmt.

»Sagen Sie, Miss Newman, warum wühlen Sie in der Vergangenheit?«

Weingarten lehnt sich in seinem Stuhl zurück und hebt die Augenbrauen, als würde er darauf warten, dass ich ein Kunststück vollführe.

Mein Herz setzt aus. »Worauf wollen Sie hinaus?«

»Sie haben eine wirklich beachtliche Karriere an der Gold Coast Prep hingelegt. Sie halten seit drei Jahren am Stück einen Durchschnitt von beinahe sechsundneunzig. Das ist weit mehr, als Sie für Ihr Stipendium leisten müssten. Leiterin des Matheteams. Gewinnerin des Wissenschaftswettbewerbs. Eine vorzeitige Zusage von der Brown. Das Förderprogramm für Frauen in Wissenschaft und Technik. Sie können wirklich stolz auf sich sein!« Er zieht hörbar Luft ein und stößt sie wieder aus. »Warum also haben Sie es sich zum Ziel gemacht, den Ruf dieser Schule zu ruinieren?«

»Was? Das tue ich doch gar nicht«, stammle ich.

Weingarten wackelt mit dem erhobenen Zeigefinger. »Doch. Sie beschuldigen Mr Beaumont. Sie weigern sich ihre gute Freundin Shaila Arnold in Frieden ruhen zu lassen.« Er beugt sich vor, sodass ich seinen Atem riechen kann. Er muffelt wie ein altes Handtuch oder ein Paar Turnschuhe. »Der Mord an Miss Arnold wäre fast das Ende dieser Schule gewesen. Wissen Sie das? Er hätte uns beinahe unsere Spender und unsere Investoren gekostet. Das hätte in einer Katastrophe enden können.« Mir wird übel. Woher weiß er, dass ich das mit Beaumont war?

»Zum Glück hat das schnelle Einschreiten der Arnolds das Schlimmste verhindert«, fährt Weingarten fort. »Aber jetzt drohen Sie alles, was wir aufgebaut haben, zum Einsturz zu bringen, Miss Newman.«

In meinem Kopf dreht sich alles, während ich versuche dahinterzukommen, worauf er eigentlich hinauswill.

»Ich weiß, dass Sie ein paar Reibereien mit ihren Freunden hatten. Vielleicht fühlen Sie sich hier an der Schule allein und unwillkommen. Vielleicht sind Sie davon überzeugt, dass Sie einem dunklen, schmutzigen Geheimnis auf der Spur sind, was Miss Arnold und ihren *Lehrer* angeht.« Weingarten reibt sich die Schläfen. »Aber lassen Sie mich eines klarstellen, Miss Newman. Sie werden dem Ruf dieser Schule nicht schaden. Nicht nach allem, was wir für Sie getan haben.«

»Aber …«, stoße ich hervor.

»Moment, Moment.« Weingarten hebt die Hand. »Ich habe Sie hergebeten, damit wir uns über Ihre letzten paar Wochen an der Gold Coast Prep unterhalten können. Und über Ihre Zukunft.« Weingarten neigt sich vor und hält eine Aktenmappe in die Höhe, in der die blauen Prüfungshefte stecken, die ich vor wenigen Stunden ausgefüllt habe. »Ihre Prüfung«, sagt er und lässt die Mappe auf den Tisch fallen.

Am liebsten wäre ich aufgesprungen und hätte sie ihm aus den runzeligen Händen gerissen.

»Haben Sie sie bewertet?«, frage ich leise.

Er lacht. Das Geräusch kommt tief aus seinem Bauch. »Natürlich nicht. Das ist Aufgabe der Universität.« Er deutet auf die Hefte. »Aber ich würde nur ungern feststellen, dass all das auf Betrug basiert.« Als er das sagt, zieht er die Augenbrauen hoch und seine blauen Augen sind nicht mehr freundlich, sondern eisig. Er weiß es. Er hat es die ganze Zeit gewusst.

»Die Elitehochschulen verstehen keinen Spaß, wenn es um Betrugsversuche geht.«

»Ich habe nicht betrogen.« Ich hole Luft. »Ich habe gelernt. Ich hatte keine Hilfe. Ich habe das ganz allein gemacht.«

Weingarten hebt wieder die Hand. »Vielleicht in diesem Fall«, sagt er. »Aber was ist mit all den anderen Malen?« Er verschränkt die Hände hinter dem Kopf und schiebt den Bauch vor. »Glauben Sie etwa, wir wüssten nicht, was hier vor sich geht? Wer lügt und wer betrügt?«

Jetzt wird mir richtig schlecht und ich bekomme einen trockenen Mund.

»Ich könnte Brown ohne Weiteres davon überzeugen, dass Sie bei diesem Test Hilfe von außen hatten. Und bei jeder anderen Prüfung auch. Damit wäre Ihr Leben ruiniert. Alles wäre umsonst gewesen – all die Zeit und all das Geld, das Ihre Eltern in Sie investiert haben.«

Ich schlucke schwer und kämpfe gegen die Tränen an.

»Sie hatten so ein *Glück*, Miss Newman.« Weingarten steht auf und geht zum Fenster. »Aber das ist jetzt vorbei. Sie waren undankbar. Dass Sie Mr Beaumont in die Sache hineinziehen wollten ... Ts, ts, ts.«

»Woher ...«, setze ich an.

Weingarten lacht. »Was glauben Sie denn? Ich kenne jeden Polizisten in dieser Stadt. Ich kenne in ganz Gold Coast Leute, die es gar nicht *erwarten* können, mir Informationen zuzuspielen und Geheimnisse zu erzählen, um ihren Kindern einen Platz an dieser Schule zu sichern. Und dieser Anwalt, den Miss Calloway engagiert hat, Mr Sorenson? Abschlussklasse 1991. Ein Vorzeigeschüler. Er hat mich noch am selben Tag darüber informiert, was da auf Logan zukommt.«

Meine Wangen brennen und ich muss die Knie zusammenpressen, um meine Beine am Zittern zu hindern.

»Lassen Sie mich ganz ehrlich mit Ihnen sein, Miss Newman.

Sie schaden unserem Ruf. Ich werde nicht zulassen, dass diese Schule noch mehr negative Publicity bekommt. Die Vergangenheit ist vergangen und Sie drohen mit Ihrer kleinen Ermittlung unsere gesamte Zukunft aufs Spiel zu setzen.«

Weingartens Gesicht ist gerötet und er hat Spucke in den Mundwinkeln. Er setzt sich wieder und zieht eine weitere Aktenmappe hervor. Diese ist dünner. Und neu. »Dann wollen wir doch mal sehen. Jared Newman. Offenbar ist es ihm gelungen, seine Biologienote von der zum Bestehen nötigen Punktezahl auf zweiundneunzig Punkte bei der Zwischenprüfung zu verbessern. Gut gemacht, Mr Newman!« Rektor Weingartens Blick ruht auf mir, listig und drohend. »Wie er das wohl geschafft hat?«

Seine Botschaft ist unmissverständlich. Wenn ich weitermache, wenn ich weiter den Namen der Gold Coast Prep besudle und ungewollte Schaulustige auf den Campus locke, wird er dafür sorgen, dass ich an der Brown nicht genommen werde. Er wird mich bloßstellen. Und Jared ebenfalls. Aber alle anderen wird er durchkommen lassen mit dem, was wir tun. Einfach nur aus Prinzip. Wenn ich vorher schon daran gezweifelt habe, ob ich Rachel und Graham helfen soll, steht die Antwort jetzt fest. Das Risiko ist zu groß.

»Mr Beaumont hatte mit Shailas Tod nichts zu tun. Graham Calloway ist der Mörder. Das sind die Tatsachen. Hören Sie auf, Detektivin zu spielen. Diese Schule kann sich keine weiteren Negativschlagzeilen leisten. Verstehen Sie, worauf ich hinauswill, Miss Newman?«

»Ja.« Meine Stimme ist klar und deutlich und ich gebe mir Mühe, ihm direkt in die Augen zu schauen.

»Braves Mädchen.« Er lächelt und lässt Jareds Mappe auf den Schreibtisch fallen, sodass meine kleinen blauen Prüfungshefte in alle Richtungen davonstieben. »Gut. Ich bin froh, dass wir dieses Gespräch hatten. Ich schicke Ihren Test noch heute Nachmittag zur Brown.« Er winkt und schwenkt in seinem Drehstuhl herum, sodass er mir den tweedbedeckten Rücken zukehrt.

Ich stehe mit zitternden Beinen auf und gehe zur Tür.

»Ach, und Jill?« Weingarten blickt mich über die Schulter hinweg an. »Richten Sie Miss Calloway schöne Grüße aus. Sie war so eine vielversprechende Schülerin. Es ist wirklich schade um sie. Wirklich schade.«

Mom reißt die Haustür auf, obwohl ich noch gar nicht eingeparkt habe. Hinter ihr kommt Dads Kopf zum Vorschein. »Ist sie da?«, fragt er.

Mir wird schlecht. Ich kann ihnen jetzt nicht gegenübertreten. Am liebsten möchte ich mich einfach nur verstecken.

»Hallo«, quetsche ich hervor und dränge mich an ihnen vorbei ins Haus.

»Und?«, fragt Mom. Sie trägt eine Leinentunika und eine große, klobige Halskette. Ihr Gesicht ist liebevoll und hoffnungsfroh. Sie will wissen, wie die Prüfung gelaufen ist.

»Das Ergebnis wird noch eine Weile auf sich warten lassen«, murmle ich. »Das wisst ihr.«

Dad verschränkt die Arme hinter dem Rücken. »Haben Sie gesagt, wie lange?«

»Nein.« Ich pfeffere meinen Rucksack in die Ecke und stampfe die Treppe hoch in mein Zimmer. Hoffentlich verstehen sie den Hinweis. Ich habe jetzt einfach keinen Kopf für ihre Fragen.

Ich schließe die Tür hinter mir und lasse mich aufs Bett fallen. Dann betrachte ich die Sterne an meiner Decke und zum ersten Mal fällt mir auf, dass sie zu einem schwachen Gelb verblasst sind und sich nicht mehr neonfarben gegen die Dunkelheit abheben. Es klopft leise an der Tür. »Schätzchen? Können wir kurz reinkommen?«

Obwohl ich nicht antworte, wird die Tür einen Spaltbreit geöffnet. »Wir würden gerne mit dir reden«, erklärt Dad sanft.

Ich gebe nach. »Okay.« Sie kommen herein und setzen sich ans Fußende meines Bettes.

»Wir wissen, dass du eine Menge um die Ohren hast …«, fängt Mom an. Und da geht es mit mir durch. Ein Vulkan bricht in meinem Innern aus und das Feuer schießt meinen Hals hoch.

Ich setze mich auf. »Ihr habt doch keine Ahnung, was los ist«, schreie ich. »Ihr habt keine Ahnung, wie sehr ich mich angestrengt habe und wie viel Druck auf mir liegt.« Meine Hände zittern, als stünden meine Nerven unter Schock. »Ich weiß, was ihr alles geopfert habt, damit wir auf die Gold Coast Prep gehen können, und ich strenge mich so gut wie möglich an, damit ihr nicht noch mehr opfern müsst. Ich habe mein Bestes gegeben, und vielleicht reicht es trotzdem nicht. Aber damit müsst ihr dann klarkommen, okay?« Dad zuckt zurück, als hätte ich einen Pfeil auf ihn abgefeuert.

»Liebes«, sagt Mom. »Ich verstehe …«

»Nein. Tust du nicht. Ihr habt keine Ahnung, wie es ist, jeden Tag mit dem Wissen in die Schule zu gehen, dass das alles plötzlich weg sein könnte. Dabei wolltet ihr immer nur, dass ich es *besser* habe. Dass ich *Erfolg* habe.« Tränen laufen mir übers Gesicht und ich hasse mich dafür, dass ich ihnen so zusetze. Sie haben nichts falsch gemacht, und trotzdem bin ich so wütend. Alles ist mir zu viel. Ich muss es einfach rauslassen. »Es ist alles so anstrengend!«, schreie ich. »Und ich versuchs ja. Aber mehr kann ich auch nicht tun. Ich kanns nur versuchen …«

»Ach, Jill«, Mom streichelt mir über den Kopf und Dad setzt

sich neben mich. Dann nehmen die beiden mich so fest in die Arme, dass ich fast keine Luft mehr bekomme. Erst versuche ich mich zu befreien, aber sie halten mich nur noch fester. »Tut mir leid«, flüstert Dad. »Das wollten wir nicht für dich.« Als er mich loslässt, sehe ich, dass seine Augen feucht sind.

»Wir sind so anders aufgewachsen als ihr hier«, sagt Mom und deutet nach draußen. »Dads Familie hat sich von Gehaltsscheck zu Gehaltsscheck gehangelt und meinen Eltern war es total egal, ob wir überhaupt zur Schule gehen. Wir wollten einfach, dass ihr es besser habt als wir.«

»Aber vielleicht haben wir es übertrieben«, sagt Dad. »Vielleicht haben wir dich zu sehr unter Druck gesetzt und erwartet, dass du ...«

»Perfekt bist.« Mom schenkt mir ein trauriges Lächeln.

Dad nickt. »Aber du musst nicht perfekt sein. Es reicht, wenn du einfach nur du selbst bist.«

Er hört sich an wie eine Postkarte, trotzdem muss ich nur noch heftiger weinen. »Und was, wenn ich das Stipendium nicht bekomme?« Ich klinge jämmerlich und verheult.

»Was dann? Wir werden es überleben.«

»Aber dann kann ich nicht an die Brown.« Wir alle wissen, dass das die Wahrheit ist.

Mom nickt. »Aber das Stipendium für ein staatliches College ist dir auf jeden Fall sicher, Liebes.« Sie lächelt aufmunternd.

»Dann seid ihr also nicht von mir enttäuscht?«

Dad umarmt mich noch fester. »Niemals.«

21

»Ich bin raus.«

Das klingt härter, als ich wollte. Endgültig. Destruktiv. Aber ich bereue es nicht. Nicht mal als Rachels Unterlippe bebt und ein wütendes Funkeln in ihre Augen tritt.

»Wie bitte?«

»Ich kann nicht weitermachen«, sage ich. »Ich mache in ein paar Wochen den Abschluss. Und ich bin dabei, mich wieder mit Nikki zu versöhnen. Es ist einfach zu viel.« Ich schüttle vehement den Kopf und beschließe, den Teil mit *Der Rektor erpresst mich* auszusparen.

Hier, in einem überteuerten Coffeeshop in Alphabet City, fühle ich mich angenehm anonym und mutiger als sonst. Niemand kennt mich. Ich kann also offen sprechen. Dabei ziehe ich in Wahrheit einfach nur den Schwanz ein. Wie damals in der Sauna schaue ich zuerst auf mich selbst statt auf Shaila. Die Schuldgefühle werden mich auffressen, aber ich rufe mir in Erinnerung, dass es nicht nur um mich geht, sondern auch um Jared.

»Das wars also? Eine falsche Spur und du gibst auf?« Rachel lehnt sich auf ihrem klapprigen Holzstuhl zurück. Der winzige Formicatisch zwischen uns wackelt, sodass unsere Lattes in den eisbechergroßen Tassen fast überschwappen.

»Es ist jetzt nicht gerade so, als hätten wir schon den nächsten Verdächtigen«, sage ich, aber von Rachel kommt keine Reaktion. »Du bist nicht in Gold Coast. Du weißt nicht, wie das ist.« Vor meinem inneren Auge erscheint Weingarten mit rotem, wütendem Gesicht und wackelndem Zeigefinger.

Rachel kneift die Augen zusammen. »Dann erklärs mir.«

»Ich habe dir den Brief gezeigt. Und jetzt hat Weingarten es auf mich abgesehen.«

»Sags doch einfach«, zischt Rachel.

»Was meinst du?« Mein Gesicht wird heiß. Es ist nicht das erste Mal, dass ich sie so sehe. Ich kenne diesen Tonfall. So war sie, als sie noch bei den Playern war und uns gedrängt hat zu trinken, zu tanzen und eine Show abzuliefern. Ihre Wut dringt an die Oberfläche.

»Sag es.« Sie bleckt die Zähne.

Ich schüttle den Kopf und umklammere meine Tasse.

»Du glaubst, dass Graham schuldig ist. Du glaubst, dass Graham Shaila ermordet hat, weil es die einfachste Erklärung ist. Auf die Weise kannst du das alles einfach vergessen, dein Leben weiterführen und so tun, als sei nichts gewesen. Dass du eine Freundin hattest, die gestorben ist, was wirklich total schlimm war. Damit kannst du dann nächstes Jahr die Leute in deinem Wohnheim beeindrucken oder dich auf Partys interessant machen. Shaila wird nichts weiter sein als eine kurze Episode in deinem perfekt dokumentierten Leben. Und Graham einfach nur jemand, den du mal kanntest und der irgendwann einfach ausgetickt ist.« Sie beugt sich so weit vor, dass unsere Gesichter sich beinahe berühren. Ich sehe die feinen Härchen über ihrer Nasenwurzel, die nur darauf warten, gezupft zu werden. »Dabei weißt du ganz genau, dass er es nicht war. Du weißt, dass er unschuldig ist. Du bist bloß zu feige, um dich damit auseinanderzusetzen.«

»Leck mich, Rachel«, flüstere ich unter heißen, dicken Tränen. »Du hast keine Ahnung, was ich denke.« Ich würge die Worte hervor, sie sind zäh und bitter. Es gibt einen Grund, weshalb ich so wütend bin. Und das seit drei Jahren. Die Initiation hat alles verändert, und nicht nur weil Shaila dabei gestorben ist.

Ich zwinge mich ruhig zu atmen und fahre fort: »Du benutzt mich jetzt genauso, wie ihr uns damals benutzt habt. Ihr habt euch benommen, als wärt ihr Götter und wir eure Marionetten. Einfach nur um zu sehen, was passiert.« Dann sage ich es noch einmal, ich schmettere ihr die beiden harten Silben entgegen. »Leck. Mich.«

Rachel lehnt sich zurück, ihre Augen sind weit aufgerissen. »So war das nicht.«

»Das war schon immer so.«

Das hatten sie uns immer wieder gesagt, als wäre das eine Rechtfertigung. Dieser kleine Satz verlieh ihnen die Erlaubnis. Dabei tat er das gar nicht. Niemand hatte die Erlaubnis, uns das anzutun. Genauso wenig wie wir die Erlaubnis hatten, das Ganze zu wiederholen.

Am Tag der Initiation waren wir zum letzten Mal zu acht.

Wir trafen uns zum Frühstück bei Nikki und aßen schweigend getoastete Bagels mit Cream Cheese, während wir auf den Anruf warteten. Auf das Signal, dass unsere monatelangen Anstrengungen so gut wie vorüber waren. Unsere offizielle Aufnahme zu den Playern stand unmittelbar bevor. Nie mehr Aufstellung nehmen müssen. Nie mehr Üs absolvieren. Nie mehr Player-Bags herumschleppen. Wir mussten einfach nur die nächsten vierundzwanzig Stunden überstehen.

Als ein Minivan draußen anhielt, stiegen wir schweigend ein. Zwei mit Kapuzen verhüllte Gestalten legten uns Augenbinden an und fesselten unsere Hände mit Kabelbindern. Mir wurde schlecht und ich drückte mich eng an Shaila.

Dann fuhren wir – gefühlt stundenlang. Das einzige Geräusch kam aus der Stereoanlage, die immer wieder denselben Billy-Joel-Song spielte. Ich kann ihn bis heute nicht hören. *Only the Good Die Young*. Was für ein Schwachsinn.

Irgendwann hielten wir endlich an. Unter den Reifen knirschte Kies und die Luft war schwer und salzig. Als wir ausgestiegen waren, nahmen unsere Entführer uns die Augenbinden ab. Wir standen vor Tinas Haus, einem riesigen ausgebauten Bauernhof – ganz offensichtlich hatten wir einen Riesenumweg gemacht, um dorthin zu kommen. Tinas Eltern waren übers Wochenende verreist und alle Player hatten sich dort versammelt. Aus dem Garten war Techno zu hören. Die anderen redeten laut durcheinander, bis einer unserer Kidnapper sie aufforderte leise zu sein.

Es wird lustig, hatte Adam eine Woche vorher zu mir gesagt. *Genieß es einfach.*

Man brachte uns in den Garten, wo bereits die anderen Player warteten, dann nahmen unsere Entführer ihre Masken ab. Rachel und Tina. Mein Magen beruhigte sich. Alles würde gut werden. Rachel war als Erste nett zu mir gewesen und hatte mir die Unterlagen für den Englischtest zugespielt. Sie mochte mich, weil Adam mich mochte. Und Tina mit ihrem verklumpten Mascara und der Lücke zwischen den Zähnen war immer lieb zu mir gewesen. Das war ihr Haus. Sie würde nicht zulassen, dass hier irgendwas Böses passierte. Ich dachte an den Moment am Strand, als wir wegen Mr Beaumont gekichert hatten. Alles würde gut werden.

Aber mit dieser Annahme lag ich so was von daneben.

Die anderen stimmten einen Sprechgesang an, der so voller

Euphorie war, dass ich eine Gänsehaut bekam. Ich brauchte eine Minute, um zu verstehen, was sie riefen.

»Ziehen! Ziehen! Ziehen!«

Jake trat vor uns und grinste uns an. »Ihr habt sie gehört. Zieht!« Damit hielt er uns einen Stapel Spielkarten hin. Es waren acht Stück. »Wer die niedrigste hat, den erwischts am schlimmsten.«

So war das also. Jeder von uns musste eine letzte Prüfung bestehen.

Ich suchte Adams Blick, weil ich etwas brauchte, an dem ich mich festhalten konnte. Er stand an der Seite und unterhielt sich mit jemandem, doch dann schaute er auf und lächelte mich an, sodass sein Grübchen zum Vorschein kam. Er würde dafür sorgen, dass uns nichts passierte.

Jeder von uns zog eine Karte und hielt sie sich verdeckt vor die Brust.

Als ich einen Blick auf meine riskierte, wurde mir übel. Drei. Ich schaute mich um. Quentin wirkte ruhig. Henry auch. Nikki führte die Hand zum Mund und begann auf den Nägeln zu herumzubeißen. Shaila wurde kreidebleich.

»Lasst sehen!«, rief Jake.

Wir zeigten unsere Karten Rachel, die das Ergebnis verkündete.

»Acht, Quentin. Sieben, Henry. Sechs, Robert. Fünf, Graham. Vier, Marla. Drei, Jill. Zwei, Nikki. Ass, Shaila!«

Um uns herum wurde gekreischt und gejubelt und die anderen Player klopften sich gegenseitig auf den Rücken. Später fand ich heraus, dass irgendwie immer die Mädchen die niedrigen Zahlen ziehen. Es ist so eine Schweinerei.

»Anwärter!«, rief Adam. »Ihr habt eine Stunde Zeit, um euch bereitzumachen. Dann erfahrt ihr, welche Aufgabe euch erwartet.« Bevor er verschwand, drehte er sich noch mal um. »Das könnt ihr vielleicht brauchen. Als Mutmacher.« Er zwinkerte uns hämisch zu und warf eine Magnumflasche Wodka vor uns ins Gras. Dann gingen alle und ließen uns allein zurück. Die Sonne brannte auf uns nieder und aus den Boxen dröhnte wieder dieser dämliche Song von Billy Joel.

»Was zum Geier?«, sagte Nikki. »Was haben sie mit uns vor?«

»Hat Rachel dir was erzählt?« Shaila nahm den ersten Schluck aus der Flasche und schaute Graham mit großen Augen an. Es war das erste Mal, dass ich erlebte, dass sie Angst vor dem Unbekannten zeigte.

Graham schüttelte den Kopf, aber auch er wirkte aufgeregt. Seine Nummer fiel mir ein. Fünf. Er trank einen Schluck. »Sie hat nur eine Andeutung gemacht. Sie hat gesagt: ›Wir wissen, wovor ihr Angst habt.‹«

Der Abend mit Jake und Adam fiel mir ein und mir wurde übel. Ich musste daran denken, was ich ihnen über mich erzählt hatte ... und über Shaila. Dass ich nicht ohne Nachtlicht schlafen konnte und dass Shaila nicht mit dem Riesenrad fuhr, weil sie Höhenangst hatte.

Hatten wir alle uns irgendwann im Laufe des Jahres gegenseitig verraten? Wahrscheinlich. Ich war bestimmt nicht die Einzige. Nicht wenn sie von jedem der Anwesenden wussten, wovor er sich fürchtete. Niemand sagte etwas, stattdessen schmorten wir alle in unserer Schuld, während wir langsam die Flasche reihum gehen ließen. Ich wandte mich ab und erspähte das Ocean Cliff in der Ferne. Shaila sah es auch.

Schweigend brüteten wir über unserem Schicksal, bis die anderen wieder auftauchten und uns verkündeten, was wir zu tun hatten.

Dabei wurde offensichtlich, dass Adam, Jake und die anderen Jungs den Ton angaben. Die Mädchen hielten sich im Hintergrund, machten Selfies und hypten das Ganze. Sie hatten nichts zu sagen. Das haben wir nie. Das weiß ich jetzt.

»Jeder von euch bekommt eine auf ihn zugeschnittene Aufgabe«, erklärte Jake. »Die Leute mit den niedrigen Zahlen können sich auf was gefasst machen. Jedem von euch wird ein Player aus der Zwölften zugeteilt, der aufpasst, dass ihr eure Aufgabe korrekt ausführt.« Hinter ihm johlten alle. »Seid ihr bereit?«

Quentin war der Erste: Er musste zwei Horrorfilme hintereinander anschauen, weil er solche Angst vor Zombies hatte. Tina würde ihm dabei Gesellschaft leisten.

»Langweilig«, rief jemand.

»Friss Scheiße, du Vollidiot«, konterte Jake. »Jetzt Jill.«

Ich trat einen Schritt vor und drückte den Rücken durch.

»Du fürchtest dich also im Dunkeln?«, fragte Jake.

»Ja«, flüsterte ich.

»Im Haus gibt es einen Kriechkeller«, sagte er und zeigte hinter mich. »Da bleibst du vier Stunden. Allein.« Ich atmete auf. Das war zu schaffen. Diese Prüfung würde ich bestehen. »Ich komme regelmäßig nachsehen, wie du dich schlägst.«

Dann fuhr er fort, die anderen Aufgaben zu verteilen, aber ich war zu sehr in Gedanken, um etwas mitzubekommen. Erst als Shailas Name fiel, kehrte meine Aufmerksamkeit zurück. »Ocean Cliff«, sagte Jake.

Alle hielten die Luft an. Sogar Adam wirkte überrascht.

»Was ist damit?«, fragte Shaila, um Coolness bemüht. Dabei verlagerte sie das Gewicht von einem Bein aufs andere.

»Spring runter«, sagte Jake mit einem süßen Lächeln. »Und schwimm ans Ufer.«

Rachel schüttelte den Kopf und Tina legte sich die Hand vor den Mund.

»Das ist hunderttausend Meter über dem Meeresspiegel«, sagte Shaila mit zitternder Stimme.

»Na und?«, entgegnete Jake. »Andere haben es auch schon gemacht.« Keiner hinterfragte, ob das auch wirklich der Wahrheit entsprach.

Shailas Blick wurde unnachgiebig. »Na gut.«

Adam trat einen Schritt vor, als wollte er sie beschwichtigen. »Ich bin auch da«, sagte er und klang jetzt wieder freundlicher. »Ich beaufsichtige dich.«

Shaila entspannte sich etwas und ich mich ebenfalls. Ich nahm ihre Hand und drückte sie fest. Sie sah mich mit vor Angst geweiteten Augen an. »Lass dir nicht anmerken, dass du verletzt bist«, flüsterte sie. Ich nickte, dann drehte sie sich um und trabte hinter Adam her auf das in der Ferne aufragende Ocean Cliff zu. Das war das letzte Mal, dass ich sie lebend sah.

Im nächsten Moment stand Jake neben mir. »Komm mit, Newman«, sagte er mit tiefer, gefühlloser Stimme.

Er führte mich in Tinas Haus, das hell und geräumig war und von den Farben Weiß, Grau und Blau dominiert wurde. Er deutete auf eine Treppe, die von der Küche nach unten führte. »Da lang.« Ich folgte ihm in einen halb fertigen Keller, in dem es nach Schimmel und Moder roch. Ich verzog das Gesicht und ignorierte, so gut ich konnte, meine wachsende Angst. Jake ging ganz nach hinten in die Ecke, wo er die Tür zu einer Kammer öffnete, die ihm nur bis zur Hüfte reichte. »Ich würde dir empfehlen dich hinzuknien«, sagte er mit einem fiesen Grinsen. Ich tat wie befohlen und kroch mit angehaltenem Atem in den finsteren Raum. Dabei tastete ich mich auf dem kalten Zementboden vorwärts. Das Zimmer war etwa so groß wie ein Doppelbett. Jack ging in die Hocke und reichte mir eine Decke und eine unetikettierte Glasflasche. »Dein Proviant.«

»Danke«, flüsterte ich.

»Ich komme bald wieder.« Mit diesen Worten schloss er die Tür und ich hörte, wie sie klickend einrastete.

Ich holte tief Luft. Es roch nach Mörtel und Leim. Dann breitete ich die Decke aus, legte mich darauf und redete mir ein, ich wäre daheim in meinem Bett und betrachtete die Plastiksterne über mir. Erst war es ganz okay, nur ein bisschen unbequem. Ich konnte kaum aufrecht sitzen, so niedrig war die Kammer. Dann begann ich Geräusche zu hören, zumindest bildete ich mir das ein. Mäuse in den Wänden. Ein lautes Krachen aus dem Stockwerk über mir. Es war alles zu viel, zu unheimlich, zu surreal. Und dann wurde es richtig schlimm. Die Wände schienen sich auf mich zuzubewegen. Mein Herz raste und meine Hände zitterten. Ich rutschte Richtung Tür, um nachzusehen, ob ich sie vielleicht aufbekam. Aber obwohl ich mit der Schulter dagegen drückte, bewegte sie sich nicht, als hätte Jake sie von außen verbarrikadiert. Und da bekam ich Panik. Meine Brust zog sich zusammen und ich sah nur eine Möglichkeit, das alles zu überstehen.

Ich setzte mich wieder auf die Decke und führte die Flasche zum Mund. Dann nahm ich einen tiefen Schluck. Die Flüssigkeit roch nach Benzin und war heftiger als Wodka. Aber ich war dankbar irgendwas zu haben, mit dem ich mich ablenken konnte. Ich nahm noch einen Schluck und dann noch einen. Die ekelhafte Flüssigkeit rann mir die Kehle hinab, betäubte mich und hinterließ gleichzeitig ein prickelndes Gefühl. Sie war nicht nur stark, sie schmeckte auch ranzig und irgendwie chemisch.

Danach weiß ich nichts mehr.

Erst Stunden später kam ich wieder zu mir. Ich schwöre, dass ich einen Schrei hörte – einen gequälten, markerschütternden Schrei. War das meine eigene erstickte Stimme? Oder kam sie von weit weg? Aber eigentlich spielte es keine Rolle, denn ich war in Sicherheit. So musste es sein, schließlich befand ich mich in einem Zimmer mit einem Fenster, auch wenn keine Sonne durch es hereinfiel. Ich lag in einem Bett. Das wusste ich, weil da Laken waren, die meine nackten Beine umspielten. Ich war nicht mehr unter der Erde. Das wusste ich, weil draußen Flammen emporzüngelten. Wahrscheinlich ein Lagerfeuer im Garten vor dem Fenster. Es war so nah. Genau wie die Player. Ich konnte sie hören. War es vorbei? Hatte ich meine Prüfung bestanden? Ich musste bestanden haben. Aber warum war ich dann nicht bei den anderen? Warum war ich allein?

Und dann merkte ich, dass ich gar nicht allein war.

»Du riechst wie ein gegrillter Marshmallow«, flüsterte er und lallte dabei ein bisschen. Offenbar hatte Adam mich gefunden. Erleichterung durchzuckte mich. Dann steckte er mir die Zunge ins Ohr. Das warme, feuchte Gefühl kam völlig überraschend und ich erstarrte. Ich wollte mich aufrichten, konnte mich aber nicht bewegen.

»Psst … Alles ist gut.« Sein Gesicht tauchte vor mir auf und mir wurde bewusst, dass das nicht Adam war, sondern Jake. Er kniete über mir und drückte meine Arme auf die Matratze und sich gegen mich. Er wartete. Geduldig. Oder auch nicht.

»Was …«

»Du hast es geschafft«, sagte er. »Du hast bestanden.« Wieder steckte er mir die Zunge ins Ohr und ich schüttelte den Kopf, als wollte ich eine Fliege vertreiben. Das Zimmer um mich drehte sich.

Ich versuchte mich zu befreien, aber Jake war so groß. Wie

ein riesiger Ziegelstein. »Mir gehts nicht so gut«, sagte ich. Mein Hirn fühlte sich an wie Brei.

»Jetzt komm schon«, sagte er und strich mir mit dem Mund über den Hals. »Lass uns feiern.«

Meine Gliedmaßen waren so schwer und ich wollte einfach nur, dass das alles aufhörte.

»Nein«, sagte ich leise. »Nein.« Jake lachte und bewegte die Hände tiefer, unter mein Sweatshirt. Seine Berührung war kalt und ich zitterte.

»Siehst du? Das fühlt sich doch gut an«, sagte er. »Willst du dich nicht bei mir bedanken, dass ich dir geholfen habe?« Ich versuchte mich unter ihm hervorzuwinden, aber er hielt immer noch meine Handgelenke umklammert. Ich konnte mich nicht bewegen, nicht denken. Ich wollte unbedingt weg und zu den anderen. Zu Shaila. War sie gesprungen? Hatte sie ebenfalls bestanden? Wäre es einfacher, nachzugeben und meinen Kopf auszuschalten? Plötzlich wurde quietschend die Tür geöffnet.

»Mann.« Adam. Seine Stimme war unverkennbar. »Was machst du da?«

»Weißt du doch ganz genau.« Als Jake den Kopf drehte, konnte ich sein Profil sehen. Sein Mund war zu einem gruseligen Lächeln verzogen. Ich wollte wegrennen, den Zeitpunkt nutzen, um irgendwie zu fliehen. Weit weg von Jake.

»Sie ist doch hackedicht.«

»Bist du neuerdings bei der Polizei oder was?«

»Komm, wir holen uns was zu trinken. Das lohnt sich doch nicht.« Adam machte die Tür weiter auf, sodass noch mehr Licht ins Zimmer fiel.

Jake verdrehte die Augen. Er wirkte resigniert und schien sich damit abgefunden zu haben, dass hier nichts mehr zu holen war. »Wie du meinst.« Endlich stand er auf und verließ das Zimmer. »Du bist echt ein Spielverderber«, rief er beim Hinausgehen.

»Adam«, wollte ich sagen, brachte aber nur ein unverständliches Gebrabbel heraus. Ich wollte die Hand nach ihm ausstrecken, aber meine Arme waren so schwer, dass ich sie nicht heben konnte.

»Alles okay mit dir?«, fragte er. Er lallte etwas und klang irgendwie traurig.

»Mhm.«

»Schlaf ein bisschen.«

»Mhm«, wiederholte ich. Die Erleichterung war überwältigend. Ich wollte mich unter dem Laken verkriechen und heulen.

»Ich sperre von außen ab, okay? Dann kann niemand reinkommen. Den anderen Schlüssel lege ich dir auf die Kommode.«

Ich nickte.

»Sag ›Okay‹, Jill.«

»Okay.«

Leise zog er die Tür hinter sich zu. Ich rollte mich auf die Seite und zwang mich aus dem Fenster hinaus ins Dunkle zu blicken. *Schau nach oben*, sagte ich mir. *Such den Mond. Such dir einen Anker.* Aber alles, was ich sah, war eine Handvoll funkelnder Lichter, durcheinandergeworfen wie Puzzleteile, die ich nie im Leben würde zusammensetzen können. Sie waren zu schön und zu chaotisch.

Dann fiel ich in einen so tiefen Schlaf, dass es beinahe wehtat. Stunden später erwachte ich zum Geräusch der Sirenen und Nikkis Schluchzen. Zur Nachricht von Shailas Tod.

Erst am nächsten Tag fand ich heraus, dass Nikki ihre Prüfung fast nicht bestanden hätte. Ihre Angst besteht darin, sich zu verlaufen, und sie hatten sie mit verbundenen Augen acht Kilometer tief in den Wald gebracht und dort ausgesetzt, mit der Aufgabe, ohne Handy zurück zu Tinas Haus zu finden. Marla wiederum wäre fast dabei erwischt worden, wie sie ins Sommerhaus der Feldhockeytrainerin einbrach, um den Pokal von der Regionalmeisterschaft zu stehlen. Ihre größte Angst war es nämlich, aus dem Team geworfen zu werden und alles zu verlieren. Rachel hatte ihr in letzter Minute zur Flucht verholfen.

Die Prüfungen der Jungs waren viel einfacher und viel weniger gefährlich, als hätten sie den Playern weniger Munition geliefert und ihnen weniger gegeben, mit dem sie sie quälen konnten. Henry musste einen falschen Bericht in der *Gold Coast Gazette* veröffentlichen, für den er einen Tadel kassierte und wodurch er seinen Praktikumsplatz verlor. Robert zwangen sie, den Lamborghini seines Vaters zu klauen und jeden Player aus der Zwölften einmal über den Expressway brettern zu lassen. Er brachte ihn gerade noch rechtzeitig zurück, bevor sein Vater gegen Mitternacht heimkam. Graham hatte die Sache mit den Spinnen, danach machte er sich auf die Suche nach Shaila und fand sie, nass und erschöpft von ihrem Sprung vom Ocean Cliff. Er überredete sie zu einem Spaziergang, bei dem er die Nerven verlor und sie umbrachte. Das zumindest erzählte man uns.

Über nichts davon sprachen wir am nächsten Tag. Ich erwähnte auch nie den Vorfall mit Jake und wie Adam mich gerettet hatte. Wie auch? Shaila war tot und es gab Wichtigeres unter den Tisch zu kehren.

Trotzdem hatten Jakes Worte sich tief in meinen Geist eingebrannt. *Willst du dich nicht bei mir bedanken?*

Als würde ich ihm etwas schulden. Als hätte er sich einen Preis dafür verdient, dass er mich mit einer Flasche, die mit einer dubiosen Flüssigkeit gefüllt war, in einer Kammer eingesperrt hatte.

Wenn ich daran denke, wird mir schlecht. Was, wenn Adam nicht ins Zimmer gekommen wäre? Ich tat mein Bestes, um nicht zu viel darüber nachzudenken, um mir nicht vorzustellen, was dann passiert wäre.

Am Tag nach der Initiation, als ich eigentlich hätte trauern sollen, verfolgte mich ein Gedanke: *Warum liegt die ganze Macht bei den Jungs? Warum machen sie die Regeln und wir müssen die Konsequenzen tragen?*

Verschiedene Üs liefen vor meinem geistigen Auge ab. Adam und Jake gaben den Ton an, während Tina und Rachel danebenstanden, jubelten und sie anfeuerten. Nach außen wirkte es so, als hätten sie auch etwas zu sagen, aber das stimmte nicht. Die Jungs hatten unzählige Situationen zu ihrem Vorteil genutzt. Sie hatten Nikki bei der Show erniedrigt. Sie hatten so getan, als würden wir überreagieren, als Shaila fast an einer Alkoholvergiftung gestorben wäre. Und auch dieses Jahr ist das nicht anders. Robert hat es auf Sierra abgesehen. Mein eigener Bruder hat sie bei der Road-Rallye ausgelacht. Immer wenn wir dabei sind, gebrauchen die Jungs eine Geheimsprache, die nur sie verstehen. Uns lassen sie im Dunkeln.

Das Ganze ist wie ein Virus auf Derek Garry und Robert übergesprungen. Die gaben es weiter an Jungs wie Topher Gardner und sogar an meinen Bruder.

Hatten wir einfach danebengestanden und die Verwandlung geschehen lassen?

Shailas Tod hätte das Ende einläuten müssen. Ich frage mich, ob jeder Jahrgang denkt, seine Initiation sei die letzte. *Wir passen auf, dass ihnen nichts passiert. Wir machen alles besser. Wir sorgen dafür, dass das aufhört.* Haben wir aber nicht. Wir waren genauso beteiligt an den kranken, perversen Spielchen, die wir miteinander spielten. *Beweis es*, forderten wir uns gegenseitig heraus. *Beweis, dass du ein Player bist.*

Und das Schlimmste ist, dass es sich gut angefühlt hat zuzusehen, wie jemand anders dasselbe durchmacht wie man selbst. Als wir in der Zehnten waren, erledigten Nikki, Marla und ich die ganze Dreckarbeit für die Initiation. Völlig high vom Adrenalin fuhren wir am Vorabend in die Hamptons, wo Derek Garys Eltern ein Haus hatten. Dort panschten wir die neonpinke Player-Bowle, bereiteten das Lagerfeuer vor und quietschten aufgeregt, als die Neuen angekarrt wurden – mit verbundenen Augen, zitternd und angsterfüllt. Robert, Henry und Quentin hatten genau eine Aufgabe: Eiswürfel besorgen.

Und als der damalige Toastmaster, Fieldston Carter, die Abschlussprüfungen verkündete, stand ich einfach nur daneben: Leg dich den ganzen Tag nackt in der Sonne. Kriech auf allen vieren und lass dich für den Rest des Abends von den Zwölftklässlern an einer Leine führen.

Lächelnd prostete ich mir mit den anderen zu, bis wir die Realität vergaßen – nämlich dass dieser Abend vor genau einem Jahr Shaila das Leben gekostet hatte. Erst jetzt wird mir klar, dass ich mich damals immer noch wie auf dem Serviertablett und völlig ausgesetzt fühlte.

Letztes Jahr, in der Elften, war es nicht viel anders. Noch immer waren wir die Jüngeren und standen nicht an der Spitze. Aus diesem Grund sagte ich mir die ganze Zeit: *Dieses Jahr wird alles anders*. Ich versuchte, die Schuldgefühle zu verdrängen und mich nicht von ihnen auffressen zu lassen. Aber jetzt weiß ich, dass auch das eine Lüge war. Die Initiation wird wie geplant stattfinden. Jared wird seine grässliche Verwandlung abschließen. Außer es passiert etwas. Etwas Großes.

Rachel räuspert sich und ich bin wieder in dem schmuddeligen Coffeeshop in New York. »Es war falsch von uns«, sagt sie. Ihre rot geränderten Augen sind feucht und drohen überzulaufen. Sie verzieht den Mund. »Dass wir bei allem mitgespielt haben. Dass wir das alles zugelassen haben.«

»Warum machen wir das?«, frage ich.

»Wenn man sich einredet, dass etwas richtig ist, ist es ganz einfach, danach zu handeln.«

Wir sitzen schweigend da und starren in unseren Kaffee, der langsam kalt wird.

Endlich macht Rachel den Mund auf. »Dann bist du also wirklich raus?«

Ich denke an Weingarten und Brown und daran, wie ich Jared beschützen kann. Für ihn ist es noch nicht zu spät. »Ich muss wissen, was mit Shaila passiert ist«, sage ich mit fester Stimme.

Rachel nickt und neigt sich so weit vor, dass ihre Stirn fast meine berührt. »Ich möchte, dass du etwas weißt. Die Player ... und dieser ganze Scheiß. Das bin ich nicht mehr.« Sie sieht mir direkt in die Augen. »Und du auch nicht.«

Das stimmt. Die Player-Jill hätte im Herbst niemals auf Rachels Nachricht reagiert. Sie hätte sich niemals darauf eingelassen, Graham zu besuchen oder mit Kara zu sprechen. Sie hätte bei der Show genauso gejuchzt wie alle anderen und mit Jared bei der Road-Rallye gejohlt. Sie wäre niemals zum Rektor zitiert und von ihm eingeschüchtert worden. Die Player-Jill hätte mit einem Schnitt von 96 und einem Loch in ihrem Herzen den Abschluss gemacht.

Aber diese Jill nicht.

22

Ich brauche dich.

Diese drei Worte sind besser als alle anderen, besser als *Du fehlst mir* und sogar besser als *Ich liebe dich*. Sie schicken einen Schauer von den Zehenspitzen bis in die gespaltenen Enden meiner Haare. Und heute, am ersten Samstag im Mai, kommen sie als Textnachricht von Adam.

Big Keith mochte mein letztes Stück nicht. Er sagt, ich lasse nach.

Die Sonne fällt durchs Fenster auf mein Bett und ich muss die Augen zusammenkneifen, um seine Nachricht noch einmal zu lesen. Ich wusste nicht mal, dass er hier ist. Er muss gerade erst das Semester abgeschlossen haben.

Soll ich vorbeikommen?, tippe ich.

Ja.

Mein Herz ist schwer von dem verzweifelten Wunsch, Adam aufzumuntern. Eine bessere Ablenkung gibt es jetzt nicht. Rachel und ich haben die letzten Tage damit verbracht, sämtliche Akten zu Shailas Fall zu wälzen, und ich kann nicht mehr. Außerdem kann ich mir nicht vorstellen ihm etwas abzuschlagen, nach allem, was ich ihm schuldig bin.

Ich gehe schnell duschen, schlüpfe in ein korallenfarbenes Sommerkleid und meine Jeansjacke und mache mich auf den

Weg, den ich auch blind finden würde. Auf der Fahrt lasse ich die Fenster herunter und höre Stevie Nicks' erstes Soloalbum in voller Lautstärke. Eine warme Brise zieht durchs Auto. Früher war das meine Lieblingsjahreszeit. Die paar Wochen, wenn der Winter endlich vorbei und die Hitze noch nicht unerträglich ist. Früher war das die einzige Zeit im Jahr, wenn alles voller Möglichkeiten schien. Aber jetzt erinnert mich das Wetter nur an Shailas Tod.

Nach wenigen Minuten erreiche ich die c-förmige Einfahrt der Millers, wo ich das Auto parke. Gerade als ich mich abschnallen will, brummt mein Handy.

Check deine E-Mails. Die Nachricht stammt von Rachel.

????, antworte ich.

Kara hat Shailas Briefe gefunden. Ihre Mom hatte sie irgendwo in ihrem Büro versteckt. Kara ist alle durchgegangen und hat sie abfotografiert. Sie hat die Bilder eben geschickt.

Krass! Ich hätte nicht gedacht, dass sie sich noch mal meldet … Mein Herz schlägt schneller. Was Shaila ihr wohl geschrieben hat? Ist was Gutes dabei? Irgendwelche Hinweise?

Bis jetzt noch nicht, aber ich suche weiter. Magst du mal nachsehen, ob dir was auffällt?

Ich öffne meine Inbox, in der schon eine E-Mail von Rachel mit einem riesigen Anhang wartet. Als Downloadzeit werden mehrere Minuten angegeben, aber es könnte genauso gut eine Ewigkeit dauern. Stöhnend steige ich aus.

Als Cindy Miller mir die Tür öffnet, starre ich noch immer aufs Display und versuche die abfotografierten Briefe mit der Kraft meiner Gedanken herbeizubeschwören.

»Ah, Jill«, sagt sie lächelnd. »Du willst bestimmt zu Adam. Sein Treffen mit Big Keith gestern Abend ist nicht so gut gelaufen.« Sie kräuselt die Nase, als hätte sie etwas Komisches gerochen. »Du bringst ihn bestimmt auf andere Gedanken. Das tust du immer.«

Ich werde rot. »Danke, Mrs Miller.«

Ich trete ein und laufe die Treppe hoch. Das Handy schiebe ich in die Hosentasche. Die Briefe können erst mal warten.

Vorsichtig mache ich die Tür auf. Adams Zimmer sieht noch genauso aus, wie ich es in Erinnerung habe. Die Tapete mit den kleinen blauen Segelbooten, die zwei zu einem X angeordneten Lacrosseschläger über dem Kingsize-Bett und die beiden bis unter die Decke reichenden Regale mit seinen Lieblingsbüchern.

Adam liegt auf dem Bett und lässt die Beine über den Rand baumeln.

»Du bist gekommen«, sagt er.

»Klar doch.« Ich schließe die Tür und setze mich auf seinen schwarzen höhenverstellbaren Schreibtischstuhl. »Wie gehts dir?«

Adam stöhnt. »Scheiße. Ich fühle mich wie ein talentloser Loser.«

»Du weißt, dass das nicht stimmt.«

»Komm her«, sagt er. »Du bist zu weit weg.« Mein Herz schlägt schneller und ich stehe auf. Sein Lieblingsmensch zu sein hat schon immer bedeutet seinen Anweisungen zu folgen. *Ich brauche dich. Komm näher.* Ich setze mich neben ihn und lege mich zurück, sodass wir uns berühren. Jeder Zentimeter meiner Haut kribbelt.

»Du bist immer für mich da, Jill«, sagt er. »Sogar wenn ich es nicht verdient habe.«

»Du verdienst mich immer«, sage ich sanft. Er ist so nah, dass ich die von ihm ausgehende Wärme spüre, die feinen Haare an seinem Arm, die meinen berühren. Ich frage mich, ob er sich meiner genauso bewusst ist. Ob er das aufgeregte Summen in meinen Adern spürt. In meinem Kopf blökt es immer wieder: *Du hast mich gerettet. Du hast mich gerettet.*

Adam richtet sich auf.

»Jill«, sagt er. »Versprich mir, dass du mich immer lieben wirst.«

Ich erschrecke. *Wieso weiß er das?* Aber bevor ich etwas sagen kann, neigt er sich herunter und der Abstand zwischen uns verschwindet. Ich ziehe scharf die Luft ein, als er den Mund auf meinen drückt. Seine Lippen sind weich und schmecken süß und nach Minze. Alles in mir steht in Flammen. Seine feuchte Zunge drückt gegen meine und ich muss dem Drang widerstehen, an ihr zu knabbern. Er legt mir eine Hand in den Nacken und die andere aufs Knie. Mein Körper sehnt sich schon so lange danach, mit Adam zu verschmelzen, nachzugeben, sich einfach fallen zu lassen.

Ich spüre seine Erektion durch meine Jeans. Davon habe ich geträumt, seit er zum ersten Mal bei uns zu Hause war. Ich schlinge ihm die Arme um den Hals und streichle die borstigen Haare in seinem Nacken. Sie fühlen sich so echt an, dass ich weinen könnte.

Und dann schaltet sich mein Kopf ein. Das Zimmer kippt und Adam schmeckt plötzlich schal. Das alles fühlt sich so ... falsch an. Als könnte er das mit jeder tun. Als könnte ich irgendwer sein. Ich bin nur einfach gerade *da*.

Ich befreie mich aus seiner Umarmung. »Warte«, flüstere ich. »Wir können das nicht tun.«

Adam lacht leise. »Doch, können wir. Endlich.«

Aber jetzt ist alles anders. Ich bin anders.

»Es fühlt sich nicht richtig an«, sage ich.

Er lässt sich zurückfallen.

»So will ich das nicht. Wenn du das hier willst«, sage ich und deute auf uns beide, »dann muss es was bedeuten. Ich will was Festes. Ich will nicht, dass wir nur deshalb etwas miteinander haben, weil du sauer oder traurig bist. Ich will mehr.«

»Du möchtest also nicht im Moment leben?« Er sieht mich nicht an. Sein Blick ruht auf den kleinen Booten, deren weiße Segel im Wind flattern.

Ich atme tief durch. Wenn ich sage, was ich wirklich will, kann ich es nicht mehr zurücknehmen. Ich lasse es drauf ankommen. »Ich will mit dir zusammen sein. Nächstes Jahr an der Brown. Ich will es nicht vermasseln.«

Adam dreht sich wieder zu mir um und streicht mir mit dem Zeigefinger über die Wange. »Das tust du nicht«, sagt er sanft.

»Adam!« Cindy Millers Stimme hallt durch das Haus. »Kannst du mal kurz kommen? Mein Laptop spinnt!«

Adam verdreht die Augen, lächelt mich aber gleichzeitig so breit an, dass sein Grübchen zum Vorschein kommt.

»Bin gleich wieder da.« Das Bett knarzt, als er aufsteht, und ich blinzle, um die Tränen zu vertreiben. Innerhalb von einer Minute habe ich alles verbockt. Mein Handy vibriert in der Hosentasche.

Hast du sie gelesen????, schreibt Rachel. Ich habe nichts gefunden, was uns weiterhilft. Aber sie erwähnt Adam.

Mein Herz beginnt zu rasen und meine Handflächen werden feucht.

Als ich das Mailprogramm öffne, sehe ich, dass der Anhang inzwischen vollständig geladen wurde. Ich klicke auf Öffnen und werde von Dutzenden Seiten in Shailas Handschrift empfangen. Ich überfliege die Briefe, in der Hoffnung, etwas, irgendwas zu finden, dass uns weiterhelfen könnte. Ich bleibe an Satzfragmenten hängen, Shailas ausschweifender Prosa, ihren in Großbuchstaben gebannten Momenten der Begeisterung. Aber ein auf Mitte März datierter Brief lässt mich innehalten. Ein Wort hebt sich von den anderen ab. Ein Name. Er ist in Fettschrift, als hätte Shaila die Buchstaben zwei- oder dreimal nachgefahren, ohne es zu merken. Als ich ihn lese, zieht sich meine Brust zusammen. Ich überfliege noch einmal den Anfang, dann lese ich den ganzen Brief.

KARAAAA!

Ich kann dir gar nicht sagen, wie sehr ich mich auf den Sommer freue. Ich kann es nicht erwarten, wieder mit dir und Graham in den Hamptons zu sein. Und ich seeeeehne mich danach, in Grahams Haus rumzugammeln, die Füße in den Pool hängen zu lassen und tonnenweise Eis zu essen.

Adam will auch für ein paar Wochen vorbeikommen. Dann wäre es wirklich wieder wie letztes Jahr – die ganze Gang vereint. Ich verspreche dir auch, dass wir euch diesmal nicht sitzen lassen. Du weißt, dass wir nur die Texte für sein neues Stück durchgegangen sind. Er sagt, ich bin die Einzige in Gold Coast, die seinen Dialogen gerecht wird.

Da fällt mir ein: Stell dir vor, ich spiele die Hauptrolle in Rent!!!! Weißt du noch, wie wir das Stück in der Mittelschule gesehen und monatelang ständig dieses Lied mit der Kerze gesungen haben? Bald mache ich genau das auf einer echten Bühne vor einem echten Publikum.

Adam hat mir nach der Schule beim Einstudieren der Rolle geholfen. Das war so toll. Es gibt sonst niemanden hier, der diese Welt versteht. Ich bin so froh ihn zu haben. Jetzt muss ich aber los, die Probe beginnt gleich. Bis bald.

xo, SHAY

Alles dreht sich und ich bekomme fast keine Luft. Shaila und Adam haben im Sommer vor der Neunten zusammen abgehangen? Und zwar ganz schön oft, wie es scheint. So viel, dass Kara sich vernachlässigt gefühlt hat. Ich wusste, dass sie sich bei den Proben zu *Rent* angefreundet haben, aber warum hat sie mir nichts von dem Sommer davor erzählt? Shaila hat so getan, als hätte sie ihn ein-, zweimal mit Rachel getroffen. Aber nie allein. Sie hat nie erwähnt, dass sie ihr eigenes ... Ding hatten.

»Tut mir leid. Mom ist völlig unfähig, was Computer angeht.« Adam pirscht zurück ins Zimmer und schließt die Tür. »Alles okay?«

Ich schiebe das Handy in die Tasche und setze mich auf meine Hände, damit sie aufhören zu zittern. »Ja«, sage ich und versuche mir nichts anmerken zu lassen.

»Wirklich?«

Ich nicke. Ich brauche einen Moment für mich. Nur einen. »Mir ist bloß ein bisschen heiß. Könnte ich vielleicht ein Glas Wasser haben?«

Adam lächelt sein entzückendes schiefes Lächeln und verlässt das Zimmer.

Aufatmend lehne ich mich zurück. Bilder von Shaila und Adam schießen mir durch den Kopf. Warum haben sie mir nichts erzählt?

Ich rolle mich auf die Seite, dabei stoße ich mit dem Knie gegen Adams Nachttisch, sodass die Schublade aufgeht. Als ich sie schließen möchte, lässt sie sich nicht bewegen. Irgendwas scheint sie zu blockieren. Als ich hineingreife, um herauszufinden, was das Problem verursacht, streifen meine Finger etwas Weiches, Samtiges. Ich versuche es herauszuziehen, aber es bewegt sich nicht. Komisch. Als ich nachsehe, was es ist, bleibt mir die Luft weg. In Adams Nachttisch befindet sich ein flaches, viereckiges Schmuckkästchen. In meinem Kopf dreht sich alles und ich versuche mich zu überzeugen, dass es nicht das ist, was ich glaube. Das ist unmöglich.

Mit zitternden Fingern ruckle ich so lange an dem Kästchen, bis ich es frei bekomme. Es ist leicht und hat in meiner Handfläche Platz. Ich kann nicht anders, ich muss einfach nachsehen, was drinnen ist, um sicherzugehen, dass ich nicht den Verstand verliere. Vorsichtig mache ich es auf.

Ein Blitzen. Der Inhalt reflektiert die Nachmittagssonne und kurz bin ich geblendet.

Ich blinzle, dann sehe ich noch mal hin. Mir wird schlecht. Zwei funkelnde Diamantohrstecker. Groß, rund und glänzend, mit winzigen Platinstiften, um sie zu fixieren. Sie sehen genauso aus wie die von Kara.

Ihre Worte hallen in meinen Ohren.

Sie sagte, dass sie sie nicht tragen könne, weil die Leute zu viele Fragen stellen würden. Also gab sie ihm die Ohrringe zurück und da ist er ausgeflippt.

Mein Herz klopft so laut, dass ich Angst habe, Adam könnte es bis nach draußen hören.

Das sind Shailas Ohrringe.

»Ich hoffe, Leitungswasser ist okay«, ruft Adam vom Gang. »Für Selters müsste ich in den Keller.«

Ich klappe das Schmuckkästchen zu, verstaue es sorgfältig in der Schublade und schließe sie. Dann rutsche ich auf die andere Seite des Betts. Adrenalin flutet meinen Körper. Ich muss hier weg und vergessen, was ich gerade gesehen habe.

Ich suche nach Worten, aber mein Hals ist ganz rau. »Ja!« Für mehr reicht es nicht und selbst das klingt wie das Heulen einer Katze.

»Bist du dir wirklich sicher, dass alles in Ordnung ist?«, fragt er von der Tür her und legt den Kopf schief. Verschwunden ist der aufgebrachte, enttäuschte Junge von vorhin und statt seiner kommt der echte Adam wieder zum Vorschein. Mein Adam. Aber ich bin völlig verunsichert.

»Mir gehts irgendwie nicht so gut«, sage ich. »Ich glaube, ich gehe besser.«

»Ach, komm«, sagt er. »Bleib. Uns fällt schon was ein.«

Ich schüttle den Kopf und stehe auf. Wut macht sich in mir breit, sie pulsiert in meinen Adern und kribbelt in meinen Fingerspitzen. Ich will nur noch hier raus. Ich muss weg.

Ich dränge mich an ihm vorbei zur Treppe.

»Jill, warte!«, schreit er mir hinterher, aber ich bin schon durch die Haustür und laufe zum Auto. Mit zitternden Händen stecke ich den Schlüssel in die Zündung, lege den Gang ein und manövriere das Auto rückwärts aus der Einfahrt.

Erst auf halber Strecke merke ich, wohin ich eigentlich unterwegs bin. Die Straße ist frei und ich gebe ordentlich Gas. Ein leuchtendes gelbgrünes Schild, das über dem Long Island Expressway prangt, verkündet mein Ziel.

NEW YORK CITY
30 MEILEN

23

Schweißgebadet stehe ich vor Rachels Haustür. In der Stadt ist die Luftfeuchtigkeit so hoch, dass die Luft förmlich steht. War es hier schon immer zehn Grad heißer als in Gold Coast? Meine feuchten Haare kleben mir im Nacken und mein Sommerkleid ist einen Ton dunkler, als es sein sollte.

»Komm schon, Rachel«, murmele ich. Ich stehe sicher schon seit fünf Minuten hier und klingle. Ans Telefon geht sie auch nicht und langsam verliere ich die Nerven.

Ich spähe durch die trübe Glastür in den Hausflur, als mir plötzlich jemand von hinten auf die Schulter tippt.

Ich wirble herum und da steht Rachel, mit vor der Brust verschränkten Armen und geflochtenen Haaren. Sie trägt Plateausandalen und ein Kleid aus Batist, als käme sie gerade vom Bauernmarkt oder vom Brunch mit Frida. »Du bist da.«

»Natürlich«, sagt sie. »Ich wohne hier. Was führt dich her?«

»Ich habe etwas gefunden«, sage ich und meine Stimme erreicht unbekannte Höhen. »Bei Adam.«

Rachel reißt die Augen auf und hängt sich den Jutebeutel auf die andere Schulter. »Lass uns hochgehen.«

Im Treppenhaus ist es sogar noch schwüler und ich muss keuchen. Wir nehmen immer zwei Stufen auf einmal, sodass ich völlig außer Atem bin, als wir bei Rachels Wohnung ankommen. Rachel reißt die Tür auf und bedeutet mir, dass ich mich auf die Couch setzen soll. Dann lässt sie sich neben mich fallen. »Okay. Was gibts Neues?«

Ich schüttle den Kopf. Ich weiß gar nicht, wo ich anfangen soll.

»Die Ohrringe«, sage ich. »Die, von denen Kara erzählt hat. Shailas Diamanten. Ich habe sie in Adams Nachtischschublade gefunden. Er hat sie.«

Rachel wird kreidebleich.

Ich beobachte, wie sie eins und eins zusammenzählt. Sie blinzelt, dann schließt sie die Augen. »Scheiße.«

»Shaila hatte nichts mit Beaumont …«, sage ich. Die nächsten Worte presse ich mit Mühe hervor. »Sondern mit Adam.«

»Aber Graham …«

»Ich weiß«, flüstere ich.

»Und … ich.«

»Ich weiß«, sage ich wieder.

»Als wir zusammen waren, hatte ich immer das Gefühl, dass er fremdgeht«, sagt sie. Ihr Atem geht schwer. »Ehrlich gesagt dachte ich, mit dir.« Sie lacht. »Er hat immer so von dir geschwärmt.«

Mein Gesicht wird heiß und mein Herz macht einen Hüpfer.

»Letzten Sommer habe ich versucht Kontakt mit ihm aufzunehmen. Wegen dieser ganzen Sache.« Sie macht eine ausladende Geste. »Ich dachte, er hätte vielleicht noch was für mich übrig und würde mir helfen Graham Gerechtigkeit zu verschaffen.« Rachel stößt ein leises, trauriges Lachen aus. »Aber er hat nicht mal auf meine Textnachricht geantwortet.«

Mir fällt wieder ein, was Adam gesagt hat, als er mir von Rachels Nachricht erzählt hat. *Rachel spinnt.*

»Obwohl ich davon ausgegangen bin, dass er mich betrügt, war es einfacher, mit ihm zusammenzubleiben, als im letzten Schuljahr Schluss zu machen. Und allein zu sein. Und mir über *das* hier klar zu werden.«

Sie deutet auf ein eingerahmtes Foto, das auf dem Couchtisch steht. Es zeigt Rachel, den Arm um eine Latina mit langen, dunklen Haaren und lachendem, rotem Mund gelegt. Wahrscheinlich Frida. Rachels Augen leuchten und sie wirkt ausgeglichen. Die beiden sehen so lebendig und glücklich aus.

»Es war viel einfacher, Teil des heißen Pärchens zu sein«, sagt Rachel. »Des Pärchens, auf das alle neidisch waren. Außerdem war es so unkompliziert mit ihm. Wir hatten Spaß zusammen. Wir haben uns geliebt. Zwar auf komische Teenie-Art, aber trotzdem … irgendwie. Zumindest habe ich das geglaubt.« Rachel lehnt sich zurück und pfeift leise durch die Zähne. »Du weißt, was das heißt, oder?«

Das weiß ich.

»Womöglich steckt er hinter …« Ich hebe die Hand, um ihr das Wort abzuschneiden. Ich will das jetzt nicht hören.

Ich wünschte, ich könnte Shaila fragen, warum sie es getan hat und ob sie wusste, wie sehr sie mich damit verletzt. Ich will, dass sie weiß, dass sie die Macht hatte, mich zu brechen – sogar noch nach ihrem Tod. Ich will sie zurück, damit wir das Ganze aus der Welt schaffen, uns fest umarmen und einander sagen können: *Scheiß auf ihn!* Ich will ihr tiefes, volles Lachen hören und einen Entschuldigungsbrief in ihrer verschnörkelten Handschrift bekommen. *Es tut mir leid, J.* Ich will laut schreien.

Ich möchte um das trauern, was ich zu wissen geglaubt habe über die Menschen, die ich liebe. *Geliebt habe.* Wie soll ich mich hiervon erholen? Wie soll ich darüber hinwegkommen?

Es geht nicht.

Zumindest noch nicht.

Gerade fühlt es sich nämlich so an, als hätte jemand mein Herz aufgebrochen, und jetzt ergießt sich alles, was ich je für die Wahrheit gehalten habe, daraus auf den Boden. Rachel redet so schnell, dass ich Mühe habe, ihr zu folgen. Sie erstellt einen Plan, eine Route, die uns aus dieser Misere herausführt. Sie sucht einen Weg zur Wahrheit. Schon bald ist alles voller Papier und Stifte, Details und Anweisungen. Sie macht ein paar Anrufe und öffnet eine Flasche Cold Brew. Die winzige Wohnung vibriert unter ihrer Aufregung. Ich schwöre, dass ich sehen kann, wie die verblichene Farbe an den Wänden Blasen schlägt.

Während all dem sitze ich einfach nur still da, umklammere ein Kissen und höre abwechselnd zu oder bin mit den Gedanken ganz woanders.

Und dann hört Rachel plötzlich auf zu reden. Im Zimmer ist es zum ersten Mal seit Stunden still und ich frage mich, wie spät es eigentlich ist und wie mein Leben wohl in einer Woche aussehen wird.

Ich stemme mich von der Couch hoch und gehe zum Fenster. In der Ferne kann ich den East River sehen und dazwischen die funkelnden Lichter von Brooklyn. Ich weiß, dass es aussichtslos ist, hier nach Sternen zu suchen – mit all den Straßenlampen und Neonreklamen und blinkenden Lichtern auf den Fähren. Trotzdem schaue ich nach oben, wie ich es immer tue. Ich strecke den Kopf, so weit ich kann, aus Rachels Fenster und blicke in den Himmel, in dem Versuch, wenigstens einen Stern zu erspähen.

Die Nacht dehnt sich ins Unendliche und die Luft ist warm und klar. Ich lasse einen Herzschlag vergehen und noch einen und hoffe auf einen einzigen Stern.

Schließlich segelt eine Wolke auf einem unsichtbaren Pfad vorbei und schlägt für eine Sekunde eine Schneise zu einer weit entfernten Galaxie und mein Herzschlag verfestigt sich zu einem regelmäßigen, entschlossenen Pochen.

Als ich endlich nach Hause komme, ist nur noch Jared wach. Er sitzt an der Kücheninsel und löffelt die Überreste von Moms Auberginenlasagne direkt aus der Auflaufform. »Wo warst du?«, lallt er.

»Das sollte ich dich fragen.« Ich setze mich auf den Hocker neben ihn und schnappe mir eine Gabel, die sich bleischwer anfühlt, so müde und ausgelaugt bin ich.

»Nix da. Das gehört mir«, sagt er und rempelt mich mit der Schulter an.

»Vergiss es. Ich bin am Verhungern.« Jared lässt sich erweichen und macht mir Platz auf seinem käsesoßigen Schlachtfeld.

»Warst du feiern?«, frage ich.

Er nickt. »War aber nur eine Aufstellung.« Ich schnaube. *Was sonst?*

»Bei Topher?«

»Nee, bei Robert. Sein Haus ist echt krass.«

Ich war zwar seit letztem Jahr nicht mehr dort, aber ich habe es klar vor Augen. Alles ist aus kantigem Chrom und Glas und die Möbel sind unbequem und eindeutig nicht zum Sitzen gemacht.

»Wir mussten allerdings schon früher aufhören«, sagt Jared. »Robert hat sich den Lambo seines Vaters für eine Spritztour geborgt. Er ist so ein Angeber.«

»Was für ein Idiot«, murmele ich.

»Kein Scherz. Dem Gruppen-Thread zufolge ist er in Mussel Bay zu schnell gefahren und erwischt worden. Wahrscheinlich kriegt er eine Anzeige wegen Alkohol am Steuer. Jedenfalls sitzt er jetzt in der Ausnüchterungszelle.«

»Warte mal. Ist das dein Ernst?« Mich schockt weniger, *dass* das passiert ist, sondern mehr, wie unbekümmert Jared davon erzählt. Als wäre es keine große Sache, sondern nur eine lästige Unannehmlichkeit.

Jared nickt. »Am Montag erfahren wir sicher mehr.«

Ich schüttele den Kopf über Robert und die Player. Wie kann man bloß so dumm sein?

»Bryce hat erzählt, dass du heute bei den Millers warst«, sagt Jared. »Er hat dich und Adam gehört.«

Ich nicke und zwinge mir eine Gabel voller Lasagne hinein. Jared sieht mich mit blutunterlaufenen, müden Augen an.

»Läuft da was?«, fragt er.

Ich schlucke. Ich habe einen Kloß im Hals und starre auf die Auberginenlasagne. Der Käse ist kalt geworden und verwandelt sich langsam in Gummi.

»Nein.«

»Ist auch besser so. Henry ist nämlich immer noch nicht über dich weg.«

Als ich mir den lieben, traurigen Henry vorstelle, werde ich ganz wehmütig. Er war zwar nie der Richtige für mich, aber bei dem Gedanken an sein Gesicht, als ich Schluss gemacht habe, bricht mir immer noch das Herz.

»Außerdem hat Bryce erzählt, dass Adam gerade ein schwere Zeit durchmacht.«

Er redet nicht weiter und ich schweige ebenfalls.

»Komisch, oder?«

»Ja, komisch.«

»Ich glaube, er ist länger hier. Zumindest bis nach den Abschlussprüfungen. Wahrscheinlich den ganzen Monat. Danach macht er irgendein Praktikum in Los Angeles.« Jared schiebt sich Lasagne in den Mund. »Das hat zumindest Bryce gesagt.«

Die Abschlussprüfungen sind nächste Woche. Und davor hat Nikki die Initiation angesetzt. Ihren letzten Test.

Für den Rest der Woche lasse ich alles sacken, was ich herausgefunden habe, ich behalte es für mich und spreche mit niemandem darüber. Ich schlage Nikkis Einladung aus, die letzten paar Mittagspausen wieder mit am Player-Tisch zu sitzen, und schiebe die angespannte Lage zwischen Henry und mir vor.

»Ach, komm schon«, bettelt Nikki. »Wir haben nur noch diese zwei Wochen. Außerdem ist Robert seit seiner Anzeige total fertig. Die NYU hat ihm den Studienplatz entzogen und er muss nach dem Abschluss eine gerichtlich angeordnete Entziehungskur machen.«

»Geschieht ihm ganz recht.«

Nikki zieht einen Schmollmund, nickt dann aber. »Stimmt.«

Nicht mal dass Robert seine gerechte Strafe bekommen hat, motiviert mich zur Rückkehr. Ich schüttle den Kopf und umarme Nikki fest, als wir uns im Schulflur verabschieden. »Ich brauche einfach ein bisschen Zeit.« Sie weiß, was im Busch ist, denn ich habe ihr von Rachels und meinem Plan erzählt, also drängt sie mich nicht weiter. Es ist schön, wieder ein Geheimnis mit ihr zu teilen.

Ich ziehe mich in die Bibliothek zurück, wo ich als Vorbereitung für die Englisch-Abschlussprüfung *Sturmhöhe* lese und nochmals alle meine Physik-Karteikarten durchgehe, obwohl ich sie längst auswendig kann. Ich widerstehe dem Drang, meine Mails zu checken, um nachzusehen, ob Brown sich schon wegen des Stipendiums gemeldet hat. Stattdessen mache ich nach der Schule Erledigungen für Mom und klappere nacheinander den Bauernmarkt, die Drogerie und den Laden für Kunstbedarf ab. Ich miste sogar den Keller aus und werfe die Schachteln mit meinen alten Prüfungen und Wissenschaftsexperimenten weg. Hauptsache, ich kann die Realität vergessen und mich von dem Bevorstehenden ablenken. Und von Adams Textnachrichten.

Ich brauche dich.

Bitte.

Ich habe hier sonst niemanden, mit dem ich reden kann.

Meine Mutter macht mich wahnsinnig.

Warum ignorierst du mich?

Tut mir leid wegen neulich!

Jede davon trifft mein Herz wie ein Vorschlaghammer und erinnert mich daran, wofür ich uns lange gehalten habe. Alles, was ich zu wissen geglaubt habe, war eine Lüge.

Irgendwann gebe ich nach.

Ich hatte einen fiese Magen-Darm-Infekt. Superansteckend!!!

Adam antwortet mit einem Emoji: 🙁

Als ich am Montag, dem letzten Montag vor den Abschlussprüfungen, in die Schule komme, versuche ich mich möglichst unsichtbar zu machen. Ich will alles in mich aufnehmen: den Klang der Spinde, wenn sie zugeknallt werden, die immer von Reinigungsmittel feuchten Oberflächen der Tische, den Geruch der Bibliothek mit ihren alten Büchern. Ich möchte mich immer daran erinnern, wie das morgendliche Stimmengewirr in Rekordzeit von verschlafen auf hektisch umschlägt. Wie Weingartens Blick beim Morgenappell durchs Publikum wandert und bei mir verharrt, um zu sehen, ob ich ihm standhalte.

Ich will mir sogar einprägen, wie die Player aus der Ferne aussehen, wie ihr Tisch manchmal wie ein Rettungsboot inmitten des Ozeans wirken kann und dann wieder wie ein Haifisch auf der Jagd. Wie Quentins unkomplizierte Freundlichkeit ihn wie eine Aura umgibt, wenn er durch die Sandwich-Schlange navigiert und Zehntklässler vorlässt, während er sich nicht zwischen Focaccia und Ciabatta entscheiden kann. Ich möchte mich daran erinnern, wie Nikkis Selbstbewusstsein, das sie sich jahrelang antrainiert hat, aus jeder ihrer Handlungen spricht. Ich möchte mir einprägen, wie Marla nie ohne ihren Feldhockeyschläger anzutreffen ist, als wäre er eine Schmusedecke oder ein zusätzliches Körperteil. Wie Henrys Oberlippe beim Ablesen der Morgennachrichten kaum merkbar zittert. Sogar wie Robert den Blick durch die Cafeteria schweifen lässt und diese Welt in sich aufsaugt, als wüsste er, dass er seinen Zenit schon erreicht hat.

Ich will diesen Ort in meinem Herzen verwahren, bevor er sich noch einmal für immer verändert.

24

Sobald alle ihre Position eingenommen haben, geht es ganz schnell. Die Zeit verfliegt und plötzlich ist Freitag, der letzte richtige Schultag. Alle stehen unter Strom und sind bis in die Haarspitzen gespannt. Mir geht es genauso, aber aus anderen Gründen.

Als es endlich zum Schulende klingelt, ist es, als stünde die Schule in Flammen. Alle schubsen und schieben, um so schnell wie möglich in die *vorläufige* Freiheit zu kommen.

Ich fahre zu unserem vereinbarten Treffpunkt – Nikkis Haus. Rachel ist bereits dort. Wir umarmen uns kurz und warten auf den Sonnenuntergang. Ich habe es mir auf der Terrasse auf der Chaiselongue bequem gemacht und versuche so viele Sternbilder wie möglich zu finden. Es ist die perfekte Nacht dafür. Alle sind da und tanzen und galoppieren über den Himmel. Eigentlich sollte ich Angst haben, aber mein Atem geht gleichmäßig und ich fühle mich ganz ruhig. Vielleicht liegt es daran, dass wir einen Plan haben.

»Bist du bereit?«, fragt Rachel. Sie steht in Jeans und einem ausgeleierten schwarzen Hoodie vor mir. Ihre Augen sind müde und die umliegende Haut ist schlaff, als wäre sie in diesem beschissenen Jahr um zehn Jahre gealtert. Am liebsten würde ich sie umarmen und ihr tausendmal danken. Ich will ihr Lächeln eintüten und mitnehmen, wenn ich jetzt gleich alleine weitermache. Ohne ihren Mut wäre das alles nicht möglich. Stattdessen würde ich weiter wie ein vom Kurs abgekommenes Schiff dahintreiben, bis ich eines Tages vielleicht irgendwo am Ufer aufschlagen würde.

Aber ich hauche ihr einfach nur ein geflüstertes »Ja« hin und schicke die Nachricht ab. Die Antwort trifft innerhalb von einer Minute ein. »Er kommt«, sage ich. »In einer Viertelstunde.« Wir warten schweigend und voll nervöser Anspannung, bis die Scheinwerfer von Adams geliebtem alten Mercedes aufleuchten. Aus den Lautsprechern dröhnt schlechter Punk und ich frage mich, was ich je so toll daran fand.

»Mein Herz rast«, flüstert Rachel.

»Keine Angst«, antworte ich. Sie nimmt meine Hand und drückt sie fest.

Ich ziehe meine Turnschuhe aus und gehe an den Strand, wo ich mit Adam verabredet bin. Mit jedem Schritt versuche ich, mich weiter aufzurichten und größer zu machen, mehr wie Rachel – oder Shaila. Unter meinem Fleecepulli zittere ich. Aber nicht aus Angst. Aus Wut. Purer, flammender Wut, die wie eine zusammengerollte Schlange in mir schlummert. Ich bin bereit sie freizulassen.

Als ich am vereinbarten Punkt ankomme, blicke ich aufs Meer. Es ist riesig und schwarz und aufgewühlt und schlägt ungeduldig ans Ufer. In der Ferne leuchten Schaumkronen. Abgesehen vom Mond und den Sternen sind sie die einzige Lichtquelle. *Wie kann ein so brutaler Ort mein Zuhause sein?*

»Da bist du ja«, sagt Adam. Er schenkt mir sein dämliches Grinsen, inklusive Grübchen, und öffnet die Arme.

Am liebsten würde ich ihm eine knallen, doch stattdessen

erwidere ich seine Umarmung und lasse zu, dass er den Kopf an meinen legt wie schon Hunderte Male zuvor. »Du hast es geschafft«, sage ich.

»Du machst es ganz schön spannend, Newman.«

Ich löse mich von ihm und trete einen Schritt zurück. Ich will sein Gesicht sehen, wenn er endlich die Wahrheit zugeben muss. Ich darf mir nichts entgehen lassen von dem, was er sagt, sonst funktioniert unser Plan nicht.

»Hör zu, Adam«, sage ich liebenswürdig. »Es fällt mir echt schwer, aber ich muss etwas mit dir besprechen.«

Er zieht die Augenbrauen hoch und stützt die Hände in die Hüften. »Worum gehts?«

Ich hole tief Luft und setze zu meiner einstudierten Rede an. »Ich weiß das von dir und Shaila.« Ich bemühe mich traurig auszusehen, so als wäre ich todunglücklich und zutiefst verletzt statt stinksauer. Sein Lächeln erstirbt und das Grübchen verschwindet.

»Ich weiß, dass ihr beide … du weißt schon.« Ich bringe es nicht über die Lippen.

»Hä?«, sagt er. »Keine Ahnung, wovon du redest.«

Ich schüttle den Kopf und schaue ihm in die Augen. »Sie hat Briefe geschrieben.«

Adams Stimme wird ganz leise. »Was?«

Ich nicke und spitze die Lippen. »Darüber, dass sie Graham betrügt. Über alles. Über dich.« Ich halte die Luft an und warte, dass er etwas sagt. Ich muss übertreiben, so tun, als wäre ich mir todsicher.

»Na ja«, sagt Adam. Er fährt sich durch die Haare und verlagert das Gewicht von einem Fuß auf den anderen. »Wir beide wissen, dass sie einen Hang zum Übertreiben hatte. Bestimmt auch was das angeht.«

»Vielleicht.« Ich drehe mich um zum Meer und hoffe, dass ich es schaffe, beleidigt und eifersüchtig auszusehen.

»Was hat sie geschrieben?«, fragt Adam. Die Neugier ist ihm anzusehen.

»Dass sie sich in jemand anderen verliebt hat, obwohl sie mit Graham zusammen war. Dass es die Player auseinanderreißen würde. Dass du es bist.« Ich beiße mir auf die Lippe und hoffe, dass er mir glaubt.

Er legt den Kopf in den Nacken und schließt die Augen. »Ich habe einen Fehler gemacht.« Mein Magen verknotet sich. Adam blickt aufs Meer hinaus. »Du bist doch nicht sauer, oder? Das ist Jahre her. Sie ist nicht mal …« Adam verstummt und kommt einen Schritt auf mich zu, wie ich es gehofft habe. »Du und ich, wir haben was ganz Besonders, das weißt du. Wir gehören einfach zusammen. Das war schon immer so.«

Die Worte, auf die ich so lange gewartet habe, sind von einer dicken Schleimschicht überzogen. Wenn ich könnte, würde ich sie in den Atlantik werfen und zusehen, wie sie auf den Grund sinken.

»Nächstes Jahr können wir endlich zusammen sein. Dann können wir alles machen, was du schon immer wolltest.«

Ich schüttle den Kopf. »Ich glaube nicht, Adam. Jetzt ist alles anders.«

»Was?« Er sieht mich mit hochgezogenen Augenbrauen an. Ich schweige und mir krampft sich der Magen zusammen.

»Ist das wegen Graham? Wegen dem Quatsch von wegen, er ist unschuldig?« Adams Augen verengen sich zu Schlitzen und er zeigt mit dem Finger auf mich, als hätte ich etwas ausgefressen und ihn drangehängt, was ja auch stimmt. »Du glaubst ihm doch nicht etwa?«

»Er hat ein paar gute Argumente.«

»Du hast mit ihm gesprochen?« Adam wird lauter.

»Ja«, sage ich mit bemüht ruhiger Stimme. »Und mit Rachel.«

Adam sieht aus, als würden ihm gleich die Augen aus dem Kopf quellen. »Ich habe dir doch gesagt, dass sie spinnt.« Seine Wut wird immer größer. Ich habe ihn fast da, wo ich ihn haben will.

Also stachle ich ihn weiter an. »Ich glaube den beiden.«

»Was behauptet sie jetzt schon wieder? Dass *ich* Shaila umgebracht habe? Dass wir was miteinander hatten und ich sie bei der Initiation getötet und es Graham in die Schuhe geschoben habe?« Adam schnaubt und schüttelt den Kopf. »Das ist total verrückt.«

»Ist es das wirklich?«, frage ich mich lauter, ruhiger Stimme. »Ist es verrückt?«

»Worauf willst du hinaus?«

Eine unheimliche Ruhe senkt sich über mich. »Es ergibt Sinn«, sage ich langsam. »Du hast ihr die Ohrringe geschenkt und ihr deine Liebe gestanden und sie hat dich zurückgewiesen. Vielleicht …« Ich verstumme.

Als ich die Diamanten erwähne, spannt Adam die Schultern an. Er ballt die Fäuste.

»Die Ohrringe«, sagt er, als hätte er seit drei Jahren nicht mehr daran gedacht.

»Ich habe sie gesehen«, sage ich mit bemüht fester Stimme. »In deiner Nachttischschublade.«

Sein Blick wird kalt. »Nach allem, was ich für dich getan habe? So dankst du es mir? Du behauptest, *ich* hätte Shaila getötet. Du spinnst doch. Blöde Schlampe.«

»Wie hast du mich genannt?« Meine Wut schnürt mir den Hals zusammen und droht mich zu erdrosseln.

»*Schlampe.* Du und die anderen kleinen Mädchen. Ihr seid doch alle gleich. Ihr tut so, als wärt ihr *cool*, aber sobald irgendwas nicht nach euren Vorstellungen läuft, zickt ihr rum.« Spucke tritt in seine Mundwinkel. Ich muss ihn zum Weiterreden bringen. *Ich kann das aushalten.*

»War es mit Shaila so?«, frage ich. »Ist sie darum gestorben?«

»Du hast doch keine Ahnung, wovon du da redest.«

»Dann sags mir.« Ich schreie jetzt und meine Stimme bebt, aber ich kenne jedes meiner Worte auswendig. Die Wahrheit ist so offensichtlich. Aber er muss sie aussprechen. »Sag mir, was passiert ist. Sag mir die Wahrheit.«

Adam schüttelt den Kopf und wickelt sich fester in seine schwarze Jeansjacke. »Nein«, sagt er mit zitternder Stimme. »Ich wollte nicht …«

In mir zerbricht etwas und meine Wut kocht über. Im nächsten Moment stürze ich mich so schnell auf ihn, dass die Luft um mich gefriert. Ich schubse ihn in den Sand und knie mich über ihn.

»Gibs zu«, schreie ich. »Du hast sie getötet.« Tränen strömen über mein Gesicht und ich könnte mich auf der Stelle übergeben.

»Tu das nicht, Jill«, sagt Adam heiser.

»Du hast sie getötet!« Ich schreie noch immer. Mein Gesicht ist jetzt so nah an seinem, dass ich seine Bartstoppeln sehen kann.

»Hör auf!«, heult er und reißt den Oberkörper zurück, sodass ich das Gleichgewicht verliere. Der Himmel dreht sich und Adam packt mich an den Handgelenken. Mit einer schnellen Bewegung reißt er mich herum und drückt mich in den Sand. Ich bin gefangen. »Ich hab dir vertraut«, sagt er. »Du warst das Einzige, was ich in dieser verfickten Stadt noch hatte, aber du hast mich hintergangen und dich hinter meinem Rücken mit *Rachel* getroffen. Du hast mir nicht geglaubt.« Seine Worte kommen feucht und bruchstückweise heraus, als würden sie ihm im Hals feststecken. »Ich hab dich an dem Abend gerettet«, heult er.

»Aber du warst es«, wimmere ich. »Du warst es.«

»Ich wollte das nicht«, sagt Adam. Ich habe einen Kloß im Hals, obwohl ich meine Handgelenke langsam nicht mehr spüre. *Red weiter*, flehe ich ihn innerlich an. *Red weiter. Sag es. Jetzt sag es schon.*

»Was wolltest du nicht?«, schreie ich und sehe, wie kleine Spucketröpfchen auf Adams Nase landen. Mein Herz tut weh und ich möchte am liebsten kotzen.

»Es war nicht meine Schuld.« Er drückt meine Arme noch fester in den Sand und klemmt seine Knie in meine Achseln. Ich kann mich nicht bewegen. Zum ersten Mal an diesem Abend wird mir klar, dass er auch ein zweites Mal töten könnte, wenn er es schon einmal getan hat. Auch ich könnte als totes Mädchen aus Gold Coast enden. Trotzdem muss ich mehr wissen. Ich muss alles wissen. Tränen strömen über meine Wangen und ich schaue Adam in die Augen. Sie sind wie das Meer hinter ihm: wild und unnachgiebig.

»Sag mir, was passiert ist«, presse ich hervor. »Ich habe das Recht, es zu erfahren.«

Adam atmet tief durch und für den Bruchteil einer Sekunde meine ich, meinen Adam in ihm zu erkennen. Den Jungen, mit dem ich immer Fugazi hören musste und der mich bei Diane's auf Kartoffelpuffer und weich gekochte Eier eingeladen hat. Den Jungen, der mir verschämt ein Theaterstück nach dem anderen geschickt hat, immer besorgt, sie könnten nicht gut genug sein. Den Jungen mit dem Grübchen und der Kunststoffbrille. Den Jungen, dessen Zukunft ich mit meiner verwoben hatte. Den Jungen, der mich wirklich gerettet hat.

Dabei war alles gelogen, alles aus dem Kalkül heraus, sich mein Vertrauen zu erschleichen. Mein Adam wurde durch ein Monster ersetzt, das ich nie wieder werde ausblenden können.

»Wir haben im Sommer viel Zeit miteinander verbracht«, sagt Adam. Seine Stimme klingt sanft, obwohl er meine Handgelenke nach wie vor fest umklammert. »Wenn Graham und Rachel nicht da waren. Wir sind Dialoge zusammen durchgegangen und haben an ihrem Pool Longdrinks getrunken. Wir hatten ... eine Verbindung.«

Mir bricht das Herz. Ich dachte, er und ich hätten diese Verbindung. Ich dachte, ich wäre etwas Besonderes für ihn.

»Aber sonst ist nichts passiert«, sagt er. »Bis zum Frühlingsmusical. Erinnerst du dich noch daran? *Rent.*« Adam verzieht das Gesicht zu einem merkwürdigen Lächeln und ich frage mich, ob er sich gerade vorstellt, wie Shaila mit einer dicken Make-up-Schicht über die Bühne tanzt und singt. »Big Keith hatte mich gebeten das Drehbuch umzuschreiben, also war ich ständig bei den Proben. Shaila war ... unglaublich«, flüstert er. »Es war auch gar nicht schwer. Wir drückten uns einfach nach der Probe hinter der Aula herum, ich stellte mein Auto auf den Lehrerparkplatz und wir waren für uns. Wir hatten einfach ... Chemie.«

Sein Griff ist unverändert, aber seine Knie geben etwas nach. Er will es loswerden. Das spüre ich.

»Und dann habe ich ihr die Ohrringe geschenkt. Kara hat dieselben und Shaila hat immer von ihnen geschwärmt. Aber dann meinte sie plötzlich, es wäre ihr alles zu viel.« Sein Blick ist wieder wütend. »Sie könne Graham das nicht weiter antun. Und Rachel. Sie sagte, ich sei das nicht wert. Dass sie dich, ihre beste Freundin, nicht noch mehr verletzen will als ohnehin schon. Dass *du* in mich verliebt bist. Als hätte ich das nicht sowieso schon gewusst.« Er verzieht den Mund zu einem traurigen kleinen Lächeln, als wäre ich ein bemitleidenswertes Kleinkind. »Sie sagte, sie hätte ein furchtbar schlechtes Gewissen und wir müssten aufhören.«

Ich möchte ihm ins Gesicht spucken und ihm die Haut abziehen. Von wegen kleines Mädchen, das für ihn schwärmt! Aber ich beiße mir auf die Unterlippe und warte, dass er weiterredet. Er muss weiterreden. Ich mache mich gefasst auf das, was als Nächstes kommt.

»Ich habe ihr gesagt, dass sie einen Fehler macht, aber sie wollte nicht auf mich hören. Am Tag der Initiation war ich immer noch stinksauer. Als die Aufgaben verteilt wurden, habe ich das Ocean Cliff für sie ausgewählt. Ich hatte nie vor sie wirklich springen zu lassen. Ich wollte einfach nur ein bisschen Zeit mit ihr allein, damit wir uns versöhnen können. Aber als wir dort ankamen ...« Er bricht ab und zieht zwischen den Zähnen die Luft ein. »Sie hat mich zurückgewiesen. Schon wieder.«

Adam sieht mir direkt in die Augen.

»Weißt du, was sie getan hat?«, fragt er. »Sie hat mich ausgelacht. Ich wollte sie ein letztes Mal küssen und sie hat mich ausgelacht.« Adam schnaubt. »Mit ihrem dämlichen tiefen, rauen Lachen. Als wäre ich ein Vollidiot, weil ich es überhaupt versuche. Also habe ich zu ihr gesagt, sie soll springen, damit wir es hinter uns bringen und zurückfahren können. Aber sie hat sich geweigert. Sie hat gesagt, dass sie nicht so blöd sei. Dass sie den Sprung nicht überleben würde und dass es das nicht wert sei.«

Adam schüttelt den Kopf.

»Aber ich wollte, dass sie springt. Ich wollte die Angst in

ihren Augen sehen. Ich sagte ihr, dass wir erst zurückfahren, wenn sie gesprungen ist, da hat sie sich einfach umgedreht und ist davongegangen. Sie sagte noch: ›Du hast mir gar nichts zu sagen‹, wie so ein trotziges Kleinkind. Also habe ich sie am Arm gepackt und ... sie zurückgezogen.«

Tränen laufen mir übers Gesicht. Ich kann mir die Situation nur zu gut vorstellen.

»Wahrscheinlich war ich zu heftig. Sie stolperte in einen Haufen Treibholz und ist komplett ausgeflippt. Sie hat mich geschubst. Dann habe ich sie zurückgeschubst. Sie ist gegen die Felsen gefallen und ich habe gehört, wie ihr Schädel bricht. Irgendwas in mir ist einfach ... durchgebrannt. Das Nächste, was ich weiß, ist, dass sie neben einer Pfütze Meerwasser im Sand lag. Überall war Blut. Ich habe Panik bekommen und bin weggelaufen. Kurze Zeit später bin ich auf Graham gestoßen, der wie ein betrunkenes Kleinkind am Strand entlangstolperte. Er hat überhaupt nichts mehr mitgekriegt. Er muss sich an irgendwas geschnitten haben, denn er war voller Blut. Es war fast schon zu einfach. Ich habe ihn zum Ocean Cliff geschickt und ihm gesagt, dass er Shaila suchen soll. Beim Haus angekommen, habe ich mich auf die Suche nach Jake gemacht. Und den Rest weißt du ja.« Als er fortfährt, wird sein Blick weicher. »Ich habe allen erzählt, dass Shay duschen gegangen ist, aber als sie und Graham nicht zurückgekommen sind, wurden Rachel und Tina nervös. Also habe ich bei der Polizei angerufen und behauptet, ich hätte Graham blutüberströmt mit Shaila am Ocean Cliff gesehen. Mehr war gar nicht nötig. Sie haben ihn noch an Ort und Stelle verhaftet. Und als er den Mord gestanden hat, hat niemand weitere Fragen gestellt.«

Er sieht entspannt aus, als würde sein Geständnis ihn trösten. Er wirkt fast erleichtert.

»So war das also«, sage ich und versuche meine Stimme nicht zu sehr zittern zu lassen.

»So war das. Ich habe das jetzt drei Jahre lang mit mir rumgeschleppt«, sagt er, als könnte er selbst nicht glauben, dass er zu etwas so Abscheulichem in der Lage ist. Als müsste ich Mitleid mit ihm haben, dass er so schwer daran zu tragen hatte. Mir wird schlecht.

»Du mieses Arschloch«, sage ich. Trotz meiner Wut stellt sich so etwas wie Vergebung ein. Shaila hatte ein schlechtes Gewissen. Sie wollte es beenden. Ich wünschte, ich könnte sie umarmen und ihr sagen, dass ich nicht böse bin.

Ich mache den Mund auf, aber bevor ich etwas sagen kann, erregt etwas hinter mir Adams Aufmerksamkeit und sein Kiefer klappt auf. *Sie ist da. Es ist so weit.*

»Du bist erledigt«, sagt Rachel. Ich atme tief ein und lasse die Luft in meine Lungen strömen. Meine Muskeln spannen sich an. Ich warte, dass Adam reagiert und mich endlich loslässt.

Auf das, was dann passiert, bin ich nicht gefasst. Er lässt von mir ab, springt auf die Beine und geht so heftig auf Rachel los, dass ich erschrecke.

»Nein!«, schreie ich. Aber es nützt nichts. Sie liegt schon gekrümmt im Sand und bewegt sich fast nicht.

Als Adams Fuß sie in den Magen trifft, stöhnt sie auf.

»Du machst mich nicht fertig!«, brüllt er und tritt immer wieder auf sie ein, sodass der Sand nur so fliegt.

»Hör auf!«, rufe ich. Ich rapple mich auf und stolpere zu den beiden. Die Angst vernebelt mir die Sicht, aber ich muss etwas tun, damit er aufhört. Irgendwas.

Mit zitternden Händen packe ich Adam, fast so als würde ich ihn anflehen. *Er kennt mich. Er wird mir verzeihen. Er wird aufhören.*

Aber stattdessen wendet er sich zu mir um, seine Augen funkeln wütend, an seinem Hals pulsiert eine Ader.

»Bitte, Adam«, flüstere ich. »Lass uns gehen.«

Er beugt sich vor und ich denke, dass es endlich, *endlich* vorbei ist. Er gibt auf. Aber dann geht er mit einem kalten, schweren, riesengroßen Gegenstand auf mich los.

Ich spüre einen harten Schlag und meine Welt explodiert und zerfällt zu Staub. Die Sterne fallen vom Himmel und mein Mund schmeckt nach Eisen. Ich liege wieder im Sand und kann mich nicht bewegen. Alles verschwimmt mir vor den Augen und ich versuche Adam in dem trüben Nebel auszumachen. Aber ich höre nur zum letzten Mal seine Stimme.

»Oh nein.«

Dann wird alles schwarz.

25

Das letzte Mal, dass ich Shaila gesehen habe – das letzte Mal, an das ich mich erinnern will –, war vor der Initiation bei Quentin. Seine Mutter war verreist, weil sie an irgendeiner Universität in Norwegen, Wales oder vielleicht auch Finnland einen Vortrag halten musste, und er hatte uns eingeladen, um noch einen letzten gemeinsamen Abend zu verbringen, bevor wir *wirklich* Player wurden. »Der Abschied von unserer Jugend«, scherzte er. Wir waren noch so jung.

Keiner hatte noch Biervorräte daheim, darum waren wir alle nüchtern, was mich irgendwie erleichterte.

Nikki hatte mit der American-Express-Karte ihrer Eltern Pizza für alle bestellt und Quentin hatte ein paar Filme aus den Achtzigern ausgesucht. *Ferris macht blau. The Breakfast Club. Teen Lover.*

Henry kannte keinen einzigen davon und kicherte ununterbrochen.

»Du hast mir echt was vorenthalten, Q!«, rief er, als Cameron das Auto seines Vaters schrottete. »Halt mich bitte davon ab, wieder in Dauerschleife *Spotlight* zu schauen.« Er nahm Quentin in den Schwitzkasten und rieb ihm mit den Fingerknöcheln über den Kopf.

Graham und Shaila hatten es sich am Ende der Couch bequem gemacht. Sie hatte ihm die nackten Füße unter den Hintern geschoben und sein Arm lag um ihre Schulter, wo er ihre nackte Haut unter dem T-Shirt kitzelte.

Robert lümmelte auf dem Boden und forderte uns reihum zum Ringen heraus. Henry ließ sich auf ein paar Runden ein, überließ den letzten Kampf aber Marla. Sie schulterte Robert so problemlos, dass er endlich aufgab.

»Sie hat Brüder!«, protestierte er. »Das ist unfair!«

»Wenn ihr den Couchtisch kaputtmacht, bringe ich euch um!«, rief Quentin aus der Küche. Er und Nikki hatten die Gastgeberrolle übernommen. Sie füllten Popcorn nach, räumten die Teller ab und befreiten den Teppich von Pizzaresten. Sie schafften es sogar, aus einer Fertigbackmischung ein schokoladiges Kunstwerk zu zaubern, während wir anderen diskutierten, welche Mitglieder des Brat Pack wir am besten fanden.

Als Quentin und Nikki uns ihr Werk präsentierten – ein Wunderwerk aus Zuckerguss, Streuseln und brennenden Kerzen, für die es keinen Anlass gab –, quietschte Marla: »Ina Garten hätte das nie so hinbekommen!«

Quentin lief rot an, aber Nikki schien sich zu freuen. »Für euch nur das Beste«, sagte sie.

»Oh, ja!« Graham war aufgestanden und rammte seine Gabel genau in die Mitte des Blechkuchens, während Shaila allein auf der Couch zurückblieb.

»Komm her«, wisperte sie.

Ich setzte mich neben sie, sodass unsere Zehen sich berührten. Sie schlang die Arme um mich und zog mich an sich. So lagen wir da und beobachteten unsere Freunde, unsere Clique.

Ihre Hände lagen feucht und warm auf meinen Schultern.

Sie erinnerte mich an ein klebriges Kleinkind. Als ich ihr in die Augen schaute, sah sie aus, als würde sie weinen.

»Alles okay?«, flüsterte ich.

Sie nickte und wandte sich wieder den anderen zu, die über dem Couchtisch hingen und den Kuchen direkt vom Blech in sich hineinschaufelten.

»Das ist so schön«, flüsterte sie. »So soll es für immer bleiben.«

Das Erste, was ich höre, ist das Piepen irgendeiner Maschine. Dann das Rascheln von Papier und besorgtes Flüstern. Ich spüre meine Finger und meine Zehen wieder. Dann setzt das Pochen ein, auf der linken Seite meines Kopfes, direkt über dem Ohr. Es strahlt in mein Gesicht und die Augenhöhle aus, in meinen staubtrockenen Mund. Alles tut weh.

Als ich mich endlich stark genug fühle, um die Augen zu öffnen, finde ich mich in einem Meer aus Weiß wieder. Weiße Wände. Weiße Baumwolle. Weiße Kabel. Das muss das Krankenhaus von Gold Coast sein.

»Sie ist wach.« Jared steht neben dem Bett. Ich höre ihn, bevor ich ihn sehe. Seine Stimme ist beunruhigt und hoch und ein bisschen erstickt.

»Was ...«, presse ich hervor.

»Psst«, unterbricht Jared mich.

Ich bin ihm dankbar. Das Reden tut weh und eigentlich will ich nur schlafen.

»Es wird noch eine Weile dauern, bis sie vollständig zu sich kommt«, sagt jemand mit autoritär klingendem Tonfall. Wahrscheinlich ein Arzt. »Sie braucht jetzt Ruhe.«

Ich schüttle den Kopf. So fest, dass es sich anfühlt, als würde er gleich in der Mitte auseinanderbrechen. Ich muss es ihnen sagen. »Adam«, flüstere ich.

»Alles ist gut, Liebes.« Mom. Sie nimmt meine Hand in ihre. Dad legt mir die Hand auf die Schulter. »Wir wissen Bescheid.«

Da ergebe ich mich. Ich lasse mich vom Schmerz und dem grässlichen Gefühl in meinem Innern übermannen und sinke in einen tiefen Schlaf.

Rachel hat den ganzen Plan ausgeheckt. Nachdem ich ihr das von den Ohrringen erzählt habe, hat sie alles arrangiert. Selbst wenn sich herausstellen sollte, dass Adam es nicht war, mussten wir es einfach wissen. Er war das letzte Fragezeichen.

Sie wies mich an, ihm so gut wie möglich aus dem Weg zu gehen, um ihn zu verunsichern, damit er garantiert kommen würde, wenn ich ihn darum bat.

»Jungs wie er hassen das Wort Nein«, sagte sie. »Aber noch weniger können sie es ab, wenn man sie ignoriert.«

Sie hatte recht.

Als Nächstes musste ich Nikki überreden, uns zu helfen. Ich fing sie nach Physik ab und bat sie um ein Treffen nach der Schule, bei dem ich ihr alles von Adam und Shaila erzählte und ihr erklärte, wie wir vorgehen mussten, um die Wahrheit herauszufinden.

Sie wurde bleich und hielt lange meine verschwitzte in ihrer kalten Hand. Währenddessen saßen wir auf ihrer Veranda und sahen zu, wie die Wellen an den Strand schwappten.

»Meine Eltern sind bis zu unserer Abschlussfeier verreist«, sagte sie. »Ihr könnt es hier machen.«

Ich umarmte sie stürmisch und flüsterte ihr ein *Danke* ins Ohr.

Sie biss sich auf die Unterlippe und nickte. »Zeigen wir's diesem Scheißkerl.« Ein paar Tage später kam Rachel aus der Stadt und brachte zwei Digitalrekorder mit. Ihre Entschlossenheit beruhigte mich, obwohl ich am liebsten auf und davon gelaufen wäre.

Als ich am Freitag nach der Schule bei Nikki ankam, hatte Rachel schon ihr Pokerface aufgesetzt. Sie war so bereit, dass es mir Angst machte.

Keine von uns konnte was essen oder trinken, wir konnten noch nicht mal richtig reden. Bevor ich Adam schrieb, versteckte Rachel einen Rekorder unter meinem Fleecepulli und den zweiten unter ihrem Hoody. Nikki würde im Haus auf dem Empfangsgerät mithören und sicherstellen, dass jedes Wort, jeder Bruchteil seines Geständnisses mitgeschnitten wurde.

Wenn er alles zugegeben hatte, würde sie die Polizei rufen. Vielleicht hätten wir es von Vornherein ihnen überlassen sollen. Ihnen erzählen, was wir wissen, und abwarten, was passiert. Aber wir wollten es selbst in die Hand nehmen. Wir wollten es von ihm hören. Wir wollten die Kontrolle übernehmen. Ein Mal. Für Shaila.

»Hey.« Ich höre eine leise, sanfte Stimme neben mir. »Bist du wach?«

Das Zimmer ist kühl und dunkel, aber eine weiche Hand schließt sich um meine. Als ich versuche die Augen zu öffnen, gehorcht mir nur eines. Ich drehe mich auf die weniger schmerzende Seite, um nachzusehen, wer da ist.

»Nikki?«

»Ja. Ich bins.«

»Wie spät ist es?«

»Sieben Uhr abends«, sagt sie. »Am Sonntag.«

»Scheiße«, murmle ich.

Sie lacht leise. »Nicht so schlimm.«

Als sich mein eines Auge an die Dunkelheit gewöhnt hat,

kann ich Nikki endlich erkennen. Ihre Haare sind ungewaschen und strähnig und sie trägt einen weißen Krankenhauskittel und ein schmales Plastikarmband mit ihrem Namen.

»Bist du verletzt?«

Sie schüttelt den Kopf. »Ich bin nur zur Beobachtung hier.« Als Beweis streckt sie die Arme aus. Ihr scheint nichts zu fehlen.

»Rachel«, sage ich. »Wie geht es ihr?«

»Sie hat ein paar gebrochene Rippen. Und ein blaues Auge, so wie du. Aber sie wird wieder. Wir werden alle wieder.« Nikki schnieft und drückt meine Hand noch fester. »Du hattest recht«, sagt sie. »Er war es. Adam hat Shaila umgebracht.«

»Ich weiß«, flüstere ich. »Wo ist er?«

Nikkis Schultern zittern und sie fängt an zu weinen. »Oben.«

Unter Schluchzen erzählt sie mir den Rest der Geschichte.

Als sie auf dem Empfangsgerät hörte, was am Strand vor sich ging, rief sie die Polizei und bat sie sich zu beeilen. Aber sie hatte Angst, dass sie es nicht rechtzeitig schaffen würden, denn allem Anschein nach blieb uns nicht mehr viel Zeit. In ihrer Panik rannte sie zum Strand, aber nicht ohne sich vorher noch ihren Feldhockeyschläger zu schnappen. Als sie uns erreichte, stürzte sie sich auf Adam mit der Absicht, ihn zu Boden zu werfen. Beim Aufprall schwang sie den Schläger durch die Luft und schlug Adam bewusstlos.

Dann verlor sie die Nerven, weil sie dachte, sie hätte ihn getötet und dieser Stadt – und uns – ein weiteres Trauma und noch mehr Schmerzen zugefügt.

Als die Sanitäter eintrafen, fanden sie sie und Rachel am Boden kauernd, benommen, aber bei Bewusstsein. Sie hockten neben mir und beschworen mich durchzuhalten. Adam lag bewusstlos im Sand. Nikki erzählte den Polizisten, was vorgefallen war, und erklärte, dass sie in Notwehr gehandelt habe. Rachel bestätigte das.

Sie übergaben ihnen Adams Geständnis noch direkt am Strand. Währenddessen stellten die Sanitäter Adams Puls fest. Er war noch am Leben. Am Leben und schuldig.

Nikki sah zu, wie er in den Krankenwagen verladen wurde, mit an die Krankentrage gefesselten Händen. Er drehte den Kopf und stöhnte, offenbar kam er langsam zu sich.

»Hoffentlich lassen sie ihn im Gefängnis verrotten«, flüstere ich.

Nikki schaut mich mit feuchten Augen an. Sie ist verrotzt und verheult und wischt sich mit ihrem hauchdünnen Nachthemd das Gesicht ab.

»Ich weiß, dass du in ihn verlie...« Sie unterbricht sich. »Es tut mir so leid, Jill. Es tut mir so leid.« Sie schaukelt in ihrem Stuhl vor und zurück.

Ich drücke ihre Hand so fest, dass meine Knöchel wehtun. Dann wiederhole ich, was sie mir einmal gesagt hat.

»Es gibt nichts, was dir leidtun muss.«

26

Ich beschließe mich ein letztes Mal an den Player-Tisch zu setzen. Inzwischen hat die Geschichte ohnehin schon die Runde gemacht. Sie prangte bis ins kleinste Detail auf der Titelseite der *Gold Coast Gazette*. Die Teams der Lokalnachrichten überrannten die Schule. Aber irgendwie ist es auch gut. Jetzt müssen wir wenigstens niemandem erklären, was passiert ist.

Keiner fragt, was es mit dem dunkelblauen Bluterguss unter meinem Auge auf sich hat oder dem Verband an meiner Stirn. Niemand fragt Nikki und mich nach den Krankenhausarmbändern, die wir nach wie vor tragen. Sie dienen uns als Erinnerung, dass das alles wirklich passiert ist.

Rachel ist nach Danbury gefahren, sobald sie konnte. Sie hat mir geschrieben, dass Graham demnächst entlassen wird. Er wird bei ihr im East Village wohnen, um sich wieder an die Welt da draußen zu gewöhnen, bevor er sich im Sommer für ein paar Unikurse einschreibt. Ich bin noch nicht bereit mich mit ihm zu treffen. Keine Ahnung, ob ich es je sein werde. Adam wurde ins Bezirksgefängnis verlegt, wo er auf seinen Prozess wartet. Die Millers waren bereit eine Million Dollar Kaution hinzulegen, aber die Richterin hat abgelehnt. An ihn zu denken tut nach wie vor weh.

Heute durchqueren Nikki und ich zum letzten Mal die Cafeteria der Gold Coast Prep. Das Meer aus Schülerinnen und Schülern teilt sich für uns, aber diesmal herrscht Stille. Die übliche Hektik ist verflogen und einer ungläubigen Vorsicht gewichen.

Ich nehme mir ein Truthahnsandwich, eine Banane und ein Keksteigbällchen für Shaila. Wir zahlen schweigend, dann gehen wir schnurstracks zu dem Tisch in der Raummitte. Alle Augen folgen uns. Ich setze mich auf meinen Platz zwischen Quentin und Nikki und lasse den Blick schweifen. Zu Henry, der mich liebevoll ansieht, zu Marla, die mir aufmunternd zunickt, und zu Robert, der völlig abwesend ist.

»Hmmm. Das fühlt sich komisch an«, sage ich.

Quentin schnieft. Dann legt er mir den Arm um die Schulter und drückt mich fest an sich.

Nikkis Augen sind traurig, aber ein Lächeln umspielt ihre Mundwinkel. »Wie wäre es mit einem letzten Player-Tribunal?« Sie wartet gar nicht erst, bis jemand antwortet, sondern fährt fort: »Hiermit erkläre ich diese Player-Sitzung für eröffnet.« Sie klopft mit der Gabel gegen ihr Tablett und ein paar von den Ersties drehen neugierig die Köpfe.

»Heute Abend«, sagt sie mit lauter Stimme, »machen wir ein Lagerfeuer bei mir.« Sie dreht sich um zu Topher, der den Hals so lang macht, dass er fast schon über unserem Tisch hängt. »Sags weiter, ja?« Er nickt.

Nikki schaut uns an. »Fackeln wir alles ab.«

Als Jared und ich heimkommen, poltert Mom schon in der Küche herum und bereitet Linguine mit Muscheln vor.

»Jill?«, ruft sie. Ihr Mutterinstinkt ist neuerdings extrem stark ausgeprägt. Wahrscheinlich nicht ganz unberechtigt.

Sie kommt in den Flur und stellt sich vor uns hin, ihre Hände sind voller Olivenöl und Petersilie. »Du hast Post«, sagt sie und deutet auf den Seitentisch.

Ein großer, dicker Umschlag mit meinem Namen liegt zuoberst auf dem Stapel. Der Absender lautet Brown. Mir wird schlecht.

»Willst du ihn nicht aufmachen?«, fragt sie.

Hinter mir zieht Jared hörbar die Luft ein.

Ich strecke die Hand nach dem Brief aus, er fühlt sich schwer an. Das Kuvert ist aus dickem, edlem Papier und mit Tinte beschriftet. Ich halte mich davon ab, es einfach aufzureißen. Stattdessen schließe ich die Augen und rufe mir alles in Erinnerung, was im vergangenen Jahr passiert ist und was ich erlebt habe. Was ich *überlebt* habe.

Und plötzlich steht mein Entschluss fest.

»Und?«, fragt Mom.

Ich schüttle den Kopf. »Es ist egal. Ich gehe nicht an die Brown.«

Mom presst die Lippen zusammen. Hinter ihr taucht Dad auf und guckt besorgt.

»Ich will nicht mehr hin. Ich will auf die State University.«

»Jill, wenn es wegen dem Geld ist, dann finden wir bestimmt eine Lösung«, sagt Mom und wischt sich die Hände an ihrer Kochschürze ab.

»Auf jeden Fall«, bekräftigt Dad.

Aber ich schüttle den Kopf. »Nein«, sage ich. »Ich will nicht.« Ich lege den ungeöffneten Brief zurück auf den Poststapel. Meine Stimme ist fest und ich sehe alles ganz klar. Ich habe das unbedingte Bedürfnis, an der Brown studieren zu wollen, schon vergessen. Jetzt, wo ich die Wahrheit kenne, ist alles anders. Bei der Vorstellung, dorthin zu gehen, wo Adam war, könnte ich kotzen. Ich habe eine andere Option. Eine Zukunft an der State University erwartet mich und zum ersten Mal seit langer Zeit bin ich … frei.

Am Abend fahre ich mit Jared zu Nikki. Als wir dort ankommen, haben die Jungs schon ein Lagerfeuer am Strand gemacht und stehen, ohne viel zu reden, außen herum. Als Quentin mich sieht, stupst er Henry an. Der lächelt verhalten und eine Strähne fällt ihm in die Stirn.

»Hallo«, sagt er.

»Hallo.« Und ehe ich mich versehe, schlinge ich ihm die Arme um die Hüfte. Im ersten Moment versteift er sich, aber dann zieht er mich in einer liebevollen Umarmung näher.

»Alles ist gut zwischen uns, Jill. Alles ist gut«, flüstert er. Etwas in mir löst sich und ich habe endlich kein schlechtes Gewissen mehr.

Nikki taucht auf, sie hat den fetten grünen Ordner in der Hand, der alles über die Player enthält. »Hey«, sagt sie mit feuchten Augen. »Seid ihr bereit?«

Ich nicke.

»Ja«, flüstert Henry. »Machen wir's.« Die anderen folgen seinem Beispiel, sogar Robert, der die Arme vor der Brust verschränkt, sodass seine Lederjacke spannt.

Ich lasse den Blick schweifen und sehe Player aller Jahrgangsstufen. Die Leute aus der Zehnten und Elften stehen beieinander und treten unruhig von einem Fuß auf den anderen. Jared und seine Mitschüler bilden ihr eigenes Grüppchen. Ihre Stimmung ist gedrückt. Morgen wäre ihre Initiation gewesen.

Nikki räuspert sich und hebt den Ordner über den Kopf. Alle verstummen. Sie erwarten, dass sie zu ihrer Abschlussrede ansetzt und das Regelwerk an den nächsten Toastmaster übergibt.

Stattdessen pfeffert sie den Ordner ins Feuer.

Topher Gardner keucht erschrocken und mehrere Zehntklässler schlagen sich die Hand vor den Mund.

Jared sucht meinen Blick und lächelt zaghaft.

»Es ist vorbei«, sagt Nikki leise und sieht zu, wie die Unterlagen von den Flammen verzehrt werden. Das Feuer wütet und wächst, bis ich nicht mehr hindurchsehen kann. »Es ist vorbei.« Diesmal schreit sie es.

»Und was ist mit den Akten?«, fragt Quentin.

»Die sind auch weg. Rachels Freundin ist Programmiererin«, erklärt Nikki. »Ich habe sie die App löschen lassen. Es gibt sie nicht mehr.«

Marla nickt. »Gute Idee, Nik.«

Die Ersties stehen mit offenem Mund da. Ich frage mich, ob sie die Player gerne fortgeführt hätten oder ob sie froh sind aus dem Ganzen raus zu sein. Hätten sie gerne bekommen, was sie glauben sich verdient zu haben? Wir haben ihnen das hier aufgezwungen und jetzt nehmen wir es ihnen weg. Fair ist das nicht. Aber es muss sich etwas ändern. *Dieses Jahr wird alles anders.*

Wir stehen noch für eine Minute schweigend da, bis Robert aufblickt. »Seht mal.« Er zeigt zum Haus. Dutzende Menschen tauchen hinter dem Schilf auf und kommen in unsere Richtung. Ich brauche eine Moment, um sie zu erkennen. Es sind unsere Mitschüler. Die Leute, die sonst nie auf Partys gehen. Das Schachteam und die Jazzband. Marlas Feldhockeymannschaft. Schon bald scheint es, als hätte die ganze Schule sich versammelt, um den Playern beim Brennen zuzusehen.

Mein Herz schlägt wie wild. Genau so sollte es sein. Wir sind nicht besser als die anderen. Wir sind nur die Einzigen, die das nicht gemerkt haben. Jetzt wissen wir es.

»He.« Jemand berührt mich am Ellbogen und ich weiche instinktiv zurück. »Keine Angst. Ich bins.« Henry. »Komm mit«, sagt er. »Ich muss dir was zeigen.« Er zieht mich sanft am Handgelenk und ich folge ihm hinunter ans Ufer.

»Mach die Augen zu«, flüstert er. Ich folge seiner Aufforderung und zwinge mich die Dunkelheit nicht zu fürchten. Nicht mehr.

»Jetzt kannst du sie wieder aufmachen. Schau nach oben.«

Ich öffne die Augen und blicke in den Himmel. Dort erwartet mich eine riesige, offene Galaxie. Eine Million stecknadelkopfgroße Lichter. Die Sterne funkeln wie Diamanten. Heute Nacht ist der Himmel so perfekt, dass ich meine Zukunft darauf planen könnte.

»Schön, oder?«, fragt Quentin.

»Atemberaubend«, schwärmt Nikki.

Sie alle sind hier und haben den Rest der Gold Coast Prep ein letztes Mal allein gelassen.

»Das da sieht aus wie ein Schwanz«, sagt Robert etwas zu laut.

»Psst, du Trottel«, sagt Marla. »Du machst alles kaputt.«

»Beruhig dich.«

Und plötzlich muss ich lachen. Ich lache so laut, dass mir der Bauch wehtut und ich mich vornüberbeugen muss.

Nikki fängt ebenfalls an zu kichern und schon bald biegen wir alle uns vor Lachen, während wir am Ufer stehen und in den perfekten Himmel schauen, den meine Freunde für mich gefunden haben.

Henry kriegt sich als Erster wieder ein und bald darauf sind alle wieder still. Ich frage mich, wer wir jetzt, in diesem Moment, sind und wie lange wir so bleiben werden. Kennen wir uns in einem Jahr noch? In zehn? Ich frage mich, was aus Shaila geworden wäre, wenn sie noch leben würde. Wie wäre Graham, wenn er jetzt mit uns hier wäre? Ich frage mich, welche Wunden wir uns gegenseitig zugefügt haben und ob es uns irgendwann gelingen wird, sie zu heilen. Ich frage mich, ob wir schon bereit sind auseinanderzugehen.

Als ich den Kopf drehe, sehe ich den Großen Wagen, die Leier, den Adler, den Stier. Meine Konstanten. Meine Wahrheiten. Eine Sternschnuppe schießt über den Himmel, explodiert und verschwindet. Kleine Wellen schwappen leise neben uns ans Ufer.

Gemeinsam blicken wir in die Dunkelheit, auf der Suche nach dem Licht.

Wir haben es geschafft.

Wir haben es lebend hier rausgeschafft.

DANKSAGUNG

Mein erster und ewiger Dank gilt meiner durch nichts aus der Ruhe zu bringenden Agentin, Alyssa Reuben. Sie hat vom ersten Tag an diese Geschichte geglaubt. Und an mich. Ihre Beharrlichkeit, Geduld und Hilfestellung sind von unschätzbarem Wert.

Außerdem danke ich allen bei Paradigm, dass sie Telefontermine für mich vereinbart und Verträge mit mir besprochen haben und überhaupt einfach die Besten sind: Katelyn Dougherty und Madelyn Flax.

Meine Lektorin, Jess Harriton, ist ein Geschenk für alle Autor*innen und eine begnadete Geschichtenerzählerin. Sie hat das Potenzial dieses Buches gesehen und mir geholfen so viel mehr daraus zu machen. Ich bin zutiefst beeindruckt von ihrem Können und ihrer Großzügigkeit. Jess, ich kann es gar nicht erwarten, wieder mit dir zusammenzuarbeiten.

In Sachen Design gilt alle Ehre dem unglaublichen Team, das sich das packende Konzept für das US-Cover ausgedacht und umgesetzt hat: Christine Blackburne, Maggie Edkins und Jessica Jenkins.

Danke an meine Presseagentin Elyse Marshall. Ich mochte sie von dem Moment an, als sie Pommes für den ganzen Tisch bestellt hat.

Danke an alle bei Razorbill und PenguinTeen, die Jill und ihren Freunden beigestanden haben. Ich kann mich glücklich schätzen, ein Cheerleading-Team wie euch zu haben: Krista Ahlberg, James Akinaka, Kristin Boyle, Kara Brammer, Christina Colangelo, Alex Garber, Deborah Kaplan, Jennifer Klonsky, Bri Lockhart, Casey McIntyre, Emily Romero, Shannon Spann, Marinda Valenti und Felicity Vallence.

Weil es Menschen gibt, die daran glauben, dass diese Geschichte über das Buchformat hinauswachsen kann, stehen ihr so viele zusätzliche Möglichkeiten offen. Meghan Oliver und Matt Snow von Paradigm: Dank euch wandle ich auf Wolken.

Herzliche Grüße an Sasha Levites, meine heldenhafte Juristin. Ihre Unerschütterlichkeit und ihr Kampfgeist sind grenzenlos.

Danke auch an Sydney Sweeney, die mir gezeigt hat, was harte Arbeit ist, und die mich unterstützt wie niemand anders.

Jill und die Player entstanden im Rahmen von Melissa Jensens Jugendliteratur-Schreibseminar an der Universität von Pennsylvania (ja, diesen Kurs gibt es wirklich, und ja, er war unglaublich gut). Danke, Melissa, dass du mir den folgenden Kommentar an den Rand geschrieben hast: »Ich kann es nicht erwarten, dass diese Geschichte veröffentlicht wird.«

Vor einigen Jahren saß ich in Laura Brounsteins Büro bei *Cosmopolitan* und sie fragte mich: »Was willst du *wirklich* machen?« Sie stellte mir diese Frage im Rahmen eines Vorstellungsgesprächs, und die logische Antwort lautete: *Hier arbeiten.* Aus irgendeinem Grund sagte ich jedoch: »Ich will mal Jugendbücher schreiben. Aber erst später irgendwann, nicht jetzt.« Woraufhin sie antwortete: »Und worauf wartest du?« Du hattest so recht, LB.

An meine Redakteur*innen bei *Entertainment Weekly*, die

mich ermutigt haben, weiterzumachen und weiterzuschreiben, Tina Jordan, Kevin O'Donnell und Chris Rosen: Danke, dass ihr immer *Ja* gesagt habt.

Danke an das alte, aktuelle und zukünftige Team der *Cosmopolitan* für die Memes, Ratschläge und die unablässige Versorgung mit Cheetos und Sekt. Ihr versüßt mein Leben. Besonderer Dank geht an Faye Brennan, Meredith Bryan, Katie Connor, Sascha de Gersdorff, Mary Fama, Dani Kam, Sophie Lavine, Ashley Oerman, Jess Pels, Michele Promaulayko, Andrea Stanley, Molly Stout, Susan Swimmer und Helen Zook. Allie Holloway hat die fantastische Porträtaufnahme von mir gemacht und sie kann das wirklich gut.

Isabella Biedenharn, Ali Jaffe und Kase Wickman zählten zu meinen ersten Leser*innen. Danke für eure fundierten Anmerkungen und eure Unterstützung. Ihr habt mir geholfen durchzuhalten, als noch kein Ende in Sicht war. Colette Bloom und Marley Goldman haben viele, viele, *viele* Entwürfe dieses Manuskripts gelesen und ich werde ihnen für den Rest meines Lebens für ihre kostbare Zeit, ihr Feedback und ihre Liebe dankbar sein. *Ihr* habt dieses Buch besser gemacht.

An meine Freund*innen, die mich in den Arm genommen haben, als es mir beschissen ging, und mit mir gefeiert, als die Dinge sich zum Guten wandten. Ich könnte mich nicht glücklicher schätzen: Maddie Boardman, Gina Cotter, Lisa Geismar, Mady Glickman, Josh Goldman, Katie Goldrath, Mahathi Kosuri, Ellie Levitt, Lora Rosenblum, Jordan Sale, Andrew Schlenger, Derek Tobia, Lucy Wolf und Ari Wolfson.

Ich danke meiner Schwester Halley, dass sie extra für den Anlass gelernt hat, wie man eine Insta-Story postet, und auf ewig meine Heldin sein wird. Du bist die Beste. Meine Liebe an Ben und Leia für die anhaltende Versorgung mit Chocolate

Chip Cookies und Umarmungen (in dieser Reihenfolge, versteht sich).

Ich schreibe, weil ich lese, und dass ich lese, verdanke ich meinen Eltern, Candyce und David, die mich, seit ich denken kann, in Buchhandlungen und Büchereien mitgenommen haben. Ich durfte mir immer aussuchen, was ich wollte, sie haben mich nie zensiert. Von Comicheften bis zu klassischer Literatur und allem, was dazwischenliegt. Sie ließen mich auf langen Autofahrten genauso lesen wie in der Badewanne. Sie sagten immer Ja zu Büchern. Danke, dass ihr mir die Welt geschenkt habt, und für die unendliche Liebe und Stärke.

Maxwell Strachan, ich liebe dich. Das ist erst der Anfang.

Originaltitel: They Wish They Were Us
Umschlagabbildungen: Shutterstock.com © B.K Aksesuar / Zonda / Steve Collender
Umschlaggestaltung: formlabor
Aus dem Englischen von Birgit Maria Pfaffinger
Lektorat: Brigitte Kälble
Herstellung: Derya Yildirim
Satz: Dörlemann Satz, Lemförde
ISBN: 978-3-551-58476-2